SATED IN INK – TATTOOS UND DREI HERZEN

MONTGOMERY INK REIHE: BOULDER
BUCH ZWEI

CARRIE ANN RYAN

SATED IN INK – TATTOOS UND DREI HERZEN

MONTGOMERY INK REIHE: BOULDER, BUCH 2

von

Carrie Ann Ryan

Sated in Ink – Tattoos und drei Herzen
Montgomery Ink Reihe: Boulder
Von: Carrie Ann Ryan

Copyright © 2026 Carrie Ann Ryan

Englischer Originaltitel: »Sated in Ink (Montgomery Ink: Boulder Book 2)«
Deutsche Übersetzung: Sandra Martin für Daniela Mansfield Translations
2026

Besuchen Sie Carrie Ann im Netz!
carrieannryan.com/country/germany/
www.facebook.com/CarrieAnnRyandeutsch/
twitter.com/CarrieAnnRyan
www.instagram.com/carrieannryanauthor/

EBENFALLS VON CARRIE ANN RYAN

Fallen Ink – Tattoos und Leidenschaft (Buch 1)
Restless Ink – Tattoos und Intrigen (Buch 2)
Jagged Ink – Tattoos und Turbulenzen (Buch 3)

Montgomery Ink Reihe: Boulder:
Wrapped in Ink – Tattoos und Herausforderungen (Buch 1)
Sated in Ink – Tattoos und drei Herzen (Buch 2)
Embraced in Ink – Tattoos und Verbundenheit (Buch 3)

Die Gallagher-Brüder:
Love Restored – Geheilte Liebe (Buch 1)
Passion Restored – Geheilte Leidenschaft (Buch 2)
Hope Restored – Geheilte Hoffnung (Buch 3)

Whiskey und Lügen:
Whiskey und Geheimnisse (Buch 1)
Whiskey und Enthüllungen (Buch 2)
Whiskey und die Geister der Vergangenheit (Buch 3)

Das Aspen Rudel:
Durch Ehre Geschliffen (Buch 1)
In der Dunkelheit Gejagt (Buch 2)
Im Chaos Gebunden (Buch 3)
Unterschlupf in der Stille (Buch 4)
Von Flammen Gezeichnet (Buch 5)

SATED IN INK – TATTOOS UND DREI HERZEN

Ethan Montgomery dachte, er hätte sein Leben im Griff – zumindest bis zu dem Moment, in dem er und sein bester Freund Lincoln einer Frau in einem Hochzeitskleid begegnen, die eine Flasche Wein aus einer Papiertüte trinkt. Liebe kommt ihm zunächst gar nicht in den Sinn, denn ihm ist nicht klar, was er vor sich hat.

Lincoln hat immer sein Bestes gegeben, um seine Gefühle für Ethan zu ignorieren und sich auf seine Kunst zu konzentrieren. Doch als Holland auf der Bildfläche erscheint, ist plötzlich alles möglich und die Funken beginnen zu fliegen.

Nur dass Holland sich noch vor Kurzem in einer katastrophalen Beziehung befand, die damit endete, dass sie vor ihrem untreuen Bräutigam davonlief. Sie ist sich nicht sicher, ob sie jemals wieder einem Mann vertrauen kann – ganz zu schweigen von zwei.

Doch die Anziehung zwischen ihnen lässt sich nicht leugnen und manchmal gibt es kein Zurück – selbst wenn ihre Vergangenheit versucht, sie auseinanderzubringen.

**»Tattoos und drei Herzen« ist ein Buch der Reihe

»Montgomery Ink: Boulder« und erzählt die Geschichte von Ethan, Holland und Lincoln. Es geht um Freunde, die zu Geliebten werden, eine entlaufene Braut, MMF und Freundschaft Plus. Jedes Buch dieser Reihe kann unabhängig von den anderen gelesen werden. Ein Happy End ist garantiert!**

PROLOG

HOLLAND

Eine warme Brise spielte mit meinem Haar, und ich wünschte, sie würde die eisige Hülle durchdringen, die mich umgab, seit ich den Lagerraum der Kirche betreten hatte. Ich festigte den Griff um die Papiertüte in meiner Hand und senkte den Blick auf meine Finger, als müsste ich mich daran erinnern, was daran prangte.

Aber ich konnte es unmöglich vergessen.

Denn es erinnerte mich an das, was ich verloren hatte. An das, was ich aufgegeben hatte.

In der linken Hand hielt ich eine Flasche billigen Wein, während der funkelnde Diamant an meinem Ringfinger mich zu verhöhnen schien.

Das bauschige weiße Kleid, das mich wie eine Zwangsjacke einschnürte, raschelte im Wind.

Ein stechender Schmerz krallte sich um mein Herz und raubte mir nicht nur den Atem, sondern auch den Verstand und die Lebenskraft.

Mein Verlobter war nicht mehr mein Verlobter.

Der Mann, den ich geliebt oder zu lieben geglaubt hatte, liebte mich nicht.

Stattdessen liebte er sich selbst. Und vielleicht sogar meine Schwester. Andernfalls hätte ich ihn wohl kaum dabei ertappt, wie er sich von meiner Schwester einen blasen ließ. Augenscheinlich war dies kein einmaliger Fehltritt gewesen. Und wahrscheinlich auch nicht der letzte. Ein bitteres Lachen entfuhr meiner Kehle und ich betrachtete den Wein in meiner Hand. Sollte ich mir die Flasche genehmigen?

Würde das den Schmerz lindern? Würde der Alkohol helfen? Letztendlich spielte es keine Rolle.

Der Mann, den ich liebte, war nicht der Mann, für den ich ihn gehalten hatte.

Und scheinbar war ich auch nicht die Frau, die ich zu sein glaubte. Wäre ich es gewesen, hätte ich die Zeichen früher gedeutet. Ich wäre nicht erst an meinem Hochzeitstag weggelaufen.

Ich wäre nicht zu einer Braut auf der Flucht geworden.

Ich ließ mich auf die Bank vor mir sinken und nippte diskret an meinem Wein.

Ich wollte einfach nur atmen. Und allein sein.

Und nie wieder ein Wort an jemanden richten.

Während ich mein Kleid betrachtete, wusste ich, dass ich diese Holland nicht sein wollte.

Tatsächlich wollte ich nie wieder ein Wort mit einem Mann wechseln, Sympathie für einen empfinden oder mich gar in einen verlieben.

Niemals wieder.

KAPITEL EINS

»So schlecht in Mario Kart bin ich nun auch wieder nicht«, keuchte Ethan Montgomery, als sie um eine Ecke joggten.

Lincoln schüttelte den Kopf. »Doch, das bist du. Nicht ohne Grund macht sich deine ganze Familie darüber lustig.«

Ethan seufzte. Die Worte seines Freundes kränkten ihn. Aber … eigentlich hatte Lincoln recht. Er konnte sich auch nicht erklären, warum er regelmäßig an diesem simplen Nintendo-Spiel scheiterte.

»Jetzt zerbrichst du dir wahrscheinlich den Kopf darüber, dass es für ein Computergenie mit Doktortitel eigentlich ein Kinderspiel sein sollte. Immerhin bist du Programmierer und könntest mit deiner Forschung buchstäblich die Welt retten. Trotzdem bist du nicht in der Lage, Prinzessin Peach mit einem grünen Panzer zu treffen«, sagte Lincoln und schien nicht einmal annähernd außer Atem zu sein.

Ethan hätte seinen besten Freund am liebsten gepackt und geschüttelt. Nur ein wenig. Sie joggten dreimal die

Woche dieselbe Strecke, und trotzdem war Lincoln stets in besserer körperlicher Verfassung.

Vermutlich lag es daran, dass Lincoln seinen Job zwar überwiegend im Sitzen ausführte, aber jede Gelegenheit nutzte, um zu stehen. Außerdem trainierte er regelmäßig. Als Computerchemiker war Ethan hingegen an seinen Stuhl gefesselt. Stehpulte waren für ihn eine Qual, denn sie ließen seine Füße schmerzen. Also saß er. Häufig. Er war zwar nicht unbedingt außer Form, aber im Vergleich zu seinem besten Freund war er gehörig außer Puste.

Seinem äußerst attraktiven besten Freund.

Ja, das war ihm aufgefallen. Und zwar schon häufig. Seit er ihn im Alter von vierzehn zum ersten Mal mit nacktem Oberkörper gesehen hatte, war Ethan Montgomery in seinen besten Freund Lincoln verschossen. Doch das würde er ihm niemals verraten. Es gab ungeschriebene Gesetze für enge Freundschaften wie ihre. Die Liebe durfte ihnen nicht in die Quere kommen, erst recht nicht, da Lincoln praktisch ein Montgomery war. Er gehörte zur Familie. Die Gefahr, alles wegen einer Schwärmerei und überschüssigen Hormonen aufs Spiel zu setzen, war zu groß. Ihre Freundschaft war wichtiger, als zu wissen, wie Lincolns Schwanz sich in seinen Händen anfühlte.

Bei dem Gedanken schwoll sein eigener Schaft in seiner Jogginghose an und er unterdrückte ein Stöhnen. Plötzlich wünschte er sich, er hätte engere Boxershorts angezogen, denn nun würde der Rest des Laufs sogar noch schmerzhafter werden.

»Hörst du mir überhaupt zu?«, fragte Lincoln, der immer noch nicht außer Atem schien. Wie schaffte er das nur?

»Ich höre dir zu. Und ich möchte dich darauf hinweisen, dass ich Prinzessin Peach beim letzten Mal mit einem grünen Panzer abgeschossen habe.«

»Du hast als Prinzessin Peach gespielt, Ethan. Es zählt nicht, wenn du gegen eine Wand stößt und dich dann mit deinem eigenen verdammten Panzer triffst«, widersprach Lincoln.

Ethan begegnete dem Blick seines Freundes und bemühte sich um eine gekränkte Miene. Stattdessen brach er jedoch gemeinsam mit Lincoln in schallendes Gelächter aus.

Natürlich stolperte er sofort über seine eigenen Füße und musste am Rand des Weges eine Pause einlegen. Er stützte die Hände auf die Knie und rang nach Atem.

»Du kannst doch unmöglich außer Form sein«, meinte Lincoln und schüttelte den Kopf. »Was ist los?«

»Ich fürchte, doch. Das müssen die Nachos von vorgestern Abend sein.« Er rieb sich demonstrativ den Bauch.

Lincoln folgte der Bewegung mit einem Blick und verengte die Augen. »Ich habe dich mit nacktem Oberkörper gesehen. Du bist genauso durchtrainiert wie der Rest des Montgomery-Clans. Ich begreife einfach nicht, wie ihr alle so unverschämt gut aussehen könnt. Inklusive eurer Cousins und Cousinen. Es ist schon fast beängstigend.«

Ethan klimperte mit den Wimpern. »Ach, du denkst also, dass wir gut aussehen? Das ist so süß von dir.«

Lincoln versetzte ihm einen spielerischen Schubs. »Du bist ein Arschloch.«

»Bin ich nicht. Du bist das Arschloch«, entgegnete Ethan und schubste zurück.

Sie lachten und setzten ihren Lauf fort.

»Wie viele Kilometer haben wir noch vor uns?«, wollte Ethan wissen. Er keuchte zwar nicht mehr so stark wie zuvor, aber er rang immer noch nach Luft.

»Ein kleines Stück müssen wir noch laufen. Sei kein Weichei. Du machst immer nach zwei Kilometern schlapp. Sobald wir jedoch die drei Kilometer Marke überwunden haben, geht es dir wieder gut.«

»Du kennst mich einfach zu gut«, erwiderte Ethan und warf Lincoln einen vielsagenden Blick zu.

Lincoln zuckte nur mit den Schultern und joggte weiter. Er kannte Ethan tatsächlich sehr gut, schließlich verband die beiden seit der Grundschule eine innige Freundschaft. Aufgrund ihrer Nachnamen McClard und Montgomery hatten sie sich einen Tisch geteilt und waren ständig miteinander gepaart worden.

Es war reines Glück, dass sie sich trotz der erzwungenen Nähe so gut verstanden hatten. Sie hatten ihren Nachtisch geteilt und waren seitdem beste Freunde.

Irgendwann in der Unterstufe hatte Ethan dann Gefühle für Lincoln entwickelt, ihm aber nie etwas davon erzählt. Ethan war froh, dass er sich zurückgehalten hatte, denn es war nichts weiter als eine Schwärmerei, die vermutlich nur darauf zurückzuführen war, dass sie sich so gut kannten. Und auf die Tatsache, dass Lincoln verdammt sexy war. Ethan konnte nichts dafür, er hatte sich schon immer zu beiden Geschlechtern hingezogen gefühlt. Allerdings war es der Anblick von Lincolns nacktem Oberkörper gewesen, der ihm bewusst gemacht hatte, dass er an Jungs ein ebenso großes Interesse hatte wie an Mädchen.

Lincoln hatte zwar als Katalysator fungiert, doch er war nicht der erste Mann gewesen, der Ethan aufgefallen war.

Zu erwähnen wäre an dieser Stelle Brad Pitt in *Legenden der Leidenschaft*, der mit seiner wallenden Mähne den Anstoß für unzählige Coming-outs gegeben hatte.

Abgesehen davon hatte Ethan keine Zeit für eine Beziehung. Momentan arbeitete er an zwei Projekten, die beide ins Stocken geraten waren. Er machte so viele Überstunden, dass sich wahrscheinlich niemand daran gestört hätte, wenn er in seinem Büro zur Steigerung seiner Produktivität ein Feldbett aufgestellt hätte.

Obwohl er die Arbeit gern im Homeoffice erledigt hätte, war das leider nicht möglich. Ein Projekt für das Verteidigungsministerium erforderte die Verbindung zu einem speziellen Server. Auch das zweite Projekt gestaltete sich vom Büro aus einfacher, da der Zugriff auf einen Proxy-Server von zu Hause aus zuweilen problematisch war. Ein weiterer Pluspunkt war der Kontakt zu seinen Kollegen, mit denen er sich über mathematische Gleichungen austauschen oder gemeinsam angestauten Frust ablassen konnte.

Im Umkehrschluss sah er sowohl seine Familie als auch Lincoln weniger, als ihm lieb war. Diese hatten jedoch Verständnis. Um genau zu sein, hatten sie keine andere Wahl, nicht wahr?

»Wie lange noch?«, keuchte Ethan.

»Wir haben es fast geschafft. Dann kannst du dir einen Donut holen und dir einbilden, dass du weder Zucker noch Fett noch Kohlenhydrate zu dir nimmst.«

»Du hast gut reden. Du isst doch jedes Mal die Hälfte, bevor wir uns einen Becher Kaffee mit reichlich Zucker genehmigen.«

»Ich würde mehr Selbstbeherrschung an den Tag legen, wenn du nicht dabei wärst«, blaffte Lincoln und errötete dann.

Ethan zog die Augenbrauen in die Höhe, denn die Reaktion war höchst ungewöhnlich für Lincoln. Er errötete selten und stellte auch sonst kaum Emotionen zur Schau. Der Mann war zwar Künstler, doch er entsprach nicht dem Klischee des extravaganten, grüblerischen oder launischen Malers. Vielmehr erledigte er zielgerichtet seine Arbeit.

Ethan konnte sich nicht erklären, warum sein Freund plötzlich rot anlief.

Lincoln besaß Talent und hatte in der Kunstszene bereits Aufsehen erregt. Auf Ausstellungen erkannte man sowohl seine Werke als auch seinen Namen. Ethan war stolz auf seinen Freund und war dankbar, ihn auf seinem Weg begleiten zu dürfen.

In seinem Wohnzimmer hing sogar Lincolns erstes Gemälde. Dieser versuchte regelmäßig, es zurückzustehlen – nicht etwa, um es zu verkaufen, sondern weil er es für unvollkommen hielt. Seiner Meinung nach war es voller Makel.

Doch Ethan sah das anders. Für ihn war es das Geschenk eines Freundes, das von so viel Talent und Potenzial zeugte, dass es Ethan regelmäßig den Atem raubte.

Er war zwar kein Kunstverständiger und hatte keine Ahnung, was ein Werk schön oder ansprechend machte, aber er wusste, was ihm gefiel, und Lincolns Arbeiten gehörten dazu.

Letztlich mochte er Lincoln einfach.

Aber genug davon.

Seine Gedanken durften nicht immer nur um Lincoln kreisen. Vielleicht sollte er sich einfach in ein sinnliches Abenteuer stürzen, mit jemandem ausgehen oder sich sogar einen neuen Beruf suchen, der ihn weniger in Beschlag nahm. Allerdings liebte er seinen Job.

Außerdem würde er kaum über seine Schwärmerei hinwegkommen, wenn er seine gesamte Freizeit mit Lincoln verbrächte.

Nach weiteren eineinhalb Kilometern war Ethan völlig außer Atem. Selbst Lincoln hatte zu keuchen begonnen.

»Wie wäre es, wir beenden unseren Lauf und gehen zum Donutladen?«, fragte Lincoln und blieb stehen, woraufhin Ethan einen Fluch ausstieß. »Was ist?«, wollte Lincoln wissen und stemmte die Hände in die Hüfte. »Wolltest du etwa noch nicht aufhören?«

»Doch, doch. Ich habe nur aus Dankbarkeit geflucht.« Ethan fuhr sich mit der Hand übers Gesicht und musterte dann seine Finger. »Ich habe letzte Nacht wohl nicht gut geschlafen. Warum schwitze ich so viel? Wir befinden uns in Boulder. Hier sollte es eigentlich nicht so schwül sein.«

»Nun, wir waren eine Woche lang nicht laufen. Außerdem hasst du Ausdauertraining und bevorzugst Schwimmen und Gewichtheben.« Lincoln reichte ihm die Wasserflasche, die er sich um das Handgelenk gebunden hatte.

Ethan nahm sie dankbar entgegen. Er hatte wirklich nicht besonders gut geschlafen. Zu allem Überfluss hatte er heute sowohl seine Wasserflasche vergessen als auch das kleine Handgelenkband, das Lincoln ihm letztes Weihnachten geschenkt hatte, damit sie beim Laufen versorgt waren.

»Warum gehen wir eigentlich nie schwimmen?«

»Weil es in den beiden öffentlichen Schwimmbädern, die wir nutzen könnten, von Kindern nur so wimmelt. Vor allem um diese Jahreszeit. In Westminster gibt es noch ein Schwimmbad, aber der Eintritt kostet ein Vermögen.«

Ethan grinste. Er war gerührt, aber nicht überrascht, dass Lincoln bereits Erkundigungen eingezogen hatte. Eigentlich hatte Ethan sich selbst darum kümmern wollen, es dann aber vergessen, weil die Arbeit ihn mal wieder in Beschlag genommen hatte. Inzwischen war dieser Zustand fast zur Normalität geworden. Lincoln hingegen setzte ihn stets an erste Stelle. Und Ethan würde versuchen, sich bei ihm zu revanchieren.

»Du bist ein gefeierter Künstler und verdienst gutes

Geld mit deinen Werken. Über Eintrittspreise musst du dir also keine Gedanken machen. Und mir geht es auch nicht unbedingt schlecht. Immerhin sollten die beiden Doktortitel sich doch irgendwann bezahlt machen.«

Ein seltsamer Ausdruck huschte über Lincolns Gesicht, und Ethan runzelte die Stirn. »Was ist? Habe ich etwas Falsches gesagt?«, fragte er.

»Nein. Der Gedanke, mit einer Tätigkeit Geld zu verdienen, die ich normalerweise gern ausübe, ist irgendwie seltsam.«

»Normalerweise?«

Lincoln schüttelte den Kopf, nahm Ethan die Wasserflasche ab und trank einen großen Schluck. »Keine Sorge. Nur Künstlerprobleme. Ich finde schon eine Lösung.«

»Okay. Wenn du das sagst. Aber falls du jemanden zum Reden brauchst, bin ich für dich da.«

Lincoln schenkte ihm ein zaghaftes Lächeln. Ethan musste schlucken, denn er sah Lincoln gern lächeln. Er sollte sich wirklich verabreden. Diese Schwärmerei wurde langsam lächerlich.

»Du hasst Kunst«, entgegnete Lincoln.

Ethan riss die Augen auf. Glaubte Lincoln das wirklich? Die Vorstellung war gleichermaßen schmerzhaft wie beunruhigend. »Das stimmt nicht«, widersprach er. »Ich liebe deine Kunst. Mag sein, dass ich mit den Werken anderer Künstler nicht viel anfangen kann, aber deine verstehe ich. Zumindest so gut ich kann.«

»Ich weiß es zu schätzen, dass du es versuchst. Apropos, Damien will mich zu dieser Ausstellung mitnehmen. Du begleitest mich doch, oder?«

Ethan zuckte zusammen. »Ich hasse Damien«, platzte er heraus. Die Worte waren ihm ungewollt über die Lippen gekommen, aber er machte für gewöhnlich ohnehin keinen Hehl aus seiner Abneigung gegen den Kerl.

»Ich weiß. Das höre ich von dir nicht zum ersten Mal. Aber er ist mein Agent und als solcher verdammt gut.«

»Nein, *du* bist verdammt gut. Damien nutzt dich nur aus, um sich zu bereichern.«

»Fang bitte nicht schon wieder damit an.«

Ethan hob beschwichtigend die Hände und schüttelte den Kopf. »Du hast recht. Es tut mir leid. Ich werde dich begleiten. Es sei denn, ich muss länger arbeiten.«

Lincoln verengte die Augen.

»Also schön, ich werde pünktlich Schluss machen«, lenkte Ethan ein. Zumindest würde er sein Bestes geben und den Termin in jeden einzelnen Kalender eintragen, den er besaß, angefangen beim digitalen Planer bis hin zu dem aus Papier.

»Ich werde Bristol und Madison fragen, ob eine von ihnen mich begleitet, falls du es vergisst«, sagte Lincoln mit einem schroffen Unterton in der Stimme.

»Nicht nötig, ich werde da sein. Ich habe es bereits in meinem Hauptkalender vermerkt und werde es auch in den restlichen Planern eintragen. Vertrau mir, ich werde dich nicht enttäuschen.«

»Ich vertraue dir.«

»Gut. Und was ist jetzt mit dem Donut?«

»Also schön, du sollst deinen Donut haben.«

»Lass mich raten, du bestellst dir irgendetwas Gesundes, wie zum Beispiel einen Joghurt«, vermutete Ethan.

»Nein, ich hatte ebenfalls einen Donut im Sinn. Einen mit Cremefüllung und Schokoladenglasur. Köstlich.«

Ethan schloss die Augen und unterdrückte ein Stöhnen. Aber nicht, weil er sich gerade ausmalte, wie sein bester

Freund in den Donut biss und sich die Creme von den Lippen leckte. Nein, ganz und gar nicht. Er hatte Verlangen nach Zucker und Kalorien. Und sobald er die Zeit fand, würde er sich verabreden. Denn er musste wirklich aufhören, sich seinen Fantasien über Lincoln hinzugeben. Früher hatte er sich noch unter Kontrolle gehabt, doch das hatte sich geändert, nachdem sein Bruder Liam seine zukünftige Frau Arden getroffen und sich mit ihr verlobt hatte. Seither sprachen alle über Heirat und Kinder. Und Ethan wollte sesshaft werden. Selbst wenn er im Moment glaubte, niemals Zeit für eine eigene Familie zu finden, wünschte er sich eine.

Bisher hatte er den Partner oder die Partnerin fürs Leben jedoch noch nicht gefunden. Mit Lincoln würde er keine Familie gründen können, allein schon, weil Lincoln das nicht wollte. Zuerst musste Ethan sich im Klaren darüber werden, was er selbst eigentlich vom Leben erwartete.

Und das fiel ihm nicht leicht.

Er wollte glücklich sein und sehnte sich nach der großen Liebe. Und vielleicht wollte er irgendwann sogar in den Hafen der Ehe einlaufen.

Sie bogen um die Ecke und Ethan geriet erneut ins Straucheln.

»Siehst du das auch?«, fragte Lincoln.

»Du meinst die Frau in einem wunderschönen Hochzeitskleid, die gerade auf einer Parkbank sitzt und Wein aus einer Flasche trinkt, die sie in eine Papiertüte gewickelt hat?«

Lincoln nickte. »Oh. Gut. Dann siehst du sie also auch.«

Ethan wollte gar nicht erst darüber nachdenken, dass die Frau in dem Moment erschienen war, in dem er über

Heirat und Babys nachgedacht hatte. Nein, darüber wollte er sich jetzt nicht den Kopf zerbrechen. Meine Güte. Das würde interessant werden.

»Entweder hat niemand im Park sie bemerkt, oder die Besucher gehen ihr absichtlich aus dem Weg, um ihr etwas Freiraum zu lassen«, vermutete Ethan und wandte sich Lincoln zu.

»Wir sollten sie fragen, ob es ihr gut geht«, schlug Lincoln vor, während Ethan nickte.

»Ja, offenbar haben wir es hier mit einer flüchtigen Braut zu tun. Eine Braut, die sich nicht traut, sozusagen.«

»Es ist nicht zu glauben, wie vernarrt du in diesen Film bist«, spottete Lincoln.

»Die Wiedervereinigung von Julia Roberts und Richard Gere war einfach perfekt.«

»Das ist nicht wahr«, widersprach Lincoln. »Aber immerhin hat sie in dem Film keine Prostituierte gespielt.«

»Ich verstehe nicht, was du gegen Julia Roberts einzuwenden hast«, entgegnete Ethan, als sie sich in Bewegung setzten und auf die Parkbank zusteuerten, auf der die Braut saß.

»Ich liebe die meisten ihrer Filme. Aber als Prostituierte oder flüchtige Braut gefällt sie mir nicht.«

»Vielleicht solltest du das nicht so laut sagen«, gab Ethan zu bedenken. »Schließlich werden wir uns gleich mit einer Braut unterhalten.«

»Du hast recht. Das hier ist eine vollkommen andere Situation. Außerdem ist weit und breit kein Richard Gere in Sicht, der sie retten könnte.«

»Nein, nur wir, nicht wahr?«, fragte Ethan und zwinkerte seinem Freund zu.

»Du solltest öfter mal von deinem Schreibtisch

wegkommen«, murmelte Lincoln, aber Ethan lächelte, als sie auf die Frau zugingen.

Mein Gott, sie war atemberaubend. Markante Wangenknochen, volle Lippen und rotes, schulterlanges Haar, das sie auf einer Seite zu eleganten Locken hochgesteckt hatte. Statt eines Schleiers trug sie eine Tiara. Ihr trägerloses Kleid mit der schmalen Taille und dem ausladenden Rock wirkte in diesem Park vollkommen deplatziert. Ein Segen, dass sie sich auf der abgelegenen Seite, fernab der beliebten Laufstrecken und Spielplätze befanden. Nicht viele Menschen verirrten sich hierher.

Zum Glück.

»Hallo, geht es Ihnen gut?«, fragte Ethan und bemühte sich um einen lässigen Tonfall, als sei der Anblick einer Braut, die auf einer Parkbank sitzt und Wein aus einer Papiertüte trinkt, völlig normal.

Die Frau sah zu ihnen auf, und Ethan schnappte nach Luft, während er zugleich bemerkte, dass Lincoln neben ihm erstarrte.

Ihre Augen.

Meine Güte, diese Augen. Sie waren tiefblau und wirkten fast wie Kontaktlinsen. Aber Ethan konnte sehen, dass die Farbe echt war, denn sie passte perfekt zu ihrem wohlproportionierten Gesicht und ihren prallen Lippen.

Selbst mit Spuren ihrer verlaufenen Wimperntusche auf den Wangen war sie wunderschön.

»Oh, hallo«, antwortete sie.

Als Ethan ihre Stimme hörte, schwoll sein Schwanz augenblicklich an, und er stieß einen leisen Fluch aus.

Ganz ruhig, Junge. Das ist jetzt wahrlich nicht der richtige Moment.

Genauso wenig wie bei Lincoln zuvor war dies auch

nicht der richtige Zeitpunkt, um über diese Frau zu fantasieren.

»Brauchen Sie Hilfe?«, fragte Lincoln und ging vor ihr auf ein Knie. Ethan tat es ihm gleich. Die beiden Männer sahen aus, als wollten sie ihr einen Heiratsantrag machen, aber einfach vor ihr herumzustehen wäre auch keine gute Idee gewesen.

Die Frau blickte zwischen den beiden hin und her und schüttelte den Kopf. »Mir geht es gut. Ich genieße einfach nur den Tag.«

»Sie sehen aus, als hätten Sie eigentlich andere Pläne gehabt«, warf Ethan ein.

Sie verzog die Lippen zu einem Lächeln, doch im nächsten Moment traten ihr Tränen in die Augen. Ethan hätte sich ohrfeigen können.

»Können wir etwas für Sie tun? Haben Sie vielleicht Lust auf einen Kaffee?«, fragte Lincoln.

Sie betrachtete die Tüte in ihrer Hand und warf sie mitsamt der Flasche in den Mülleimer neben der Bank. »Kaffee klingt gut. Ich habe nichts anderes vor. Sie sind doch hoffentlich keine verrückten Serienmörder, oder? Ich habe genügend Kriminalsendungen gesehen, um zu wissen, dass Serienmörder hin und wieder zu zweit arbeiten. In solchen Fällen ist einer von ihnen der Dominante, während der andere sich unterordnet. Aber für gewöhnlich treiben sie ihr Unwesen im Alleingang.«

Ethan schüttelte nur den Kopf. »Sie würden sich prächtig mit meinem Bruder Aaron verstehen. Er liebt diese Kriminalsendungen.«

»Ich würde nicht unbedingt sagen, dass ich sie liebe. Sie halten mich nachts häufig wach. Wie auch immer, ich sollte wohl besser nach Hause gehen.«

»Nicht doch, wir laden Sie auf einen Kaffee ein. So

können wir uns vergewissern, dass es Ihnen gut geht. Aber zunächst sollten wir uns vorstellen. Ich bin Lincoln. Und das ist Ethan. Sie sehen aus, als hätten Sie einen anstrengenden Tag hinter sich.«

Die Frau schenkte ihnen ein tränenreiches Lächeln und stand auf. Die beiden Männer taten es ihr gleich. »Ihr könnt mich Holland nennen. Heute sollte eigentlich mein Hochzeitstag sein.«

»Das dachten wir uns schon«, murmelte Ethan, woraufhin Lincoln ihm einen Stoß in die Rippen versetzte.

»Ich gebe zu, das Kleid eignet sich nicht wirklich, um an einem Donnerstagnachmittag im Park zu sitzen.« Sie seufzte. »Ich könnte jetzt wirklich einen Kaffee gebrauchen. Und ich hoffe *wirklich,* dass ihr keine Serienmörder seid.«

»Nun, ich bin keiner«, sagte Ethan und deutete dann auf Lincoln. »Aber für ihn kann ich nicht garantieren.«

Holland riss die Augen auf, und Lincoln murmelte etwas, das Ethan wahrscheinlich gar nicht hören wollte.

»Ich bin auch kein Serienmörder«, erklärte Lincoln. »Obwohl das natürlich das Erste ist, was ein Serienmörder sagen würde. Wie auch immer, da drüben ist ein Café. Wir können uns davorsetzen und einen Kaffee trinken. Wir müssen nicht einmal hineingehen. Bei uns bist du in Sicherheit, versprochen.«

Bei den Worten wurde Ethan warm ums Herz. Selbst wenn er nicht hier wäre, wäre Holland bei seinem Freund in guten Händen. Auf Lincoln war immer Verlass. Und so verloren Holland in ihrem Hochzeitskleid wirkte, konnte sie jemanden gebrauchen, auf den sie sich verlassen konnte.

»Okay«, flüsterte sie.

In diesem Moment wusste Ethan, dass seine Fantasien über seinen besten Freund, seine Arbeit und sogar die

Tatsache, dass er ein wenig aus der Form geraten war, keine Rolle mehr spielten.

Diese Braut brauchte sie, und er war ein Montgomery. Lincoln gehörte auch zur Familie und in seiner Familie halfen sie Menschen in Not.

Selbst wenn ihre Libido ihnen dabei im Weg stand.

KAPITEL ZWEI

Holland Yeaton hatte schon viele schlechte Tage in ihrem Leben durchgestanden. Tatsächlich waren es so viele, dass sie die guten zu überwiegen schienen. Es war ein wenig beängstigend, aber normal.

Vielleicht wäre es übertrieben zu behaupten, dass dies einer der schlimmsten Tage ihres Lebens war.

Doch während sie in diesem Café zwei der attraktivsten Männer gegenübersaß, die ihr je begegnet waren, und die anderen Gäste sie mit neugierigen Blicken beäugten, kam sie zu dem Schluss, dass ihre Reaktion vielleicht gar nicht so übertrieben war.

Immerhin trug sie ein sündhaft teures Hochzeitskleid, das sie eigentlich gar nicht hatte kaufen wollen. Sie liebte es, aber sie hatte nicht ganz eingesehen, warum sie so viel Geld für ein Kleid ausgeben sollte, in dem sie lediglich einen Tag strahlen würde, während sie *ein ganzes Leben* mit ihrem Ehemann vor sich hätte haben sollen. Doch dieser Mann war nun Geschichte.

Sie hatte sich mehr als nur diesen einen Tag gewünscht. Sie hatte Jahre, *Jahrzehnte*, mit ihm verbringen wollen.

Zumindest in der Theorie. Dustin und sie hatten schon vor dem Hochzeitstag mit einigen Krisen zu kämpfen, doch das bedeutete nicht, dass sie gescheitert wären. Sie hätten von Beginn an an ihrer Ehe arbeiten müssen, aber das hätte Holland bereitwillig in Kauf genommen.

Schließlich lief in keiner Ehe immer alles reibungslos.

Obwohl es ihr nicht wichtig gewesen war, hatten ihre Mutter und ihre Schwester sie zu diesem maßlos überteuerten Kleid genötigt. Sie hatten geschwärmt, wie hervorragend es ihr stehe und dass es an Haute Couture erinnere. Holland selbst kam sich darin allerdings eher wie eine wandelnde, spitzenbesetzte Sahnetorte vor.

Sie hatte sich eine einfache Zeremonie, ein schlichtes Kleid und ein Leben voller Glück und Liebe mit Dustin gewünscht.

Nichts davon hatte sie bekommen.

Stattdessen saß sie nun zwei fremden Männern gegenüber, die auf sie zugekommen waren, um sich nach ihrem Befinden zu erkundigen, während die restlichen Passanten an ihr vorbeigegangen waren. Einige hatten sie angestarrt und sich wahrscheinlich gefragt, ob sie in ihrem albernen Hochzeitskleid für ein Fotoshooting herhalten musste, oder ob irgendwo eine Kamera auf sie gerichtet war und sie für eine Fernsehsendung filmte.

Nichts davon war der Fall.

Dies war ihre Realität. Und vielleicht hatte sie es nicht anders verdient.

Sie hatte nach dem Glück gegriffen, doch ihre Sehnsucht war nicht gestillt worden.

Ein wenig Demütigung und ein leichter Rausch spielten da auch keine Rolle mehr.

»Möchtest du noch eine Tasse Kaffee?«, fragte Lincoln. Holland blickte auf und starrte den sexy Mann mit großen Augen an.

Dass sie die beiden Männer in Gedanken immer wieder als »sexy« und »attraktiv« bezeichnete, war wahrscheinlich darauf zurückzuführen, dass sie ein bisschen zu viel Wein getrunken hatte – und noch dazu aus einer Flasche eingewickelt in eine Papiertüte.

Sie hatte nicht gewusst, wohin sie sonst hätte gehen sollen, außer vielleicht in die nächstbeste Kneipe, um ihre Sorgen zu ertränken.

Außer ihrer Handtasche hatte sie nichts bei sich, nicht einmal ihre Kreditkarten. Ein Hotelzimmer kam also nicht infrage, doch das wäre in diesem Aufzug ohnehin seltsam gewesen. Nach Hause konnte sie nicht gehen, da Dustin dort war. Und an ihre Eltern konnte sie sich auch nicht wenden.

Die beiden waren schon vor der Hochzeit wegen unzähliger Nichtigkeiten wütend gewesen, doch nun hatte Holland dem Ganzen die Krone aufgesetzt, indem sie in ihrem verdammten Hochzeitskleid noch vor der Trauung Reißaus genommen hatte.

Holland betrachtete Lincoln und versuchte, all diese düsteren Gedanken zu verdrängen. Vermutlich hielten die beiden Männer sie ohnehin für verrückt, da musste sie nicht noch Öl ins Feuer gießen. Sie wollte einfach nur normal sein. Allerdings war es nicht *normal*, allein in einem Hochzeitskleid im Park zu sitzen und Wein aus einer Flasche eingewickelt in eine Papiertüte zu trinken.

Zumindest entsprach das nicht der Vorstellung, die andere Leute von einem normalen Leben hatten. Vielleicht war dies jetzt ihre Normalität.

Erneut riss sie sich aus ihren Gedanken und fixierte

Lincoln. Er hatte kinnlanges, dunkles Haar, das sich leicht wellte, ein markantes Kinn, einen durchdringenden Blick und sehr sinnliche Lippen.

Natürlich hatte sie kaum darauf geachtet. Das lag nur am Wein. An dem Alkohol in ihrem Blut.

Apropos …

»Ich hätte gern noch eine Tasse Kaffee«, murmelte sie.

Lincoln schenkte ihr ein sanftes Lächeln, das seine Augen zum Strahlen brachte. Statt sie zu verurteilen, betrachtete er sie mit einem mitfühlenden Ausdruck. Holland verbuchte das als Erfolg.

Er hob die Hand und die Kellnerin eilte herbei. Die Frau war nicht die Einzige, die die beiden Männer unverhohlen anstarrte – Holland hatte sich desselben Vergehens schuldig gemacht.

»Könnten Sie uns noch drei Tassen Kaffee bringen? Danke«, bestellte Lincoln und schenkte der Kellnerin ein Lächeln.

»Und noch etwas Milch.« Ethan deutete auf das leere Kännchen auf dem Tisch. »Ich trinke meinen Kaffee mit einer Menge Milch. Und ich bin offenbar nicht der Einzige«, fügte Ethan hinzu und lächelte.

Holland spürte, wie ihr die Hitze in die Wangen stieg, aber sie konnte nichts daran ändern. Sie trank ihren Kaffee eben gern mit Milch und Zucker, na und?

Ethan trank seinen Kaffee auf die gleiche Art, während Lincoln sich mit einem Schuss Milch begnügte.

Die Tatsache, dass sie sich so brennend für die Kaffeevorlieben ihrer Begleiter interessierte, bewies nur, dass der Wein nach wie vor ihren Verstand benebelte. Sie konzentrierte sich auf all die unwichtigen Dinge, um sich nicht mit dem offensichtlichen Problem auseinandersetzen zu müssen – nämlich all die Gründe, die dazu geführt hatten, dass sie in einem Hochzeitskleid im Park gesessen hatte.

»Danke«, sagte sie, nachdem die Kellnerin gegangen war. Holland betrachtete die beiden Männer und war sich noch unschlüssig, ob sie sich überhaupt mit ihnen unterhalten wollte. Sie fragte sich, was sie wohl sagen würden. Wollten sie einfach nur nett sein oder hegten sie irgendwelche Hintergedanken? Es wäre vernünftiger gewesen, nicht mit zwei völlig Fremden mitzugehen, aber ihr Instinkt verriet ihr, dass sie harmlos waren. Sollte Holland doch durch die Hand zweier Serienmörder sterben, dann hätte sie es an einem Tag wie diesem wohl nicht anders verdient.

»Also, willst du uns erzählen, was passiert ist?«, fragte Ethan.

Holland lächelte zaghaft und senkte den Blick auf ihre leere Kaffeetasse.

Lincoln schloss die Augen und stöhnte. »Ethan«, murrte er. »Ist das dein Ernst?«

»Was ist denn? Ich meine ja nur.«

Holland atmete tief durch und beschloss, ganz offen zu sein. Sie wollte das alles nur hinter sich lassen und sich dann überlegen, wie es weitergehen sollte.

»Mein Name ist Holland, aber das wisst ihr ja bereits.«

»Hi«, sagte Lincoln mit einem Lächeln.

»Ich besitze einen kleinen Laden für Kunsthandwerk und Souvenirs ... und eigentlich wäre heute mein Hochzeitstag gewesen. Aber wie ihr unschwer erkennen könnt, habe ich den Bund fürs Leben nicht geschlossen.«

»Ehrlich gesagt wusste ich nicht, ob du geheiratet hast oder nicht«, warf Ethan ein. »Es hätte ja sein können, dass du dich erst *nach* der Trauung aus dem Staub gemacht hast. Aber so war es wohl nicht. Vielleicht sollte ich einfach den

Mund halten. Lincoln hat recht, manchmal plappere ich einfach drauflos.«

Die Kellnerin kam zurück und servierte ihre Getränke, wobei sie Holland völlig ignorierte. Diese hatte es nur ihren schnellen Reflexen zu verdanken, dass sie im letzten Moment die Hand zurückzog, um einer Verbrühung zu entgehen. Die Kellnerin wandte sich ab und zog von dannen, ohne sich bei ihr zu entschuldigen. Holland schüttelte nur den Kopf. So attraktiv ihre Begleiter auch sein mochten – das Verhalten der Bedienung war schlichtweg lächerlich.

Ethan reichte ihr schnell ein paar Servietten, während Lincoln ihre Hand ergriff und sie begutachtete. »Ist alles in Ordnung?«, fragte Lincoln. »Hat sie dich verbrüht?«

Holland musterte ihre Finger und schüttelte sich innerlich. Nur weil diese Fremden seit einer gefühlten Ewigkeit die Ersten waren, die ihr mit aufrichtiger Freundlichkeit begegneten, bedeutete das nicht, dass sie das Gespräch vertiefen musste. Sie musste nicht einmal hierbleiben. Es war unvernünftig. Sie sollte nach Hause gehen – oder eine Bleibe finden – und ihren nächsten Schritt planen.

»Mir geht es gut.« Holland zog ihre Hand zurück und nahm dankbar eine Serviette von Ethan entgegen, um die Sauerei auf dem Tisch wegzuwischen.

Ethan half ihr dabei. »Mach dir keine Sorgen. So etwas passiert doch ständig. Aber ist wirklich alles in Ordnung?«

»Ja, mir geht es gut«, wiederholte sie.

»Okay«, sagte Lincoln und begegnete ihrem Blick. »Wenn du meinst.«

Es ging ihr nicht gut. Aber ... wie dem auch sei. Den verschütteten Kaffee konnte sie verkraften, mehr zählte im Moment nicht.

»Wie wäre es, wenn ihr mir erzählt, wie ihr euren

Lebensunterhalt bestreitet?«, schlug sie vor, um von sich abzulenken. Sie wollte den beiden nicht erklären, warum sie mitten im Park in ihrem Hochzeitskleid gesessen und Wein getrunken hatte.

Die beiden Männer wechselten einen Blick und schienen in ein stummes Gespräch vertieft, an dem Holland nicht teilhatte. Waren sie ... ein Paar? Vielleicht. Zumindest schienen sie eng miteinander befreundet zu sein. Allein der Gedanke, die beiden könnten zusammen sein, war unglaublich erregend.

Aber darüber konnte sie jetzt nicht nachdenken. Ihr Kopf war bereits voll mit anderen Problemen.

»Ich bin Computerchemiker«, antwortete Ethan hastig, als befürchtete er, Holland könnte ihn für seine Berufswahl verurteilen.

»In welchem Sektor? In der freien Wirtschaft oder forschst du an einer Uni?«

Ethan zog erstaunt die Augenbrauen in die Höhe. Holland grinste nur. Seine Reaktion schien sie nicht zu überraschen.

»Ein Freund von mir hat an der Uni Chemie studiert, während ich meinen Abschluss in Betriebswirtschaftslehre gemacht habe. Wir haben uns in einem Mathekurs kennengelernt. Ich weiß nicht einmal mehr, worum genau es dabei ging. Es war einer dieser hybriden Kurse aus Statistik und Theorie, bei denen man für die doppelte Menge an Stoff gefühlt nur die Hälfte der Punkte bekam.«

Ethan nickte und lächelte breit, was seine Augen zum Leuchten brachte. »Ich arbeite in der freien Wirtschaft. Hin und wieder publiziere ich zwar wissenschaftliche Arbeiten, aber unterrichten muss ich nicht.«

»Gott sei Dank«, murmelte Lincoln, woraufhin Ethan ihm einen betont finsteren Blick zuwarf.

»Wie bitte?«

»Zum Unterrichten fehlt dir die Geduld«, erklärte Lincoln.

»Das stimmt nicht«, widersprach Ethan.

»Erinnerst du dich noch daran, wie du versucht hast, deiner Schwester die Funktion ihres neuen Fire TV Sticks beizubringen?«

»Ja, sie hat es einfach nicht begriffen, und das war mir ein Rätsel. Ich meine, sie kann mit einem Computer umgehen und surft im Internet. Warum musste ich ihr zeigen, wie man dieses kleine Ding benutzt? Man muss es nur an den Fernseher anschließen.«

Lincoln wandte sich Holland zu, und sie unterdrückte ein Lächeln.

»Und genau deshalb ist er kein guter Lehrer«, stellte er fest.

»Fick dich«, entgegnete Ethan. Dann sah er Holland an und errötete. »Entschuldige bitte.«

»Du kannst fluchen, so viel du willst. Mich kannst du damit nicht schockieren. Normalerweise fluche ich selbst wie ein Kesselflicker, aber heute ist einfach ein bizarrer Tag.«

Die Männer tauschten erneut einen Blick aus und schienen darauf zu warten, dass sie fortfuhr. Doch das tat sie nicht. Wenn möglich, würde sie bis zur letzten Sekunde damit warten. Oder es ihnen gar nicht erzählen. Im Grunde wusste sie nicht einmal, wie sie das Geschehene erklären sollte.

»Also, ich bin Künstler«, durchbrach Lincoln das Schweigen.

Holland grinste. »Wirklich? Welche Art von Kunst?«

»Im Moment male ich hauptsächlich mit Ölfarben. Aber ich habe auch schon mit Acrylfarben und Mischtechniken gearbeitet. Außerdem fertige ich Skizzen mit Kohle an.«

»Er ist sogar ziemlich gut«, meldete Ethan sich zu Wort. Lincoln warf ihm einen Blick zu, den Holland nicht recht deuten konnte. War das sarkastisch gemeint? Sie fragte sich, ob sie Lincoln kennen müsste. Eigentlich war sie in Sachen Kunst durchaus bewandert, aber sie konnte sich nicht an die Namen aller Künstler erinnern. Möglicherweise wäre er ihr ein Begriff gewesen, wenn sie sich zuvor nicht so viel Wein einverleibt hätte.

»Es ist vollkommen in Ordnung, wenn du dich lieber in Schweigen hüllst. Aber wenn du darüber reden willst, warum du hier in deinem Hochzeitskleid sitzt, haben wir ein offenes Ohr für dich«, sagte Ethan, woraufhin Lincoln seufzte und sich in die Nasenwurzel kniff.

Holland musste lächeln. Ethan war ernsthaft bemüht, ihr zu helfen, also dachte sie bei sich … warum nicht? Schließlich würden alle Menschen, die ihr nahestanden, es bald herausfinden. Immerhin waren sie heute Morgen in der Kirche gewesen.

»Wie gesagt, ich sollte heute heiraten. Stattdessen habe ich meine Trauzeugin – die auch meine kleine Schwester ist – dabei erwischt, wie sie meinem zukünftigen Ehemann einen geblasen hat.«

Beide Männer starrten sie nur mit großen Augen und offenem Mund an.

»Ich habe noch nie zuvor erlebt, wie jemandes Wangen in dieser Position nymphenrosa und blütenscheu anlaufen. Und ich will diesen Anblick nie wieder sehen.«

Die beiden grinsten über das lahme Filmzitat, aber es war ihr einfach so herausgerutscht. Es war besser zu lachen, als in Tränen auszubrechen.

»Kurz bevor wir dich auf der Parkbank entdeckt haben,

haben Lincoln und ich uns noch über Julia Roberts' Filme unterhalten«, bemerkte Ethan.

»*Magnolien aus Stahl* ist herzzerreißend. Aber ich habe die Farben für meine Hochzeit nicht ausgesucht, sondern meine Mutter.« Holland schüttelte den Kopf. »Ich selbst hatte mit der Planung nicht viel zu tun. Alle anderen haben den Tag nach ihren Wünschen gestaltet. Ich wollte einfach nur heiraten und freute mich darauf, den Rest meines Lebens mit Dustin zu verbringen. Aber dieser Wunsch ist jetzt Geschichte. Der Mann ist ein Betrüger. Und meine Schwester ist genauso verlogen. Ehrlich gesagt weiß ich nicht, wie es jetzt weitergehen soll. Also seid nachsichtig, ich tue mein Bestes, um die Tränen zurückzuhalten. Vielleicht werde ich mir noch einen Wein besorgen, denn wenn ich meine Sorgen im Alkohol ertränke, wache ich vielleicht aus diesem schrecklichen Albtraum auf, bin verheiratet und die Welt ist wieder im Lot.« Holland nahm dankbar eine Serviette von Ethan entgegen und trocknete damit ihre Tränen. »Ohne Zweifel gebe ich ein lächerliches Bild ab. Ich weiß nicht, warum ich in meinem Brautkleid aus der Kirche gestürmt bin. Ich habe nur meine winzige Handtasche mitgenommen. Meine große Tasche mit meinem Handy und allen anderen wichtigen Utensilien liegt noch dort.«

»Was können wir für dich tun?«, fragte Lincoln.

Holland blickte auf. »Wie bitte?«

»Was können wir für dich tun?«, wiederholte er. »Wie können wir dir helfen?«

»Ihr müsst mir nicht helfen. Ihr kennt mich nicht einmal. Ich bin dankbar, dass ihr mir zuhört und mit mir einen Kaffee trinkt. Ich habe etwas Bargeld dabei. In meiner kleinen Handtasche sind noch fünf Dollar.«

»Der Kaffee geht auf uns«, erwiderte Ethan trocken. »Wir kennen dich zwar nicht, aber eines solltest du wissen.

Meine Familie und ich – und dazu gehört auch Lincoln hier, da er mein bester Freund ist – ignorieren *niemals* einen Menschen in Not.«

»Oh«, hauchte sie. Was hätte sie sonst sagen sollen? Immerhin konnte sie seinen Worten entnehmen, dass er und Lincoln enge Freunde waren. Das war gut zu wissen. Diese Information würde sie abspeichern. Meine Güte, sie brauchte dringend ein Nickerchen. Langsam verlor sie den Verstand.

»Weißt du schon, was du jetzt tun willst?«, fragte Lincoln.

Holland schüttelte den Kopf. »Nein, ich habe einfach das Weite gesucht. Als ich das Grinsen auf dem Gesicht meiner Schwester sah, wusste ich, dass das nicht das erste Mal war. Und es würde wahrscheinlich auch nicht das letzte Mal sein. Ich konnte ihn nicht heiraten. Meine Mutter schrie mich an, beschimpfte mich und befahl mir zurückzukommen, obwohl sie genau wusste, was geschehen war. Also habe ich mich aus dem Staub gemacht.«

»Wenn du nicht weißt, wie es weitergehen soll, werden wir dir helfen. Wir finden eine Lösung«, erklärte Lincoln. Er nickte ihr zu und wandte sich dann an Ethan. »Wir könnten deinen Bruder anrufen und ihn fragen, ob sein Apartment noch leer steht.«

»Apartment?« Sie war verwirrt. Offenbar schmiedeten die beiden bereits Pläne. Sie selbst kannte im Moment nicht einmal die Bedeutung dieses Wortes, und das sah ihr ganz und gar nicht ähnlich.

»Du sagtest doch, du brauchst ein Dach über dem Kopf«, erklärte Ethan und fischte sein Handy aus der Tasche. »Mein Bruder besitzt hier in der Gegend einige Immobilien. Ich bin mir sicher, er lässt dich in einer von ihnen übernachten. Auf diese Weise musst du nicht bei einem von uns bleiben. Wir wollen schließlich nicht, dass du dich unwohl fühlst oder uns für Serienmörder hältst, die versuchen, dich in eine Falle zu locken.«

Holland schnaubte und hatte das Gefühl, zwanzig Schritte hinterherzuhinken. »Nun, ich halte euch nicht wirklich für Serienmörder, aber nach diesem Tag würde mich nichts mehr überraschen.«

»Wir sind wirklich keine Serienmörder. Wobei das aus dem Mund eines Serienmörders wahrscheinlich nicht viel zu bedeuten hätte«, frotzelte Lincoln mit einem Lächeln. Holland blieb jedoch sichtlich angespannt. »Wenn Ethan das mit der Wohnung klären kann, hast du zumindest für heute Nacht ein Dach über dem Kopf. Falls nicht, finden wir eine andere sichere Lösung«, fuhr er fort. »Und jetzt verrate uns, in welcher Kirche du heiraten wolltest, dann holen wir deine Sachen.«

Holland starrte sie fassungslos an. »Warum tut ihr das?«

»Weil du Hilfe brauchst«, antwortete Ethan, ohne den Blick von seinem Handy abzuwenden. »Außerdem wollte ich schon immer eine Prinzessin in einem weißen Kleid retten.«

»Das ist nicht wahr«, warf Lincoln ein. »Deine Sprüche werden immer schlechter.«

»Du hast recht. Tut mir leid.«

Holland blickte verwirrt zwischen den beiden hin und her. »Ich verstehe das alles nicht.«

»Du musst es nicht verstehen. Vor allem musst du das nicht allein durchstehen. Wir helfen dir.«

»Aber wie kann ich euch jemals dafür danken?«

»Das musst du nicht«, erwiderte Ethan. »Hilf einfach jemand anderem, wenn du die Chance dazu hast. Und halte uns auf dem Laufenden.« Ethan zuckte nur mit den Schultern. »Du kennst die Montgomerys vielleicht nicht, aber wenn du einmal in den Clan aufgenommen wurdest, kommst du so leicht nicht wieder raus«, sagte Ethan mit einem Augenzwinkern. Holland runzelte die Stirn.

»Falls du es noch nicht erraten hast, die Montgomerys sind seine sehr große Familie«, erklärte Lincoln trocken. »Aber er vergisst manchmal, dass nicht jeder von ihnen gehört hat.«

»Oh«, hauchte Holland, noch immer verwirrt.

»Also schön, der Plan sieht folgendermaßen aus. Für heute Nacht besorgen wir dir eine Unterkunft und holen deine Sachen. So kannst du dir in Ruhe überlegen, was du tun willst. Und wenn du reden willst, sind wir für dich da. Ich verspreche dir, dass wir deinem Ex weder die Visage polieren noch in die Eier treten werden«, scherzte Lincoln.

Holland lachte schallend. Sie hatte Ethan für den Witzbold und Lincoln für den Stoiker gehalten, doch scheinbar waren beide sehr vielschichtig.

»Ich weiß nicht, wie es weitergehen soll. In keinerlei Hinsicht«, gestand sie.

»Du musst nicht sofort eine Entscheidung treffen. Aber wenn du dieses Hochzeitskleid loswerden und in etwas Bequemeres schlüpfen willst, werden wir auch dafür eine Lösung finden. Du bist nicht allein, das verspreche ich dir.«

Holland war noch immer wie betäubt, doch tief im Inneren spürte sie, dass er recht hatte. Vielleicht musste sie das alles doch nicht allein bewältigen.

Später, als sie auf der Rückbank von Lincolns Geländewagen saß und sie gemeinsam in Richtung Kirche fuhren, überkamen sie Zweifel. Machte sie gerade einen furchtbaren Fehler?

Was sollte sie nur ohne Dustin tun?

Er hätte ihre Zukunft sein sollen, ihr Ein und Alles. Aber darüber wollte sie jetzt nicht nachdenken.

Der Betrug war schlimm genug, doch der Blick hatte sie innerlich zerrissen. Nicht nur das Grinsen ihrer Schwester, sondern auch Dustins Gesichtsausdruck. Er hatte sie angesehen, als sei sie ihm vollkommen gleichgültig.

Als sei sie es nicht wert, um sie zu kämpfen. Als sei sie schlichtweg wertlos.

Sie hasste dieses Gefühl. Sie wollte sich nicht fragen müssen, ob er sie noch einmal betrügen würde oder ob er an ihre Schwester dachte, wenn er in sie eindrang. Wie lange hatten die beiden schon eine Affäre? Wie lange war sie die Dumme gewesen, die er geheiratet hätte, weil das von ihm erwartet wurde?

Wie sollte sie jemals wieder ihrer Schwester gegenübertreten?

Sie hatte immer alles an sich reißen wollen, was Holland gehörte, und war getrieben von einer Eifersucht, die Holland sich nie erklären konnte. Sie hatte nie begriffen, was im Kopf ihrer kleinen Schwester vorging. Und jetzt wurde ihr klar, dass sie es auch nie verstehen würde.

Als sie den Parkplatz der Kirche erreichten, atmete Holland erleichtert auf. Keiner der Wagen dort kam ihr bekannt vor.

Sie wusste nicht, was noch auf sie zukommen würde.

Aber als sie zwischen Ethan und Lincoln hin und her blickte, keimte in ihr die Hoffnung auf, dass sie das alles vielleicht wirklich nicht allein durchstehen musste.

Doch dann senkte sie den Blick auf ihr Hochzeitskleid und wurde sich bewusst, dass sie nun eine Einzelkämpferin war. Sie musste ihr Leben eigenständig meistern.

Die Chance auf ihr Glück hatte sie verloren. Bei dem

Gedanken traten ihr Tränen in die Augen und sie begann zu schluchzen.

Sie war einfach so müde.

So verletzt.

Und wütend.

Alles brach über sie herein, während sie ihren Tränen freien Lauf ließ.

Die Hintertür wurde geöffnet und Ethan setzte sich neben sie. Er hielt sie in seinen Armen, während Lincoln sich auf seinem Sitz umdrehte, eine Hand auf ihr Knie legte und es durch den Stoff ihres Kleides drückte.

Tief im Inneren wusste sie, dass die beiden für sie da waren und ihr Trost später für sie von Bedeutung sein würde. Ihr war klar, dass sie nur versuchten, der verrückten Frau in dem Hochzeitskleid zu helfen, doch im Moment schob sie diese Gefühle beiseite. Sie hatte mit aller Kraft versucht, eine eisige Schutzmauer um sich zu errichten, und sie wollte nicht riskieren, dass etwas sie durchbrach.

Heute hatte sie alles verloren. Es war schwer, in dieser Dunkelheit Hoffnung zu finden.

Sie verfluchte sich dafür, dass sie sich überhaupt erlaubt hatte zu hoffen, bevor sie ihre Schwester und ihren Verlobten in flagranti ertappt hatte.

Die Erfahrung hätte sie lehren müssen, dass der Fall am Ende umso tiefer war, je mehr man zu hoffen wagte.

Sie hätte daraus lernen müssen. Aber das hatte sie nicht getan.

Aus Schaden wird man klug.

Oder eben nicht.

KAPITEL DREI

E inige Monate später

Lincoln McClard liebte Kunst. Für ihn war es faszinierend, dass ein Künstler eine präzise Vision von der Botschaft haben konnte, die er zum Ausdruck bringen wollte, die Interpretation aber letztlich beim Betrachter lag. Der Maler oder Bildhauer konnte sein Herz, seine Seele, sogar buchstäblich sein Blut, seinen Schweiß und seine Tränen in sein Werk stecken, aber am Ende bestimmte der Beobachter, was er unter Kunst verstand.

Nichtsdestotrotz war es der Künstler, der den Impuls gab, indem er den ersten Pinselstrich setzte oder ein anderes Medium verwendete. Es war seine Aufgabe, der Welt seine Botschaft zu vermitteln. Aber er musste auch akzeptieren, dass diese zuweilen nicht so aufgenommen wurde, wie er es beabsichtigte.

Lincoln tat sein Bestes, um das nicht zu vergessen. Denn an manchen Tagen hasste er diesen verdammten Job.

Seit wann war der Schaffensprozess für ihn so schwer?

Er war kreativ. Diesen Stempel hatten ihm seine Eltern, Lehrer, Freunde, Mentoren und Klassenkameraden schon früh aufgedrückt.

Schon als Kind hatte er Halsketten aus Makkaroni gebastelt und sich an anderen künstlerischen Experimenten versucht. Noch bevor er in der Schule Kunstunterricht hatte, stand für ihn fest, dass er kreativ sein wollte.

Zu Beginn hatte er sich schwergetan. Es dauerte Jahre, bis er sein Handwerk gemeistert und die Spreu vom Weizen getrennt hatte. Doch er hatte immer sein Bestes gegeben. Er lernte malen und zeichnen, experimentierte mit verschiedenen Medien, übte sich im Umgang mit Ton, Brennöfen und anderen Materialien. Er hatte sich sogar im Glasblasen und in der Bildhauerei versucht und mit Metall, Gussformen und Bronze gearbeitet.

Er probierte alles aus, was er in die Finger bekommen konnte, und wusste, dass er auch in Zukunft weiter experimentieren würde.

Doch im Moment fühlte er sich in seine Kindheit zurückversetzt, als er noch ein Junge mit Makkaroni, aber ohne Perspektive war. Jemand hatte ein Gemälde bei ihm in Auftrag gegeben, doch Lincoln hatte keine zündende Idee. Sein Kopf schien wie leer gefegt.

Der Kunde hatte lediglich gewünscht, dass das Werk Grau enthielt. Es war ihm gleichgültig, ob der Rest in allen Farben des Regenbogens leuchtete, solange auch das Grau darin vorkam, das ihn an die Augen seiner Frau erinnerte.

Lincoln gefiel diese Idee außerordentlich gut. In seinen Augen war sie erfrischend anders. Er würde etwas Vollkommenes für diesen Mann und seine Frau erschaffen, selbst wenn es am Ende irgendwo in einem Unternehmensgebäude hängen würde. Einige seiner Künstlerkollegen rümpften die Nase bei dem Gedanken, für »das System« oder irgendeinen Großkonzern zu arbeiten.

Lincoln schuf Kunst, um Geld zu verdienen, und damit war er völlig im Reinen. Er glaubte nicht an das Klischee vom hungernden Künstler. Die Vorstellung, dass wahre Kreativität nur gedieh, wenn man Kunst um ihrer selbst willen kreierte, statt sich damit zu ernähren, war für ihn lächerlich.

Genauso gut könnte man behaupten, dass ein Unternehmer für seine Arbeit kein Geld verlangen dürfe. Bei jedem anderen Beruf war es völlig legitim, für seine Leistung bezahlt zu werden, aber ein Künstler sollte am Hungertuch nagen? Nein danke.

Lincoln knurrte, warf seinen Pinsel auf den Tisch und vergrub das Gesicht in den Händen.

Zum Glück hatte er den Pinsel zuvor nicht in Farbe getaucht, sodass ihm eine Sauerei erspart blieb.

Gleichzeitig bedeutete die fehlende Farbe allerdings, dass er immer noch nicht wusste, wie er das Werk beginnen sollte.

Wie so häufig in letzter Zeit mangelte es ihm auch jetzt an Inspiration.

Und momentan führte er mit seinem Verstand eine heftige Diskussion über die Bedeutung von Kunst an sich und seinen Platz in der Kunstwelt.

Ehrlich gesagt wusste er überhaupt nicht mehr, was Kunst war.

Er litt an einer kreativen Blockade. Und an einer sexuellen Blockade. Nichts funktionierte. Und er wusste genau, wer dafür verantwortlich war. Er selbst war es jedenfalls nicht.

Obwohl der Gedanke irrational war und er tief im Inneren wusste, dass er selbst die Schuld trug, zeigte er mit dem Finger dennoch auf einen anderen.

Ethan Montgomery. Sein bester Freund und der Fluch seines Lebens.

Nur weil er den Mann schon seit einer halben Ewigkeit liebte, bedeutete das nicht, dass zwischen ihnen jemals etwas laufen würde. Und warum? Weil Ethan schon vor langer Zeit beschlossen hatte, dass Lincoln nicht mehr als ein Kumpel für ihn war.

Im Laufe der Jahre hatte Lincoln mit angesehen, wie Ethan eine Affäre nach der anderen gehabt hatte – sowohl mit Männern als auch mit Frauen. Er wusste, dass Ethan für eine feste Partnerschaft schlichtweg die Zeit fehlte, da er entschieden zu viel arbeitete. Außerdem fehlte ihm das Händchen für die kleinen zwischenmenschlichen Details, die eine aufkeimende Beziehung nährten.

Manche Menschen kamen damit zurecht. Lincoln hätte es sogar gefallen. Doch dieser Gedanke war hinfällig, da Ethan in ihm nicht mehr als einen Freund sah.

Also spukte Ethan ihm die ganze Zeit im Kopf herum. Obwohl er ihn erst am Vortag gesehen hatte, vermisste er ihn schmerzlich, was nur bewies, dass er bis über beide Ohren in den Mann verschossen war. Er kam sich vor wie ein liebeskranker Narr, der sein Herz an jemanden verloren hatte, der niemals dasselbe für ihn empfinden würde.

Und wenn er sich in seiner Fantasie ausmalte, dass sich zwischen ihnen mehr entwickeln könnte ... würde er sich wahrscheinlich übergeben müssen. Dieses Risiko durfte er niemals eingehen. Ethan war für ihn viel zu wichtig. Allein die Vorstellung, etwas zu tun, was ihre Freundschaft gefährden konnte, trieb ihm den kalten Schweiß auf die Stirn.

Lincoln hatte keine Alternative. Es gab keinen Plan B in Bezug auf Freunde und seine Zukunft.

Ethan war alles, was er hatte.

Abgesehen von einer Cousine, der er nahestand, und seinen Eltern am anderen Ende des Landes blieb Lincoln nicht viel.

Diese drei Menschen. Und sein bester Freund.

Und natürlich der Montgomery-Clan, der ihn praktisch adoptiert hatte.

Schon allein deshalb war es gefährlich, sich lüsternen Fantasien über Ethan hinzugeben.

Obwohl Ethans Mutter eine Beziehung der beiden wahrscheinlich begrüßt hätte. Dann hätte sie eine Hochzeit planen und sich vielleicht sogar auf ein Enkelkind freuen können.

Doch das war nichts für Lincoln.

Je schneller er diese Gedanken aus seinem Kopf verbannte, desto besser.

Es war nicht sonderlich hilfreich, dass er jedes Mal, wenn er an Ethan dachte, eine Erektion bekam. Also verdrängte er diese Hirngespinste und machte sich an die Arbeit.

Er starrte auf seine Leinwand.

Wenig später kam er zu dem Schluss, dass er so nicht weiterkommen würde.

Lincoln stand von seinem Stuhl auf und ließ die Schultern kreisen. Gerade als er erwog, entweder joggen zu gehen oder Ethan einen Besuch abzustatten, wurde die Wohnungstür geöffnet. Kurz darauf drang das Klirren eines Schlüsselbunds an sein Ohr.

Er runzelte die Stirn und überlegte, wer den Schlüssel zu seinem Atelier hatte.

Zum einen natürlich Ethan. Für Notfälle oder für den

Fall, dass einer von ihnen verreist war, besaß jeder den Schlüssel zur Wohnung des anderen.

Dann war da noch ... Damian.

»Ah, du bist für heute fertig. Sehr schön. Wir müssen reden.« Damien durchquerte lässig das Atelier, sah auf und grinste mit einer Selbstverständlichkeit, als hätte er keine Sorgen. Er erweckte den Anschein, helfen zu wollen, doch Lincoln wusste es besser. Damien war so gut in seinem Job, weil er am Ende immer das bekam, was er wollte. Er war jedoch niemals grausam, deshalb störte Lincoln sich nicht weiter daran. Aber er war nicht in der Stimmung für das, was Damien ihm zu sagen hatte.

Lincoln seufzte, wischte sich die Hände an einem Handtuch ab und ging auf Damien zu. »Ich dachte, der Schlüssel sei nur für Notfälle«, erwiderte er mit einem leicht entnervten Unterton.

Was wäre geschehen, wenn er gerade in den Schaffensprozess vertieft gewesen wäre? Eine solche Unterbrechung hätte ihn völlig aus dem Konzept gebracht.

Obwohl Ethan einen Schlüssel besaß, würde er niemals einfach so hereinplatzen. Er kündigte sich grundsätzlich vorher an, indem er Lincoln eine Nachricht schrieb und wartete, bis er diese gelesen hatte.

Es gab Regeln. Und wer in einem Atelier in der eigenen Wohnung arbeitete, musste Grenzen ziehen.

Für diese hatte Damien jedoch kein Verständnis.

Er war zwar Lincolns Agent und hatte maßgeblich zu seinem Erfolg beigetragen, aber sein Verhalten zerrte trotzdem an seinen Nerven.

Die Tatsache, dass die beiden vor ein paar Jahren zusammen im Bett gelandet waren, machte die Sache noch komplizierter. Seitdem herrschte eine seltsame Spannung zwischen ihnen. Lincoln hatte geglaubt, dass die Wogen sich allmählich geglättet hätten, doch das war offenbar nicht der Fall.

Vielleicht bildete er sich das auch nur ein.

»Der Schlüssel?«, hakte Lincoln nach.

Damien winkte nur ab. »Ach, ich bin es doch nur. Ich gehöre praktisch zur Familie.« Er zwinkerte. »Nun ja, vielleicht nicht ganz zur Familie. Wir befinden uns schließlich nicht in den Südstaaten, wenn du verstehst, was ich meine.«

Lincoln erwiderte nichts. Was hätte er auch sagen sollen? Damien benahm sich, wie er wollte, und redete, wie ihm der Schnabel gewachsen war, selbst wenn seine Sprüche manchmal herablassend und beleidigend waren. Aber er hatte ein Gespür für den Kunstmarkt und kannte Lincolns Arbeit. Manchmal hatte Lincoln das Gefühl, einen Pakt mit dem Teufel geschlossen zu haben, aber ganz so schlimm war Damien nun auch wieder nicht.

Obwohl er sich den Namen mit dem kleinen Antichristen aus dem Film *Das Omen* teilte.

Das erwähnte Ethan bei jeder sich bietenden Gelegenheit.

Lincoln sollte die Gedanken an Ethan wirklich verdrängen.

»Also, woran arbeitest du gerade?«, fragte Damien.

Lincoln war heilfroh, dass er einen Teil seines Ateliers abgesperrt hatte. Niemand durfte dort einfach herumspazieren. Wenn es um seine Kunst ging, hatte er Regeln aufgestellt, die Damien für gewöhnlich befolgte. Niemand durfte das Werk sehen, bevor Lincoln es fertiggestellt hatte. Doch Damien fragte trotzdem nach.

Jedes Mal.

»An einem Gemälde, wie du weißt.«

Damien runzelte die Stirn. »Wie du meinst. Also schön,

ich weiß, dass du vor ein paar Monaten mit deinem kleinen Freund bei dieser Vernissage warst. In Kürze findet wieder eine Ausstellung statt. Dafür brauchst du jemanden an deiner Seite, der für etwas mehr Gesprächsstoff sorgt.«

Lincoln massierte sich den Nasenrücken. Er verabscheute es zutiefst, dass Damien Ethan als seinen »kleinen Freund« bezeichnete. Er stieß ein Knurren aus, doch er wollte sich nicht provozieren lassen und zwang sich zur Ruhe.

Scheiß drauf.

»Weißt du was? Ja, ich war bei der Vernissage. Es war nett, aber ich muss nicht gleich die nächste Ausstellung besuchen. Zumindest nicht, bevor ich bereit dafür bin. Und das kann noch eine Weile dauern.«

Im Moment hatte er wahrlich keine Lust dazu. Zwar hatte er einige fertige Werke, aber zuerst wollte er diese Auftragsarbeit erledigen. Doch um sich konzentrieren zu können, musste er Ethan aus seinen Gedanken verbannen. Und das war gar nicht so leicht, wenn alle Welt ihn immer wieder aufs Tapet brachte.

Damien verdrehte nur die Augen und ging zum Kühlschrank, um sich ein Mineralwasser zu holen. Er hielt es weder für nötig, um Erlaubnis zu bitten, noch verschwendete er einen Gedanken daran, Lincoln ebenfalls etwas anzubieten. Lincoln war zwar nicht durstig, aber dennoch ... Wohin Damien auch ging, er hatte die Angewohnheit, sich überall breitzumachen.

Es war zum Verrücktwerden.

»Zu schade, denn ich habe dich bereits angemeldet. Wenn du einen Rückzieher machst, wird das ein schlechtes Licht auf dich werfen.«

Da Lincoln die Buchung nicht selbst getätigt hatte, verstand er nicht, warum sein Ruf darunter leiden musste.

Mein Gott, er fühlte sich jetzt schon erschöpft, dabei war es noch nicht einmal Mittag.

Je länger er darüber nachdachte, desto mehr musste er sich eingestehen, dass er diese Veranstaltungen normalerweise genoss, auch wenn er es hasste, zur Teilnahme genötigt zu werden. Aber auf diese Weise konnte er mit anderen Künstlern feiern und sie unterstützen, was Damiens ständiges Drängen wettmachte. *Ich liebe Kunst*, ermahnte er sich.

»Also schön, aber ich bringe Ethan mit.«

Damien legte die Stirn in Falten, was seinem fast schon zu schönen Gesicht einen strengen Ausdruck verlieh. »Der Mann hat keine Ahnung von Kunst. Ich weiß nicht, warum du ihn dazu zwingst. Es ist offensichtlich, dass er keinen Spaß dabei hat, und das lässt dich schlecht dastehen.«

Nicht das schon wieder. »Wen interessiert es, was andere Leute denken? Außerdem hat er durchaus Spaß. Und ich amüsiere mich auch, solange er dabei ist. Er ist seit einer Ewigkeit mein bester Freund. Also hör auf damit.«

Damien stellte sein Mineralwasser ab und hob beschwichtigend die Hände. »Ganz ruhig. Ich spreche doch nur aus, was ohnehin alle denken. Du musst dich von dem kleinen Kerl trennen.«

Verdammt noch mal. Kleiner Kerl?

»Wir sind Freunde, Damien. Und außerdem hast du mir nicht vorzuschreiben, wen ich mitnehme. Du bist mein Agent, mehr nicht.«

»Es gab eine Zeit, da war ich mehr als nur dein Agent.«

»Das reicht jetzt«, konterte Lincoln. »Ich habe noch zu arbeiten. Kann ich sonst noch etwas für dich tun?«

»Ich wollte dich lediglich über die Ausstellung informieren und nach dem Rechten sehen. Kein Grund, gleich aus der Haut zu fahren. Du weißt, dass die Abgabefrist immer näher rückt. Also, kein Druck ... nun ja, vielleicht doch«, fügte er mit einem Lachen hinzu.

Lincolns Puls beschleunigte sich und seine Schläfen begannen zu pochen. Herrje, er würde dieses Projekt niemals rechtzeitig fertigstellen. Und falls doch, hätte er am Ende vielleicht Damien oder irgendeinen unschuldigen Passanten erwürgt. Er war müde, entnervt und hatte keine Ahnung, wie er dieses Kunstwerk angehen sollte. Genauso wenig wusste er, was er im Hinblick auf Ethan unternehmen sollte.

»Ich muss mich wieder an die Arbeit machen. Ich begleite dich zur Tür«, erklärte er.

Damien verengte gekränkt die Augen, doch das war Lincoln in diesem Moment völlig egal. Er war müde und wollte einfach nur, dass Damien seine Wohnung verließ.

Vielleicht sollte er das Schloss austauschen lassen.

Bei diesem Gedanken verzog er die Lippen zu einem Lächeln. Als Damien das Grinsen bemerkte, trat ein feuriger Ausdruck in seine Augen. Er beugte sich vor, doch Lincoln wich zurück und nickte ihm knapp zu.

»Wir sprechen uns später.«

»Davon bin ich überzeugt«, schnurrte Damien und schlenderte lässig davon. Er schlenderte tatsächlich. Wie der Mann diesen arroganten Gang derart meisterlich beherrschte, war Lincoln ein Rätsel. Er schnappte sich seine Sachen und tippte hastig eine Nachricht an Ethan, um ihm mitzuteilen, dass er auf dem Weg zu ihm sei.

Ethan: *Perfekt. Ich habe gerade zu Hause einiges an Papierkram erledigt und wollte gerade das Spiel einschalten.*

Lincoln: *Wirklich?*

Ethan: *Ja, es läuft irgendeine Sportart mit einem Ball.*

Lincoln: *Du liebst jede Sportart. Sei kein Idiot und hör auf, dich dumm zu stellen.*

Ethan: *Ich dachte, du magst mich so, wie ich bin.*

Damit hatte er recht. Und genau das war das Problem.

Er seufzte und stieg in seinen Wagen. Vielleicht würde ein wenig Entspannung ihm guttun, damit er sich später wieder auf die Arbeit konzentrieren konnte. Sich zur Kunst zu zwingen hatte bei ihm noch nie funktioniert.

Er bog in die Einfahrt von Ethans Haus ein und stieg aus dem Wagen. Als sein bester Freund in einem lächerlichen Aufzug auf die Veranda trat, um ihn zu begrüßen, musste Lincoln unwillkürlich lachen.

Er schnaubte und hielt sich demonstrativ die Augen zu, als er auf Ethan zuging. »Wie ist es möglich, dass du schon erwachsen bist?«, fragte Lincoln kopfschüttelnd und drängte sich an seinem Freund vorbei ins Haus.

Ethan trug eine SpongeBob-Schlafanzughose, ein weißes Trägerhemd und darüber ein Trikot von den Denver Broncos. Das Trikot war allerdings so riesig, dass die Träger des Unterhemds hervorlugten. Die Mischung aus Orange, Blau und Gelb brannte Lincoln regelrecht in den Augen.

»Heute ist Waschtag«, erklärte Ethan.

»Du kannst unmöglich so viel schmutzige Wäsche haben, dass du außer diesem Outfit nichts mehr im Schrank hast. Und wo zum Teufel hast du einen Sponge-Bob-Pyjama in deiner Größe her?«

»Von Bristol. Sie schenkt mir gern ausgefallene Sachen. Und keine Sorge, ich wollte mich gerade umziehen. Du warst nur schneller hier als erwartet.«

»Hm, zumindest scheinst du es bequem zu haben«, murrte Lincoln.

»Und du siehst aus, als hättest du einen Stock im Hintern. Ist alles in Ordnung?«

»Mir geht es gut. Nur Ärger mit der Kunst.«

»Willst du darüber reden?«

Obwohl Ethan keine Ahnung von Kunst hatte, bot er Lincoln ein offenes Ohr und seine Hilfe an. Das bedeutete ihm alles. Lincoln verfluchte sich selbst dafür, dass er seinen besten Freund begehrte. Warum konnte er sich nicht einfach mit ihrer Freundschaft zufriedengeben?

Er musste es tun.

»Ich ziehe mich schnell um«, sagte Ethan. »Bier ist im Kühlschrank. Aber vielleicht ist es dafür noch zu früh.«

»Heute ist College-Football angesagt. Ich denke, da ist es erlaubt, um die Mittagszeit mit dem Trinken anzufangen. Ach, und sieh an, es ist Mittag.«

»College-Football.« Er schnippte mit den Fingern und grinste. »Ich wusste doch, dass ich das falsche Trikot trage.«

»Wie ich schon sagte, du bist ein Idiot. Zieh dich um. Das Outfit beleidigt meine Augen. Zieh lieber das richtige Trikot an. Ich weiß, dass du das auch im Schrank hängen hast.«

»Ich bin vielleicht ein Idiot, aber du liebst mich«, erwiderte Ethan. Die beiden hielten inne und starrten einander an. Ethan wurde ein wenig blass um die Nase, während Lincolns Herz mit einem Mal heftig in seiner Brust hämmerte.

Herrje, das war eine unangenehme Situation. Es war nicht zu übersehen, dass Ethan sich ebenso unbehaglich fühlte, doch Lincoln verstand nicht warum. Schließlich waren sie doch nur beste Freunde, nicht wahr?

»Sicher«, brach Lincoln das Schweigen. »Selbst in diesem merkwürdigen Aufzug.« Er deutete auf Ethans Outfit.

»Ich ziehe mich um.«

»Gott sei Dank.« Mit diesen Worten wandte Lincoln sich ab und ging in die Küche. Er schnappte sich zwei Bier und zwei der wiederverwendbaren Wasserflaschen, die Ethan immer im Kühlschrank aufbewahrte.

Er würde einfach nur mit seinem Freund Football schauen, über Belanglosigkeiten reden und sein Leben ordnen.

Weil er keine andere Wahl hatte.

»Weißt du eigentlich, was Holland so treibt?«, fragte Ethan, während er seine Jeans zuknöpfte. Er trug immer noch das weiße Trägerhemd und war in eine Hose geschlüpft, die sich perfekt an seinen Hintern schmiegte.

Guter Gott, wie schaffte der Mann das nur? Gerade noch hatte er Lincoln an ein verwirrtes Kleinkind erinnert, und jetzt sah er zum Anbeißen aus.

Lincoln würde wegen seines besten Freundes noch den Verstand verlieren.

»Augen hierher, Bruder«, forderte Ethan lachend.

Lincoln errötete. »Entschuldige, ich war nur … na ja, ohne die Farbe etwas verwirrt.«

»Klar.«

»Wenn ich mir dein Gemächt ansehen wollte, würde ich das tun«, sagte Lincoln und versuchte, seine Scham zu überspielen.

Ethan hob die Augenbrauen. »Gut zu wissen.«

»Wie auch immer. Wir haben gerade über Holland gesprochen«, wechselte Lincoln das Thema. »Hast du ihr nicht gestern eine Nachricht geschickt? Was hat sie gesagt?«

Es war ein paar Monate her, seit Lincoln Holland Yeaton zum ersten Mal begegnet war. Seitdem versuchte sie, sich in ihrem neuen Leben zurechtzufinden. Und Lincoln war froh darüber. Er mochte sie. Sehr sogar.

Um ehrlich zu sein, hätte er sie wahrscheinlich längst um eine Verabredung gebeten, wenn sie an jenem Tag nicht in einem verdammten Hochzeitskleid im Park gesessen und Wein aus einer Flasche eingewickelt in eine Papiertüte getrunken hätte. Er wusste, dass sie Zeit gebraucht hatte, um sich zu ordnen. Ihm war es nicht anders ergangen.

»Nichts«, antwortete Ethan hastig.

Lincoln zog die Augenbrauen in die Höhe. »Du hast in letzter Zeit ziemlich oft von ihr gesprochen. Bist du etwa in sie verschossen?«, fragte Lincoln halb im Scherz.

»Mag sein. Sie ist nett. Außerdem ist sie zu haben.« Ethan stöhnte auf. »Herrje, formuliere das bitte in Gedanken so um, dass ich nicht wie der letzte Vollidiot klinge.«

»Ich bin keinen Deut besser. Gerade habe ich daran gedacht, dass *ich* sie gebeten hätte, mit mir auszugehen, wenn sie an jenem Tag kein Hochzeitskleid getragen hätte.«

»Oh. Das ist irgendwie seltsam«, räumte Ethan ein. »Haben wir uns jemals in dasselbe Mädchen verliebt?«

»Möglicherweise. Aber eigentlich haben wir unterschiedliche Geschmäcker«, gab Lincoln zu bedenken.

»Vielleicht ein wenig. Doch ich glaube nicht, dass wir einen bestimmten Typ Frau bevorzugen. Meistens geben wir uns mit jemandem zufrieden, der das Herz am rechten Fleck hat. Und das trifft auf Holland definitiv zu«, sagte Ethan. »Allerdings weiß ich nicht, ob sie schon bereit für eine Beziehung ist.«

Lincoln nickte. »Der Gedanke ging mir auch schon durch den Kopf. Aber sie blickt immerhin nach vorn und hat sich in ihrem eigenen Haus eingerichtet.«

»Das ist wahr«, stimmte Ethan zu. »Wir haben beide angeboten, ihr beim Umzug zu helfen, aber sie hat abgelehnt.«

»Wahrscheinlich behagt ihr die Vorstellung nicht, dass zwei fremde Männer wissen, wo sie wohnt.«

»Wir sind längst keine Fremden mehr, seit wir sie neulich im Park getroffen haben.« Ethan hielt kurz inne. »Was hältst du davon, wenn wir sie zu einem Spieleabend einladen? Rein freundschaftlich.«

»Rein freundschaftlich«, pflichtete Lincoln ihm bei, weil er nicht wusste, was er sonst hätte sagen sollen.

»Wir wissen nicht, ob sie bereit für etwas Ernstes ist. Und unsere wichtigste Regel lautete schon immer: Niemand darf sich zwischen uns drängen, nicht wahr? Wenn wir beide ein Auge auf sie geworfen haben, sollten wir uns einfach beide zurückhalten.«

»Das ist eine vernünftige Regel. Aber ich glaube nicht, dass wir sie je anwenden mussten.«

Sie atmeten beide tief durch und starrten einander an. Für einen Moment herrschte eine fast schmerzhafte Stille. Lincoln wusste einfach nicht, was er denken oder sagen sollte. Schließlich räusperte er sich. »In Ordnung, laden wir sie ein. Sie kann dich bei Mario Kart das Fürchten lehren.«

»Du bist ein Arschloch«, entgegnete Ethan.

»Das ist wahr. Aber sie sollte sich mittlerweile daran gewöhnt haben. Ich meine, sie hat dich inzwischen schon häufiger getroffen, also ...«

Ethan verdrehte die Augen. »Okay, ich werde sie einladen. Ich glaube, sie könnte ein paar wahre Freunde gut gebrauchen. Wir müssen ihr ja nicht gleich einen Vortrag halten.«

»Nein, wir sind schließlich keine Dozenten. Aber das ist wahrscheinlich genau das, was ein Dozent sagen würde.«

»Da hast du recht. Und wenn wir mal davon absehen, dass wir uns beide zu ihr hingezogen fühlen, kann es nicht schaden, neue Freundschaften zu schließen. Findest du nicht auch?«

»Genau. Und sie muss wahrscheinlich einfach mal

wieder lächeln. Vielleicht bricht sie sogar in schallendes Gelächter aus, wenn sie dich spielen sieht.«

»Sehr witzig. Nichtsdestotrotz laden wir sie ein und schließen Freundschaft mit ihr. Man kann nie zu viele Freunde haben. Freunde sind wichtig.«

»Das ist wahr.«

Während Ethan sein Handy holte, wurde Lincoln sich schmerzlich bewusst, dass er gerade nicht nur von Holland gesprochen hatte.

Er war in seinen besten Freund verliebt. Und dieser hegte eine Schwäche für die Frau, die auch ihm im Kopf herumspukte.

Kein Wunder, dass seine Inspiration versiegt war. Er war vollkommen durcheinander. Vielleicht sogar unwiderruflich.

KAPITEL VIER

Der heutige Abend war wahrscheinlich keine gute Idee, aber in letzter Zeit schien Ethan ständig falsche Entscheidungen zu treffen. Dabei ging es nicht nur darum, dass er Holland zu einem Spieleabend eingeladen hatte, denn er würde sich höchstwahrscheinlich beim Spielen blamieren. Wahrscheinlich würde er auch Lincoln einen Strich durch die Rechnung machen.

Er war immer davon ausgegangen, seinen besten Freund in- und auswendig zu kennen, doch nun stellte sich heraus, dass Lincoln sich ebenfalls zu Holland hingezogen fühlte. Vielleicht war ihm das nur deshalb entgangen, weil er selbst Gefühle für Lincoln ... *und* Holland hegte. Einfach großartig.

Verflucht. Das Desaster war geradezu vorprogrammiert, aber nun konnte er keinen Rückzieher mehr machen.

Er war sich nicht einmal sicher, ob er das überhaupt wollte.

Das alles wäre jedoch hinfällig, wenn er es nicht rechtzeitig nach Hause schaffen würde.

Lincoln würde ihn umbringen.

Er würde ihn buchstäblich ins Jenseits befördern, wenn er nicht pünktlich war.

Ausgerechnet an diesem Sonntag war er wegen eines Serverproblems ins Büro beordert worden. Also hatte er keine andere Wahl gehabt, als Lincoln bei sich zu Hause allein zurückzulassen, um alles für den Abend vorzubereiten. Was für ein Arschloch er doch war. Er hatte weder Blumen noch eine Flasche Scotch oder sonst etwas dabei, um sich für sein Fehlen zu entschuldigen, obwohl die ganze Sache seine Idee gewesen war.

Die Arbeit war ihm dazwischengekommen. Er hatte sich an seinen Schreibtisch gesetzt, um das Problem zu lösen, und war so vertieft gewesen, dass er das Zeitgefühl verloren hatte. Er hatte erst wieder aufgeblickt, als die Sonne bereits hinter dem Horizont verschwand. Jetzt saß er in der Tinte.

Ethan trommelte ungeduldig mit den Fingern auf das Lenkrad, starrte die rote Ampel an und wünschte, sie würde endlich auf Grün umschalten. Er hatte bereits versucht, Lincoln zu erreichen, aber dieser ging nicht an sein Handy. Ethan hoffte, dass sein Kumpel einfach alle Hände voll zu tun hatte und nicht gerade vor Wut schäumte.

Andererseits wünschte er sich, dass Lincoln nicht zu beschäftigt war. Ethan hatte ohnehin schon ein schlechtes Gewissen, weil er nicht helfen konnte.

Meine Güte, er war wirklich ein Arschloch.

Ihm war klar, dass er manchmal als Freund versagte, aber heute hatte seine Nachlässigkeit wohl den Gipfel erreicht.

Ethan musste sich bessern. Ohne Zweifel.

Er bog in die Einfahrt seines Hauses ein und war dankbar, dass nur Lincolns Wagen dort stand. Eigentlich hatte das jedoch nichts zu bedeuten, denn Holland hätte sich auch ein Taxi nehmen können für den Fall, dass sie etwas trinken wollte.

Ethan hatte seinen besten Freund nicht verdient. So viel war klar. Er würde es einfach wiedergutmachen müssen. Irgendwie.

Er stieg aus dem Wagen und eilte zur Haustür. Lincoln öffnete sie, noch bevor Ethan seinen Schlüssel aus der Tasche ziehen konnte.

»Hey, wie schön, dass du auch endlich hier bist«, meinte Lincoln.

Ethan stöhnte. »Es tut mir leid. Es tut mir so leid. Ich wollte das alles nicht.«

Lincoln bedachte Ethan mit einem vielsagenden Blick, lächelte traurig und nickte dann. »Ich weiß. Hast du das Problem lösen können?«

»Ja. Und dann habe ich mich ablenken lassen und noch einige andere Dinge erledigt«, gestand Ethan.

»Du bist eine Koryphäe, Ethan. Sie können sich glücklich schätzen, dich im Team zu haben.«

Ethan folgte Lincoln ins Haus und warf seinen Schlüssel in die kleine Schale neben der Eingangstür.

»Aber es ist Sonntag. Eigentlich hätte ich gar nicht arbeiten müssen. Da mein Chef ebenfalls am Schreibtisch saß, habe ich die Gelegenheit genutzt und ihm erklärt, dass ich morgen nicht ins Büro komme, da ich mein Pensum für heute erfüllt habe.«

»Dein Chef ist ziemlich kulant. Solange du deine Arbeit erledigst und deine Stunden ableistest, sieht keiner so genau auf die Uhr. Für einen Job in der Forschung ist das gar nicht schlecht.«

»Das ist wohl wahr. Wenn du also morgen etwas unternehmen möchtest, kann ich es wiedergutmachen. So wie es aussieht, habe ich frei.«

»Vielleicht. Mal sehen, ob ich mich morgen auf die Kunst konzentrieren kann.«

»Hast du immer noch Probleme mit dem Gemälde?«, fragte Ethan, als er zum Kühlschrank ging und sich ein Bier nahm. Im Vorbeigehen warf er einen Blick auf die Anrichte und stieß einen leisen Fluch aus.

»Herrgott. Ich bin wirklich das letzte Arschloch.«

Vor ihm standen mehrere kunstvoll angerichtete Vorspeisen sowie eine Charcuterie-Platte. Lincoln hatte sogar eine Warmhalteplatte aufgestellt. Der Mann hatte wirklich an alles gedacht.

Da nichts davon gekühlt werden musste, vermutete Ethan, dass noch weitere Köstlichkeiten im Kühlschrank warteten. Er würde in der Hölle schmoren, wo er für all die Vergehen, die er seinem besten Freund angetan hatte, büßen würde.

»Das Gemälde braucht einfach seine Zeit. Hin und wieder kommt das vor. Aber mach dir keine Sorgen. Ich habe meinen Frust beim Kochen ausgelassen. Vielleicht habe ich es damit etwas übertrieben, aber es hat Spaß gemacht. Sieh dir die Wapröllchen im Kühlschrank an. Ich habe extra viel Speck reingesteckt, genau wie du es magst.«

»Frust wegen deiner Arbeit oder meinetwegen?«, fragte Ethan, ging zum Kühlschrank und nahm zwei der Röllchen heraus. Lincoln hatte Tortillas mit Frischkäse, Salat und Speck gefüllt, sie aufgerollt und dann in mundgerechte Happen geschnitten.

Ethan gab Lincoln eines der Röllchen und stöhnte, als er in das andere biss. Es schmeckte himmlisch.

Lincoln verzog die Lippen zu einem Grinsen und aß sein Röllchen. »Wegen beidem. Aber du bist ja jetzt hier. Und Holland wird sicher auch bald eintreffen. Wir sollten uns besser einen Plan zurechtlegen.«

»Einen Plan? Wofür?«, fragte Ethan und trank einen Schluck Bier, um das Röllchen hinunterzuspülen. Einfach köstlich.

»Einen Plan dafür, wie wir uns verhalten, wenn Holland hier ist.«

Ethan musterte Lincoln mit gerunzelter Stirn. »Dafür brauchen wir einen Plan?«

»Okay, vielleicht solltest du noch etwas essen, dann kannst du besser nachdenken«, riet Lincoln ihm. »Wir haben eine Frau eingeladen, die wir beide attraktiv finden und mögen. Ob wir nur eine Freundschaft zu ihr aufbauen oder mehr wollen, ist erst mal nebensächlich. Tatsache ist, dass wir uns noch nie zuvor zu der gleichen Frau hingezogen gefühlt haben. Das sollten wir nicht ignorieren.«

Ethan trank noch einen großen Schluck Bier. Dann stellte er die Flasche auf der Anrichte ab und lehnte sich dagegen. »Keine Ahnung. Aber Holland hat gesagt, dass sie Freunde braucht. Und eine Freundschaft können wir ihr zweifellos bieten. Falls sich mit einem von uns mehr entwickeln sollte, hätte ich nichts dagegen.«

Lincoln begegnete seinem Blick, und Ethan musste schlucken. »Du wärst damit einverstanden? Was, wenn Holland sich auch zu mir hingezogen fühlt, ich sie bitte, mit mir auszugehen, und sie zustimmt? Wäre das für dich auch in Ordnung?«

Nein, das wäre es nicht. Denn Ethan liebte Lincoln. Er liebte ihn wirklich, doch er wusste, dass zwischen ihnen nie mehr als nur eine Freundschaft bestehen würde. Am Ende zählte für Ethan nur, dass Lincoln glücklich war. Und wenn das bedeutete, dass sein bester Freund eine Beziehung mit der Frau einging, die er ebenfalls begehrte, dann würde er sich damit abfinden.

Etwas anderes kam nicht infrage.

»Wenn ihr zusammen glücklich wärt, hätte ich kein Problem damit.« Das entsprach der Wahrheit. Er wäre zwar nicht hocherfreut, aber er würde damit zurechtkommen.

Lincoln nickte. »Wenn du glücklich wärst, wäre ich es auch. Aber ich fürchte, dass diese Überlegungen hinfällig sind, weil sie wahrscheinlich gar nicht auf der Suche nach einer Beziehung ist. Vor allem nicht mit einem von uns.«

»Was stimmt denn mit uns nicht?«, fragte Ethan leicht gekränkt.

»Erstens sind wir zwei Junggesellen, die viel mehr Zeit miteinander verbringen als mit irgendjemandem sonst. Zweitens haben wir sie eingeladen, um Mario Kart mit uns zu spielen, als seien wir nicht älter als zwölf.«

»An Mario Kart ist nichts auszusetzen.«

»Außer der Tatsache, dass du eine Niete darin bist«, erwiderte Lincoln mit einem Grinsen.

Ethan boxte ihm spielerisch gegen die Schulter. »Idiot.«

»Netter Versuch, aber deine Schläge sind viel zu kraftlos. Vielleicht solltest du öfter mal trainieren«, stichelte Lincoln ihn.

»Dafür wirst du später büßen«, murmelte Ethan, doch Lincoln grinste nur. Dabei hatte er dieses verschmitzte Funkeln in den Augen, das Ethan so sehr liebte. Meine Güte, er brauchte dringend Sex. Außerdem musste er herausfinden, was zum Teufel mit ihm los war. Denn seine Gefühle für seinen besten Freund stellten langsam ein ernsthaftes Problem dar.

Seine Gedanken wurden zum Glück unterbrochen, als es an der Tür klingelte. Das musste Holland sein.

»Bist du bereit?«, fragte Lincoln. Der Mann sah heute Abend wirklich unverschämt sexy aus.

»Und ob. Ich gehe zur Tür.«

»Ich hole die restlichen Speisen aus dem Kühlschrank. Offenbar verpflege ich heute Abend eine ganze Kompanie.«

»Hey, so ein Wettrennen zehrt an der Substanz.«

»Sicher. Es ist ja so anstrengend, auf dem Hintern zu sitzen und mit einem Controller zu spielen. Morgen früh gehen wir joggen.«

»Großartig«, murmelte Ethan, hatte aber ein Lächeln auf dem Gesicht, als er die Tür öffnete.

Holland stand vor ihm und fixierte ihn mit einem eindringlichen Blick, der seinen Magen zum Flattern und seinen Schwanz zum Zucken brachte.

»Hallo. Schön, dass du das Haus gefunden hast«, sagte Ethan und wich einen Schritt zurück.

Holland trat ein und reichte ihm eine Flasche Wein. »Ich kenne euren Geschmack nicht, aber ich dachte mir, ich bringe einfach den gleichen Wein mit, den ich im Park aus der Papiertüte getrunken habe. Damit schließt sich der Kreis doch irgendwie, nicht wahr?«

Ethan grinste, beugte sich vor und drückte ihr einen Kuss auf die Wange. Die Geste überraschte nicht nur Holland, sondern auch ihn selbst. Als er schnell den Kopf zurückzog, sah er, wie ihre Augen sich weiteten und ihre Wangen rot anliefen. Doch sie rührte sich nicht vom Fleck. Entweder sie war zu schockiert, um zu reagieren, oder die Nähe störte sie nicht. Immerhin war ein Kuss auf die Wange unter Freunden vollkommen legitim.

»Du siehst fantastisch aus«, sagte Ethan. Er meinte es ernst. Sie trug ein hübsches, langes Oberteil mit V-Ausschnitt, das ein wenig Dekolleté offenbarte, jedoch ihren Hintern bedeckte. Ihre Leggings und kniehohen Stiefel schmiegten sich perfekt an ihre wohlgeformten Beine.

Das Outfit war perfekt. Ihr kastanienbraunes Haar fiel

in weichen Wellen auf ihre Schultern, und Ethan verspürte den fast unwiderstehlichen Drang, die Finger darin zu vergraben.

Aber er hielt sich zurück. So ein Schuft war er dann doch nicht.

Nun ja, vielleicht ein wenig.

»Danke für die Einladung«, erwiderte Holland lächelnd. Sie hielt inne und musterte ihn. »Du siehst auch toll aus. Es tut mir leid, ich bin in solchen Dingen etwas unbeholfen.«

»In welchen Dingen?«, fragte Lincoln, als er den Raum betrat. Er beugte sich vor und drückte ihr einen Kuss auf die andere Wange. Ethan grinste nur.

Langsam hatte er das Gefühl, dieser Abend sei mehr als nur ein Treffen unter Freunden. Tief im Inneren kannte er natürlich die Wahrheit, doch für den Moment ließ er sich von seiner Fantasie mitreißen. So abwegig war der Gedanke gar nicht. Seine Cousine lebte in einer festen Beziehung mit zwei Männern zusammen. Mit einem von ihnen war sie offiziell verheiratet, doch in ihrer Seele war sie mit beiden vermählt.

Also gab Ethan sich der Illusion hin und stellte sich vor, dies sei ein echtes Rendezvous. Er war sich allerdings sicher, dass sein Schicksal bereits nach der ersten Runde Mario Kart besiegelt sein würde. Er spielte so schlecht, dass Holland vermutlich schreiend die Flucht ergreifen und in Lincolns Arme laufen würde. Aber damit konnte er leben. Ganz sicher. Ihm war nur wichtig, dass Lincoln und Holland ihr Glück fanden.

»Dein Haus gefällt mir«, bemerkte Holland.

Ethan sah sich um. »Danke. Ich muss allerdings zugeben, dass ich nicht viel Zeit hier verbringe, weshalb meine Mutter mir bei der Ausstattung geholfen hat.«

»Ich auch«, warf Lincoln ein.

Ethan nickte. »Das ist richtig. Du hast die Möbel ausgesucht. Das liegt vor allem daran, dass ich kein Händchen fürs Dekorieren habe.«

»Das ist wahr«, stimmte Lincoln zu.

Holland lachte nur und blickte zwischen Lincoln und Ethan hin und her. »Seid ihr schon lange befreundet?«

»Mir kommt es vor, als kennen wir uns schon eine Ewigkeit«, antwortete Lincoln und sah Ethan an. Dieser musste erneut schlucken und wandte hastig den Blick ab, weil er befürchtete, er könnte sonst eine Erektion bekommen. Der heutige Abend würde schwierig genug werden, auch ohne seinen widerspenstigen Schwanz.

»Also schön«, meldete Ethan sich zu Wort. »Lincoln hat einige köstliche Snacks vorbereitet und wahrscheinlich genug für eine ganze Armee gekocht. Wie wäre es mit einem Glas Wein? Oder möchtest du lieber ein Bier oder etwas anderes?«

»Ich habe ebenfalls eine Flasche Wein mitgebracht«, warf Lincoln ein. »Du hast also die Wahl. Und ja, ich habe tatsächlich zu viel gekocht. Aber es hilft mir dabei, Stress abzubauen.«

Ethan grinste.

»Warum warst du gestresst? Kocht Ethan denn nicht?«, fragte Holland.

Ethan stieg die Hitze in die Wangen. »Ich war bei der Arbeit und habe das Zeitgefühl verloren. Obwohl dies mein Haus ist und weil ich ein Idiot bin, hat Lincoln alles im Alleingang vorbereitet. Es tut mir wirklich leid.«

»Nicht der Rede wert«, murmelte Lincoln. »Ich bin lediglich wegen der Arbeit gestresst. Aber das ist jetzt nicht wichtig. Heute Abend wollen wir uns amüsieren.«

»Und soweit ich verstanden habe, wollt ihr Mario Kart spielen?«, fragte Holland.

»Ja, das ist in unserer Familie und unserem Freundeskreis Tradition. Ursprünglich hatten wir nur gescherzt, aber ich hätte Lust zu spielen«, erklärte Lincoln grinsend. Er reichte ihr ein Glas Rotwein aus der Flasche, die er selbst mitgebracht hatte. Dann hoben die Männer ihre Bierflaschen und stießen mit ihr an.

Nachdem sie alle einen Schluck getrunken hatten, murmelte Ethan: »Auf neue Freundschaften.«

Lincoln verdrehte die Augen. »Den Toast hättest du vor dem Anstoßen aussprechen müssen.«

»Du hast mich überrumpelt. So schnell ist mir kein Trinkspruch eingefallen. Meine Güte, ich stelle mich wirklich wie ein Idiot an.«

»Mach dir nichts draus«, sagte Holland und stieß erneut mit ihm an. »Siehst du, jetzt ist es ein richtiger Toast.« Sie trank einen Schluck und sah ihm dabei direkt in die Augen.

Ethan führte seine Flasche hastig zum Mund und Lincoln tat es ihm gleich.

Dieser Abend würde zweifellos interessant werden.

»Wir müssen nicht Mario Kart spielen, wenn du nicht willst«, sagte Ethan.

»Nicht doch, ich würde gern sehen, wie schlecht du wirklich bist«, erwiderte Holland.

Ethan seufzte. »Na, großartig. Da schwindet mein Heldenmut dahin.«

»Du besitzt Heldenmut?«, fragte Lincoln, woraufhin Ethan ihm den Mittelfinger zeigte.

»Oh, der Abend verspricht lustig zu werden, wenn ich sehe, wie ihr euch gegenseitig stichelt«, bemerkte Holland. »Und das Essen sieht köstlich aus.«

»Lincoln ist ein fantastischer Koch. Wenn er sich nicht für die Malerei entschieden hätte, hätte er eine Kochschule besuchen können.«

Lincoln runzelte die Stirn. »Wirklich?«

Ethan zuckte mit den Schultern. »Natürlich. Ich habe es dir schon oft gesagt.«

Lincoln schüttelte den Kopf. »Nein, das höre ich zum ersten Mal.«

Ethan antwortete nicht sofort, sondern reichte Holland einen Teller und bediente sich dann selbst an den Vorspeisen. »Ich dachte, ich hätte es erwähnt. Auf jeden Fall habe ich es gedacht. Wenn du da bist, muss ich mir um meine Verpflegung keine Sorgen machen. Gott sei Dank.«

»Ich kümmere mich eben gern um dich«, erwiderte Lincoln.

Für einen Moment herrschte eine unangenehme Stille, dann räusperte Ethan sich. »Da bin ich froh, denn manchmal bin ich so in meine Arbeit vertieft, dass ich vollkommen vergesse, mir etwas zu kochen. Und sogar etwas zu essen.«

»Ich hätte eher erwartet, dass die Rollen vertauscht sind. Schließlich ist Lincoln der Künstler von euch beiden.« Holland warf ihnen beiden interessierte Blicke zu.

Lincoln zuckte mit den Schultern und aß einen Bissen Bruschetta. »Da liegst du falsch. Ethan ist von uns beiden der Vergessliche. Ich neige dazu, erst Ordnung zu schaffen, bevor ich mich an die Leinwand setze. Dabei entspreche ich zwar nicht dem Klischee des zerstreuten Kreativen, aber ich komme damit gut zurecht. Zumindest *normalerweise*.«

Holland nickte. »Da ich mein eigenes Unternehmen habe, muss ich mich manchmal zwingen, während der Arbeit etwas zu essen. Andernfalls würde ich es wahrscheinlich völlig vergessen. Es ist schön zu sehen, dass ihr beide euch umeinander kümmert.«

»Und jetzt kümmern wir uns um dich«, fügte Ethan hinzu.

Holland verzog die Lippen zu einem Lächeln. »Das klingt gut. Also, wollen wir jetzt etwas essen? Oder spielen wir gleich? Wie läuft das bei euch?«

»Komm mit, ich zeige dir, wie schlecht ich Mario Kart spiele«, sagte Lincoln. »Ethan ist nicht der Einzige, der kein Talent für dieses Spiel besitzt.«

»Das wird sicher lustig«, trällerte Holland fröhlich, und Lincoln führte sie lachend ins Wohnzimmer.

Ethan blieb zurück und sah den beiden nach. Er aß noch einen Bissen, während er inständig hoffte, dass sein Schwanz wieder abschwoll. Der Anblick von Holland und Lincoln zusammen hatte ihn so sehr erregt, dass sein Schaft schmerzhaft gegen den Reißverschluss seiner Hose drückte. Er musste sich immer wieder ermahnen, dass dies nur ein harmloses Treffen unter Freunden war.

Er hatte sich im Griff.

Und er würde nicht den Verstand verlieren.

Es war jedoch schwer, dem Verlangen zu widerstehen, solange Holland in ihrer Nähe war. Wenn er sah, wie sie Lincoln zum Lächeln brachte, wusste er, dass er alles tun würde, um dieses Lächeln nie wieder verblassen zu lassen.

Selbst wenn das bedeutete, dass er seinem besten Freund das Feld überlassen musste.

Ethan folgte den beiden ins Wohnzimmer.

»Hast du überhaupt schon mal Mario Kart gespielt?«, fragte Lincoln und ließ sich auf die Couch sinken. Holland setzte sich neben ihn und ließ gerade noch genügend Platz für Ethan auf der anderen Seite. Er stellte seinen Teller auf den Beistelltisch und nahm neben ihr Platz, wobei er mit dem Oberschenkel ihr Bein berührte. Verzweifelt bemühte er sich, die Wärme zu ignorieren, die von ihrem Körper ausging.

Wahrscheinlich würde er noch den Verstand verlieren.

»Oh, ich bin ein Profi«, antwortete Holland mit einem Grinsen.

»Oh Gott«, stöhnte Ethan. »Das wird ein böses Ende für mich nehmen.«

»Warte nur, bis du siehst, wie er sich selbst mit einem grünen Panzer abschießt«, sagte Lincoln mit einem Grinsen.

»Das ist mir früher auch oft passiert«, erwiderte Holland mit sanfter Stimme.

»Ja, wahrscheinlich als du fünf warst, nicht wahr? Als Kind habe ich mich auch selbst abgeschossen, aber inzwischen bin ich Mitte zwanzig und habe dazugelernt.«

Ethan vergrub den Kopf in den Händen und stöhnte, während Holland und Lincoln lachten. »Ich finde das nicht mehr lustig. Warum schauen wir uns nicht einfach einen Film an?«

»Nicht doch«, widersprach Holland, »ihr habt mich eingeladen, um mit euch Mario Kart zu spielen und etwas zu trinken. Lasst uns loslegen.«

»Kannst du denn mehr als ein Glas Wein trinken?«, wollte Lincoln wissen.

Holland nickte. »Ich habe mir ein Taxi genommen, also kann ich mir noch ein paar Gläser gönnen.«

»Dann lasst die Spiele beginnen«, rief Lincoln aus, woraufhin Holland die Lippen zu einem Grinsen verzog.

Ethan hoffte inständig, dass dieser Abend kein Fehler war.

Nachdem sie vier Flaschen Wein geleert und mehrere Stunden gespielt hatten, rieb Ethan sich die Schläfe. »Ich versage auf der ganzen Linie.«

»Das ist wohl wahr«, antwortete Holland kichernd. Ihre Wangen waren gerötet und ihre Augen glänzten. Ethan wusste, dass sie genauso betrunken war wie er. Langsam fiel es ihm schwer, zusammenhängende Sätze zu formulieren. Aber das war kein Problem. Im Notfall würde Lincoln einfach auf der Couch schlafen, und Holland könnte das Gästezimmer haben. In diesem Zustand würde er sie nicht allein in ein Taxi steigen lassen.

Aber sie amüsierten sich prächtig. Und da sie nun schon einmal die Korken hatten knallen lassen, war es schwer, wieder aufzuhören.

»Also schön«, sagte Ethan, als der Teufel auf seiner Schulter sich zu Wort meldete. »Wie wäre es, wenn wir das Ganze noch ein bisschen interessanter gestalten?«

In diesem Moment kam Lincoln ins Wohnzimmer zurück. In einer Hand hielt er eine Flasche Tequila, in der anderen drei Schnapsgläser. Ethan hatte völlig vergessen, dass er den Raum verlassen hatte.

»Du hast mich doch gerade gebeten, den Tequila zu holen. Und jetzt willst du den Abend noch interessanter gestalten?«, fragte Lincoln.

»Ich dachte mir, wir könnten ein Punktesystem einführen. Der Verlierer muss einen Schnaps trinken.«

»Du meinst bei Mario Kart? Du wirst dich gnadenlos betrinken«, bemerkte Holland und griff nach einem Schnapsglas.

»Ich bin ohnehin schon blau«, erwiderte Ethan und schnaubte.

»Vielleicht sollten wir ein Spiel wählen, bei dem Ethan nicht zwangsläufig verliert«, schlug Lincoln vor.

»Du meinst so etwas wie *Mensch ärgere dich nicht?*«, fragte Holland, woraufhin Ethan ihr den Mittelfinger zeigte.

Lincoln lachte. »Ich wusste doch, dass ich dich mag«, sagte er und klatschte mit ihr ab. Dann füllte er die Schnapsgläser. Da Ethan nur hochwertigen Tequila im Haus hatte, reichte eine Prise Salz. Auf die Limette konnten sie getrost verzichten.

Sie stießen mit ihren Schnapsgläsern an und kippten den Tequila hinunter. Er war so mild, dass Ethan den Alkohol kaum schmecken konnte.

Das würde ein böses Ende nehmen.

»Nein, wir machen das anders. Wir stellen den höchsten Schwierigkeitsgrad ein und ignorieren die offizielle Punktetabelle. Es zählt nur, wer den anderen am häufigsten abschießt. Wer trifft, darf seine geistige Gesundheit behalten.«

»Also, wer abgeschossen wird, muss einen Schnaps trinken?«, fragte Holland.

»Ganz genau«, antwortete Lincoln.

Holland grinste. »Dann los.«

Ethan war angenehm berauscht. Am liebsten hätte er sich vorgebeugt und seine Lippen auf Hollands gepresst. Oder auf Lincolns.

Er sollte wirklich eine Trinkpause einlegen.

Nach der ersten Runde mussten sich sowohl Ethan als auch Holland einen Schnaps genehmigen, während Lincoln sie mit einem selbstgefälligen Grinsen beobachtete.

»Okay, noch eine Runde, und dann mache ich euch fertig«, verkündete Holland und rutschte auf dem Teppich hin und her. Irgendwann hatten sie sich alle auf den Boden gesetzt und ihre Schuhe und Socken ausgezogen. Ethan bemerkte, dass Lincoln mit Hollands Zehen spielte. Besonders ihre Zehenringe schienen es ihm angetan zu haben.

Offenbar hatte sein bester Freund einen Fußfetisch. Wer hätte das gedacht?

Zu Beginn der nächsten Runde tranken sie alle einen Schnaps. In diesem Moment dachte Ethan bereits, dass das wahrscheinlich ein Glas zu viel gewesen war. Als er und Holland dann wieder verloren, musterten sie beide die Flasche Tequila.

Holland schüttelte den Kopf. »Okay, ich bin bedient.«

»Ich auch«, pflichtete Ethan ihr bei. »Aber wir haben verloren und müssen unsere Wettschuld begleichen.«

»Wie wäre es mit einer Runde Strip-Mario-Kart?«, schlug Lincoln vor, stieß dann aber ein Schnauben aus. »Das war nur ein Scherz.«

»Auf keinen Fall spielen wir Strip-Mario-Kart«, konterte Holland und lehnte sich an die Couch.

»Hm, wie willst du dann für deine Niederlage büßen?«

»Ich weiß auch nicht.« Holland sah zuerst Lincoln und dann Ethan an und schluckte schwer. »Ich ziehe mich ganz sicher nicht aus. Aber wie wäre es, wenn du mich küsst?«, fragte sie. Im nächsten Moment riss sie die Augen auf und schlug sich eine Hand vor den Mund. »Vergiss es. Ich rede Unsinn. Daran sind der Tequila und der Wein schuld. Morgen werde ich es bereuen.«

Ethan dachte nicht nach und sah Lincoln an. Als sein bester Freund nur nickte, beugte Ethan sich vor, zog Holland an sich und presste seine Lippen auf ihre.

Wieder riss sie die Augen auf. »Oh. Wow. Okay.« Sie wandte sich Lincoln zu. »Eigentlich bist du der Gewinner. Aber wie es aussieht ... ziehst du wohl den Kürzeren.«

Lincoln zuckte mit den Schultern, umfasste ihr Gesicht mit beiden Händen und strich mit seinen Lippen über die ihren. »Ich glaube nicht, dass ich den Kürzeren ziehe.«

Dann vertiefte er den Kuss und entlockte ihr damit ein Stöhnen, dessen Vibration Ethan förmlich spüren konnte.

Sein Schwanz schwoll an und drückte gegen den Reißverschluss seiner Jeans. Schlagartig schien er etwas nüchterner zu werden. »Heilige Scheiße«, keuchte er.

Holland löste sich von Lincoln. Seine Augen waren fast schwarz vor Verlangen, und Ethan musste erneut schlucken.

»Also gut, ihr habt mich beide geküsst. Das ist kein schlechter Gewinn für eine Runde Mario Kart. Aber jetzt seid ihr dran.« Sie blickte zwischen den beiden Männern hin und her.

Als Ethan erstarrte, riss sie erschrocken die Augen auf und schüttelte energisch den Kopf. »Scheiße. Tut mir leid. Vergesst, was ich gesagt habe. Das ist nur der Tequila. So habe ich das nicht gemeint. Lasst uns noch etwas trinken oder einfach um Käse spielen.«

Ethan starrte seinen besten Freund jedoch an, während seine Gedanken sich überschlugen. Er war beinahe betrunken genug, um sich einzureden, dass ein Kuss unter Freunden keine Bedeutung hatte. Später konnte er es einfach auf den Alkohol schieben.

Also beugte er sich vor, während Lincoln ihm entgegenkam. Als ihre Lippen sich trafen, fühlte es sich nicht wie ein Fehler an. Ethan würde nicht zulassen, dass sie diesen Abend bereuten. Noch nie zuvor hatte der Tequila ihn auf einen Irrweg geführt. Und als er den Mund öffnete und seine Zunge mit Lincolns verwob, wusste er eines mit Sicherheit: Ganz gleich, ob es richtig oder falsch war, es würde alles verändern.

KAPITEL FÜNF

Schlagartig fühlte Holland sich vollkommen nüchtern, als hätte sie keinen einzigen Tropfen getrunken. Mit angehaltenem Atem beobachtete sie, wie die beiden Männer sich zuerst zögerlich und dann immer stürmischer küssten. Ihre Brustwarzen verhärteten sich und ein Kribbeln durchfuhr sie am ganzen Leib. In diesem Augenblick schienen nur noch sie drei zu existieren. Nichts anderes war mehr von Bedeutung.

Nie im Leben hätte sie gedacht, dass sie ein solches Wagnis eingehen würde. Im Grunde kannte sie diese Männer kaum. Sie hatte lediglich ein paarmal mit ihnen gesprochen, sie hin und wieder gesehen und wusste, dass sie keine Serienmörder waren. Außerdem mochte sie die beiden und hatte geglaubt, dass sich eine echte Freundschaft zwischen ihnen entwickeln konnte. Es war einige Monate her, seit ihr Leben auf den Kopf gestellt wurde, aber sie war noch nicht bereit für eine Beziehung. Wenn überhaupt jemand infrage kam, dann war es einer der beiden Männer. Also hatte sie schon vor einiger Zeit beschlossen, dass sie es bei einer Freundschaft belassen würde. Doch während sie gebannt beobachtete, wie Ethan und Lincoln sich küssten und dabei vor Erregung keuchten, wusste sie, dass sie sich niemals würde entscheiden können. Dies hier war ein Fehler. Und zwar ein gewaltiger.

Die Männer lösten sich voneinander und starrten einander an, als existierten nur sie beide auf dieser Welt. Dann wandten sie sich ihr zu und fixierten sie mit einem feurigen Blick, der sich zweifellos auch in ihren eigenen Augen widerspiegelte.

»Oh«, hauchte sie nur. Ethan und Lincoln beugten sich vor, um einander erneut zu küssen, während jeder von ihnen eines ihrer Knie berührte, um sie an dieser Erfahrung teilhaben zu lassen. Was geschah hier nur?

Verwirrt blickte sie zwischen den beiden Männern hin und her, bevor sie ruckartig aufsprang und in die Küche flüchtete.

Hinter sich hörte sie ein leises Fluchen, während sie versuchte, ihre Atmung zu beruhigen.

Das sah ihr gar nicht ähnlich. Noch nie hatte sie sich mit zwei Männern gleichzeitig vergnügt. Wie in so vielen anderen Dingen war sie auch in Sachen Ménage-à-trois ein unbeschriebenes Blatt.

Sie war so lange mit Dustin zusammen gewesen, dass sie fast nichts anderes kannte.

Dennoch wusste sie natürlich, dass polyamore Beziehungen durchaus von Dauer sein konnten. Sie hatte sogar Kunden, die zu dritt drei Kinder großzogen. Und dann war da diese beliebte Fernsehserie, in der die Hauptfiguren in einer glücklichen Dreierbeziehung lebten. Ein Teil der Gesellschaft rümpfte vielleicht die Nase über derartige Konstellationen, aber ihre Familie und Freunde akzeptierten sie ohne Weiteres. Für sie waren sie so normal wie jede herkömmliche Partnerschaft.

Aber wollte Holland sich wirklich mitten in einem Dreiergespann wiederfinden? Im wahrsten Sinne des Wortes?

So wie Ethan und Lincoln sich gerade geküsst hatten, schienen sie Gefühle füreinander zu hegen, die sie vermutlich lange tief vergraben hatten. War das ihr erster Kuss gewesen? Für Holland fühlte es sich ganz danach an.

Würde sie sich zwischen die beiden drängen?

Holland nahm sich ein Glas, schenkte sich etwas Wasser ein und konzentrierte sich auf ihre Atmung, um sich nicht zu verschlucken. In diesem Moment betraten die Männer die Küche. Ihre Lippen waren geschwollen und ihre Wangen gerötet. Holland wusste, dass der Alkohol nichts damit zu tun hatte.

Nein, das hatten sie sich gegenseitig zu verdanken.

Und vielleicht auch ihr. Sie hatte damit angefangen. Sie hatte die beiden gebeten, sie zu küssen.

Es war ihre Schuld.

Sie allein trug die Verantwortung für diesen Schlamassel.

»Holland, ist alles in Ordnung?«, fragte Lincoln, der genauso nüchtern klang, wie sie sich fühlte.

»Ja, bestens. Siehst du? Alles *bestens*.«

»Warum klingt deine Stimme dann eine Oktave höher?«, fragte Ethan und trat einen Schritt näher. Die beiden Männer waren so groß, dass sie Holland allein durch ihre schiere Präsenz unabsichtlich bedrängten.

Sie musste schlucken und presste sich mit dem Rücken gegen die Anrichte, während Ethan und Lincoln innehielten. Die beiden berührten sie nicht, aber Holland konnte die Hitze spüren, die von ihnen ausging. Vielleicht war das auch nur ihr Verlangen, das aus ihr sprach.

Sie wusste es nicht, aber sie war beunruhigt. *Zutiefst* beunruhigt.

Was, wenn das hier ein Fehler ist? Was, wenn sie beide Männer wieder verlor, nachdem sie sie doch gerade erst gefunden hatte?

Vielleicht hatte sie Ethan und Lincoln auch einen Gefallen getan und ihnen einen Schubs in die richtige Richtung gegeben. Es war durchaus möglich, dass die beiden ihre Beziehung nun auf eine neue Ebene heben würden.

Für Holland selbst war der Gedanke schrecklich. Aber sie würde sich damit abfinden, denn sie kam gut allein zurecht. Alles war in bester Ordnung.

»Ich habe das einfach nicht kommen sehen«, gestand sie.

»Wir wollten dich zu nichts drängen«, sagte Lincoln.

»Er hat recht. Es tut uns leid«, fügte Ethan hinzu. »Es sollte nur ein Spiel sein, doch dann ist es uns irgendwie entglitten.«

»Das ist wohl wahr. Es tut mir leid, Jungs. Ich habe damit angefangen. Und jetzt habe ich alles ruiniert.«

Lincoln trat einen Schritt auf sie zu, und sie versteifte sich. Er blieb direkt vor ihr stehen, ohne sie jedoch zu berühren. Ethan blickte besorgt zwischen den beiden hin und her.

Holland bemühte sich um ein Lächeln, um die Stimmung etwas aufzulockern, doch das war gar nicht so einfach.

Aber in letzter Zeit schien ihr alles etwas schwerer zu fallen.

»Ich sollte jetzt besser gehen.«

»Du hast zu viel getrunken. Es steht mir nicht zu, dir Vorschriften zu machen, aber ein Taxi ist in deinem Zustand keine gute Idee. Ich mache mir Sorgen um deine Sicherheit«, erklärte Ethan. »Weder Lincoln noch ich sind nüchtern genug, um dich nach Hause zu fahren. Du kannst hier schlafen.«

Überrascht zog sie die Augenbrauen in die Höhe.

»Wie bitte?«

Ethan hob beschwichtigend die Hände.

»Du kannst das Gästezimmer haben. Und Lincoln kann die Couch nehmen, während ich in meinem Bett schlafe.«

Das Wort »Bett« hing schwer zwischen ihnen in der Luft. Holland musste schlucken und versuchte, ihre Fantasie zu zügeln. Sie stellte sich vor, wie sie mit den Männern in Ethans Bett lag. Oder sie sah die beiden allein vor sich. Beide Konstellationen waren gleichermaßen erregend.

Holland wusste, dass sie sich zu viele Gedanken darüber machte und Gefahr lief, die falschen Entscheidungen zu treffen.

»Also schön, ich bleibe. Vor allem weil du recht hast. Der Gedanke, mich jetzt in den Wagen eines Fremden zu setzen, behagt mir nicht.«

»Aber ich will dafür sorgen, dass du dich hier sicher fühlst«, sagte Lincoln und steckte die Hände in die Hosentaschen.

Holland folgte der Bewegung mit einem Blick und bemerkte dabei die Wölbung in seiner Hose. Sie wandte sich Ethan zu und sah, dass auch er eine Erektion hatte.

Oh Gott, das alles ging viel zu schnell.

Den Männern entging ihr Blick nicht, und Lincoln räusperte sich. Als sie zu ihm aufsah, schenkte er ihr ein sanftes Lächeln. Darin lagen weder Spott noch Überheblichkeit.

Ein warmes Gefühl der Geborgenheit durchflutete sie. Nicht nur bei Lincoln war sie sicher, sondern auch bei Ethan.

Sie hatte keine Ahnung, wie sie an diesen Punkt gelangt

war, aber sie wollte sich nicht länger den Kopf darüber zerbrechen. Vielleicht musste sie sich gar nicht davor verschließen. Es könnte doch Spaß machen und ihr ein wenig Ablenkung bieten.

Oder sie verlor schlichtweg den Verstand, weil sie es überhaupt in Erwägung zog.

»Wir können weiter Mario Kart spielen und den Tequila wegräumen«, schlug Lincoln vor.

»Das wäre vielleicht das Beste«, presste Holland mit trockenem Mund hervor und musste erneut schlucken. Ethan schien zu bemerken, dass sie Schwierigkeiten hatte, und reichte ihr das Glas. Offenbar hatte sie es auf der Anrichte abgestellt, ohne sich dessen bewusst zu sein.

»Trink etwas Wasser. Wahrscheinlich sollten wir uns alle ein Glas gönnen.«

»Das ist wahr.«

Trotzdem rührten die beiden Männer sich nicht vom Fleck. Und Holland nippte nicht an ihrem Glas.

Stattdessen stellte sie es auf der Anrichte ab und senkte den Blick auf ihre Hände.

»Ich wollte nicht, dass das passiert«, sagte sie. »Ich will nicht schuld sein, wenn eure Freundschaft zerbricht oder ihr mich nie wiedersehen wollt. Können wir nicht einfach so tun, als sei das alles nie geschehen?«

»Ich weiß nicht, ob ich das kann«, platzte es aus Lincoln heraus. Sowohl Holland als auch Ethan starrten ihn an.

»Wie bitte?«

»Ich glaube nicht, dass ich es vergessen kann. Es tut mir leid.«

»Oh«, hauchte Holland.

»Ich denke, wir sollten darüber reden«, warf Ethan ein.

Lincoln nickte, doch im nächsten Moment beugte er sich vor und presste seine Lippen auf ihre.

Für einen Moment war sie vor Schreck wie gelähmt, doch dann erwiderte sie den Kuss.

Bevor sie auch nur Atem schöpfen konnte, löste Lincoln sich von ihr und drehte sie zu Ethan um. Dieser starrte sie mit großen Augen an, doch dann verstand er offenbar, was sein Freund ihm sagen wollte, denn er beugte sich vor, um sie erneut zu küssen.

Holland hatte das Gefühl zu schweben. Ihr Körper schien ihren Handlungen zwei Schritte hinterherzuhinken, während ihr Verstand in noch weitere Ferne gerückt war. Und doch küsste sie ihn weiter und wollte mehr.

Dann war Ethan plötzlich fort und sie spürte Lincolns Lippen wieder auf ihren. Sie stöhnte und fuhr mit einer Hand durch sein Haar, während ihre andere Hand noch immer auf Ethans Brust ruhte.

Sie zog den Kopf zurück. »Was tun wir hier?«

»Wir küssen uns nur. Dagegen ist doch nichts einzuwenden, oder?«, fragte Lincoln.

»Nein, aber ich weiß nicht, was das alles zu bedeuten hat.«

»Ich glaube nicht, dass das wichtig ist. Zumindest nicht heute Abend. Wir finden schon noch heraus, was es bedeutet.« Im nächsten Moment presste Ethan seine Lippen wieder auf ihre und sie stöhnte auf.

Kurz darauf beobachtete sie, wie die beiden Männer sich erneut küssten. Ihr Kuss war etwas wilder und von einem animalischen Knurren untermalt.

Holland konnte spüren, dass ihre Lippen geschwollen waren. Sie nahm an, dass ihr Kinn von Ethans und Lincolns Bartstoppeln gerötet war, doch das war ihr egal.

Als Lincoln eine Hand an ihren Hintern legte und sie an

sich zog, schmiegte sie sich begierig an ihn. Sie wollte mehr.

Plötzlich war Ethan hinter ihr und strich langsam mit den Händen über ihre Taille. Sie lehnte sich zurück und ließ sich von ihnen am Hals liebkosen, dann drehte sie den Kopf, um Ethan zu küssen.

Als sie ihre Lippen wieder von seinen löste, küssten die beiden Männer sich erneut, während sie sie weiterhin streichelten. Holland konnte kaum einen klaren Gedanken fassen und ließ sich einfach nur treiben. Reden schien plötzlich überflüssig, doch das wollte sie auch gar nicht.

Stattdessen überließ sie ihrem Körper das Kommando, denn er wusste, was sie alle brauchten. Holland ließ sich fallen und gab sich ihren Empfindungen hin. Mit den Konsequenzen konnte sie sich später auseinandersetzen. In diesem Moment schob sie alles einfach auf den Tequila.

»Was tun wir hier?«, flüsterte Ethan ihr ins Ohr. Sie drehte sich um und liebkoste sein Kinn.

»Ich weiß es nicht«, antwortete sie aufrichtig. »Ich weiß es nicht.«

»Wir können uns einfach nur küssen. Mehr müssen wir nicht tun. Ein Wort, und wir hören auf«, erklärte Lincoln und blickte zwischen Ethan und Holland hin und her.

Sie nickte. »Ich weiß, dass ich jederzeit gehen kann. Ich fühle mich nicht unter Druck gesetzt.« Das war gelogen, doch der Druck, den sie verspürte, ging von ihr selbst aus. Ethan und Lincoln hatten nichts damit zu tun. Nun, sie waren der Auslöser, aber den Druck hatte sie sich selbst auferlegt.

»Ich liebe den Geschmack von euch beiden«, raunte Lincoln. »Außerdem kann ich Ethan auf deinen Lippen schmecken, und das erregt mich nur noch mehr.«

Sie senkte den Blick und rieb sich an Lincolns Erektion

durch den Stoff seiner Hose. Damit entlockte sie nicht nur ihm, sondern auch ihr selbst ein Stöhnen. Als sie den Hintern zurückschob und ihn an Ethans Schritt kreisen ließ, stieß er einen erstickten Laut aus.

»Ich muss dich berühren«, knurrte Ethan. »Euch beide. Ist das in Ordnung?«

Holland nickte. »Aber heute Abend bleibt es bei Berührungen. Für mehr bin ich noch nicht bereit.«

»Nur Berührungen«, bestätigte Lincoln. »Doch ich denke, wir sollten uns ins Wohnzimmer zurückziehen. Ich hatte noch nie das Verlangen nach Sex in der Küche. Es gibt definitiv bequemere Orte für so etwas.«

Ethan lachte, und Holland stimmte mit ein. Wer hätte gedacht, dass in einer Ménage-à-trois sogar Platz für Humor war? Wer hätte gedacht, dass sie überhaupt je in einer solchen Situation landen würde?

Doch sie wollte nicht aufhören, sie konnte es schlichtweg nicht. Warum verschwendete sie dann noch einen Gedanken daran? Die Männer wollten offensichtlich weitermachen. In diesem Augenblick beschloss sie, sich dem Moment einfach hinzugeben. Sie hoffte nur inständig, dass sie sich dabei nicht selbst verlieren würde.

Wortlos führte Lincoln sie ins Wohnzimmer. Wider Erwarten dämpfte die Unterbrechung die Stimmung nicht, sondern schien sie sogar noch anzuheizen und ihr Verlangen zu schüren. Sie waren gezwungen zu warten, doch gleichzeitig von einem Drang getrieben, einander endlich wieder zu spüren. *Sie* musste diese Männer berühren.

Bevor sie sich weiter den Kopf darüber zerbrechen konnte, brachte Lincoln ihre Gedanken mit einem Kuss zum Verstummen. Ethan trat hinter sie und schob seine Hände zwischen ihre Körper. Holland spürte, wie er mit den

Fingerknöcheln über Lincolns Erektion strich. Ein tiefes, kehliges Knurren vibrierte in Lincolns Brust und drang direkt in ihren Mund, während er sich gegen Ethans Handfläche stemmte – und damit auch gegen sie. Ethan ließ die andere Hand unter ihr Oberteil gleiten, strich über ihren Bauch und umfasste dann eine ihrer Brüste.

Sie stöhnte und lehnte sich zurück. Ethan reizte ihre Brustwarze, während Lincoln mit der Zunge ihren Hals entlangglitt.

»Ich brauche mehr«, knurrte Lincoln.

Noch nie zuvor war Holland in einer Situation gewesen, die derartig intensive Empfindungen in ihr geweckt hatte. Es war alles so neu und aufregend. Auch sie brauchte mehr. Sie wollte mehr.

Als Lincoln an ihrem Oberteil zerrte, hob sie die Arme und ließ es sich von ihm über den Kopf ziehen. Ethan öffnete ihren BH so flink, dass sie die Berührung kaum registrierte.

Im nächsten Moment zog Ethan sie wieder an seine Brust. Lincoln beugte sich vor, um ihre Knospen zu liebkosen, während Ethan eine Hand in den Bund ihrer Leggings gleiten ließ.

Holland schnappte nach Luft, als er tiefer glitt und mit dem Mittelfinger durch den Stoff ihres Höschens über ihre Spalte strich.

Sie konnte sich nicht konzentrieren, während unzählige Empfindungen auf sie einprasselten. Überwältigt von der Intensität des Augenblicks blieb ihr nichts anderes übrig, als sich darin zu verlieren.

Ethan rieb an ihrer Klitoris, während Lincoln ihre Brüste knetete und zuerst an der einen und dann an der anderen Knospe saugte.

Sie wand sich zwischen ihnen vor Verlangen, aber sie

war kaum in der Lage zu atmen. Begierig legte sie eine Hand an Ethans Schritt, umfasste dann auch die Wölbung in Lincolns Hose und rieb sie.

Beide Männer stöhnten auf und wichen dann zurück.

Holland stand keuchend und bebend vor Lust zwischen ihnen. Im nächsten Moment glitten ihre Hose und ihr Höschen zu Boden. Sie streifte sich die Kleidung von den Füßen und leckte sich über die Lippen. Erwartungsvoll sah sie die beiden Männer an. »Es scheint mir ungerecht, dass ich vollkommen nackt bin und ihr noch bekleidet seid.«

Ethan und Lincoln tauschten einen Blick aus, wandten sich dann ihr zu und nickten gleichzeitig.

Der Anblick war unglaublich erregend.

Hastig entledigten sie sich ihrer Hemden. Während Holland sie beobachtete, begann sie, mit ihren Brüsten zu spielen, und ließ die Finger um ihre Knospen kreisen.

Ethan stöhnte und zog hastig seine Hose aus, und Lincoln folgte seinem Beispiel. Es dauerte nicht lange, bis beide Männer vollkommen nackt vor ihr standen. Ihre durchtrainierten Körper waren eine wahre Augenweide. Und für diesen einen Abend gehörten sie ihr.

Und sie gehörten einander. Zu dritt würden sie sich gegenseitig Lust bescheren. Nun gab es kein Zurück mehr.

Holland fixierte Ethans und Lincolns lange, dicke Erektionen und wusste, dass die beiden sie an ihre Grenzen bringen würden. Doch das war ihr egal. Ethan umfasste seinen Schaft mit einer Hand und ließ seine Finger langsam über seine Länge gleiten, während er sie unverwandt anstarrte.

Lincoln tat es ihm gleich. Holland hielt es nicht länger aus und trat zwischen die beiden. Sie legte ihre Hände über die der Männer und zwang sie, ihren Griff zu lösen. Sie umschlang ihre Schäfte mit ihren Fingern und begann, sie zu streicheln. Noch nie zuvor hatte sie sich derart unersättlich gefühlt. Sie liebte es.

Mit festem Griff massierte sie sie, bis sie beide aufstöhnten.

Lincoln wich zurück und trat hinter sie, um seinen Schaft an ihrem Hintern zu reiben, während er seine Hand über ihren Körper gleiten ließ und schließlich mit zwei Fingern in sie eindrang.

Holland wollte aufschreien, doch Ethan erstickte den Laut mit einem fordernden Kuss. Sie umfasste seinen Schaft und begann, ihn mit energischen Bewegungen zu streicheln, während sie mit der anderen Hand seine Hoden massierte.

Ethan löste seine Lippen von ihren und liebkoste ihre Brüste. Das Zusammenspiel aus Körpern, Zungen und Berührungen fühlte sich unglaublich an. Holland ließ sich fallen und verlor sich in diesem berauschenden Gefühl.

Sie hatten nur davon gesprochen, sich zu berühren und zu schmecken. Doch während sie einander liebkosten, wollten und brauchten sie eindeutig mehr.

Allein die Laute ihrer aneinanderprallenden Körper und das animalische Knurren der Männer hätte Holland fast über die Klippe der Ekstase gestoßen.

Während Ethan weiter ihre Brüste verwöhnte, presste Lincoln unvermittelt seinen Daumen auf ihre Klitoris, und Holland wurde von einer gewaltigen Welle der Lust mitgerissen. Am ganzen Leib bebend und zuckend wölbte sie sich Ethan entgegen.

Dann wandte sie den Kopf zur Seite, sodass Lincoln seine Lippen auf ihre pressen konnte. Er verschlang sie mit einem leidenschaftlichen Kuss, der sie beide an den Rand der Ekstase trieb.

Doch Holland entwand sich seinem Griff. Lincoln zog

seine Finger aus ihr heraus und führte sie an Ethans Lippen. Sie wäre fast noch einmal gekommen, als Ethans Blick sich verdunkelte. Bereitwillig öffnete er den Mund, sog Lincolns Finger ein und leckte ihren Honig von seiner Haut.

Der Anblick brachte sie fast um den Verstand. Sie war so erregt, dass sie die beiden am liebsten an Ort und Stelle in die Ekstase geritten hätte. Doch nicht heute. Sie hatten sich darauf geeinigt, es bei Berührungen zu belassen.

Also packte sie Lincolns Schwanz. Er stöhnte auf und stieß in ihre Hand. Dann streckte er eine Hand nach Ethan aus und umfasste dessen Männlichkeit. Derweil streichelte Ethan über ihren Hintern, ließ eine Hand über ihre Taille zu ihrem Venushügel gleiten und drang schließlich mit zwei Fingern in sie ein.

Sie verloren sich in einem berauschenden Rhythmus, in dem ihre Lippen, Zungen und Hände zu einer Einheit verschmolzen.

Holland massierte Lincoln mit festem Griff und ließ ihren Daumen über seine Eichel gleiten, um die ersten Lusttropfen über seinem Schaft zu verteilen. Sie wusste, dass er Ethan auf ähnliche Weise verwöhnte, während dieser seine Finger weiter rhythmisch in sie stieß. Sie wurde von dem Verlangen übermannt, stattdessen seinen Schwanz in sich zu spüren, doch sie unterdrückte den Impuls.

Auf gewisse Art war das Spiel ihrer Hände fast noch berauschender. Als hätten sie die Grenze des Anstands überschritten, bevor sie sich in der Glückseligkeit verloren.

Beide Männer stöhnten und versteiften sich. Holland spürte, wie Lincolns Schwanz in ihrer Hand noch härter wurde, dann kamen sie beide zum Höhepunkt. Fast im selben Moment katapultierte Ethan sie mit einer gezielten Berührung auf den Gipfel der Lust.

Ihr Körper zuckte unkontrolliert, während sie zusammenhanglose Worte stammelte. Inmitten von Ethans Wohnzimmer, mit dem Sperma beider Männer auf ihrer Haut und Ethans Fingern noch tief in sich, sank sie in Lincolns Arme. Sie wusste, dass dies vielleicht ihr letzter gemeinsamer Moment mit den beiden war.

Etwas so Vollkommenes … hatte das Schicksal sicher nicht dauerhaft für sie vorgesehen. Aber für den Moment wollte sie das Gefühl genießen und beide Männer nahe bei sich spüren.

Denn dies war das Erotischste, Gefährlichste und Wunderbarste, was sie jemals in ihrem Leben getan hatte.

Und sie wünschte sich, dass es nie enden würde.

KAPITEL SECHS

Mit einem Kater aufzuwachen war schon unter normalen Umständen nicht sonderlich angenehm, aber nackt und bäuchlings auf der Couch zu erwachen setzte dem Ganzen die Krone auf. Hinzu kam, dass es nicht einmal seine Couch, sondern Ethans war.

Lincoln war sich verdammt sicher, dass er einen monumentalen Fehler begangen hatte. Doch als Erinnerungsfetzen des vergangenen Abends in sein Bewusstsein drangen, brachte er es nicht über sich, etwas davon zu bereuen – die Wärme der Haut und der Geschmack der Erregung auf seinen Lippen.

Endlich war er in den Genuss von Ethan Montgomery gekommen, hatte ihn gekostet und ihn berührt. Und dann war da noch Holland ...

Es fühlte sich an, als hätte ein schmerzlich vermisstes Puzzleteil endlich seinen Platz gefunden. Ethan und Lincoln hatten jemanden getroffen, der sie aus einem Zustand der Sehnsucht gerissen und in die Besessenheit katapultiert hatte.

Nachdem am Abend zuvor ihre Lust endlich verebbt war, hatten sie sich – immer noch betrunken und ineinander verschlungen – unter Ethans riesige Dusche gestellt und sich wortlos gegenseitig gewaschen. Es war, als hätten sie gespürt, dass das erste gesprochene Wort den Zauber brechen würde und sie in die Realität zurückkatapultieren würde.

Also hatten sie geschwiegen und die Spuren ihrer Leidenschaft weggespült. Lincoln hatte seine Finger durch Ethans Haare gleiten lassen, bevor er sich Holland zugewandt und sie gewaschen hatte. Ethan hatte ihm geholfen, wobei ihre Finger sich berührt hatten. Es hatte sich so richtig angefühlt. Als hätte das Schicksal nichts anderes für sie vorgesehen.

Doch dem war nicht so. Zumindest noch nicht. Lincoln beschlich die Gewissheit, dass sie alles daransetzen würden, das Geschehene zu vergessen, sobald sie darüber sprachen. Oder sie würden es totschweigen, und das wäre ein Fehler. Wahrscheinlich war es nur passiert, weil Ethan betrunken gewesen war. In all den Jahren ihrer Freundschaft hätte Lincoln sich so etwas nie träumen lassen.

Jetzt hasste er sich für seinen Leichtsinn. Indem er seinem Verlangen nachgegeben hatte, hatte er ihre Beziehung aufs Spiel gesetzt. Da er nun nüchtern war, konnte er den Alkohol nicht mehr als Ausrede vorschieben.

Am vergangenen Abend hatte Lincoln entschieden, dass es Zeit war, schlafen zu gehen, kurz nachdem Ethan ihn und anschließend Holland mit einem sanften Kuss bedacht hatte.

Sie hatten auf ihn gehört und sich dann in getrennte Betten zurückgezogen. Es war, als hätten sie alle eine stumme Übereinkunft getroffen, den Abend an diesem Punkt zu beenden, denn wären sie einen Schritt weiter gegangen, hätte es kein Zurück mehr gegeben. Dann hätten sie das Geschehene nicht als einen bloßen Ausrutscher abtun können, der allein dem Rausch geschuldet war.

Zumindest war das Lincolns Sicht der Dinge.

Und so schlief Holland gerade im Gästezimmer und Ethan in seinem Bett, während Lincoln nackt auf der Couch lag.

Mit einem leisen Stöhnen fuhr er sich übers Gesicht und setzte sich auf. Er wusste, dass er am Vorabend zu viel getrunken hatte, als das Gefühl der Teppichfasern an seinen nackten Füßen schmerzte.

Wenn selbst seine Haut brannte, bestand kein Zweifel, dass er sowohl seinem Körper als auch seiner Seele alles abverlangt hatte. Er war vollkommen aus dem Gleichgewicht geraten.

Bei diesem Gedanken sammelte er seine Kleider vom Boden auf und streifte sie sich hastig über. Dabei versuchte er, den Anblick von Ethans und Hollands Klamotten zu ignorieren, um die Erinnerungen an gestern Abend nicht wieder heraufzubeschwören – obwohl sie das Einzige sein würden, was ihm bleiben würde.

Statt sich darüber den Kopf zu zerbrechen, schlüpfte er in seine Schuhe, fand seinen Schlüssel und sein Handy und steckte beides in seine Hosentasche.

Er würde sich einfach davonstehlen, ohne auch nur ein Wort mit ihnen zu wechseln, denn er brachte es nicht über sich, mit ihnen zu sprechen. Zu sehr fürchtete er sich vor dem Moment, in dem sie ihm erklärten, wie viel Spaß der gestrige Abend gemacht hatte, nur um dann klarzustellen, dass so etwas nie wieder vorkommen würde.

Außerdem hatte er keine Ahnung, was *er* hätte sagen sollen. Er hatte bereits seine Seele entblößt, und dafür war entschieden zu viel Alkohol nötig gewesen. Im Augenblick konnte er nicht noch mehr Ehrlichkeit ertragen. Also schlich er sich aus dem Haus, stieg in seinen Wagen und fuhr davon, als hätte er einen riesigen Fehler begangen. Und vielleicht war es das. Aber zugleich war es der schönste, kostbarste und verführerischste Fehler seines Lebens gewesen.

Trotzdem blieb die Angst, dass er alles ruiniert hatte.

Er wusste nicht, wie er Ethan wieder unter die Augen treten sollte. Aber er würde es tun. Genau wie Holland. Denn sie beide waren etwas Besonderes.

Gleichzeitig ahnte er tief im Inneren, dass er sie beide wahrscheinlich verlieren würde. Es wäre nicht das erste Mal. Lincoln ließ sich nie auf ernsthafte Bindungen ein. Er hütete sich davor, sein Herz an Menschen zu hängen, die ihm wirklich etwas bedeuteten. Denn manche von ihnen zogen einfach ans andere Ende des Landes und vergaßen ihn. So wie seine Eltern.

Als Lincoln sein Wohnhaus erreichte, schliefen Ethan und Holland offenbar immer noch, denn er hatte weder eine Nachricht noch einen wütenden Anruf von ihnen erhalten, weil er sich davongeschlichen hatte.

Mit einem Stöhnen ging er hinauf in seine Wohnung. Er hatte lange für dieses Domizil in der Innenstadt gespart, von dem aus er die Berge in der Ferne sehen konnte. Auf diese Weise konnte er das Beste aus zwei Welten vereinen – das Stadtleben und die Nähe zur Natur. Von hier aus konnte er problemlos all seine Freunde besuchen, von denen einige in den Vororten und andere in den Bergen lebten.

Er schloss die Tür hinter sich ab und machte sich auf die Suche nach einer Tasse Kaffee. Und Aspirin. Er brauchte etwas, um das Pochen in seinem Schädel zu dämpfen, obwohl er bezweifelte, dass irgendetwas ihm im Moment helfen konnte.

Nein, es würde Zeit, Energie und wahrscheinlich Unmengen an Koffein brauchen, bis er sich besser fühlte.

Im Vorbeigehen warf er einen Blick in sein Atelier und beäugte die abgedeckte Leinwand. Vielleicht würde er heute sogar versuchen, ein wenig zu arbeiten.

Nun, da er sowohl Ethan als auch Holland geschmeckt hatte, hatte die Ungewissheit ein Ende. Möglicherweise würde die Erfahrung seine Inspiration schüren.

Er würde versuchen, sich nicht von den hundert anderen Sorgen aus dem Konzept bringen zu lassen, die ihm nun durch den Kopf schwirrten.

Aber das war wahrscheinlich zu viel verlangt.

Viel zu schnell trank er eine Tasse Kaffee, verbrannte sich dabei fast die Kehle und schenkte sich dann nach, bevor er in sein Atelier ging und sich auf seinen Hocker setzte.

Der Sitz war unbequem. Wenn er längere Zeit darauf saß, schmerzte sein Rücken, aber er hatte sein erstes Bild darauf gemalt. Also hatte er das alte Stück aus dem Lager gezerrt und in sein Atelier gestellt, in der Hoffnung, dass es seinen Geist beflügeln würde. Es war reiner Aberglaube, aber vielleicht würde es ihm helfen, diese Schaffenskrise zu überwinden.

Seine Blockade rührte nicht nur daher, dass es sich bei dem Gemälde um eine Auftragsarbeit handelte. Im Moment war allein der Gedanke an Kunst eine Qual. Lincoln hasste dieses Gefühl der Ohnmacht. Eigentlich war ihm das Malen immer leichtgefallen. Selbst wenn er auf Probleme gestoßen war, wusste er, dass er sich auf seine Kreativität verlassen konnte und das Kunstwerk am Ende fertigstellen würde.

Inzwischen waren bereits Wochen verstrichen und er war immer noch nicht in der Lage, einen Pinsel zu halten, ohne von dieser Leere in seinem Kopf übermannt zu werden.

Irgendwas stimmte nicht mit ihm, und er verabscheute sich selbst dafür.

Doch Arbeit blieb Arbeit. Nur weil er Künstler war, hieß das nicht, dass er sich davor drücken konnte. Er entsprach schließlich nicht dem Klischee. Also griff er nach dem Pinsel, begutachtete ihn und fragte sich, wie es nun weitergehen sollte.

Er musste sich auf die Kunstausstellung vorbereiten, indem er sein Portfolio erweiterte.

Aber die Eingebung blieb aus.

Und das machte ihm Angst.

Zumindest wusste er nun, dass nicht Ethan für seine schöpferische Krise verantwortlich war.

Nein, die Wurzel des Übels lag allein bei ihm selbst. Und er musste den Grund dafür herausfinden.

Aber zuerst brauchte er noch eine Tasse Kaffee.

Er hatte gerade den Pinsel abgelegt und stand von seinem Hocker auf, als er hörte, wie die Wohnungstür aufgeschlossen wurde. Kurz darauf folgten Schritte.

Lincoln stieß ein entnervtes Knurren aus.

Im nächsten Moment schlenderte Damien mit einer Lässigkeit ins Atelier, als gehörte ihm die Wohnung.

»Oh, gut, du bist zu Hause. Ich war gestern schon einmal hier, um nach dir zu sehen, aber du warst nicht da. Ich habe mir Sorgen gemacht. Warum hast du keine Nachricht hinterlassen?« Damien trat näher, nahm Lincoln die Kaffeetasse aus der Hand und trank den letzten Schluck.

»Igitt, du solltest mehr Zucker hinzufügen. Er ist zwar Gift für die Zähne und die Figur, aber vielleicht vertreibt er den säuerlichen Ausdruck auf deinem Gesicht.«

»Was zum Teufel suchst du hier, Damien?«, presste

Lincoln hervor. Er bemühte sich, seine Wut unter Verschluss zu halten, denn er wollte seine angestaute Frustration nicht an Damien auslassen. Doch in diesem Moment fiel ihm beim besten Willen kein einziger Grund ein, der dagegensprach.

»Ich bin dein Agent. Und ich bin gekommen, um dir zu helfen. Hast du daran gearbeitet?«, fragte Damien und drängte sich an Lincoln vorbei, um einen Blick auf die fast leere Leinwand zu werfen. »Offenbar hast du Hilfe nötig. Die ist fast leer. Ist das ein neues Projekt? Was ist los mit dir, Schätzchen?«

Und das war der Tropfen, der das Fass zum Überlaufen brachte.

In diesem Moment riss Lincoln der Geduldsfaden. Die unterdrückte Wut kochte hoch und er sah rot. »Also schön, du kennst die Regeln«, blaffte er. »Du wirst dir meine Arbeit nicht ansehen, bevor sie vollendet ist.«

»Ich bin dein Agent, Kumpel«, konterte Damien. »Außerdem sind wir Freunde. Wir *kennen* uns schließlich.« Die Art, wie er das Wort betonte, stieß Lincoln auf. Er wusste nur zu gut, worauf Damien anspielte. Heute war ihm klar, dass er niemals mit dem Mann hätte schlafen dürfen. Einst hatte er sich zu ihm hingezogen gefühlt. Da sie sich sehr nahegestanden hatten, war das sexuelle Abenteuer eine logische Konsequenz ihrer Vertrautheit gewesen. Außerdem war Lincoln damals ziemlich jung gewesen. Und dumm.

Vom heutigen Tag an würde er sich keine Fehltritte mehr leisten. Es war schlimm genug, dass er gestern Abend die wahrscheinlich verheerendste Entscheidung seines Lebens getroffen hatte.

»Nein. Komm mir nicht so. Ich habe dir gesagt, dass du meine Arbeit nicht sehen darfst, bevor ich fertig bin.

Außerdem habe ich dir den Schlüssel nicht gegeben, damit du einfach so hereinspazieren kannst. Warst du gestern Abend wirklich schon einmal hier?«, fragte er, als er Damiens Worte endlich in vollem Umfang registrierte.

»Ich wollte doch nur nach dir sehen. Du bist mein wichtigster Klient, Lincoln. Und mein Freund. Ich will schließlich nur dein Bestes.« Damien streckte die Hand nach ihm aus, doch Lincoln packte ihn am Handgelenk.

»Rühr mich nicht an.«

Damien blickte demonstrativ auf Lincolns Hand, mit der er sein Handgelenk umklammerte.

»Ich glaube, *du* bist derjenige, der *mich* berührt.«

Lincoln ließ ihn schlagartig los, als hätte er sich an ihm verbrannt. »Verschwinde«, knurrte er.

»Meine Güte, du bist aber schlecht gelaunt.«

»Halt die Klappe, Damien. Was ist eigentlich dein Problem? Warum führst du dich so auf?«

»Dasselbe könnte ich dich fragen. Ich wollte nur nach dem Rechten sehen, aber du tust gerade so, als sei ich der Teufel persönlich.«

»Gib mir sofort meinen Schlüssel zurück«, forderte Lincoln und streckte die Hand aus. »Du kannst anklopfen wie jeder andere auch. Ich weiß gar nicht, warum ich dir überhaupt einen Schlüssel gegeben habe.«

»Weil ich dein Agent bin.«

»Das sagst du jedes Mal. Hast du auch die Schlüssel zu den Wohnungen deiner anderen Klienten?«

»Natürlich nicht. Du bist etwas Besonderes. Wir sind etwas Besonderes.«

»Nein, das sind wir nicht. Und ich habe es endgültig satt. Gib mir den Schlüssel zurück, oder ich lasse die Schlösser austauschen. Das Ganze wird allmählich lächerlich. Offensichtlich bist du nicht in der Lage, meine Privatsphäre zu respektieren.«

»Ich mache mir Sorgen um dich. Du bist unproduktiv. Was ist los? Liegt es an Ethan? Rede mit mir. Du weißt, dass ich immer für dich da bin.«

Lincoln hörte schon gar nicht mehr zu. Er hatte genug. Schon vor langer Zeit hätte er klare Fronten schaffen und Regeln aufstellen sollen. Stattdessen hatte er zugesehen, wie sich Menschen wie Damien durch die Risse seiner Schutzmauern schlängelten und sich dort festsetzten. Es war seine eigene verdammte Schuld.

»Du gibst mir jetzt sofort den Schlüssel. Ab heute klopfst du an, wie jeder andere auch, statt hier einfach hereinzuspazieren. Und hör auf, dich in mein Leben einzumischen, als sei es dein eigenes. Deine Aufgabe ist es, meine Kunst zu vermarkten. Mehr nicht. Wenn du das nicht akzeptieren kannst, dann bist du offenbar nicht der Agent, den ich brauche. Dann werde ich jemand anderen finden.«

Damien verengte die Augen und biss die Zähne zusammen. Jetzt sah er aus wie der unerbittliche Raubfisch, den Lincoln einst gekannt hatte. Doch statt sich auf seine Arbeit zu konzentrieren, richtete er seine ganze Wut gegen Lincoln. *Gut gemacht.*

»Ich habe dich zu dem Künstler gemacht, der du heute bist. Ich versuche nur, dir zu helfen, aber du stößt mich immer wieder von dir. Wenn du so weitermachst, wird dir am Ende niemand mehr beistehen. Darüber solltest du mal nachdenken.«

Damien fischte seinen Schlüsselbund aus der Tasche und löste betont langsam den Wohnungsschlüssel vom Ring.

»Ich werde so tun, als hätte ich das Gefasel von einem

anderen Agenten nicht gehört. Wir werden später darüber reden. Offensichtlich brauchst du noch eine Tasse Kaffee. Oder vielleicht solltest du dich einfach mal wieder vögeln lassen. Ehrlich gesagt ist mir das im Moment scheißegal. Du kannst dich später bei mir entschuldigen. Eines solltest du dir jedoch vor Augen halten. Die Frist für deine Auftragsarbeit rückt näher. Wenn nötig, werde ich mich für dich einsetzen und einen Aufschub für dich aushandeln, denn das ist mein Job. Du hast keine Ahnung, wie viel ich schon für dich getan habe. Du bist zwar der Künstler, aber ich bin derjenige, der dich vermarktet. Vergiss das niemals. Vergiss niemals, woher du kommst.« Mit diesen Worten drängte Damien sich an Lincoln vorbei und rammte dabei seine Schulter.

Doch Lincoln rührte sich nicht von der Stelle. Er war so verdammt müde.

Nachdem Damien die Tür mit einem lauten Knall zugeschlagen hatte, seufzte Lincoln und verriegelte sie. Kaum hatte er das Schloss gedreht, ertönte die Klingel. Lincoln zuckte zusammen und machte vor Schreck einen Satz.

Er warf einen Blick durch den Spion in der Erwartung, Damien draußen zu sehen.

Dann seufzte er erleichtert und öffnete die Tür.

»Hey, kleine Cousine«, sagte er und breitete die Arme aus.

Madison stürzte vor und schmiegte sich an seine Brust.

»Gerade ist Damien an mir vorbeigestürmt, aber er hat mich nicht einmal bemerkt. Doch das ist nichts Neues. Habt ihr euch gestritten?«, fragte sie und lehnte sich zurück, um seinem Blick zu begegnen. »Meine Güte, geht es dir gut? Du siehst aus, als hättest du kein Auge zugetan.«

»Du weißt wirklich, wie man mein Ego streichelt«, frotzelte Lincoln.

»Ach, sei still. Ich mache mir eben Sorgen um dich.«

»Da bist du im Moment nicht die Einzige.«

»Damien sorgt sich nicht um dich, sondern um seinen Gewinn und sein Ego«, widersprach Madison.

»Warum erzählst du mir nicht, was du wirklich von ihm hältst?«, fragte Lincoln sarkastisch.

»Das werde ich, aber zuerst sind wir mit meinen Eltern zum Mittagessen verabredet. Hast du das etwa vergessen? Du solltest wahrscheinlich duschen und dich fertig machen.«

»Mist. Ich habe keine Lust, mit deinen Eltern zu Mittag zu essen«, gab Lincoln zu.

Madison schnaubte und stellte sich auf die Zehenspitzen, um ihm die Wange zu tätscheln. »Ich genauso wenig. Doch sie werden uns nur noch mehr in den Ohren liegen, wenn wir ihnen diesen Gefallen nicht tun. Und die Tatsache, dass du mir beistehst, indem du mich begleitest, beweist nur, dass du mein Lieblingscousin bist.«

»Ich bin dein *einziger* Cousin.«

»Nun, das ist wahr. Aber es ist wohl kaum meine Schuld, dass unsere Väter Brüder sind und beschlossen haben, es jeder bei einem Kind zu belassen. Hier sind wir nun: zwei einsame, kinderlose Singles auf weiter Flur. Unser Clan wird mit uns aussterben.« In einer dramatischen Geste presste sie sich die Hand aufs Herz, woraufhin Lincoln die Augen verdrehte.

Er liebte Madison. Da sie wie Geschwister aufgewachsen waren, betrachtete er sie längst als seine Schwester. Allerdings wusste er, wie sehr er ihre Eltern damit verärgerte. Obwohl es ihm egal war, was ihre Eltern von ihm hielten, kümmerte es ihn doch, wie sie ihre Tochter behandelten.

In ihren Augen war Madison eine Enttäuschung. Sie war nicht hübsch genug, nicht schlank genug, war nie mit dem richtigen Mann zusammen oder hatte nie den richtigen Job gefunden. Sie war schlichtweg nicht die perfekte Tochter, die sie sich gewünscht hatten.

Und das ließen sie sie bei jeder sich bietenden Gelegenheit spüren.

Lincoln hätte die beiden am liebsten windelweich geprügelt, doch das war scheinbar verpönt und zudem eine schwere Straftat. Vielleicht würde es jedoch als minderschweres Vergehen durchgehen, wenn er nicht zu fest zuschlug.

Lincoln hatte liebevolle Eltern, die sich gut um ihn gekümmert hatten, zumindest bis er achtzehn wurde. Damals nahm sein Vater einen Job in Seattle an und sie zogen einfach um. Lincoln wollte in Boulder bleiben und dort studieren, also ließen sie ihn zurück.

Er hatte sie an den Feiertagen besucht, doch die Sommer verbrachte er bei den Montgomerys in Boulder. Auf diese Weise konnte er zusätzliche Kurse belegen, um so schnell wie möglich seinen Collegeabschluss zu machen.

Seine Eltern hatten ihn nie besucht.

Sie hatten Seattle zu ihrem neuen Zuhause erkoren und nie zurückgeblickt.

Obwohl Lincoln sie verstehen konnte, tat es trotzdem weh.

Lincoln beschlich jedoch das unbestimmte Gefühl, dass die ausbleibenden Besuche weniger mit ihm als vielmehr mit seinem Onkel zu tun hatten. Wenn seine Eltern nach Boulder gekommen wären, hätten sie zwangsläufig auch Madisons Eltern besuchen müssen. Und darauf hatte keiner von ihnen Lust.

Also fuhr Lincoln häufig nach Seattle. Ethan hatte ihn sogar ein paarmal begleitet.

Seine Eltern waren großartig. Sie hatten sein Studium

finanziert und hielten regen Kontakt. Dank regelmäßiger Videoanrufe über FaceTime und Skype sahen sie einander zumindest auf dem Bildschirm. Vor einigen Jahren waren sie sogar gemeinsam nach Kanada in den Urlaub gefahren.

Lincoln liebte seine Eltern.

Er wünschte nur, sie wohnten in der Nähe.

Doch ihr Leben war in Seattle und seines in Boulder. Aber in dem Zeitalter der Technologie musste man nicht unbedingt Tür an Tür wohnen. Außerdem hatte er hier Familie. Nämlich Madison. Und ihre Eltern.

»Also schön, ich bin gleich fertig«, brummte Lincoln. Er beugte sich vor und drückte ihr einen Kuss auf den Kopf, woraufhin sie ihm ein breites Grinsen schenkte. Sie war wunderschön. Mit ihren weiblichen Kurven und den ausdrucksstarken, großen Augen strahlte sie eine herzliche Wärme aus.

Lincoln wünschte sich, dass sie ihr Glück fand. Aber er wusste auch, dass das nicht möglich war, solange sie unter der Fuchtel ihrer Eltern stand. Es war jedoch nicht leicht, sich davon zu befreien, denn ihre Eltern hatten die Angewohnheit, die Menschen in ihrem Umfeld vollkommen zu vereinnahmen.

Lincoln und sein Lebensstil waren ihnen ein Dorn im Auge.

Aber auch das war ihm egal.

»Sollen wir das Essen einfach schwänzen?«, fragte Madison hastig.

Lincoln schüttelte den Kopf. »Nein, das geht nicht. Später würden sie es nur an dir auslassen. Also werden wir mit ihnen zu Mittag essen, und ich werde mir von deinem Vater erklären lassen, wie ich als Künstler mein Leben ruiniere und dass ich, genau wie er, Banker hätte werden sollen.«

»Ja, denn bei der aktuellen Wirtschaftslage ist sein Job ja absolut sicher.« Madison verdrehte die Augen.

»Bring das Thema bloß nicht in seiner Gegenwart zur Sprache. Sonst müssen wir uns wieder seine Tirade über den Markt und all die Leute, die ihn angeblich bestehlen, anhören.«

»Ja, genau. Und dann ist da noch die Tatsache, dass du als Maler deine Krankenversicherung selbst bezahlst und ich als Kleinunternehmerin keinen Chef habe, der mir bei den Sozialabgaben unter die Arme greift. Seiner Meinung nach verstoßen wir damit gegen die Regeln.«

Sie wickelte sich eine Haarsträhne um den Finger, und Lincoln verengte die Augen. »Sind das etwa pinke Strähnchen?«, fragte er mit gespieltem Entsetzen. Tatsächlich sah es großartig aus, und er liebte seine Cousine.

Madison errötete und schenkte ihm ein Lächeln. »Möglicherweise.«

»Deine Mutter wird dich umbringen.« Lincoln grinste. »Mir gefällt es.«

»In erster Linie habe ich es für mich getan. Ich wollte schon immer pinke Strähnchen. Außerdem liegt der Look gerade voll im Trend. Also füge ich mich eher ein, als dass ich aus der Reihe tanze.«

»Ja, genau wie ich mit meinen Tätowierungen.«

»Ich habe genauso viele Tattoos wie du«, entgegnete Madison. »Ich verstecke sie nur besser.«

»Wenn deine Eltern das jemals herausfinden, werden sie vielleicht wirklich Hand an dich legen«, warnte Lincoln.

»Vielleicht. Wie dem auch sei. Lass uns für heute einfach versuchen, den Frieden zu bewahren.«

»Einverstanden. Aber wenn sie meine Bisexualität wieder als *Lebensstil* bezeichnen, kann ich für nichts garantieren.«

»Du würdest nicht handgreiflich werden. Aber du würdest wütend davonstürmen, und ich würde dir wahrscheinlich folgen, sobald meine Mutter wieder in diesem *Tonfall* mit mir spricht.«

Lincoln verabscheute diesen Ton, bei dem der Südstaaten-Akzent seiner Tante besonders deutlich zum Vorschein kam. Oberflächlich betrachtet verteilte sie Komplimente, doch unter der süßlichen Verpackung verbargen sich giftige Sticheleien. Wie zum Beispiel Madisons »kleines Lädchen« oder das Kleid, das ihr »trotz ihrer Kurven« passte. All diese Dinge zerrten an Lincolns Nerven.

Nach außen hin wirkte sie wie eine Frau, die kein Wässerchen trüben konnte.

Lincoln hasste diese Redewendung, doch sie traf zweifellos auf Madisons Mutter zu.

»Ich will doch nur, dass du glücklich bist«, sagte er.

Madison begegnete seinem Blick und runzelte die Stirn. »Das Gleiche könnte ich über dich sagen. Denn du bist nicht glücklich, Lincoln. Und wir wissen beide warum.«

Sie kannte nur einen Teil der Wahrheit. Seine Cousine war der einzige Mensch, der wusste, dass er seinen besten Freund insgeheim liebte. Aber darüber wollte er jetzt nicht sprechen. Er wusste nicht einmal, was er tun sollte. Schon bald würde er sowohl Ethan als auch Holland gegenübertreten müssen und er hatte nicht den Hauch einer Ahnung, was er ihnen sagen sollte. Doch zuerst sah er sich mit einer anderen Aufgabe konfrontiert. Er musste seiner Cousine beistehen und sich dem Teil seiner Familie stellen, der noch in Boulder lebte. Er wünschte sich nur, dass sein Schädel dabei nicht so hämmern würde.

Aber vielleicht würde das bevorstehende Treffen ihm vor Augen führen, was eine echte Familie ausmachte – und dass seine Verwandtschaft, abgesehen von Madison, nicht seine Familie war. Womöglich würde er sich dann darauf besinnen, worauf es im Leben wirklich ankam.

Vielleicht würde es sogar seine Kreativität anregen.

Falls nicht, würde er sich zumindest mit Ethan und Holland auseinandersetzen.

Denn die beiden waren nur zum Teil für seine schöpferische Krise verantwortlich. Irgendwann würde er sich auch dem Rest stellen müssen.

Und er hatte das Gefühl, dass dieser Zeitpunkt schon bald kommen würde.

KAPITEL SIEBEN

Als Ethan an diesem Morgen sowohl mit Kopf- als auch mit Herzschmerzen erwachte, wusste er sofort, dass er allein im Haus war.

Er zog seinen Pyjama an, taumelte ins Wohnzimmer und sah, dass die Couch leer war. Die Decke, die Lincoln benutzt haben musste, lag ordentlich gefaltet auf dem Polster.

Lincoln hatte keine Nachricht hinterlassen, aber das war auch nicht nötig. Ethan wusste, dass er ihn später sehen würde. Entweder würden sie das Ganze ausdiskutieren oder so tun, als sei nichts passiert.

So wie er seinen besten Freund kannte, würde es wahrscheinlich Letzteres sein.

Bevor er sich mit dem Gedanken auseinandersetzen konnte, dass Holland wahrscheinlich ebenfalls verschwunden war, ging er in die Küche, um sich einen Kaffee zu holen. Dort fand er am Kühlschrank eine Notiz.

Musste nach Hause. Werde im Laden gebraucht. Danke für gestern Abend. Holland

Sie bedankte sich bei ihm. Wofür? Für die Spiele? Für das Essen und den Alkohol? Oder für all die Orgasmen?

Er fürchtete sich vor den Antworten auf diese Fragen, aus Angst, verletzt zu werden.

Im Grunde wusste er nicht, was er wollte. Wäre es besser gewesen, wenn die beiden noch hier gewesen wären? Möglicherweise. Vielleicht hätten sie dann darüber reden und die Fronten klären können.

Vermutlich war es gut, dass sie gegangen waren. Vielleicht brauchten sie einfach etwas Abstand, um das Geschehene zu verarbeiten.

Ethan hatte keine Antworten auf all seine Fragen. Aber er wusste, dass er eine Lösung finden musste.

Da er die Unordnung in seinem Haus nicht ertragen konnte, beseitigte er schnell die Spuren des vergangenen Abends. Er war dankbar, dass Lincoln und Holland ihm noch geholfen hatten, die Essensreste zu verstauen, bevor sie zu Bett gegangen waren. So dauerte es nicht lange, bis er alles aufgeräumt hatte.

Sein Blick fiel auf den weißen Schal auf dem Kaminsims. Er wusste sofort, dass er Holland gehörte. Draußen war es eigentlich nicht kühl genug für ein solches Accessoire, aber es passte zu ihrem Look und ließ sie sogar noch verführerischer wirken.

Allerdings wusste er nicht, was er damit tun sollte, also ließ er ihn dort liegen und machte sich fertig, um ins Büro zu fahren.

Eine Stunde später saß er am Computer und dachte darüber nach, wie er den Rest des Tages verbringen sollte. Natürlich gab es immer etwas zu tun. Angefangen bei Berechnungen bis hin zur Datenanalyse. Da es Montag war, herrschte im Büro bereits reger Betrieb. Einige seiner

Kollegen arbeiteten nachts oder am Wochenende, um sich unter der Woche einige freie Tage zu nehmen. Ethan gönnte sich hin und wieder selbst diese Freiheit. Wenn er montags oder dienstags nicht arbeiten musste, konnte er in aller Ruhe seinen Wocheneinkauf erledigen oder andere Dinge tun, während der Rest der Welt am Schreibtisch saß.

Da er gestern etliche Stunden im Büro verbracht hatte, hatte er eigentlich keinen Grund, hier zu sein. Dennoch vergrub er sich in die Arbeit.

Weil er nichts Besseres zu tun hatte. Und weil er Angst hatte, nach Hause zurückzukehren. Er fürchtete sich vor der möglichen Erkenntnis, dass er seinen besten Freund unwiederbringlich verloren haben könnte, nur weil er der Versuchung erlegen war.

Jetzt wusste er, wie es sich anfühlte, wenn Lincoln sich an ihn schmiegte, wenn er ihn küsste und mit der Hand seine Männlichkeit umschloss.

Und er kannte das berauschende Gefühl, Holland zu liebkosen.

Sie schien das fehlende Puzzleteil zu sein, das seinen besten Freund und ihn erst zu einer Einheit machte. Als hätte sie eine Brücke zwischen ihnen geschlagen. Aber sie war weit mehr als nur eine Verbindung zwischen den beiden. Ethan spürte instinktiv, dass Lincoln fehlen würde, wenn er nur mit Holland zusammen wäre. Für keinen von ihnen gab es einen Ersatz.

Der gestrige Abend hatte gezeigt, dass sie nur zu dritt vollständig waren.

Vielleicht war er so offen gegenüber der Idee, weil er dank seiner Cousine bereits ein Beispiel für eine funktionierende Dreierbeziehung vor Augen hatte. Er hatte miterlebt, wie sie die anfänglichen Kommunikationshürden und gesellschaftlichen Widerstände überwunden hatten, um schließlich zueinanderzufinden.

Womöglich wünschte Ethan sich deshalb eine Beziehung mit Lincoln und Holland.

Wollte er das wirklich? War er tatsächlich bereit, den nächsten Schritt zu wagen und so zu tun, als sei der gestrige Abend mehr als nur eine flüchtige Erfüllung seiner Träume und dunklen Obsessionen gewesen?

Er wusste es nicht, aber er musste es herausfinden. Und zwar bald.

Lange würde er sich nicht mehr zurückhalten können. Vor allem nicht, wenn es um seinen besten Freund ging.

»Du scheinst ziemlich viel zu grübeln«, meldete Julia sich neben ihm zu Wort. Er sah zu seiner Kollegin auf.

»Wie meinst du das?«, fragte Ethan, obwohl er die Antwort bereits kannte.

»Du wirkst irgendwie traurig. Und ein wenig verkatert. Das sieht dir gar nicht ähnlich. Hattest du einen anstrengenden Abend?«

Ethan fuhr sich mit der Hand übers Gesicht und erwiderte mit einem Brummen: »Es geht mir gut. Da ich gestern gearbeitet habe, hätte ich heute wahrscheinlich gar nicht kommen müssen.«

»Aber du liebst deinen Job genauso sehr wie ich. Du leistest mehr Überstunden als jeder andere, den ich kenne – mich ausgenommen«, fügte sie hinzu.

Ethan grinste. »Das stimmt wohl. Wir sind beide Arbeitstiere.«

Julia nickte. »Wie dem auch sei, ich wollte dich nur vorwarnen. Jemand hat es mit den Kalkulationen übertrieben und den Server überlastet. Es wird eine Weile dauern, bis der Rest unserer Programme wieder läuft.«

Ethan runzelte die Stirn. »Wer?«, wollte er wissen.

»Was denkst du wohl?«

Er seufzte. »Der Chef?«

Julia nickte. »Ja. Seine Berechnungen sind zwar wichtig, aber manchmal scheint er zu vergessen, dass der Rest von uns ebenfalls Kalkulationen durchführen muss. Wir verfügen nun mal nicht über unendliche Ressourcen.«

»Wetten, dass ich derjenige bin, der alles noch mal machen muss, wenn er es vermasselt?«, vermutete Ethan.

»Auf diese Wette lasse ich mich gar nicht erst ein«, konterte Julia. »Denn wenn du es nicht machst, bleibt die Arbeit an mir hängen, und darauf habe ich keine Lust.«

»Klingt einleuchtend. Das bedeutet dann wohl, dass keiner von uns so schnell seine Resultate erhalten wird.«

»Damit hast du recht. Allerdings solltest du dich inzwischen daran gewöhnt haben. So läuft das hier nun einmal.«

Ethan stöhnte. »Ich hätte wirklich nicht ins Büro kommen sollen.«

»Wenn man bedenkt, dass du dafür nicht bezahlt wirst, wahrscheinlich nicht«, pflichtete Julia ihm bei.

Er seufzte. »Wir sollten nach Hause gehen.«

»Das werde ich auch tun. Ich habe am Samstag eine Doppelschicht geschoben. Eigentlich bin ich heute nur vorbeigekommen, um meine Arbeit zu überprüfen, damit ich morgen nicht so viel Zeit verliere.«

»Geht mir genauso.«

Julia grinste. »Manchmal komme ich mir hier vor wie im Kindergarten statt in einer Forschungsgruppe mit Akademikern.«

Ethan schnaubte. »Nun ja, immerhin sitzen wir nicht in einer Uni. Ich fahre jetzt nach Hause, um mich noch ein Weilchen vor der Realität zu verkriechen.«

Julia legte eine Hand auf seinen Arm. Die Berührung überraschte Ethan, da seine Kollegin nicht oft körperliche

Nähe suchte. Er warf einen Blick auf ihre Finger, woraufhin sie errötete und die Hand zurückzog.

»Entschuldige bitte«, sagte sie hastig.

»Nein, schon gut. Was ist los?«

»Wir sind vielleicht keine engen Freunde, aber ich bin für dich da, wenn du mich brauchst. In Ordnung?«

»Danke.« Er lächelte, atmete tief durch und begegnete ihrem Blick. »Das weiß ich zu schätzen. Danke.«

»Gern geschehen. Jetzt hol dir noch einen Kaffee. Oder vielleicht einen fettigen Taco. Das bewirkt Wunder.«

Er schauderte. »Ich habe noch nie verstanden, warum Leute fettige Speisen bevorzugen, wenn sie verkatert sind.«

»Hey, nichts gegen einen fettigen Taco. Das ist eine altehrwürdige Tradition.«

»Nicht für mich.«

Er packte seine Sachen zusammen und ging zu seinem Wagen. Er konnte den restlichen Tag genauso gut zu Hause nutzen, um dort ein paar Dinge zu erledigen. Vielleicht würde er sich sogar bei seiner Familie melden.

Das letzte Abendessen mit dem Montgomery-Clan lag bereits mehrere Wochen zurück. Wenn man bedachte, wie häufig sie sich normalerweise sahen, war das ungewöhnlich lange. Aber sie alle waren so beschäftigt gewesen. Er würde sich wirklich bald mit ihnen treffen müssen.

Er schickte eine kurze Nachricht an den Familienchat, wünschte allen einen schönen Tag und erkundigte sich nach ihrem Befinden. Die Antworten ließen nicht lange auf sich warten. Sie alle waren bei der Arbeit und schickten ihre besten Grüße.

Bristol schrieb ihm jedoch eine separate Nachricht.

Bristol: *Alles okay?*

Wahrscheinlich hätte er ihr besser gleich eine private Nachricht geschickt. Er sollte wirklich darauf achten, nicht so niedergeschlagen zu klingen, wenn er seiner Familie schrieb.

Ethan: *Es geht mir gut. Mir ist nur aufgefallen, wie lange unser letztes Familientreffen zurückliegt.*

Bristol: *Das stimmt. Wir sollten ein Familienessen planen. Ich vermisse dein Gesicht.*

Ethan: *Ich vermisse dein Gesicht ebenfalls, du Göre.*

Bristol: *Hm, vielleicht vermisse ich dich nicht so sehr wie Aaron.*

Ethan: *Du kannst mich zwar nicht sehen, aber ich zeige dir gerade den Mittelfinger.*

Bristol: *Dafür gibt es Emojis, du Idiot.*

Ethan: *Du bist so süß.*

Bristol: *Ich weiß. Jetzt muss ich mich wieder an die Arbeit machen. Die Proben finden sonst ohne mich statt. Ich liebe dich.*

Ethan: *Ich liebe dich auch.*

Kurz darauf meldete Aaron sich.

Aaron: *Alles okay?*

Ethan schnaubte. Offenbar hielt seine Familie ihn für völlig übergeschnappt, nur weil er sich an einem gewöhnlichen Montagnachmittag bei ihnen meldete. Immerhin sorgten sie sich um ihn. Das war mehr, als man von Lincolns Familie behaupten konnte. Seine Eltern waren zwar wunderbar, aber sie wohnten nicht mehr in der Nähe und führten ihr eigenes Leben. Von Lincolns übriger Verwandtschaft wollte Ethan gar nicht erst anfangen.

Ethan fuhr vor seinem Haus vor und bemerkte, dass Lincolns Wagen in der Einfahrt parkte.

Oh. Großartig.

Der Tag versprach noch schlechter zu werden als bisher.

Bevor Ethan aus dem Wagen steigen konnte, erreichte ihn eine Nachricht von Liam.

Liam: *Ich wollte nur mal nachfragen, ob alles okay ist.*

Ethan beschloss, seiner Familie nie wieder an einem Montag zu schreiben. Nur weil er vielleicht Hilfe *brauchte*, hieß das nicht, dass er sie auch wirklich wollte.

Wenn er je ein Buch schreiben sollte, würde er es mit genau diesem Slogan bewerben.

Ethan: *Mir geht es gut. Ich wollte mich nur bei euch melden, weil wir uns schon so lange nicht mehr gesehen haben.*

Liam: *Gib Bescheid, falls du etwas brauchst. Ich bin für dich da. Arden ebenfalls. Wir helfen gern.*

Wir. Verdammt, Liam war jetzt in einer festen Beziehung. Zu dem *wir* gehörte auch ein Hund, den die beiden sich nun teilten.

Ethan freute sich aufrichtig für Liam. Er wünschte sich nur, er würde sein Leben ebenfalls in den Griff bekommen.

Ethan: *Ich liebe euch. Wir sprechen uns bald.*

Er schob das Handy zurück in seine Tasche, wohlwissend, dass es nur eine Frage der Zeit war, bis seine Eltern sich melden würden. Er liebte seine Familie über alles, aber manchmal ... waren sie einfach zu scharfsinnig.

Sein Blick fiel erneut auf Lincolns Wagen.

Ethan stieß einen Seufzer aus.

Es half nichts. Am besten brachte er es einfach hinter sich.

Also ging er ins Haus, schloss die Tür hinter sich und atmete den Duft von Knoblauch ein. Er unterdrückte ein Stöhnen.

»Ich dachte, du wolltest heute zu Hause bleiben«, rief Lincoln aus der Küche, wo er gerade etwas in einer Pfanne röstete.

Ethan legte seinen Schlüssel in die Schale neben der Tür und ging in die Küche. Sein bester Freund stand am Herd und kochte Hähnchen mit Knoblauchpasta, als sei nichts geschehen. Als hätte der gestrige Abend nie stattgefunden.

Was zum Teufel?

»Ich bin ins Büro gefahren, da ich nichts Besseres zu tun hatte.«

Lincoln nickte. »Ich verstehe. Mir ging es ähnlich. Ich habe versucht zu arbeiten, aber ohne Erfolg.«

»Oh.«

»Dann habe ich mich mit Madison und ihren Eltern zum Mittagessen getroffen. Aber mir ist der Appetit vergangen, da sie mir im Grunde nur erzählen wollten, was für ein Versager ich bin. Madison erging es nicht besser. Also haben wir uns einen Mimosa gegönnt und uns dann aus dem Staub gemacht. Immerhin haben wir es versucht. Das ist doch etwas wert, nicht wahr?«

Ethan stieß einen leisen Fluch aus. »Ich hatte vergessen, dass du mit ihnen zum Mittagessen verabredet warst.«

Lincoln warf ihm einen Blick über die Schulter zu. Er wirkte erschöpft und in seinen Augen lag ein seltsamer Ausdruck, den Ethan jedoch nicht deuten konnte. Früher hatte er seinen besten Freund mit Leichtigkeit durchschaut, doch jetzt schien er ihn nicht einschätzen zu können. Ethan hasste dieses Gefühl.

»Ich hatte es auch vergessen. Doch dann ist Madison aufgetaucht und hat mich daran erinnert. Das war, nachdem Damien gegangen war.«

Eine Welle irrationaler Eifersucht durchströmte Ethan, doch er bemühte sich nach Kräften, sie zu verdrängen. Das war gar nicht so leicht, denn Damien war ihm ein Dorn im Auge. Der Kerl behandelte Lincoln wie Dreck und sah in ihm nur eine Geldquelle. Das widerte Ethan an.

»Ach wirklich?«, fragte er.

»Ja, wirklich.« Lincoln verdrehte die Augen. »Du hast recht, er ist ein Arschloch. Er ist zu weit gegangen, aber ich kümmere mich darum, okay?«

Erstaunt trat Ethan auf Lincoln zu. »Was willst du damit sagen?«

»Ich will damit sagen, dass ich meinen Schlüssel zurückverlangt habe. Du bist also offiziell der einzige Mensch, der außer mir einen Schlüssel zu meiner Wohnung hat.«

Ethan ignorierte das Gefühl, das diese Erkenntnis in ihm hervorrief. Es gab keinen Grund, sich den Kopf darüber zu zerbrechen. Lincoln und er waren Freunde. Mehr nicht. Oder? Ganz offensichtlich sah Lincoln die Sache genauso.

»Wie dem auch sei, Damien ist immer noch mein Agent. Ich hoffe allerdings, dass er meine Grenzen respektieren wird.« Er zuckte mit den Schultern. »Wenn nicht … ich weiß auch nicht. Ich werde mir etwas einfallen lassen.«

Ethan trat noch einen Schritt vor und wollte die Hand nach Lincoln ausstrecken, hielt sich aber in letzter Sekunde zurück. Er fragte sich, ob es ihm überhaupt noch zustand, Lincoln zu berühren, und das zerriss ihn innerlich. »Okay. Wenn ich irgendwas für dich tun kann, lass es mich wissen. Ich bin für dich da.«

»Ich weiß.« Lincoln stellte den Herd aus und begegnete Ethans Blick. »Ich weiß.«

Ethan schluckte schwer und suchte verzweifelt nach einer Antwort. Doch ihm fiel nichts ein außer: »Also werden wir nicht darüber reden?«

Lincolns Gesicht wurde zu einer völlig ausdruckslosen Maske. »Worüber reden?«

»Ich weiß auch nicht, vielleicht darüber, dass ich deinen Schwanz in meiner Hand hatte? Oder dass du auch mich berührt hast?«

Lincoln schloss die Augen, stieß einen leisen Fluch aus und trat einen Schritt zurück. Er begann, in der Küche auf und ab zu gehen, während Ethan ihn nur anstarrte und sich fragte, ob er gerade alles verloren hatte. Er fühlte sich, als hätte ihm jemand das Herz herausgerissen, es zusammengedrückt und damit gedroht, es in tausend Stücke zu zerreißen, bevor er es zurück in die klaffende Leere seiner Brust gestopft hatte.

Er konnte keinen klaren Gedanken fassen und hatte Schwierigkeiten, sich zu konzentrieren. Er wusste nicht, was er tun sollte.

»Willst du die Wahrheit wissen?«, fragte Lincoln.

Nein. Aber das konnte er ihm nicht sagen. Stattdessen biss er die Zähne zusammen und nickte. »Ich muss es wissen.«

»Also schön. Ich will dich. Ich will dich schon seit einer verdammten Ewigkeit, aber ich bin ein Idiot. Bist du jetzt zufrieden?«

Von einem Moment auf den anderen hatte sich alles verändert. Lincolns Worte hingen in der Luft und waren fast greifbar. Ethan ging auf Lincoln zu und blieb dicht vor ihm stehen, sodass er nur noch die Hand nach ihm ausstrecken musste. Er legte sie auf Lincolns unrasierte Wange. Das Kratzen seiner Bartstoppeln an seiner Handfläche schürte nur sein Verlangen. »Okay.«

Lincoln runzelte die Stirn. »Okay? Ist das alles, was dir dazu einfällt?«

»Ich weiß nicht, was ich sonst sagen soll«, entgegnete Ethan. »Außer, dass ich dich auch will. Und ich weiß nicht, wie ich damit umgehen soll.«

»Nun, gestern Abend wussten wir es offenbar, nicht wahr?«

»Aber wir waren nicht allein. Was ist mit Holland?«, fragte Ethan, wobei er die Antwort fürchtete. »Außerdem bist du mein bester Freund. Was, wenn wir es vermasseln? Dann gibt es kein Zurück mehr.«

»Ich weiß, was du meinst. Aber es ist nun einmal passiert. Auch wenn wir dafür eine Menge Alkohol gebraucht haben.«

»Und ... Holland? Was ist mit ihr?«, fragte Ethan erneut, während ihm das Herz bis zum Hals schlug.

Lincoln fuhr sich mit der Hand übers Gesicht und trat zurück. Plötzlich schien es, als hätte sich eine Kluft zwischen ihnen aufgetan. Keiner von beiden wusste, was er sagen sollte. Es tat einfach nur weh. »Ich weiß nicht, was ich tun soll. Ich will sie auch.«

»Ich ebenfalls.« Ethan stieß ein humorloses Lachen aus. »Aber vielleicht finden wir eine Lösung. Meine Cousine führt eine Beziehung mit zwei Ehemännern. Vielleicht finden wir auch einen Weg, wie es für uns funktionieren kann.«

»Mag sein.«

»Ich will es nicht bei Worten belassen. Der gestrige Abend war der beste meines Lebens. Trotzdem will ich weder unsere Freundschaft noch die Freundschaft zu Holland aufs Spiel setzen, indem wir das Geschehene totschweigen.«

»Dann sollten wir wohl besser darüber reden«, sagte Lincoln trocken.

»Ich bin nicht besonders gut darin.«

Lincoln nickte. »Ich weiß. Aber ich bin auch nicht besser. Vielleicht ist Holland genau das, was wir beide brauchen.« Bevor er fortfahren konnte, beugte Ethan sich vor und strich sanft mit den Lippen über die seines Freundes.

Lincoln schnappte nach Luft, dann erwiderte er den Kuss. Diesmal war kein Alkohol im Spiel. Und keine Sorgen – zumindest nicht in diesem Moment. Es gab nur sie beide. Ethan stöhnte voller Verlangen.

»Wollen wir das wirklich tun?«, fragte Lincoln in staunendem Tonfall.

Ethan nahm ihm die Verunsicherung nicht übel, denn sie spiegelte sein eigenes Empfinden wider. »Ich glaube schon. Aber du musst mir sagen, was du willst. Du musst mit mir reden. Ich will wissen, wenn es dir zu viel wird oder wenn es nicht genug ist. Denn ich kann dich nicht verlieren. Und ich will Holland nicht verletzen. Ich möchte, dass sie ein Teil von uns ist.«

»Das wird sie sein«, bestätigte Lincoln. »Gestern Abend war sie bereits ein Teil von uns. Und sie ist immer bei uns. Aber im Augenblick bist du derjenige in meinen Armen.«

Ethan stimmte ihm zu und küsste seinen Freund erneut. »Morgen sprechen wir mit Holland«, flüsterte er.

»Aber für den Moment sollten wir das Essen einfach kalt werden lassen«, raunte Lincoln.

Ethan antwortete mit einem tiefen Stöhnen und schlang die Arme fest um Lincolns Taille, während dieser die Finger in Ethans Haar vergrub.

Er schnappte nach Luft, als Lincoln an seinen Strähnen zog.

»Ich dachte, du hältst nichts von Sex in der Küche«, murmelte Ethan mit einem Lächeln.

Vor Lachen bebte Lincoln am ganzen Körper, während er Ethan quer durchs Wohnzimmer zerrte. »Da hast du recht.«

»Aber morgen sprechen wir mit Holland?«, fragte Ethan erneut. »Versteh mich nicht falsch, ich will dich. Aber ich will nicht das Gefühl haben, dass wir sie betrügen.«

»Das Gefühl habe ich ganz und gar nicht. Es fühlt sich eher so an, als seien wir alle drei untrennbar miteinander verbunden. Glaub mir, wir finden einen Weg.«

Ethan nickte und presste seine Lippen wieder auf Lincolns. Für den Moment gab es nichts mehr zu sagen.

Auf dem Weg zu Ethans Schlafzimmer verschlangen sie sich förmlich und ließen ihre Hände über den Körper des anderen gleiten. Ethan konnte es kaum glauben. Nach so vielen Jahren der Sehnsucht ging sein Wunsch endlich in Erfüllung. Und die Realität übertraf seine kühnsten Träume.

Auf keinen Fall wollte er es vermasseln.

»Ich kann spüren, dass du die Stirn runzelst«, flüsterte Lincoln an seinen Lippen.

»Du kennst mich einfach zu gut«, krächzte Ethan.

»Wenn ich dich wirklich so gut kennen würde, wie du sagst, dann hätten wir das hier schon vor einer Ewigkeit getan.«

Ethan schüttelte den Kopf. »Da bin ich mir nicht sicher. Vielleicht mussten wir einfach auf den richtigen Moment warten. Zuerst mussten wir selbst begreifen, was wir eigentlich wollen. Es klingt vielleicht seltsam, aber ich glaube, wir brauchten Holland, um das zu erkennen.«

Lincoln begegnete seinem Blick und lächelte. »Ich glaube, du hast recht. Wir haben sie gebraucht.« Dann verstummten sie und küssten sich voller Verlangen. Worte waren überflüssig.

Ethan hob bereitwillig die Arme, als Lincoln ihm langsam das Hemd über den Kopf streifte, bevor er Lincoln auf die gleiche Weise entblößte.

Ein Beben durchzuckte ihre Körper, als Lincoln begann, Ethans Brustwarze mit seiner Zunge zu reizen. Die zärtliche Berührung war fast zu viel für Ethan.

Er hatte sich diesen Moment so lange herbeigesehnt, dass er nun befürchtete, jeden Augenblick aus einem Traum zu erwachen. Er hatte Angst, sie würden sich von der

Leidenschaft so sehr mitreißen lassen, dass er etwas verpassen könnte.

Doch er wollte jede Sekunde genießen und konzentrierte sich auf das Hier und Jetzt. Begierig beugte er sich vor. Er wollte mehr.

Nachdem sie sich gegenseitig die Hose ausgezogen hatten, schob Ethan seine Hand in den Bund von Lincolns Boxershorts. Als er seine Finger um Lincolns Erektion schloss, entwich seinem Freund ein Keuchen.

»Mein Gott, nur eine Berührung von dir, und ich bin kurz davor zu explodieren«, stöhnte Lincoln.

»Du hast meinen Schwanz noch nicht einmal befühlt. Trotzdem weiß ich jetzt schon, dass ich nicht lange durchhalten werde. Was sagt dir das?«

»Dass wir viel zu viel Zeit verschwendet haben«, entgegnete Lincoln atemlos. »Dass wir Holland schon viel früher hätten treffen müssen.«

»Allein bei der Vorstellung, wie sie in ihrem Hochzeitskleid auf dieser Parkbank sitzt und ich ihr den Stoff über die Hüfte schiebe, bekomme ich einen Steifen.«

Lincoln verengte die Augen, während gleichzeitig ein begieriges Feuer darin loderte.

»Du hast dir das also auch ausgemalt?«

Ethan leckte sich die Lippen. »Ja. In meiner Fantasie hast du sie von hinten genommen, während sie meinen Schwanz schluckt. Oder ich stoße tief in ihre Muschi, während du ihren Arsch füllst. Dabei bauscht sich der Spitzenstoff ihres Kleides um uns. Sie war einem anderen Mann versprochen, aber ich sehe sie vor mir in diesem Kleid, während wir von ihr Besitz ergreifen. Und dann stelle ich mir vor, wie sie und ich gemeinsam dich verwöhnen. Macht mich das zu einem Lustmolch?«, fragte Ethan, während

Lincoln ihm langsam seine Boxershorts über die Hüfte schob.

Er streifte sie ab und entledigte Lincoln ebenfalls seiner Unterhose, bis sie sich nackt gegenüberstanden und den Schaft des anderen umfassten.

Ethan trat einen Schritt vor, um seine Erektion an Lincolns zu reiben. Als Lincoln beide mit festem Griff umschloss, entwich Ethan ein heiseres Stöhnen. Er ließ seine Hand auf Lincolns Hintern gleiten, um mit einem Finger über seine Poritze zu fahren.

Ethan sah Lincoln an, der daraufhin zustimmend nickte. Während Lincoln sie beide weiter massierte, begann Ethan, ihn zu stimulieren.

»Ich brauche Gleitgel«, knurrte Ethan und zog sich zurück.

»Du hast doch hoffentlich welches im Haus, oder?«, fragte Lincoln.

Ethan nickte. »Natürlich habe ich welches. Ich bin schließlich kein Unmensch.« Er ging zur Kommode, zog eine Flasche Gleitgel aus einer der Schubladen und gab etwas davon auf seine Finger und auf seinen Schaft. Er reichte Lincoln die Flasche, der seinem Beispiel folgte. Kurz darauf kramte Ethan erneut in der Schublade und fischte ein Kondom heraus. »Nur für den Fall, dass wir aufs Ganze gehen«, sagte er.

»Gut. Denn ich habe tatsächlich vor, dich in den Arsch zu ficken«, knurrte Lincoln.

Ethan zog die Augenbrauen in die Höhe. »Dann willst du also den aktiven Part übernehmen?«

»Aktiv oder passiv, es kommt ganz auf die Stimmung an. Aber in meinen Träumen kniest du meistens auf allen vieren vor mir.«

Ethan schloss die Augen und zählte bis zehn, um nicht

die Beherrschung zu verlieren. Auf keinen Fall wollte er jetzt schon zum Höhepunkt kommen. Aber er würde nicht mehr lange durchhalten.

»Zugegeben, ich hatte ähnliche Träume. Manchmal knie ich vor dir. Aber hin und wieder bist du derjenige, der auf allen vieren bereit für mich ist. Sollen wir eine Münze werfen?«

Lincoln trat einen Schritt vor und drückte Ethans Schaft. Ethans Augen rollten nach hinten und er versuchte erneut, bis zehn zu zählen. Welche Zahl kam nach drei? War es die Sieben? Oder schon die Zehn? Mein Gott, es war ihm vollkommen egal.

»Wie wäre es, wenn ich dich zuerst ficke? Dann tauschen wir. Wenn Holland hier ist, wechseln wir uns ab. Es wird sicher Spaß machen herauszufinden, wer von uns oben liegen darf.«

»Sie natürlich. Sie ist immer oben«, keuchte Ethan.

Lincoln lachte leise. »Da hast du recht. Diese Vorstellung bringt mich fast um den Verstand.«

Ethan lachte und stieß dann ein Knurren aus. »Wem sagst du das. Und jetzt fick mich.«

Eng umschlungen bewegten sie sich auf das Bett zu. Als sie sich endlich auf die Matratze fallen ließen, rieben sie sich heftig aneinander. Lincoln trug noch mehr Gleitgel auf und begann, Ethan mit langsamen, methodischen Bewegungen zu dehnen. Ein unterdrückter Fluch entwich Ethans Lippen. Er ahnte, dass er viel zu früh die Kontrolle verlieren würde. Unbeirrt bearbeitete Lincoln ihn weiter, während sie ihre Körper aneinanderrieben. Im nächsten Moment gab es kein Halten mehr. Ethan ergoss sich auf ihren Bäuchen und schrie Lincolns Namen. Lincoln beugte sich vor, leckte das Sperma von Ethans Haut und stöhnte.

»Herrgott. Du warst noch nicht einmal in mir«, keuchte Ethan.

»Dann sollten wir wohl dafür sorgen, dass er wieder hart wird«, raunte Lincoln. »Oh, sieh nur. Fast geschafft.«

Er begann erneut, Ethan zu stimulieren. Er kniete sich vor ihn, streifte ein Kondom über und führte seinen Schwanz an Ethans Rosette.

»Bist du bereit für mich? Ich habe dich zwar vorbereitet, aber wenn es dir zu viel wird, können wir jederzeit aufhören.«

Ethan spreizte die Beine und umfasste seinen Schaft.

»Ich bin bereit für dich. Jetzt fick mich.«

Lincoln grinste, bevor er mit behutsamer Zärtlichkeit in ihn eindrang. Es fühlte sich an, als hätten sie eine Ewigkeit auf diesen Moment gewartet.

Lincolns Bewegungen waren langsam und ehrfürchtig, fast so, als hätte er Angst, Ethan könne unter ihm zerbrechen. Vielleicht würde auch Lincoln zerbrechen. Die Intensität drohte sie beide zu überwältigen, doch das spielte keine Rolle. In diesem Augenblick war ihre Vereinigung alles, was zählte. Sie war vollkommen.

Als Lincoln schließlich den Gipfel der Lust erklomm, kam Ethan mit ihm zum Höhepunkt. Keuchend lagen sie da und waren in jeder Hinsicht miteinander verbunden. Für immer.

Ethan wusste, dass dies einer der besten Momente seines Lebens war. Morgen würden sie einen weiteren hinzufügen. Sie würden mit Holland sprechen und ihr zeigen, dass sie ein fester Teil dieser Verbindung sein konnte.

Obwohl Ethan diese Erfahrung mit Lincoln in vollen Zügen genoss und sich eine Beziehung mit ihm wünschte, spürte er instinktiv, dass etwas fehlte. Und er hatte das Gefühl, dass Lincoln dasselbe empfand.

Für den Moment war es perfekt. Aber mit Holland würde es noch besser werden.

Während er seinen besten Freund in den Armen hielt und dessen Nähe genoss, wusste er, dass dies erst der Anfang war. Erst mit Holland würde sich der Kreis schließen. Sie würde ihre Verbindung auf eine völlig neue Ebene heben.

Er hoffte nur inständig, dass dieses Wagnis sie am Ende nicht alles kostete.

KAPITEL ACHT

Holland hatte es tatsächlich geschafft, im Laden zu stehen. Mit einem Lächeln bedankte sie sich bei ihren Kunden, jonglierte Budgets und Arbeitsaufträge und hielt das Lädchen in Schuss. Sie delegierte Aufgaben an ihre Angestellte Fiona, bediente die Kasse und staubte die kleinen Sammlerstücke ab.

Irgendwie gelang ihr das alles, ohne ununterbrochen an Ethan und Lincoln zu denken.

Sicher, die beiden spukten ihr unaufhörlich im Kopf herum, aber im Vergleich zum Vortag war das bereits ein gewaltiger Fortschritt. Da hatte sie noch mit einem Kater und einer Sehnsucht gekämpft, die ihr fast körperliche Schmerzen bereitet hatte.

Irgendwas stimmte nicht mit ihr. Ein solches Verhalten sah ihr ganz und gar nicht ähnlich.

Doch sie konnte nichts gegen diese Gefühle tun. Tief im Herzen war sie überzeugt, dass sie die beiden nie wiedersehen würde. Wahrscheinlich hatten sie jeglichen Respekt vor ihr verloren, weil sie sich in betrunkenem Zustand derart hatte gehen lassen. Oder sie hatten sich ineinander verliebt, und Holland selbst würde außen vor bleiben.

Ehrlich gesagt wäre das gar nicht so schlimm gewesen. Die beiden passten perfekt zusammen. Sie hatten ihr Glück mehr als verdient. Holland hatte die elektrisierende Spannung zwischen ihnen von Anfang an gespürt, doch sie hatte nicht damit gerechnet, dass die Funken derart heftig sprühen würden.

Sie freute sich aufrichtig für die beiden.

Die Chemie zwischen den beiden war so explosiv, dass allein der Gedanke an sie eine erregende Hitze in Holland aufsteigen ließ.

Holland wollte nicht länger darüber nachdenken.

Sie sollte es nicht tun.

»Sind das die Stücke, die reduziert werden sollen? Oder ist das der andere Bereich?«, fragte Fiona und riss Holland aus ihren Gedanken.

Holland schüttelte den Kopf und realisierte dann, dass Fiona die Geste wahrscheinlich als ein »Nein« auffasste. Sie zwang sich zu einem Lächeln und ging auf ihre Mitarbeiterin zu.

»Das ist das richtige Regal. Allerdings musst du jedes Teil einzeln auszeichnen. Im System sind sie nicht separat erfasst.«

»Das ist kein Problem, Holland. Soll ich den alten Barcode überkleben?«

Holland erklärte den Ablauf und schätzte es, dass das Mädchen so viele Fragen stellte. Fiona lernte schnell, achtete aber darauf, alles richtig zu machen. Sie war erst sechzehn und arbeitete Teilzeit, um sich den Traum von einem eigenen Wagen erfüllen zu können. Holland mochte nicht nur ihren Fleiß, sondern auch ihre Persönlichkeit.

Auch Steven mochte sie sehr. Der Mann war Mitte

dreißig und kehrte gerade nach einigen Jahren als Hausmann zurück ins Berufsleben. Sein Ehemann hatte einen Vollzeitjob mit unzumutbaren Arbeitszeiten – doch das würde Holland niemals laut aussprechen. Steven arbeitete ebenfalls Teilzeit, während die Kinder in der Schule waren, um das Familieneinkommen aufzubessern und jetzt schon für ein zukünftiges Studium zu sparen. Manchmal brachte er die Kinder im Laden vorbei, damit Holland sie in den Arm nehmen und mit ihnen plaudern konnte.

Sie liebte die Kinder. Früher war sie überzeugt, dass sie mit Dustin eines Tages eine eigene Familie gründen würde.

Doch dazu würde es nun nicht kommen.

Zudem schien sie die Beziehung zu den beiden Menschen ruiniert zu haben, die sie auch in Zukunft gern in ihrem Leben gehabt hätte. Aber sie hatte die beiden in eine derart unangenehme Lage gebracht, dass es wohl besser war, wenn sie sich von ihnen fernhielt. Für Holland würde es in absehbarer Zeit keine Kinder geben. Vielleicht sogar niemals. Aber das war in Ordnung. Sie redete sich ein, dass sie das alles nicht brauchte. Alles, was zählte, war ihre Arbeit, und … nun ja, das musste eben reichen.

Denn ihre Freunde waren Dustins Freunde gewesen. Und auch die ihrer Schwester. Nach der geplatzten Hochzeit hatten sich alle auf die Seite von Dustin und Dakota geschlagen. Dabei schien es niemanden zu interessieren, dass Holland diejenige war, der man Hörner aufgesetzt hatte. Vielmehr sahen alle in Dustin und Dakota ein Paar wie Romeo und Julia, die nach jahrelangen Irrwegen mit den falschen Partnern endlich zueinandergefunden hatten.

Scheiß auf sie. Scheiß auf sie alle. Holland brauchte sie nicht. Sie brauchte niemanden. Und wenn sie sich das immer wieder einredete, würde sie eines Tages vielleicht nicht mehr den Drang verspüren, sich zu übergeben, wenn sie daran dachte.

Sie hatte keinen blassen Schimmer, wie man heutzutage Freundschaften schloss. Vielleicht sollte sie einfach in eine Kneipe spazieren und sehen, ob irgendeine Frauenclique vielleicht noch Mitglieder suchte. Sie könnte etwas Anschluss gut gebrauchen, denn momentan fühlte sie sich wirklich einsam.

Herrje, selbst in ihren eigenen Ohren klang sie weinerlich. Selbstmitleid war ihr zuwider.

Sie half Fiona beim Einräumen und ging dann nach vorn in den Laden, um ein paar Kunden zu bedienen.

Holland liebte ihr Lädchen. Am Wochenende lief das Geschäft sogar noch besser als an Werktagen.

Sie liebte Boulder, Colorado. Die Stadt lag mitten in den Bergen und bot von jedem Winkel ein atemberaubendes Panorama. Zudem vereinte sie viele Facetten in sich. Hier tummelten sich Studenten, Hippies und Umweltschützer. Holland fühlte sich in dieser eigenwilligen Gemeinde pudelwohl.

Ständig kamen Leute in den Laden auf der Suche nach raffiniertem Schmuck, besonderen Geschenken oder Souvenirs aus Boulder. Ihre Preise waren nicht überzogen. Sie erwirtschaftete einen soliden Gewinn, während die lokalen Kunsthandwerker gleichzeitig eine angemessene Entlohnung für ihre Arbeit erhielten. Die Stücke waren einzigartig und nur hier in Boulder erhältlich.

Bei dem Gedanken an Kunst kam ihr natürlich sofort Lincoln in den Sinn. Holland hatte seine Werke im Internet recherchiert und war fast zu Tränen gerührt gewesen. Er war berühmt, zumindest in Kunstkreisen kannte man seinen Namen. Seine Schöpfungen waren atemberaubend. Holland hatte sie bereits bewundert, lange bevor sie wusste, wer er war. Sie hatte sich in seine Kunst verliebt und gehofft, eines Tages selbst eines seiner Stücke zu besitzen.

Allerdings war keines seiner Werke für sie erschwinglich. Seine Preise schossen inzwischen in die Höhe. Holland war sich sicher, dass sein Agent maßgeblich daran beteiligt war, aber Lincoln hatte es verdient, angemessen für seine Arbeit entlohnt zu werden. Seine Kunst war gefragt und hatte deshalb zwangsläufig ihren Preis.

Holland wünschte sich nur, sie könnte sich eines seiner Stücke leisten.

Sie verabschiedete sich von einem Paar, das den Laden mit Tüten voller Geschenke für ihre Nichten und Neffen verließ. Gerade wollte sie sich in den hinteren Bereich zurückziehen, um etwas zu essen, als die Tür erneut geöffnet wurde. Sie erstarrte. Noch bevor sie sich umdrehen konnte, um den Kunden zu begrüßen, stieg ihr dieser vertraute Duft in die Nase.

Warum? Warum heute?

Holland hatte Ringe unter den Augen und wusste, dass sie furchtbar aussah. Sie hatte kaum geschlafen, weil ihre Gedanken unaufhörlich um Ethan und Lincoln gekreist waren.

Natürlich musste ausgerechnet jetzt ihre Mutter hier auftauchen.

»Holland. Das reicht jetzt«, sagte ihre Mutter schroff.

»Hallo Mutter, möchtest du mit mir nach hinten kommen?«

»Nein, wir werden uns unterhalten. Hier und jetzt.«

Aus den Augenwinkeln registrierte Holland, dass Fiona sie mit großen Augen anstarrte. Holland entfuhr ein Seufzer.

»Das hier ist mein Laden, Mutter«, entgegnete Holland.

»Wie wäre es, wenn du mit mir nach hinten in mein Büro kommst, damit Fiona hier vorn ihre Arbeit machen kann. Entweder du begleitest mich, oder du verlässt meinen Laden und wir reden gar nicht miteinander.« Sie hatte ihre Familie in den letzten Wochen konsequent gemieden – und das aus gutem Grund. Doch wenn ihre Mutter sich erst einmal etwas in den Kopf gesetzt hatte, gab es kein Entrinnen.

Holland wusste nicht, wie oder wann ihre Eltern aufgehört hatten, sie zu lieben. Inzwischen hatte sie sogar den Eindruck, dass sie sie nicht einmal mehr mochten.

Sie verabscheute sich selbst dafür, dass sie eifersüchtig auf ihre Schwester war. Nicht wegen Dustin, sondern weil ihre Eltern Dakota bedingungslose Liebe entgegenbrachten. In ihren Augen war Dakota unfehlbar, während Holland an allem schuld war.

Doch Holland durfte sich jetzt nicht aus der Fassung bringen lassen. Stattdessen musste sie einen kühlen Kopf bewahren und alles daransetzen, ihre Mutter so schnell wie möglich aus dem Verkaufsraum zu komplimentieren, bevor die Frau die Kundschaft vergraulte.

Ihre Mutter verdrehte die Augen. Dabei wirkte sie eher wie ein trotziger Teenager statt wie eine gestandene Frau in den Fünfzigern. »Also schön.«

Sie stürmte an Holland vorbei in den hinteren Bereich. Holland zuckte nur mit den Schultern und schenkte Fiona ein verhaltenes Lächeln. »Ich bin gleich zurück. Könntest du bitte auf den Laden aufpassen?«

»Sicher, kein Problem. Kommst du zurecht?«

»Ja, mach dir keine Gedanken. Falls du Hilfe brauchst, meldest du dich einfach, okay?«

»Du auch«, sagte Fiona hastig. Holland lächelte nur,

bevor sie die Schultern straffte, um sich dem Exekutionskommando zu stellen.

Oder vielmehr ... ihrer Mutter.

Sie ging nach hinten in ihr Büro. Ihre Mutter inspizierte bereits den Lagerbestand und den Schreibtisch. Beim Anblick der Papierstapel schnalzte sie mit der Zunge.

Holland war ordentlich und hatte alles fein säuberlich aufgereiht. Heute Morgen hatte sie sogar Staub gewischt.

Doch ihr Laden war weder eine Arztpraxis noch eine medizinische Fakultät, die ihre Mutter sich für ihre Tochter gewünscht hatte. Ihre Eltern bedienten das Klischee einer prestigeträchtigen Familie und hätten ihren Nachwuchs gern in einer Anwaltsrobe oder einem Arztkittel gesehen. Holland hingegen wollte einfach nur glücklich sein. Sie liebte ihren Laden und betrachtete es als Privileg, ihn zu besitzen. Sie sparte jeden Cent und arbeitete hart, um ihn am Laufen zu halten.

Ihre Mutter hatte kein Verständnis dafür. Es wollte einfach nicht in ihren Kopf, dass nicht jeder eine Karriere als Arzt oder Anwalt anstrebte.

»Du musst dich bei deiner Schwester entschuldigen«, verlangte sie.

Holland stand wie angewurzelt da und starrte sie fassungslos an. »Wie bitte?«

Die Frau, die sie großgezogen hatte, wandte sich ihr zu und durchbohrte sie mit einem stechenden Blick. »Du hast ihre Anrufe ignoriert und ihr nicht einmal zu ihrer Verlobung gratuliert. Was für eine Schwester bist du eigentlich?«

»Ich fasse es nicht. Wie kannst du so etwas sagen? Du weißt doch, was sie getan hat.«

»Du bist diejenige, die am Tag ihrer Hochzeit Reißaus genommen hat. Dafür leidest du jetzt unter den Konsequenzen. Du hast kein Recht, deine Schwester für deine Fehlentscheidungen zu bestrafen.«

Holland rieb sich die Schläfen. Eigentlich sollte die Reaktion ihrer Mutter sie nicht überraschen. Diese Frau hatte schon immer die Tatsachen verdreht und sich ihre eigene Version der Realität geschaffen. Für Holland ergab sie nie einen Sinn, aber sie war darin immer die Schuldige.

Trotzdem konnte sie nicht glauben, was ihre Mutter gerade von sich gab.

Die Frau musste verrückt geworden sein.

»Mom, ich will weder mit Dakota noch mit Dustin reden. Ich will mit niemandem reden, der mir die Schuld dafür gibt, dass ich gegangen bin.«

»Du warst schon immer ein egoistisches Miststück.«

Das brachte das Fass zum Überlaufen. »Geh jetzt bitte. Ich habe es satt. Du weißt genau, dass ich nicht egoistisch bin. Ich bin nur ...« Holland verstummte und versuchte, den Schmerz zu ignorieren. Aber sie konnte kaum atmen. Wer war diese Frau überhaupt? War das wirklich die Frau, die sie großgezogen hatte?

»Bitte geh«, wiederholte Holland.

»Das werde ich nicht tun«, konterte ihre Mutter. »Du musst mit deiner Schwester reden.«

»Nein, das muss ich ganz sicher nicht. Ich bin euch keinerlei Rechenschaft schuldig. Nicht mehr.«

»Es war nur ein Versehen, Holland.«

Holland verdrehte die Augen und schnaubte verächtlich. »Also ist sie einfach ausgerutscht und hat sich an seinem Schwanz verschluckt?«

Holland registrierte den Schmerz an ihrer Wange erst, als ihre Augen zu tränen begannen.

»Hast du mich gerade geschlagen?«, fragte Holland mit erstickter Stimme.

»Wie kannst du es wagen, in diesem Tonfall mit mir zu reden?«, zischte ihre Mutter.

»Verschwinde, bevor ich die Polizei rufe.«

»Du bist eine undankbare, verwöhnte Göre. Deine Schwester braucht dich. Sie heiratet die Liebe ihres Lebens. Statt ihr Verständnis entgegenzubringen, bist du grün vor Neid.«

»Weißt du was? Fick dich. Verschwinde. Von mir aus kann Dakota Dustin haben. Aber ich bin mit euch fertig.«

»Du warst nie zufrieden mit dem, was du hattest. Nein, du hast immer nach mehr gegiert. Du hast sowohl die Menschen um dich herum als auch dein eigenes Potenzial ignoriert. Und jetzt sieh dich nur an. Du stehst ganz allein da. Außer dieser Bruchbude von einem Laden hast du gar nichts.«

»Ich habe mein eigenes Geschäft. Ich bin von zu Hause ausgezogen und habe mir eine eigene Bleibe besorgt. Von nun an blicke ich nur nach vorn. Ich will weder mit Dustin noch mit meiner Schwester oder einem von euch etwas zu tun haben. Und wenn du noch einmal Hand an mich legst, erstatte ich Anzeige. Hast du mich verstanden? Du bedeutest mir nichts.«

Damit schien sie zu ihrer Mutter durchzudringen, denn diese wandte sich zum Gehen. Doch wie immer musste sie das letzte Wort haben. »Du bist für uns gestorben.«

Ihre Mutter stürmte aus dem Laden, als sei sie eine Figur aus einem Drama. Doch Holland ließ das völlig kalt. Sie ging in das Badezimmer im hinteren Bereich, spritzte sich etwas Wasser ins Gesicht, tupfte die Haut trocken und trug etwas Puder auf, um ihre gerötete Wange zu kaschieren. Die Rötung würde bald verblassen. Ihre Mutter hatte nicht fest zugeschlagen. Dennoch konnte Holland nicht fassen, dass es überhaupt so weit gekommen war.

Nie im Leben hätte sie es für möglich gehalten, dass ihre Mutter die Hand gegen sie erheben würde.

Und doch war es geschehen. Holland wusste nicht, was sie sagen, geschweige denn fühlen sollte. Diese Frau war nicht die Mutter, die sie zu kennen geglaubt hatte. Sicher, sie war schon immer streng gewesen und hatte Dakota schon immer den Vorzug gegeben, aber so etwas hatte sie noch nie getan. Und das schmerzte.

Sehr sogar.

Fiona kam ins Hinterzimmer, um nach ihr zu sehen.

Holland schenkte ihr ein Lächeln. »Keine Sorge, Steven kommt gleich.«

Fiona schien nicht überzeugt zu sein, doch das war ihr im Moment egal. Holland würde sich für den Rest des Tages freinehmen. Steven war für die Spätschicht eingeteilt und würde den Laden abschließen. Sie wollte einfach nur nach Hause gehen und so tun, als sei das alles nicht passiert.

In diesem Moment vibrierte ihr Handy. Sie hoffte inständig, dass es niemand aus ihrer Familie war.

Sie war sich nicht sicher, was sie tun würde, wenn einer von ihnen versuchte, sie zu kontaktieren.

Sie warf einen Blick auf das Display und erstarrte.

Lincoln: *Hast du Lust, mit uns einen Kaffee zu trinken? Wir sind ganz in der Nähe.*

Sie schluckte schwer und versuchte, ihre Gedanken zu ordnen.

Mit uns. Das bedeutete, dass Ethan bei ihm war.

Vielleicht wollten sie sich mit ihr treffen, um ihr endgültig eine Abfuhr zu erteilen. Oder sie wollten ihre Freundschaft aufrechterhalten und so tun, als sei nichts geschehen.

Was es auch war – es wäre besser, als sich zu Hause zu verkriechen und sich in den Schlaf zu weinen.

Holland wollte nicht, dass Ethan und Lincoln erfuhren, was ihre Mutter gerade getan hatte. Also würde sie schweigen. Doch sie wollte die beiden sehen. Selbst wenn dieses Treffen am Ende schmerzhaft sein würde, wäre es erträglicher als der Gedanke an ihre Familie.

Holland: *Gern. Wann und wo?*

Lincoln nannte ihr eine Adresse, die nur einen Häuserblock von ihrem Laden entfernt war. Er schlug mehrere Uhrzeiten vor, und Holland entschied sich für die frühestmögliche Option. Sie eilte zurück ins Badezimmer und vergewisserte sich, dass sie zumindest einigermaßen präsentabel aussah.

Sie hatte dunkle Schatten unter den Augen und wirkte immer noch leicht erschüttert. Vielleicht würde eine Tasse Kaffee ihr guttun. Ganz gleich, was passierte, sie musste hier raus.

Daran war ihre Mutter schuld. Sie hatte es geschafft, Holland ihren eigenen Laden zu verleiden, in den sie ihre Seele gesteckt und so viel von sich investiert hatte.

Mit ihrer Familie hatte sie nun abgeschlossen. Endgültig.

Irgendwie würde ihr Leben weitergehen. Sie würde sich einen neuen Freundeskreis suchen und ums Überleben kämpfen. Eine andere Option gab es nicht.

Zehn Minuten nachdem sie Lincolns Nachricht erhalten hatte, erschien Steven im Laden. Holland verabschiedete sich, wobei sie Fionas besorgten Blick ignorierte. Irgendwie würde sie zurechtkommen. Auf keinen Fall würde sie zulassen, dass so etwas noch einmal geschah.

Sie hatte keine Zeit, um nach Hause zu fahren und sich umzuziehen. Aber so furchtbar sah sie gar nicht aus. Sie wirkte lediglich wie eine Frau, die eine lange Schicht hinter sich hatte.

Hoffentlich merkte man ihr nicht an, dass ihre Mutter vorbeigekommen war, um ihr den Tag zu ruinieren.

Die Jungs saßen bereits im Café, als sie durch die Tür trat. Holland schluckte und erinnerte sich an den Geschmack ihrer Lippen und das Gefühl ihrer Körper an ihrer Haut.

Sie versuchte, nicht daran zu denken, wie sie nackt aussahen oder wie sie sich gefühlt hatte, als sie ihre Schwänze in der Hand gehalten hatte, als sei es das Natürlichste auf der Welt.

Doch in dem Moment, in dem die beiden aufstanden, sah Holland, wie ihre Augen sich verdunkelten. Mit durchdringenden Blicken beobachteten sie jede ihrer Bewegungen. Da wusste Holland, dass die Jungs dieselben sündigen Gedanken hatten wie sie selbst.

Höchstwahrscheinlich würde das hier für keinen von ihnen gut enden. Aber spielte das im Moment eine Rolle? Ehrlich gesagt, sie glaubte nicht.

Der Abend mit Lincoln und Ethan würde ihr auf ewig als der beste Abend ihres Lebens in Erinnerung bleiben. Unbestreitbar war es die erotischste, sinnlichste und lustvollste Erfahrung, die sie je gemacht hatte.

Entgegen jeder Vernunft hatte sie das Verlangen, es wieder zu tun.

»Hey«, begrüßte Lincoln sie, küsste sie auf die Wange und umarmte sie. Sie drückte ihn fest an sich, atmete seinen würzigen Duft ein und trat dann einen Schritt zurück. Bevor sie etwas sagen konnte, umarmte Ethan sie und küsste sie auf die andere Wange.

Hitze stieg ihr in die Wangen, als sie sich an das Gefühl ihrer beiden Körper erinnerte, während sie zwischen ihnen eingeklemmt gewesen war.

Unwillkürlich fragte sie sich, was die anderen Gäste im

Café wohl von ihnen dachten. Sahen sie in ihnen nur eine Gruppe von Freunden? Oder ahnten sie, dass Holland sich mit beiden vergnügt und sie gespürt hatte?

Sie war sich nicht sicher, welche Antwort ihr lieber war, also schob sie den Gedanken beiseite.

»Ich gehe an die Theke und gebe unsere Bestellung auf. Was möchtest du trinken?«, fragte Ethan, der auf den Fußballen auf und ab wippte.

Holland begegnete Lincolns Blick und zog fragend die Augenbrauen in die Höhe.

Lincoln schüttelte nur den Kopf. »Er ist immer so rastlos, wenn er nervös ist.«

Sie musste schlucken. »Nervös?«

»Es ist alles in Ordnung. Mach dir keine Sorgen.«

Ohne Umschweife nannte sie Ethan ihren Wunsch, bevor er vor lauter Unruhe noch aus den Schuhen kippte. Er eilte davon, um den Kaffee zu holen – und wahrscheinlich ein oder zwei Gebäckstücke, so wie sie ihn einschätzte. Es war fast ein wenig seltsam, wie gut sie ihn bereits kannte. Aber sie konnte nichts dagegen tun. Sie mochte ihn. Sie mochte beide. Und sie weigerte sich, die beiden aufzugeben, obwohl sie wusste, dass es am Ende nicht ihre Entscheidung war. Wahrscheinlich würden sie entweder zueinander oder jemand anderen finden und sie außen vor lassen. Aber das war in Ordnung. Für den Moment entschied sie sich, das Hier und Jetzt zu genießen. Das hatte sie viel zu lange vernachlässigt.

»Setz dich doch«, sagte Lincoln.

Holland folgte seiner Aufforderung mit einem Lächeln. »Hey«, flüsterte sie. »Ich habe dich noch gar nicht richtig begrüßt.«

Lincoln erwiderte ihr Lächeln. Am liebsten hätte sie die Hand ausgestreckt und seine Wange gestreichelt. Es war schon ein wenig verrückt, wie groß ihr Verlangen war, die beiden zu berühren.

»Hey«, erwiderte er. »Du siehst gut aus.«

Erneut zog sie zweifelnd die Augenbrauen in die Höhe. »Da muss ich dir widersprechen. Trotzdem danke für das Kompliment.«

Lincoln schnaubte nur. »Meiner Meinung nach siehst du immer umwerfend aus. Du wirkst zwar etwas erschöpft, aber ich habe selbst nicht gut geschlafen.«

»Ich dachte, ich hätte ausreichend Make-up aufgetragen, um nicht so abgespannt zu wirken.«

»So schlimm ist es gar nicht. Wahrscheinlich hätte ich besser den Mund gehalten. Ich kann nicht sonderlich gut mit Worten umgehen«, gab Lincoln zu.

»Ich finde, du machst das ziemlich gut.«

»Es ist lieb von dir, das zu sagen.«

In diesem Moment kehrte Ethan mit einem vollbeladenen Tablett an den Tisch zurück. Der Anblick brachte Holland zum Lachen. »Arbeitest du jetzt hier?«, fragte sie und stand auf, um ihm zur Hand zu gehen.

Auch Lincoln erhob sich und half dabei, drei Tassen Kaffee und mehrere Teller mit Gebäck und Sandwiches abzustellen. »Versorgen wir hier eine Armee?«, fragte er.

»Du weißt doch, dass ich immer Hunger bekomme, wenn ich nervös bin«, erwiderte Ethan.

»Also gut«, warf Holland ein. »Du hast schon mehrfach erwähnt, wie nervös du bist. Sollte ich den Grund dafür kennen? Muss ich mir Sorgen machen?«

»Nein«, versicherte Lincoln ihr. »Aber wenn ich recht darüber nachdenke, sollten wir vielleicht nicht in der Öffentlichkeit darüber reden.« Verstohlen warf er einen Blick über die Schulter und sah sich um.

Holland versteifte sich. »Hast du Angst, dass ich in Tränen ausbreche oder schreiend davonlaufe?«

»Nicht doch«, warf Ethan hastig ein, ergriff ihre Hand und drückte sie. »Wir wollen nur vermeiden, dass uns irgendjemand belauscht. Aber hier in der Nische sind wir unter uns. Hier hinten ist es ziemlich ruhig.«

»Verstehe«, erwiderte Holland.

Ethan wandte sich Lincoln zu. »Vielleicht sollten wir einfach mit der Sprache herausrücken?«, fragte er.

Lincoln kniff sich in die Nasenwurzel und verzog die Lippen zu einem Lächeln. »Vielleicht hast du recht.«

»Womit genau wollt ihr herausrücken?« Holland blickte zwischen den beiden Männern hin und her. Inzwischen war sie ebenfalls nervös.

»Wir würden gern mit dir ausgehen und dich zum Essen einladen«, sagte Lincoln mit gedämpfter Stimme.

Sie erstarrte und versuchte, seine Worte zu verarbeiten. »Wie bitte?«

Ethan verdrehte die Augen. »Wir mögen dich. Sehr sogar. Und ... wir würden gern mit dir ausgehen.«

»Oh«, hauchte sie.

»Ist das ein gutes oder ein schlechtes *Oh*?«, fragte Lincoln.

»Ihr habt *wir* gesagt. Jetzt bin ich vollkommen verwirrt. Ich war fest davon überzeugt, dass ihr euch mit mir treffen wolltet, um mir eine Abfuhr zu erteilen. Ich dachte, ihr würdet mir erklären, wie nett unser gemeinsamer Abend war, aber dass ihr das Ganze lieber vergessen oder eure Zweisamkeit künftig ohne mich genießen wollt.« Die Worte sprudelten im Eiltempo aus ihr heraus, bevor sie zittrig den Atem ausstieß. Sie befürchtete schon, die beiden hätten sie nicht verstanden.

»Ganz und gar nicht«, versicherte Lincoln ihr. Erneut ergriff er ihre Hand, während Ethan mit seinen Fingern die andere umschloss. Beide drückten sie, bevor sie sie losließen und einen prüfenden Blick über ihre Schultern warfen.

Mit einer Person auszugehen war vollkommen normal, aber öffentliche Liebesbekundungen zu dritt waren möglicherweise verpönt. Vielleicht bildete sie sich das auch nur ein.

»Wir würden dich gern ausführen«, wiederholte Ethan. »Wir beide. Eine Verabredung zu dritt.«

Sie sah ihn an. »Meint ihr das ernst?«

»Natürlich meinen wir das ernst. Wir haben Gefühle für dich. Und füreinander«, fügte Lincoln hinzu und schenkte Ethan ein Lächeln.

Als Holland dieses Lächeln sah, durchzuckte sie ein elektrisierender Blitz.

»Wir mögen dich und wir wollen Zeit mit dir verbringen. Wir würden gern sehen, wohin uns dieser Weg zu dritt führen könnte.«

»Wir drei«, wiederholte sie.

»Ich weiß, dass das nicht gerade ... der gesellschaftlichen Norm entspricht. Ich will auch nicht behaupten, dass es unnormal ist. Denn was ist schon *normal*?«, fuhr Ethan fort. »Meine Cousine Maya lebt mit zwei Männern zusammen. Ihre Beziehung funktioniert wunderbar. Sie gehen zusammen aus und stehen offen dazu. Ich will damit nicht sagen, dass wir gleich heiraten sollten!«, fügte er hastig hinzu und hob beschwichtigend die Hände.

»Oh mein Gott, du bist wirklich nicht gut darin, die richtigen Worte zu finden«, warf Lincoln ein.

Ethan seufzte. »Ja, du hast recht.«

Holland lächelte nur, während ihre Gedanken sich fast überschlugen. Sie bemühte sich, tief durchzuatmen.

»Ihr wollt also eine Dreierbeziehung. Immer nur zu dritt? Oder auch mal zu zweit?« Als beide Männer erröteten, zog sie die Augenbrauen in die Höhe. »Lief da schon etwas zwischen euch beiden?«

»Möglicherweise«, gestand Lincoln und räusperte sich.

Ethan ergriff das Wort, um den ersten Teil ihrer Frage zu beantworten. »Ja, rechne doch mal nach. Es gibt verschiedenen Konstellationen. Aber damit es funktioniert, müssen wir ganz offen miteinander kommunizieren. Wir müssen einander ehrlich sagen, was wir uns wünschen und wo unsere Grenzen liegen. Genau wie in jeder anderen Beziehung auch.«

»Und falls wir mal nicht weiterwissen, können wir immer noch meine Cousine um Rat fragen«, schlug Ethan vor, kniff dann jedoch die Augen zusammen. »Vielleicht auch nicht. Wir könnten es auch unter uns klären. Ein Schritt nach dem anderen. Fest steht jedenfalls, dass wir dich mögen.«

Holland lächelte. »Ich mag euch beide auch. Ich hatte wirklich befürchtet, ich würde euch nie wiedersehen.«

»Und ich hatte befürchtet, dass du uns eine Abfuhr erteilen könntest. Aber ich glaube, es könnte funktionieren«, sagte Lincoln leise und deutete auf Holland, Ethan und dann auf sich. »Wir drei. Wir könnten es versuchen und einfach sehen, wohin der Weg uns führt.«

»Und wenn es nicht klappt?«, fragte Holland. Sie hatte Angst, dass sie damit scheitern könnten. Andererseits gab es ganz andere Dinge in ihrem Leben, über die sie sich eher Sorgen machen musste.

»Sollte es nicht funktionieren, werden wir einen Weg

finden, Freunde zu bleiben. Ich bin ziemlich egoistisch und will in meinem Leben nicht mehr auf dich verzichten«, gestand Lincoln und wandte sich dann an Ethan. »Auf keinen von euch.«

»Was sagst du?«, fragte Ethan.

Holland schluckte schwer. Hier waren längst Gefühle im Spiel. Nicht nur zwischen den beiden Männern, sondern auch zwischen ihnen und ihr. Sie sehnte sich nach dieser Verbindung, die alle möglichen Konstellationen zuließ. Warum auch nicht? Die Liebe zu ihrem ehemaligen Verlobten war verblasst. Vielleicht hatte sie Dustin nie wirklich geliebt. Doch eine Beziehung zu Ethan und Lincoln würde ihr sicher guttun. Gemeinsam könnten sie sich auf eine Entdeckungsreise zu sich selbst begeben. Und sollte es nicht funktionieren, dann hätten sie zumindest etwas Spaß zusammen gehabt.

Falls Ethan und Lincoln irgendwann das Interesse an ihr verlieren sollten, hätten sie immer noch einander. Doch solange sie absolute Aufrichtigkeit walten ließen, würde Holland nicht Gefahr laufen, noch einmal hintergangen zu werden wie von Dustin und ihrer Schwester. In dieser Beziehung würde es keinen Betrug geben, denn sie wären zu dritt eine Einheit. Und falls Holland den beiden eines Tages nicht mehr genügen sollte, würde sie ohne Weiteres gehen. Denn sie empfand genug für diese Männer, um ihnen ihr Glück zu gönnen.

Sie lächelte. Vielleicht beging sie einen Fehler, aber er war das Risiko wert. »Ja, ich glaube, das würde mir gefallen.«

Ethan und Lincoln schenkten ihr ein strahlendes Lächeln und ergriffen ihre Hände. Holland hoffte, dass sie die richtige Entscheidung getroffen hatte. Sie wollte es auf keinen Fall vermasseln. Doch im Moment glaubte sie nicht, dass das überhaupt möglich war. Denn es war offensichtlich, dass die beiden sie begehrten. Es war eine Ewigkeit her, seit Holland sich das letzte Mal wirklich gewollt gefühlt hatte. Daran hielt sie sich fest.

Und sie wollte nie wieder loslassen.

KAPITEL NEUN

»Ich kann immer noch nicht glauben, dass ich zugestimmt habe, dich zu diesem Abendessen zu begleiten«, meinte Lincoln und bedachte Ethan mit einem Seitenblick.

Ethan zog eine Augenbraue in die Höhe und lenkte den Wagen um eine Kurve. »Wie oft warst du jetzt schon bei den Familienessen der Montgomerys? Das sollte für dich doch nichts Neues sein. Du gehörst praktisch zur Familie.«

»Familien tun normalerweise nicht das, was wir beide vor ein paar Abenden miteinander angestellt haben«, sagte Lincoln und hielt kurz inne. »Zumindest hoffe ich das. Bin ich jetzt Teil der *Befreiungsfront der Montgomerys*?«

»Du kannst von Glück reden, dass ich dir im Moment nicht in den Arsch treten kann«, entgegnete Ethan.

»Da du am Steuer sitzt, würdest du dich dabei nur selbst verletzen«, scherzte Lincoln und klammerte sich an den Haltegriff, als Ethan rasant um eine Kurve fuhr.

»Vielleicht hätte ich besser fahren sollen«, murmelte Lincoln.

»Hey, ich bin kein schlechter Fahrer. Nur bei Mario Kart versage ich.«

Lincoln schnaubte. »Ich weiß nicht, langsam fährst du auch im echten Leben so rücksichtslos. Über meine Fahrkünste würde Holland sich sicher nicht lustig machen.«

Ethan zog eine Augenbraue in die Höhe. »Na schön, ich sehe es ja ein. Wahrscheinlich würde sie sich tatsächlich köstlich über mich amüsieren.« Er hielt inne. »Ich habe das Gefühl, dass ihr beide euch gegen mich verbünden werdet.«

Lincoln grinste. »Verdammt richtig. Der Gedanke gefällt mir irgendwie.«

»Zweifellos werden wir uns auch gegen dich verbünden«, sagte Ethan.

»Das will ich doch hoffen.«

»Aber wir beide würden uns niemals gegen sie verbünden«, gab Ethan zu bedenken.

»Nein«, pflichtete Lincoln ihm bei. »Es sei denn, es geht um Sex. Dann könnte es Spaß machen.«

Ethan stöhnte und rückte seine Jeans zurecht, bevor er den Wagen parkte. »So etwas solltest du nicht zu mir sagen, kurz bevor wir das Haus meiner Eltern betreten. Ich habe keine Lust, dass meine Verwandtschaft mich zur Begrüßung in den Arm nimmt, während ich eine Erektion habe.«

»Tut mir leid«, erwiderte Lincoln, doch in Wahrheit bereute er die Bemerkung nicht. Er genoss die Tatsache, dass sie so unbeschwert miteinander scherzen konnten. Es fühlte sich an, als seien sie in eine völlig neue Phase ihrer Beziehung eingetreten, in der sich alles zum Besten wenden würde.

Er war sich jedoch schmerzlich bewusst, dass das Blatt sich auch wieder wenden konnte. Im Moment fühlte sich alles noch leicht und unbeschwert an, doch das konnte sich auch wieder ändern. Genau deshalb wollte er diese Zeit voll und ganz auskosten.

Je mehr er darüber nachdachte, desto mehr wuchs die Angst, dass er irgendwann die Nerven verlieren und alles in Schutt und Asche legen könnte.

Sein bisheriges Leben folgte genau diesem Muster. Im einen Moment schien alles perfekt, und im nächsten ging alles den Bach runter.

Mit seiner Kunst verhielt es sich nicht anders. Er hatte mit Ethan geschlafen, einige berauschende Momente mit Holland genossen und sogar einen Abend mit ihnen beiden in Aussicht. Trotzdem plagte ihn nach wie vor diese Schaffenskrise.

Dafür waren weder sein bester Freund noch Holland verantwortlich.

Es lag allein an ihm. Er stand sich selbst im Weg.

»Was ist los?«, fragte Ethan, als sie aus dem Wagen stiegen. »Wenn du willst, kannst du dich sofort wieder in den Wagen setzen und nach Hause fahren. Ich lasse mich später einfach von Liam zurückbringen. Ist alles in Ordnung?«

Lincoln schüttelte den Kopf.

Ethan trat auf ihn zu und runzelte besorgt die Stirn. »Was ist los?«

»Tut mir leid, so habe ich es nicht gemeint«, sagte Lincoln beschwichtigend. »Ich habe nur den Kopf geschüttelt, um dir zu signalisieren, dass alles in Ordnung ist. Mir geht es gut, wirklich. Ich habe nur gerade über die Arbeit nachgedacht.«

»Und ich dachte, ich sei hier das Arbeitstier«, erwiderte Ethan und zwinkerte ihm zu.

Lincoln schüttelte erneut den Kopf. Daran wollte er gar

nicht erst denken. Sicher, Ethan hatte sich in den letzten beiden Tagen wacker geschlagen, aber es war nur eine Frage der Zeit, bis ihnen die Arbeit wieder in die Quere kommen würde. Dessen war Lincoln sich sicher. Hoffentlich würden sie einen Weg finden, diese Hürden zu überwinden. Sie waren schon so lange miteinander befreundet. Nur weil ihre Beziehung sich verändert hatte, hieß das noch lange nicht, dass ihre Freundschaft dadurch in die Brüche gehen würde. Oder etwa doch?

»Du hast recht. Komm schon, lass uns reingehen, damit wir uns dem Exekutionskommando stellen können.«

»Es ist kein Exekutionskommando«, widersprach Ethan und hielt dann inne. »Na gut, vielleicht doch. Das Montgomery-Exekutionskommando. Zumindest können wir es so nennen.«

Lincoln schnaubte. Er ergriff Ethans Hand, drückte sie kurz und ließ sie dann schnell wieder los.

Er war sich nicht ganz sicher, wie Ethan öffentlichen Zuneigungsbekundungen gegenüberstand. Auf keinen Fall wollte er das Band zwischen ihnen zerstören, indem er zu forsch vorpreschte.

Außerdem genoss er das Gefühl, dass sie einander auf eine völlig neue Art kennenlernten. Das war der unbeschwerte Teil der Beziehung, bei dem noch alles neu und aufregend war. Er fürchtete sich bereits vor der nächsten Phase, in der alles kompliziert wurde und letztlich in die Brüche gehen könnte.

»Werden wir es ihnen sagen?«, wollte Ethan wissen.

Lincoln stieß ein Lachen aus. »Das fragst du mich jetzt? In diesem Moment, in dem wir vor dem Haus stehen und uns wahrscheinlich schon jemand durchs Fenster beobachtet?«

»Was denn? Ich habe mir den Kopf darüber zerbrochen, wie ich das Thema anschneiden soll, bevor es zu schwer wird, darüber zu reden. Also habe ich gar nichts gesagt.«

»Gut gemacht«, frotzelte Lincoln.

»Halt die Klappe. Sag mir lieber, was wir tun sollen.«

»Ich bin mir ziemlich sicher, dass Bristol auf den ersten Blick erkennen wird, was los ist.«

»Alles durchschaut sie nicht«, wandte Ethan ein. »Sie kennt Holland nicht einmal.«

»Sie ist deine Schwester. Sie wird es herausfinden. Genau wie Aaron. Er ist zwar ruhig, aber viel scharfsinniger, als wir ihm zutrauen.«

»Ich fürchte, du hast recht«, lenkte Ethan ein.

»Und vergiss Liam nicht. Der Mann, der für jedes Problem eine Lösung finden muss. Er wird sofort spüren, dass sich etwas zwischen uns verändert hat, und er wird herausfinden wollen, was los ist. So ist er nun einmal.«

»Also werden wir es nicht verbergen können«, stellte Ethan fest.

Lincoln war sich ziemlich sicher, dass er seine Gefühle noch nie vor dem Montgomery-Clan hatte verbergen können. Wahrscheinlich wussten sie alle, dass er Ethan schon seit einer halben Ewigkeit begehrte. Vermutlich war Ethan der Einzige gewesen, der nichts bemerkt hatte – vielleicht deshalb, weil er zu beschäftigt gewesen war, seine eigenen Gefühle unter Verschluss zu halten.

Meine Güte, in Sachen Kommunikation waren sie beide Nieten. Wenn sie wollten, dass diese Beziehung eine echte Chance hatte, mussten sie lernen, offen miteinander zu reden. Aber sie arbeiteten daran. Zumindest hoffte er das.

»Wir verstecken uns also nicht?«, fragte Ethan.

Lincoln nickte nur. Seine Kehle war wie zugeschnürt und er brachte keinen Ton hervor.

»Okay, einverstanden. Denn ich bin wirklich ein schlechter Lügner.«

»Ich weiß«, murmelte Lincoln schließlich. »Ich erinnere mich daran, wie du versucht hast, mir für dieses Paisley-Hemd ein Kompliment zu machen.«

»Dafür entschuldige ich mich. Dieser Fetzen stand dir ganz und gar nicht.«

»Danke«, erwiderte Lincoln schnaubend.

Sie gingen auf die Verandatreppe zu. Noch bevor sie die Tür erreichten, schwang sie auf und Timothy Montgomery stand vor ihnen.

Ethans Vater war ein großer Mann mit einem einnehmenden Lächeln. Lincoln mochte ihn sehr.

Er war immer mit helfender Hand zur Stelle.

Lincoln wusste, dass Timothy und Francine in ihrem Leben Höhen und Tiefen erlebt hatten, aber im Endeffekt hatten die Prüfungen sie nur stärker gemacht. Lincoln bewunderte die beiden. Niemand war unfehlbar. Er glaubte ohnehin nicht, dass es so etwas wie ein perfektes Leben ohne Fehltritte gab.

Lincoln imponierte es, dass das Paar zu seinen Fehlern stand und ihren Kindern ein liebevolles Elternhaus geboten hatte. Die Montgomerys gehörten zu den wunderbarsten Menschen, die er kannte. Er war der Meinung, dass sie ihre Sache verdammt gut gemacht hatten.

»Es wurde aber auch Zeit, dass ihr beide hier auftaucht. Deine Mutter hat schon befürchtet, dass ihr nicht kommt, und sich gefragt, was sie mit all den Speisen machen soll.« Timothy verdrehte die Augen, zog seinen Sohn in die Arme und drückte ihn an sich. Dann wiederholte er die Geste mit Lincoln. Dieser atmete den Duft des Mannes ein. Der Geruch war für ihn gleichbedeutend mit »Zuhause«.

Lincoln liebte seine Mutter und seinen Vater. Er hätte

sich keine besseren Eltern wünschen können. Doch die Montgomerys liebte er ebenso. Sie waren seine zweite Familie.

So sehr er sein Zuhause auch immer geschätzt hatte, hatten die Montgomerys ihm ein zweites Heim geboten, als seine Eltern wegen eines Jobs quer durchs Land gezogen waren.

»Ich bezweifle stark, dass wir jemals alles aufessen können. Ich meine, wie viele Leute sind wir heute eigentlich? Da machen zwei Personen mehr oder weniger sicher keinen Unterschied«, frotzelte Lincoln.

Timothy verzog die Lippen zu einem Lächeln. »Du kennst doch Francine. Sie will nur sichergehen, dass sie all ihre Küken im Trockenen hat.«

»Ich dachte, es seien Schäfchen«, meldete Francine sich zu Wort und kam auf sie zu. »Wobei ich diese Redewendung nie wirklich verstanden habe – Schafe stehen doch auch bei Regen auf der Weide.« Francine plapperte munter weiter, während sie zuerst Lincoln und dann Ethan in ihre Arme zog. »Es ist schön, euch zu sehen, Jungs. Es ist eine halbe Ewigkeit her, seit wir uns das letzte Mal alle zusammen zum Essen getroffen haben.«

»Das letzte Familienessen war vor drei Wochen«, warf Liam ein, als er sich zu ihnen gesellte.

Liam war Francine wie aus dem Gesicht geschnitten und hatte, genau wie sein Vater, ein breites Grinsen im Gesicht.

Hätte Lincoln es nicht besser gewusst, hätte er angenommen, dass Liam durch und durch ein Montgomery war. Sie sahen sich alle so ähnlich. Doch offenbar hatte Francines DNA die Gene von Liams leiblichem Vater im Alleingang ausradiert, sodass er nun aussah wie ein Vollblut-Montgomery. Nur seine Augen unterschieden sich von denen der anderen, doch das spielte keine Rolle. Liam war ganz und gar ein Teil dieser Familie. Sogar Lincoln fühlte sich der Sippe zugehörig, dabei war er lediglich ein Freund.

Der Freund, der neuerdings mit Ethan zusammen war, doch darüber würden sie jetzt nicht reden.

»Oh gut, dass ihr hier seid«, sagte Bristol, drängte sich an Liam vorbei und umarmte Ethan. »Ich habe euch schrecklich vermisst.« Sie küsste die Wangen ihres Bruders und ließ dann Lincoln dieselbe Herzlichkeit zuteilwerden.

»Du hast das letzte Familienessen verpasst. Wie war die Aufführung?«, wollte Ethan wissen.

Bristol zuckte nur mit den Schultern, wobei das Leuchten in ihren Augen ein wenig verblasste.

Der Anblick versetzte Liam einen Stich ins Herz, doch als Künstler konnte er es ihr nachempfinden. Manchmal war die Arbeit nervenaufreibend. Wenn man buchstäblich seine Seele auf die Leinwand warf – oder wie in ihrem Fall durch die Finger in die Musik fließen ließ –, war dieser Job zuweilen wie ein zweischneidiges Schwert, das sich tief in die Brust bohrte.

»Es war in Ordnung. Ihr wisst ja, wie das läuft. Ich spiele ein bisschen Cello, führe Small Talk mit ein paar Adligen, lächle, tanze und tue so, als sei alles in bester Ordnung.« Sie wandte sich schnell ihrer Mutter zu und verzog die Lippen zu einem breiten Lächeln. »Und das ist es auch. Wirklich.«

»Erzähl ihnen, was dieser Herzog sich erlaubt hat«, knurrte Marcus hinter ihr.

Lincoln begegnete dem Blick des Mannes und zog fragend eine Augenbraue in die Höhe.

Marcus schüttelte nur den Kopf und runzelte die Stirn, als er den Blick wieder auf Bristol richtete.

Lincoln wusste, dass die beiden beste Freunde waren,

doch genau wie bei ihm und Ethan fragte er sich, ob nicht tiefere Gefühle im Spiel waren. Er hatte keine Ahnung, ob die beiden jemals den nächsten Schritt wagen würden – oder ob sie das überhaupt wollten. Aus Angst, etwas falsch zu machen, hütete er sich davor, sie in eine bestimmte Richtung zu drängen. Zweifellos hätte Francine es begrüßt, wenn ihre Tochter inzwischen verheiratet wäre, doch dahinter steckte lediglich der Wunsch, Bristol glücklich zu sehen. Lincoln stimmte ihr zu. Er mochte Bristol und wollte ebenfalls, dass sie ihr Glück fand. Allerdings wusste er nicht, ob sie je mit Marcus zusammenkommen würde. Eine Zeit lang hatte sie eine Partnerin gehabt, die jedoch selbst bald heiraten würde. Lincoln war sich bewusst, dass Francine sogar versucht hatte, Bristol mit ihm zu verkuppeln, doch dieser Plan hatte zwangsläufig scheitern müssen.

Schließlich war er in einen anderen Montgomery verliebt.

»Was hat er getan?«, fragten Liam und Ethan im Chor.

Aaron stand plötzlich hinten, die Arme vor der Brust verschränkt, und starrte sie alle an. »Ja, was hat er gemacht, liebe Schwester? Sollen wir ihm eine Abreibung verpassen?«

Bristol bedachte Lincoln mit einem flehenden Blick. »Bitte, bitte hilf mir.«

Lincoln hob abwehrend die Hände. »Oh, ich will damit nichts zu tun haben. Es sei denn, ich soll ihn für dich verprügeln. In dieser Hinsicht kannst du auf mich zählen.«

»Da musst du dich schon hinten anstellen«, knurrte Marcus.

Bristol starrte zuerst ihren besten Freund und dann alle anderen finster an. »Warum habe ich eigentlich keine Schwestern? Im Ernst? Warum bin ich das einzige Mädchen?«

»Weil du mir völlig gereicht hast. Ich schwöre, noch eine wie du, und ich hätte das alles nicht überlebt«, sagte Francine und drückte ihrer Tochter einen Kuss auf die Wange. »Und falls dieser Herzog etwas Unangemessenes getan hat, werden die Jungs gar nichts unternehmen. Denn dann werde ich ihn höchstpersönlich kastrieren. Hast du mich verstanden, kleines Mädchen?«

»Manchmal jagst du mir richtiggehend Angst ein, Mom.«

»Ich weiß. Und deshalb liebst du mich. Wie auch immer, was hat der Kerl angestellt?«

»Nichts«, antwortete Bristol hastig. Nach einer kurzen Pause fügte sie hinzu: »Er hat versucht, mich zu küssen. Als ich ihn von mir gestoßen habe, hat er es noch einmal probiert. Also habe ich ihm in die Eier getreten. Und ... nun werde ich nie wieder in diesem Land auftreten.«

Die Jungs stießen ein Knurren aus und drohten, dem Herzog Dinge anzutun, die sie allesamt hinter Gitter gebracht hätten. Francine umarmte ihre Tochter jedoch und klatschte dann in die Hände. »Ist die Sache geklärt?«

Bristol nickte.

»Gut. Wir reden später darüber. Versprochen. Du bist und bleibst mein Baby.« Francine sah sie einer nach dem anderen an. »Jetzt lasst uns alle ins Haus gehen, statt hier im Flur herumzustehen. Zuerst besorgen wir euch etwas zu trinken. Und dann könnt ihr mir erzählen, was es Neues in eurem Leben gibt. Ich habe nämlich das Gefühl, dass ich alles verpasse. Keines meiner Kinder ruft mich an. Nie erfahre ich irgendetwas. Ich muss euch erst zwingen, zu mir nach Hause zu kommen.«

Lincoln lachte nur, schüttelte den Kopf und küsste Francine auf den Scheitel. »Du weißt, dass du nur Unsinn redest, nicht wahr?«

Francine tätschelte ihm die Brust. »Ja, aber keiner der anderen darf das zu mir sagen. Nur du, mein Lieber.«

»Und warum?«, wollte Ethan wissen, der seine Mutter nun auf der anderen Seite flankierte. »Warum darf ich nicht sagen, dass du Unsinn redest?«

»Weil ich dir dann eine schallende Ohrfeige verpassen würde, mein Junge.« Mit einem Grinsen tätschelte sie auch ihm die Brust. »Lincoln ist der Einzige, der sich so etwas erlauben darf. Ich betrachte ihn zwar als meinen Sohn, aber ich habe ihn nicht auf diese Welt gepresst. Und legal adoptiert habe ich ihn auch nicht. Jedenfalls noch nicht.«

Sie zwinkerte ihm zu.

»Bitte adoptiere ihn nicht«, platzte es aus Ethan heraus, woraufhin Lincoln ein Grinsen unterdrückte.

»Und warum nicht?«, fragte Francine, während sie nach einer Flasche Wein griff und begann, mehrere Gläser zu füllen. Plötzlich hielt sie inne, stellte langsam die Flasche ab und starrte die beiden an.

»Oh mein Gott. Wirklich?« Freudig wippte sie auf und ab.

»Was ist?«, fragte Bristol und drängte sich zwischen den Männern hindurch, um zu Francine zu gelangen. »Was ist los?«

»Oh, ich glaube, ich weiß es«, sagte Arden.

Lincoln warf einen Blick zur Seite.

»Ich wusste gar nicht, dass du hier bist«, sagte Ethan und steuerte auf Arden zu, um ihr einen Kuss auf die Wange zu drücken.

»Ich hatte noch Arbeit zu erledigen, aber jetzt bin ich ja hier«, erklärte sie. »Was habe ich verpasst?«

Bristol runzelte die Stirn. »Ich habe keine Ahnung, was hier vor sich geht. Doch es gefällt mir ganz und gar nicht, dass ich es nicht weiß.«

»Was für eine Überraschung«, riefen die Montgomery-Brüder im Chor. Dann wechselten sie vielsagende Blicke und brachen in schallendes Gelächter aus.

Bristol warf die Hände in gespielter Empörung in die Luft. »Seht ihr? Ich hätte Schwestern haben sollen. Die hätten mich jetzt eingeweiht.«

»Immerhin hast du jetzt mich«, warf Arden ein. »Ich stehe dir bei.«

Ein warmer Ausdruck trat in Bristols Augen. Sie eilte zu Arden und zog sie in ihre Arme. »Ja, jetzt bist du hier. Wir beide gegen den Rest der Montgomerys. Das gefällt mir. Irgendwann werden wir in der Überzahl sein.«

»So funktioniert das nicht«, widersprach Liam und zog seine Frau an sich.

»Ach, sei still. Irgendwann werden wir Kinder haben, und wenn ihr es alle gut mit mir meint, sorgt ihr dafür, dass ihr Töchter bekommt.«

»Dir ist doch klar, dass du wahrscheinlich sechs Jungen zur Welt bringen wirst«, warf Aaron ein, woraufhin Bristol ihm den Mittelfinger zeigte.

»Also wirklich, Kinder. Benehmt euch eurem Alter entsprechend«, murmelte Timothy von der Tür aus.

»Das tun wir«, erwiderten Aaron und Bristol zeitgleich und grinsten einander an.

Lincoln lehnte sich einfach gegen die Anrichte und verschränkte die Arme vor der Brust. Das hier war Familie, und er vermisste sie. Sicher, er hatte seine Cousine Madison, der er sehr nahestand. Sie waren sich sogar ziemlich ähnlich. Trotzdem war es nicht dasselbe. Ihm fehlte eine große Sippe. Jedes Mitglied der Familie Montgomery, das er bisher kennengelernt hatte, war wunderbar. Keiner von ihnen war bösartig wie sein Onkel. Selbst wenn sie sich zuweilen mürrisch und unhöflich gaben, kümmerten sie sich umeinander.

»Moment mal, wir sind völlig vom Thema abgekommen«, warf Bristol ein. »Also, was weißt du, Mom?«

Francine blickte zwischen Lincoln und Ethan hin und her. Es war so flüchtig, dass er sicher war, außer ihm hatte es niemand bemerkt. Sie bot ihnen einen Ausweg. Eine Möglichkeit, ihr Geheimnis noch ein Weilchen unter Verschluss zu halten. Und dafür war er ihr dankbar. Nur weil sie die Veränderungen zwischen Ethan und ihm registriert hatte, hieß das nicht, dass sie ihre Überraschung ruinieren wollte. Er wusste, warum er diese Frau so sehr schätzte. Doch ihm war auch klar, dass Geheimnisse wie Gift auf eine Familie wirken konnten. Also boxte er Ethan behutsam gegen die Schulter.

Das war Fürsorge.

»Nun«, meldete Ethan sich zu Wort und räusperte sich.

Bristol blickte zwischen ihnen hin und her und wippte quietschend vor Ungeduld auf und ab. Marcus legte seine Hände auf ihre Schultern, um sie zu beruhigen.

»Hör auf, diese hohen Töne auszustoßen, die nur Hunde hören können. Sag etwas.«

»Tut mir leid, Marc«, entschuldigte Bristol sich.

»Ich hasse diesen Namen.«

»Ich weiß. Aber ich hasse es auch, wenn du mich mit einem Hund vergleichst.«

»Genug«, unterbrach Timothy sie. »Spannt uns nicht auf die Folter. Was ist los?«

»Ich weiß es! Ich weiß es!«, rief Aaron.

»Was weißt du?«, fragte Ethan mit finsterem Blick.

Ah, Brüder. In gewisser Weise war Lincoln froh, dass er keine hatte. Aber er hatte die Montgomerys. Er hoffte inständig, dass er sie nicht verlieren würde.

»Dad hat recht. Hör auf, uns so zappeln zu lassen«, mahnte Liam mit einem Grinsen.

»Lincoln und ich sind ein Paar«, verkündete Ethan schließlich.

Plötzlich brach Chaos aus. Bristols schriller Jubelschrei wurde von Francines und Ardens Freudenschreien übertönt. Die Frauen sprangen vor Begeisterung auf und ab, während die Männer sich vielsagende Blicke zuwarfen und in Gelächter ausbrachen. Aaron und Liam steckten Marcus ein paar Geldscheine zu.

»Moment mal, habt ihr etwa auf uns gewettet?«, fragte Lincoln leicht entnervt.

»Ich war überzeugt, dass ihr noch dieses Jahr zusammenkommen würdet«, erklärte Marcus. »Es tut mir leid, es ist verdammt schwer, keine Wette abzuschließen, wenn Aaron erst einmal anfängt, darüber zu spotten.«

»Ich habe auf nächstes Jahr getippt«, sagte Aaron und zuckte mit den Schultern.

»Und ich dachte, ihr beide würdet nie den Mut aufbringen«, gab Liam zu.

»Liam!«, rief Arden in mahnendem Tonfall, woraufhin Liams Wangen erröteten.

»Was denn?«, erwiderte er. »Ich hätte einfach nicht geglaubt, dass jeder so viel Glück haben könnte wie ich.«

»Oh, wie wunderbar«, schmachtete Bristol und schmiegte sich an Marcus.

Er legte einen Arm um sie und drückte sie fest, bevor er die Lippen zu einem Grinsen verzog. »Wahrscheinlich schleimt er sich nur ein, weil er sich irgendeinen Fehltritt erlaubt hat.«

Bristol runzelte die Stirn. »Oh, du bist unmöglich. Du hast doch keine Ahnung von Romantik.«

»Dafür bist du romantisch genug für uns beide«, erwiderte er, woraufhin sie die Augen verdrehte.

»Meine Güte, ich freue mich so«, rief Francine und klatschte in die Hände, während ihr Mann seine Arme um sie schlang. »Wie lange seid ihr schon zusammen?«

Lincoln wechselte einen Blick mit Ethan, der vage mit den Schultern zuckte. »Noch nicht besonders lange, es ist noch ziemlich frisch. Aber uns war klar, dass wir es vor euch nicht geheim halten konnten. Vor allem weil ich ein schlechter Lügner bin.«

»Das ist wahr«, frotzelte Aaron. Ethan reagierte, indem er seinem Bruder den Mittelfinger zeigte.

»Allerdings geht es nicht nur um uns beide. Wir sind zu dritt«, meldete Lincoln sich wieder zu Wort.

Ethan verzog die Lippen zu einem breiten Grinsen. Lincoln war froh zu sehen, dass sein Freund bereit war, seiner Familie von Holland zu erzählen.

Auf lange Sicht hätten sie sie ohnehin nicht vor den anderen verbergen können. Sie war nicht nur ein Anhängsel oder eine bloße Randnotiz in ihrer Beziehung, sondern ein gleichberechtigter Teil ihres Dreiergespanns. Da sie heute nicht anwesend war, würden Ethan und er den anderen verständlich machen, wie viel sie ihnen bedeutete. Sie hätte heute ebenfalls eine Einladung erhalten, doch es wäre seltsam gewesen, ihr die Familie noch vor ihrer ersten offiziellen Verabredung vorzustellen. Andererseits hatte Lincoln das Gefühl, dass sie diese Phase längst hinter sich gelassen hatten. Immerhin konnte man einen Spieleabend, fast vollzogenen Sex und Petting durchaus als Rendezvous werten.

Und vielleicht zählten sie es auch als solches.

»Ach wirklich?« Francine beugte sich vor.

»Ja, sie heißt Holland«, verkündete Ethan.

»Die flüchtige Braut?«, fragte Aaron grinsend. »Das gefällt mir.«

»Die flüchtige Braut?«, fragte Francine mit gerunzelter Stirn. »Sie ist verheiratet?«

»Nein. Erinnerst du dich? Wir haben dir von ihr erzählt. Sie hat am Tag ihrer Hochzeit noch vor der Trauung Reißaus genommen. Ihre Familie ist furchtbar und der Kerl hat sie betrogen«, erklärte Ethan.

Francine schlug sich die Hand vor den Mund. »Oh, die arme Frau. Ja, natürlich, ich erinnere mich. Ich wusste, dass ihr euch mit ihr angefreundet habt. Und jetzt ist da mehr zwischen euch? Wie aufregend. Das ist fantastisch. Außerdem bedeutet das, dass ich eine bessere Chance habe, Großmutter zu werden.«

Für einen Moment herrschte Schweigen, dann räusperte Bristol sich. »Äh, du weißt schon, dass das so eigentlich nicht funktioniert, aber in Ordnung, Mom. Es ist gut zu wissen, dass du so sehr auf Nachwuchs bedacht bist.«

Aaron grinste. »Ich habe es euch gesagt. Sie erinnert mich an eine Mutter aus der Regency-Ära. Es ist eine allgemein anerkannte Wahrheit, dass ein alleinstehender Montgomery, der im Besitz eines guten Namens ist, zwingend auf der Suche nach einer Frau ist. Oder nach einem Mann. Oder eben beidem.«

Lincoln starrte Aaron erstaunt an und blinzelte. »Hast du gerade *Stolz und Vorurteil* zitiert?«

»In der Tat«, antwortete Aaron. »Das ist mein Lieblingsfilm. Zumindest einer von ihnen. Und ich muss anmerken, dass Macfayden ein viel besserer Darcy ist als Colin Firth. Davon bin ich felsenfest überzeugt.«

»Ich kann nicht glauben, was ich da höre«, meldete Arden sich zu Wort. »Der einzig wahre Darcy ist Firth.«

»Ich weiß nicht. In diesem Punkt muss ich Aaron zustimmen«, warf Marcus in die Runde.

Alle starrten ihn schockiert an.

»Wirklich?«, fragte Lincoln.

»Was denn? Diese eine Szene, in der Macfadyen weggeht und seine Hand ausstreckt, nur weil er sie berührt hat? Das war verdammt heiß.«

Bristol blinzelte ihren Freund fassungslos an. »Wie konnte mir das entgehen?«

»Vielleicht liegt es daran, dass du mich gezwungen hast, diesen Film etwa vierzigmal mit dir anzuschauen. Und dann auch noch die Miniserie. Da musst du dich nicht wundern, wenn ich eine Meinung zu *Stolz und Vorurteil* habe.«

»Ich dachte, du hättest das nur über dich ergehen lassen, weil du mein bester Freund bist«, entgegnete Bristol.

»Die Filme sind gut. Und außerdem steht es mir ja wohl frei, einen persönlichen Favoriten unter den Darcys zu haben.«

»Natürlich. Ich bin nur überrascht.«

Alle begannen, darüber zu diskutieren, wer nun ihr Lieblings-Darcy war. Ethan schlich sich an Lincoln heran und lehnte sich an seine Schulter. »Das ist ziemlich gut gelaufen.«

»Ja, ohne Frage.«

Francine räusperte sich erneut und blickte zwischen den beiden hin und her. »Ich wollte nur noch einmal betonen, wie sehr ich mich für euch freue. Lincoln, du bist für mich wie ein Sohn. In gewisser Weise bin ich froh, dass ich dich nie adoptiert habe. Das wäre jetzt irgendwie seltsam.«

Alle brachen in schallendes Gelächter aus, bevor Francine fortfuhr: »Aber im Ernst, es ist völlig in Ordnung, wenn ich nicht Großmutter werde. Ich liebe es einfach, euch hin und wieder damit aufzuziehen.« Sie streckte die Hand aus und drückte Ardens Schulter, die sie mit einem zaghaften Lächeln ansah. »Ich bringe euch gern zum Lachen, indem ich die Mutter aus der Regency-Ära spiele, für die Aaron mich scheinbar hält. Vor allem will ich, dass ihr glücklich seid. Dabei ist mir egal, wie ihr euer Glück findet. Und sollte euch jemals jemand wegen eurer Dreierbeziehung – oder wie auch immer man das heutzutage nennt – Schwierigkeiten machen, muss er erst an mir vorbei. Ich bin mir sicher, meine Schwägerin gibt mir gern ein paar Tipps, wie sie mit Leuten verfährt, die es wagen, sich über die Beziehung ihrer Tochter das Maul zu zerreißen. Und jetzt lasst uns ein Glas Wein trinken und euer Glück feiern. Ich kann es kaum erwarten, diese Holland kennenzulernen.«

Lincoln räusperte sich und breitete die Arme aus, in die Francine sich, ohne zu zögern, fallen ließ. »Du bist eine gute Mutter«, flüsterte er.

»Ich bin die Beste.«

Schließlich löste sie sich aus der Umarmung, wischte sich ein paar Tränen aus den Augen und steuerte auf Ethan zu, um auch ihn an sich zu drücken.

Lincoln liebte diese Familie abgöttisch. Selbst in stürmischen Zeiten oder nach einem Streit waren sie immer füreinander da.

Er hoffte inständig, dass er es nicht vermasselte. Unter keinen Umständen durfte er sie verlieren. Doch genau das könnte geschehen, wenn er nicht vorsichtig war. Sollte seine Beziehung mit Ethan scheitern, würde er auch dem Montgomery-Clan Lebewohl sagen müssen.

Ethan jagte seine Schwester lachend durch den Raum. Sie sprang über eine Ottomane und schützte dabei ihre Hände, die aufgrund ihrer Arbeit versichert waren.

Während Lincoln die Szene beobachtete, wusste er, dass er es schlichtweg nicht vermasseln durfte. Diese Menschen waren bereits ein Teil seiner Vergangenheit, und sie könnten auch seine Zukunft sein.

Er musste dafür sorgen, dass diese Beziehung Bestand hatte. Eine andere Option gab es nicht.

KAPITEL ZEHN

Ethan wollte den heutigen Abend eigentlich als ihre zweite Verabredung deklarieren, aber er wusste, dass Lincoln anderer Meinung war. Für ihn war dies ihr erstes offizielles Treffen. Falls diese Sache länger als zwei Abende Bestand hatte und sich daraus mehr entwickelte, sodass sie am Ende sogar Jahrestage feiern würden — die er sich ohnehin nie merken konnte —, sollten sie sich wirklich auf ein Datum einigen, das den Beginn ihrer Beziehung markierte.

Und zwar ein Datum für sie alle drei.

Es reichte nicht aus, nur den Moment festzuhalten, in dem Lincoln und er zusammengekommen waren, oder sich an den Tag zu erinnern, an dem er Holland zum ersten Mal geküsst hatte. Sie brauchten einen gemeinsamen Startpunkt. Ethan glaubte immer noch, dass der Spieleabend mit Mario Kart und unzähligen Orgasmen als ihr erstes Rendezvous gelten sollte.

Doch damit lag er scheinbar falsch.

Zumindest wenn es nach Lincoln ging. Und wenn man bedachte, wie nervös Holland auf ihrer Veranda wirkte, teilte sie seine Einschätzung vermutlich. Trotz ihrer offensichtlichen Anspannung sah sie verdammt sexy aus.

Sie hatte ihr Haar zurückgekämmt und zur Seite drapiert, sodass es ihr Gesicht auf der einen Seite mit sanften Locken umspielte, während es auf der anderen zu einem komplizierten Geflecht gewunden war. Ethan war schleierhaft, wie Frauen so etwas vollbrachten, doch er wusste, dass seine Schwester in nur fünf Minuten eine Hochsteckfrisur zaubern konnte, die aussah, als hätte sie stundenlang im Friseursalon gesessen. Natürlich hatte sie das alles von ihrer Ex-Freundin gelernt. Und jetzt sorgte Bristol dafür, dass auch der Rest der Familie es bewerkstelligen konnte.

Ethan war in solchen Dingen furchtbar ungeschickt. Sein Haar hatte zwar dieselbe Länge wie das von Lincoln, doch er wusste nicht, wie er es hätte stylen sollen. Mit etwas Glück erinnerte er sich zumindest daran, es zu kämmen. Er war im Allgemeinen eine Niete, wenn es um alltägliche Belange ging. Er konnte problemlos stundenlang arbeiten oder seinen Tagesplan organisieren, um eine Aufgabe nach der anderen abzuhaken. Doch wenn er sich an etwas Wichtiges erinnern musste, sobald er andere Dinge im Kopf hatte, versagte er auf ganzer Linie.

Aus diesem Grund wäre es besser, wenn sie sich auf ein Datum einigen würden, das er in seinem Kalender markieren konnte. Dann würde er sich hoffentlich daran erinnern.

Doch all die Gedanken waren wie weggeblasen, als er auf Holland zuging.

Sie trug ein schwarzes Kleid, dessen Rock ihr in weichen Wellen bis über die Knie reichte und ihr Dekolleté perfekt zur Geltung brachte. Ein Mantel machte das Outfit komplett. Darunter konnte er die Ärmel des Kleids ausmachen, die ihre Schultern bedeckten. Nannte man das Flügelärmel? Bristol oder Lincoln würden es sicher wissen. Er selbst hatte keine Ahnung.

Ethan war gefahren, doch Lincoln sprang schneller aus dem Wagen und erreichte Holland zuerst. Er ergriff ihre Hand, führte sie an seinen Mund und hauchte einen Kuss auf ihre Fingerknöchel.

Wow, das war aalglatt. Ethans Hand hatte Lincoln noch nie geküsst. Eines Tages würde er es vielleicht bei Lincoln ausprobieren, nur um zu sehen, wie er errötete.

Holland stieg die Hitze in die Wangen und sie stieß ein Kichern aus. Diesen Laut hatte Ethan noch nie aus ihrem Mund gehört.

»Wie galant. Wie ein Ritter in glänzender Rüstung«, neckte sie Lincoln, bevor sie sich Ethan zuwandte. »Hallo«, begrüßte sie ihn mit einem strahlenden Lächeln.

Ethan konnte gar nicht anders, als ihr Lächeln zu erwidern, bevor er sich zu ihr vorbeugte und ihr einen Kuss auf die Wange drückte. Dabei begegnete er Lincolns Blick, der die Augen verdrehte.

»Dies ist kein Wettbewerb, Bruder«, sagte Lincoln.

Ethan grinste nur. »Nicht im Geringsten. Aber ich will dich nicht ständig nachahmen, nur um festzustellen, dass ich dir nicht das Wasser reichen kann. Ich glaube wirklich nicht, dass ich das mit dem Handkuss so gut hinbekomme wie du.«

»Also, ich mag beides. Auch wenn die Situation irgendwie seltsam ist«, sagte Holland und zuckte dann unwillkürlich zusammen. »So habe ich es nicht gemeint. Ich bin gern mit euch beiden zusammen. Es ist nur merkwürdig, mit zwei Männern gleichzeitig auszugehen. Ich hätte im Leben nicht gedacht, dass ich so etwas einmal tun würde. Später werde ich zweifellos mit einem Lächeln daran zurückdenken. Es macht immer Spaß, etwas Neues auszuprobieren.«

Ethan zog erwartungsvoll die Augenbrauen in die Höhe. »Nun, wenn du auf der Suche nach einer neuen Erfahrung bist ...« Er verstummte, als Lincoln ihm in den Arm boxte.

»Hey, zügle deine schmutzige Fantasie. Wir werden heute einen netten Abend verbringen, einen Teller Pasta genießen und dann Holland nach Hause bringen. Verstanden?«

Holland und Ethan starrten ihn nur an. Schließlich zuckte er mit den Schultern. »Also schön, wir gehen essen und dann sehen wir, was passiert. Aber ganz ohne Druck. Wir haben einen entspannten Abend und finden heraus, wie eine Beziehung zu dritt funktionieren könnte.«

»Oh, gut. Dann bin ich also nicht die Einzige, die keinen blassen Schimmer hat, was sie eigentlich tut?«, fragte Holland auf dem Weg zum Wagen.

Ethan half Holland beim Einsteigen, während Lincoln auf dem Rücksitz Platz nahm.

»Nein. Wir haben genauso wenig Ahnung wie du. Wir wissen nur, dass wir uns stets gegenseitig fragen sollten, ob alles in Ordnung ist.«

Holland schenkte ihm ein amüsiertes Lächeln. »Und wird das auf Dauer nicht anstrengend?«

»Oh, es wird auf jeden Fall nervtötend, wenn wir uns ständig damit in den Ohren liegen. Aber noch schlimmer wird es, wenn wir versuchen, die Gedanken des anderen zu lesen.« Mit diesen Worten schloss er die Beifahrertür und lief um den Wagen herum.

Als er sich ans Steuer setzte, unterhielten Lincoln und Holland sich bereits darüber, was sie zu Abend essen wollten. Ethan startete den Motor und fuhr aus der Einfahrt.

»Wisst ihr, ich bin ehrlich gesagt noch nie ein großer

Fan von Gnocchi gewesen«, gestand er, als er an einem Stoppschild anhielt.

»Ich mag sie nur als Einlage in manchen Suppen, aber sie gehören nicht unbedingt zu meinen Lieblingsspeisen«, pflichtete Holland ihm bei. »Vermutlich habe ich einfach noch nie wirklich *gute* Gnocchi gegessen.«

»Ich bin mir ziemlich sicher, dass die einzigen Gnocchi, die Ethan je probiert hat, die von *Olive Garden* waren«, grinste Lincoln.

»Hey, würdige *Olive Garden* nicht so herab. Die Grissini dort waren früher fantastisch.«

Holland runzelte die Stirn. »Sind die Grissini heute etwa nicht mehr fantastisch?«

»Nein. Vor etwa zehn Jahren haben sie das Rezept geändert. Ich bin deshalb immer noch ein wenig verärgert«, sagte Lincoln.

»Interessant.« Sie warf Lincoln einen Blick über die Schulter zu, als Ethan den Wagen auf die Schnellstraße lenkte.

»Er ärgert sich auch über so einige Dinge, die sich verändert haben«, sagte Lincoln. »Fang gar nicht erst mit dem McRib an.«

Ethan schnaubte. »Der McRib ist widerlich. Ich verstehe nicht, warum die Leute dafür Schlange stehen.«

»Weil sie sich gern damit brüsten, dass sie etwas gegessen haben, was neu und limitiert ist«, erklärte Lincoln und beugte sich vor.

Ethan konnte seine Körperwärme an seiner Seite spüren. Dies würde ein verdammt langer Abend werden.

»Außerdem gibt es tatsächlich Leute, die das Zeug mögen«, fügte Lincoln hinzu. »Genauso wie ich Gnocchi liebe.«

»Du isst nur gern Gnocchi, weil du in Italien warst und

eine kleine italienische Großmutter sie frisch für dich zubereitet hat.«

Holland drehte sich auf ihrem Sitz um und sah Lincoln mit leuchtenden Augen an. »Du warst in Italien?«

Lincoln nickte. Zumindest glaubte Ethan, das im Rückspiegel zu erkennen. Es war gar nicht so leicht, den Wagen zu steuern und gleichzeitig der Unterhaltung zu folgen, also schwieg er vorerst.

»Ich habe eine Zeit lang dort studiert«, erklärte Lincoln. »Nach meinem Collegeabschluss bin ich durch Europa gereist. Ich war dankbar, dass ich ein paar Leute von der Kunstakademie kannte, die mich auf ihren Sofas schlafen ließen. So habe ich mich nicht bis zum Hals verschuldet.«

»Das klingt wunderbar«, hauchte Holland ehrfürchtig. »Ich war noch nie in Europa, will aber unbedingt mal dorthin. Zu gern würde ich die großen Metropolen besuchen, aber auch die kleinen, etwas abgelegenen Städte, die heute so beliebt bei den Touristen sind. Ich möchte einfach nur reisen. Natürlich hätte ich für den Anfang nichts dagegen, nur aus Boulder herauszukommen und den Rest der Vereinigten Staaten zu erkunden, versteht ihr?«

»Wir haben schon einige Roadtrips durch Amerika unternommen, aber das Land habe ich auch noch nie verlassen«, warf Ethan ein, während er von der Schnellstraße abfuhr.

»Ich habe mit meinem Job einfach Glück. Gelegentlich habe ich die Möglichkeit, andere Künstler oder Ausstellungen auf der ganzen Welt zu besuchen. Aber im Grunde bin ich ein größerer Stubenhocker als Ethan.«

»Wirklich?«, fragte Holland.

»Ja«, bestätigte Ethan, als er auf den Parkplatz des Restaurants fuhr. »Auch wenn es nach außen hin so wirkt, als sei ich der Stubenhocker, packt mich manchmal einfach das Fernweh. Dann will ich mich einfach in den Wagen setzen und losfahren, während Lincoln zu Hause bleiben und es sich gemütlich machen will. Aber wir finden immer eine Balance.«

»Es ist irgendwie schön, dass ihr beide eine gemeinsame Vergangenheit habt. Und jetzt wagt ihr den nächsten Schritt in eurer Beziehung. Ich bin froh, dass ich dabei sein darf.«

Ethan begegnete Lincolns Blick im Rückspiegel und sah den besorgten Ausdruck in seinen Augen, der seine eigenen Gefühle widerspiegelte.

Glaubte Holland etwa, dass sie nur eine Gastrolle in ihrer Beziehung spielte? Dass sie nur ein flüchtiges Abenteuer war, bevor er und Lincoln zu zweit glücklich wurden? Er hoffte, dass dem nicht so war, und würde ihr unmissverständlich klarmachen, dass sie von nun an ein Dreiergespann waren. Obwohl er keine Ahnung hatte, wie er es anstellen sollte, musste er einen Weg finden, ihr zu zeigen, wie sehr sie begehrt wurde.

Er vertraute darauf, dass Lincoln eine Möglichkeit finden würde. Schließlich hatte er während ihrer gesamten Freundschaft immer gewusst, dass Lincoln ihn an seiner Seite haben wollte.

Zwar hatte er nicht erkannt, dass Lincoln sich insgeheim nach mehr gesehnt hatte, aber diese Blindheit hatte er vermutlich nur seiner eigenen Angst zuzuschreiben. Das verstand er inzwischen. Heute fürchtete er sich nicht mehr.

Nein, das stimmte nicht ganz. Er hatte eine Heidenangst, aber das war eine andere Geschichte.

Lincoln stieg als Erster aus dem Wagen, um Holland aus dem Beifahrersitz zu helfen, während Ethan sich vergewisserte, dass die Türen verriegelt waren. Sie hatten einen Tisch in einem kleinen Restaurant reserviert, in dem Lincoln und er hin und wieder eine Mahlzeit genossen.

Ethan wusste, dass die Besitzer homosexuell waren und ihr Freundeskreis aus Menschen sämtlicher Orientierungen bestand. Dies war der perfekte Ort für ihre erste Verabredung. Tief im Inneren nagte jedoch die Angst an ihm, dass er es am Ende vermasseln und sie alle in Verlegenheit bringen würde.

Irgendwie würden sie es jedoch schaffen. Wenn ihre Cousine eine Dreierbeziehung in Denver führen konnte, konnten sie ihr Glück in Boulder versuchen. Die Stadt war voller liberaler, umweltbewusster Menschen, die so gar nicht der Norm entsprachen. Zumindest war das der Ruf, der diesem Ort vorauseilte. Mit einer dauerhaften Ménage-à-trois sollten sie hier kaum auffallen.

Sollte es doch jemand wagen, ihnen das Leben schwer zu machen, würde er für ihre Beziehung kämpfen.

Natürlich würde er eine Konfrontation lieber vermeiden, aber wenn nötig würde er die Krallen ausfahren.

Und er wusste, dass Lincoln genauso handeln würde, solange er dabei auf seine Hände achtete.

Ethan wollte nicht, dass Lincoln sich verletzte. Im Grunde wollte er überhaupt nicht, dass *irgendjemand* Schaden nahm. Er hoffte inständig, dass er sich umsonst Sorgen machte.

»Wir haben eine Reservierung für Montgomery für drei«, sagte Ethan, als sie zum Empfangstresen gingen.

Der Mann schenkte ihm ein Lächeln, nickte ihnen allen zu und führte sie zu ihrem Tisch. »Hier entlang bitte.«

»Wisst ihr, ich war noch nie hier«, gestand Holland. »Ich bin zwar unzählige Male vorbeigefahren, aber Dustin hat keine Kohlenhydrate gegessen.«

»Manche Menschen vertragen einfach kein Gluten.

Wieder andere verzichten aus Prinzip auf zu viele Kohlenhydrate.« Ethan gab sich alle Mühe, den Kerl nicht zu hassen. Außerdem konnte er ihm nicht wirklich einen Vorwurf machen, weil er auf seine Ernährung achtete.

»Er hat sich einfach geweigert«, erwiderte Holland. »Nicht einmal ein Stück Obst hat er angerührt. Und das lag nicht daran, dass er auf Diät war. Er hatte nur irgendwo gelesen, dass Kohlenhydrate der Inbegriff des Bösen seien. Zwangsläufig war jeder, der sie aß, ebenfalls böse. Ich hätte es damals schon erkennen müssen. Stattdessen habe ich meine Vorliebe für Törtchen vor ihm verheimlicht. Nicht dass ich den raffinierten Zucker gebraucht hätte. Wir wissen schließlich alle, wie ungesund der ist. Aber hin und wieder möchte ich mir etwas Süßes gönnen. Oder einen ganzen Teller Pasta, wenn mir danach ist.«

»Du kannst essen, worauf du Lust hast. Wir versprechen dir, dass wir dich nicht verurteilen werden«, erklärte Ethan und hielt dann inne. »Nun, wenn du dir nur einen kleinen Salat bestellst und dann von unseren Tellern naschst, werden wir uns ganz sicher beschweren. Denn das gehört sich nicht. Wenn du Pasta willst, bestell dir eine Portion.«

Lincoln schnaubte, als der Kellner sie zu einer Ecknische führte. Sie platzierten Holland in ihrer Mitte. Auf der U-förmigen Bank saßen sie alle eng beieinander und waren gleichzeitig ungestört.

Natürlich würden sie hier im Restaurant nicht übereinander herfallen, obwohl Ethan eine Menge lustvoller Ideen in den Sinn kam.

Aber nicht bei der ersten Verabredung.

Nicht beim ersten Rendezvous. Und erst recht nicht in einem Restaurant, das sie auch in Zukunft besuchen wollten.

»Inzwischen habe ich einen Bärenhunger«, verkündete Ethan und warf einen Blick auf die Speisekarte.

»Hättet ihr Lust, euch eine Flasche Wein zu teilen?«, fragte Lincoln und überflog die Getränkekarte. »Sie haben hier einen ausgezeichneten Pinot Noir.«

»Oh, das ist mein Lieblingswein«, erwiderte Holland und neigte sich vor, um mit Lincoln die Karte zu studieren.

Ethan beobachtete die beiden und genoss den Anblick. Er hatte das Verlangen, entweder an sie heranzurücken oder sich ein Stück zurückzuziehen, um ihnen den Moment zu zweit zu gönnen. Das war doch sicher ein gutes Zeichen, nicht wahr? Ein Hinweis darauf, dass sie die Sache richtig angingen.

Zweifellos würden sie auch einige Hürden überwinden müssen. Ethan wusste, dass er es vermasseln würde, wenn sie nicht vorsichtig waren. Aber er würde sich nach Kräften bemühen. Mehr konnte er nicht tun.

»Ich teile gern mit euch. Aber ich begnüge mich mit einem halben Glas, da ich noch fahren muss.«

»Bist du sicher? Ich kann gern zurückfahren«, bot Lincoln ihm an.

Ethan schüttelte den Kopf. »Nein. Du darfst das nächste Mal den Chauffeur spielen.«

»Oder ich fahre«, warf Holland ein.

Ethan verzog die Lippen zu einem Lächeln. »Bedeutet das, dass du wieder mit uns ausgehen willst?«

»Möglicherweise. Oder vielleicht auch nur mit dir. Oder nur mit Lincoln. Wir sind doch gerade erst dabei, das alles herauszufinden, nicht wahr?«

»Das stimmt«, pflichtete Lincoln ihr bei und bedachte sie mit einem so durchdringenden Blick, dass Ethan schlucken musste.

Sie bestellten ihre Getränke und dann eine Vorspeise,

Pasta und einen Salat für jeden. Zum Nachtisch genossen sie jeder eine Portion Tiramisu, die jede Kalorie wert war. Ethan war satt, glücklich und hatte wahrscheinlich die beste Verabredung seines Lebens gehabt. Allerdings hätte er sich nie träumen lassen, dass er gleich mit zwei Leuten ausgehen würde.

Sicher, es gab auch Momente der Verlegenheit, in denen sie nach den richtigen Worten suchten oder sicherstellen wollten, dass keiner von ihnen zu kurz kam. Doch Ethan war überzeugt, dass sie auch diese Hürden überwinden würden. Im Grunde war es nichts anderes als ein gewöhnliches Treffen zwischen zwei Menschen. Es war eine Wissenschaft für sich, herauszufinden, was der andere brauchte, wollte oder dachte. Die Tatsache, dass sie eine Person mehr waren, machte die Sache zwar komplizierter, aber gemeinsam würden sie sich schon eine Strategie zurechtlegen.

Ethan hatte beruflich mit komplexen mathematischen Formeln zu tun, die weit mehr als drei Variablen enthielten. Er würde definitiv eine Lösung finden.

Oder Lincoln würde ihnen den Weg ebnen und Ethan würde seinem Beispiel folgen. Das war wahrscheinlich die klügere Option.

»Wohin als Nächstes?«, fragte Lincoln beiläufig vom Rücksitz aus.

Sie hatten nur eine einzige Flasche Wein getrunken, was bedeutete, dass jeder kaum mehr als zwei Gläser zu sich genommen hatte. Ethan war sich deshalb sicher, dass Lincolns gerötete Wangen nicht dem Alkohol geschuldet waren. Nein, wahrscheinlich war es das berauschende Hochgefühl, einfach nur zusammen zu sein. Zu dritt. Bei dem bloßen Gedanken bekam Ethan eine Erektion.

Verdammt. Er wusste nicht, ob sie bereit für den

nächsten Schritt waren, auch wenn sie diese Grenze eigentlich schon überschritten hatten.

»Nun …«, begann Holland und verstummte dann.

»Nun?«, hakte Ethan nach und trommelte mit den Fingern auf das Lenkrad. Er hatte den Motor noch nicht gestartet, weil er Angst hatte, er könnte ihre perfekte Blase zum Platzen bringen und den Moment zunichtemachen. Oder zerbrach er sich wieder einmal unnötig den Kopf?

»Ich habe den Abend bisher sehr genossen«, gestand Holland. »Wie wäre es, wenn wir zu mir fahren und noch einen Kaffee trinken?«

Ethan begegnete Hollands Blick und wusste sofort, dass sie keinen Kaffee trinken würden. Nicht solange sie Lincoln und ihn mit diesem durchdringenden Blick ansah. Ihre Augen hatten sich verdunkelt und ihre Lippen waren halb geöffnet.

»Du musst schon ein bisschen deutlicher werden, denn ich möchte nicht die falschen Schlüsse ziehen«, sagte Ethan und schluckte schwer.

»Ich will deinen Mund auf meiner Haut und deine Hände an meinem Körper spüren. Falls das zu direkt war, tut es mir leid.«

Lincoln schob sich zwischen den Sitzen ein Stück nach vorn, umfasste ihr Gesicht mit beiden Händen und küsste sie leidenschaftlich. Sowohl Holland als auch Ethan entfuhr ein Stöhnen.

Dann wandte Lincoln sich Ethan zu und küsste auch ihn. Ethan schmeckte eine Mischung aus Tiramisu und Wein auf der Zunge seines besten Freundes.

»Hallo«, krächzte Ethan und räusperte sich. »Ich denke, wir wissen, was du von dem Vorschlag hältst«, scherzte er und lachte leise.

»Ich richte mich ganz nach euch. Aber ja, lasst uns zu

Holland fahren. Finden wir heraus, wohin uns dieser Abend führt.«

»Das sagst du so, aber ich habe so eine dunkle Vorahnung, dass wir uns in kürzester Zeit gegenseitig die Kleider vom Leib reißen und ordentlich ins Schwitzen kommen werden«, konterte Ethan. »Ich will nur sicherstellen, dass wir uns alle einig sind.«

Holland lachte und beugte sich vor. »Selbst wenn es danach nie wieder passieren wird, werde ich als glückliche Frau sterben.«

Lincoln rutschte einen Zentimeter zurück, als Ethan sich von ihm löste, um Holland zu küssen. Dabei liebkoste er sanft ihre Lippen, doch die Berührung war nicht weniger erregend als der fordernde, kraftvolle Kuss von Lincoln.

»Also dann, zu dir nach Hause, Holland«, sagte Ethan und räusperte sich. »Und dann sehen wir, was passiert.«

Sie musterte zuerst ihn und dann Lincoln, bevor sie eine Hand ausstreckte und auf Ethans legte. Lincoln bedeckte mit seiner Hand ihre verschlungenen Finger und drückte sie leicht.

»Ich habe das Gefühl, ich müsste jetzt so etwas wie ›Einer für alle und alle für einen‹ ausrufen, aber vielleicht lassen wir uns besser treiben und warten ab, was passiert«, sagte Holland. Sie alle lachten, bevor Ethan den Motor startete. Er musste sich zwingen, nicht wie ein Verrückter zu Holland nach Hause zu rasen.

Er wusste, dass sie keinen Kaffee trinken würden. Sie würden sich auch nicht miteinander unterhalten.

Sie würden sich ganz auf sich konzentrieren.

Und er – und sein Schwanz – konnten es kaum erwarten.

KAPITEL ELF

Holland konnte kaum atmen, aber vielleicht war das ja der Sinn der ganzen Sache.

Sie stand immer noch vollständig bekleidet in ihrem Schlafzimmer zwischen zwei der attraktivsten, großzügigsten und wunderbarsten Männer, denen sie je begegnet war. Insgeheim hatte sie Angst, sie könnte aus diesem berauschenden Traum erwachen, wenn sie sich kneifen würde. Denn dann würde sie sich überlegen müssen, was sie mit ihrem Leben anfangen sollte. Doch im Moment wollte sie an ihrer Fantasie festhalten. Sie würde so tun, als sei das alles nicht real, sondern nur das Beste, was ihre Vorstellungskraft heraufbeschwören konnte. Denn sobald die Realität sie einholte, würde diese Blase wahrscheinlich zerplatzen.

Wie Ethan bereits vermutet hatte, hatten sie keinen Kaffee getrunken. Holland hatte nicht einmal die Kanne aufgesetzt. Stattdessen hatten sie sich nur zärtlich geküsst und waren dann in ihr Schlafzimmer gegangen.

Jetzt stand sie zwischen ihnen, während Ethan mit seinen Fingern ihren Arm entlangfuhr und Lincoln sanft ihre Wange streichelte. Sie sog zitternd die Luft ein. Die Angst, dass das alles plötzlich ein jähes Ende finden könnte, war allgegenwärtig.

Auf keinen Fall wollte sie, dass dieser Moment endete.

»Du bist so schön«, flüsterte Ethan und küsste ihren Hals.

Sie schmiegte sich an Lincoln, während Ethan hinter sie trat und weiter ihre Arme streichelte. Holland stockte der Atem. Sie wagte kaum, Luft zu holen, aus Angst, sie könnte plötzlich aufwachen und feststellen, dass alles nur ein Traum war. Gleichzeitig war sie sich nicht sicher, ob sie die Realität verkraften könnte.

»Sag uns, wenn wir aufhören sollen. Ein Wort von dir genügt«, flüsterte Ethan und biss ihr sanft ins Ohrläppchen.

Während Ethan weiter ihren Hals liebkoste und an ihrem Ohrläppchen knabberte, entledigte Lincoln sie langsam ihrer Kleider, bis Holland nackt zwischen den beiden stand. Ihre Brustwarzen waren bereits steif, ihr Unterleib zog sich zusammen und zwischen ihren Schenkeln breitete sich eine feuchte Hitze aus.

Wenn sie nicht vorsichtig war, würde sie auf der Stelle kommen, ohne dass die beiden sie überhaupt richtig berührt hatten.

Allein die Vibration ihrer Stimmen brachte sie fast zum Explodieren. Auch wenn ihr Verstand sagte, dass so etwas unmöglich war, flüsterte ihre Fantasie ihr zu, dass sie einen Abend voller Überraschungen vor sich hatte. »Ich war noch nie mit zwei Männern zusammen. Obwohl ich euch liebend gern auffordern würde, einfach weiterzumachen, muss ich wissen, was mich erwartet.«

»Nichts, was du nicht willst«, raunte Lincoln. Er umfasste ihre Brüste und begann, sie langsam zu kneten und ihre Knospen zu reizen. Gierig wölbte sie sich ihm entgegen.

Er verzog die Lippen zu einem Lächeln und blickte ihr direkt in die Augen, während er weiter ihre Brüste massierte.

Ethan entlockte ihr ein Keuchen, als er eine Hand bedächtig über ihren Bauch abwärts gleiten ließ und sie schließlich auf ihren Venushügel legte.

Mit der anderen Hand suchte er die Verbindung zu seinem besten Freund, indem er mit dem Handrücken über die Wölbung in dessen Jeans strich.

Beide schnappten nach Luft. Holland schmiegte sich an Ethans Brust und rieb ihren Hintern an seiner Erektion.

Sie alle stießen ein tiefes Stöhnen aus. Holland lächelte und genoss die Empfindungen, die sie durchfluteten. Wie konnte das hier nur die Realität sein?

»Was hast du schon ausprobiert?«, wollte Lincoln wissen. Holland versuchte verzweifelt, ihre Gedanken zu ordnen, doch mit jeder Liebkosung und jeder Berührung schienen ihre Gehirnzellen nach und nach zu schmelzen.

»Wie ich schon sagte, ich war noch nie mit zwei Männern zusammen.« Lincoln begegnete ihrem Blick und zog fragend eine Augenbraue in die Höhe. Holland musste schlucken. »Ich hatte noch nie Analverkehr. Ehrlich gesagt weiß ich nicht, ob ich je bereit dazu sein werde.«

Die Jungs stießen ein leises Lachen aus. Lincoln presste seine Lippen auf ihre, bevor sie ihren Kopf drehte, sodass auch Ethan sie küssen konnte.

»Keine Sorge, wir wollen dich nicht unter Druck setzen. Auch ohne Analverkehr gibt es unzählige Möglichkeiten, wie wir uns vergnügen können.«

»Bist du sicher?«, hauchte sie.

»Absolut. Es gibt auch andere Stellen, die wir berühren,

lecken und liebkosen können. Außerdem habe ich noch diesen Kerl hier«, raunte Lincoln. Er griff um Holland herum, umfasste Ethans Nacken und zog ihn zu sich. Die beiden Männer küssten sich leidenschaftlich über ihren Kopf hinweg, während Holland bebend zwischen ihnen stand. Sie krallte sich in Lincolns Rücken, wobei sie ihre Fingernägel in sein Fleisch grub.

»Ich darf euch zusehen«, flüsterte sie.

»Oh, ich habe das Gefühl, dass du weit mehr tun wirst, als uns zu beobachten. Ich vermute eher, dass du unten liegen wirst«, sagte Ethan und zwinkerte ihr zu.

»Wie auch immer, heute bin ich an der Reihe«, warf Lincoln ein, woraufhin Ethan schnaubte.

Holland sah sie überrascht an. »Ihr zwei, äh … wechselt euch ab?«

»Scheint so«, knurrte Lincoln, während in seinen Augen jedoch ein Feuer loderte.

»Nur damit ich mir das bildlich vorstellen kann«, sagte Holland und schloss für einen Moment die Augen. Sie verzog die Lippen zu einem Lächeln, bevor sie die Lider aufschlug und die beiden Männer einer nach dem anderen ansah. »Lincoln, du hast Ethan also schon einmal genommen. Bedeutet das, dass er dich heute dominieren darf?«

»Ja, so ist es. Es heißt aber auch, dass ich in dir sein darf, während er mich nimmt«, raunte Lincoln und verschlang sie mit einem leidenschaftlichen Kuss. Holland verlor sich völlig in diesem berauschenden Gefühl.

Sie konnte fast nicht atmen und war kaum in der Lage, einen klaren Gedanken zu fassen. Sie spürte nur Lincolns Mund auf ihrem und Ethans Hände an ihrer Haut. Langsam ließ er seine Finger zwischen ihre feuchte Spalte gleiten und umkreiste ihre Klitoris.

Holland bäumte sich auf. Sie wollte mehr, wollte ihn

tief in sich spüren. Im nächsten Moment presste Lincoln seinen Mund an ihre Brust, und sie bebte am ganzen Leib vor Verlangen.

Ethan ließ nicht von ihr ab. Er reizte sie weiter und drang schließlich mit einem Finger in sie ein. Sie keuchte und spannte ihren Unterleib an, woraufhin er ein Knurren an ihrem Hals ausstieß.

Dann küsste er Lincoln erneut. Die Männer berührten sich gegenseitig, ohne Holland zu vernachlässigen. Ihre Hände schienen überall zu sein, als die Woge der Ekstase über ihr zusammenbrach und sie um Ethans Finger zum Höhepunkt kam. Sie war nicht einmal imstande, nach Luft zu schnappen, da Lincoln sofort seine Lippen auf ihre presste.

Plötzlich hoben sie sie hoch und trugen sie zum Bett. Die beiden entledigten sich ihrer Kleidung mit einer derartigen Hast, dass Holland schon befürchtete, sie könnten in ihrer Eile stolpern.

»Mein Gott«, hauchte sie. »Ich hätte schwören können, dass ich bereits wusste, wie verdammt gut ihr beide ausseht.«

Ethan grinste. »Beim letzten Mal waren wir alle zu betrunken, um uns gegenseitig richtig betrachten zu können«, sagte Lincoln und ließ eine Hand langsam über seinen Bauch gleiten, um seinen Schaft zu umfassen.

Sie folgte der Bewegung mit ihrem Blick, dann wandte sie sich Ethan zu und musste schlucken.

»Ist das etwa ein Kraken-Tattoo auf deinem Bauch?«, fragte sie lächelnd.

Ethan lief hochrot an. Die Röte breitete sich über seine Brust und seine Arme aus. Es war zugleich das Niedlichste und Heißeste, was Holland je gesehen hatte.

»Ich war damals betrunken. Der Tätowierer hat sich

davon nicht beirren lassen, obwohl er sich wahrscheinlich hätte weigern sollen. Ich habe geblutet wie ein Schwein, weil der Alkohol mein Blut so extrem verdünnt hatte. Aber immerhin kann ich jetzt ›Lasst den Kraken frei‹ rufen, wenn ich auf meinen Schwanz blicke.«

Holland, die nackt und mit angewinkelten Beinen am Ende des Bettes hockte, schlug sich eine Hand vor den Mund und lachte schallend.

»Das macht mich gerade so glücklich«, presste Holland hervor und wischte sich eine Träne aus dem Augenwinkel.

»Mein Schwanz macht dich glücklich?«, fragte Ethan grinsend.

»Nun ja, der auch. Aber die Geschichte noch viel mehr.« Sie wandte sich Lincoln zu und leckte sich über die Lippen. »Und du warst nicht da, um ihm zu helfen?«

Hollands Haut fühlte sich erhitzt an, während sie zugleich von einem prickelnden Schauer durchströmt wurde. Als hätte ihr Körper die Kontrolle verloren und stünde trotzdem in Alarmbereitschaft, um keinen Augenblick zu verpassen.

»Nein, ich war zu der Zeit im Ausland«, antwortete Lincoln.

»Wahrscheinlich hättest du am Ende eine passende Tätowierung gehabt«, scherzte Ethan. »Wenn wir betrunken sind, passieren solche Dinge nun einmal.«

Holland errötete und blickte zwischen Ethan und Lincoln hin und her. »Das ist wohl wahr.«

Beide Männer sahen sie an und traten einen Schritt auf sie zu.

Holland schrie auf, dann war Lincoln plötzlich auf ihr. Er liebkoste ihren Hals und ließ seine Lippen über ihre Brust bis hinunter zwischen ihre Schenkel gleiten. Holland krallte sich ins Bettlaken, sodass ihre Fingerknöchel weiß hervortraten. Als er seinen Mund auf ihr Geschlecht presste, wölbte sie sich auf.

Sie spürte, wie die Matratze neben ihr nachgab, als Ethan sich neben ihr Gesicht kniete. Mit festem Griff packte er seine Erektion.

Sie leckte sich die Lippen und öffnete den Mund für ihn. Wortlos schob er langsam seine Eichel in ihren Mund. Sie saugte daran und genoss das tiefe Stöhnen, das sie ihm entlockte. Auch Lincoln stöhnte, während er sie weiter verwöhnte.

Es war fast zu viel. All die Empfindungen, die auf sie einstürmten. Sie liebte es. Und sie wollte mehr.

Langsam drang er mit sanften Stößen in ihren Mund ein. Um nicht unkontrolliert auf und ab zu rutschen, löste sie eine Hand vom Bettlaken und umfasste seinen Oberschenkel. Derweil ließ Lincoln nicht von ihr ab. Er leckte und saugte und spreizte ihre Schenkel noch weiter, um noch tiefer vorzudringen. Sowohl mit seiner Zunge als auch mit seinen Händen trieb er sie auf ungeahnte Weise immer weiter an den Rand der Ekstase. Als sie erneut auf den Gipfel der Lust aufflog, schrie sie auf und bebte am ganzen Körper.

Ethan zog sich mit einem Stöhnen zurück. »Ich will nicht zu früh kommen«, raunte er und legte sich auf den Bauch, um sie leidenschaftlich zu küssen und dabei mit ihren Brustwarzen zu spielen.

Ihr Verlangen entlud sich in einem tiefen Stöhnen, während die Männer die Positionen wechselten. Plötzlich lag sie mit dem Kopf auf dem Kissen und Lincoln war über ihr. Er hatte sich ein Kondom übergestreift und schob sein Becken zwischen ihre Schenkel.

»Bist du bereit, Liebes?«, fragte er. Ihr Herz verkrampfte sich bei dem Kosenamen, doch sie verdrängte das Gefühl.

Das hier war nicht von Dauer. Es war ein vorübergehendes Vergnügen, bevor die beiden begriffen, dass sie nur einander brauchten. Sie selbst spielte lediglich eine flüchtige Rolle in ihrer Beziehung. Doch für diesen einen, magischen Moment gehörte sie dazu. Für eine kurze Zeit war sie ein Teil von ihnen.

Aber am Ende würde alles gut werden. Alles war in bester Ordnung.

Sie nickte und zog Lincoln an sich. Mit einem kraftvollen Stoß drang er in sie ein und füllte sie vollkommen aus. Beide stießen ein lustvolles Stöhnen aus.

Es war viel zu lange her, dass sie einen Mann in sich gespürt hatte. Und Lincoln war weitaus größer als der Durchschnitt. Genau wie Ethan.

Lincoln zog sich zurück, nur um wieder in sie zu stoßen. Mit langsamen, stetigen Bewegungen trieb er sie auf den Gipfel der Lust zu. Es fühlte sich an wie echte Hingabe, als sei es mehr als nur Sex. Doch sie wusste, dass das unmöglich war.

Plötzlich hielt Lincoln inne und stöhnte auf, während Ethan hinter ihm kniete. Sie rutschte mit dem Oberkörper ein Stück zur Seite, sodass sie ihn beobachten konnte. Ethans Augen waren fast schwarz vor Verlangen. Er zwinkerte ihr zu, bevor er langsam in Lincoln eindrang.

Lincoln drückte den Rücken durch und drang dadurch noch tiefer in sie ein. Sie spreizte ihre Schenkel weit und schlang ein Bein um Ethan und das andere um Lincoln. Sie erreichte Ethan kaum mit dem Fuß, doch sie hatte den unbändigen Drang, sie beide zu berühren. Sie wollte sie spüren. Als Ethan sich auf Lincoln absenkte, verschmolzen sie alle zu einer Einheit. Holland stockte der Atem.

Jedes Mal wenn Ethan sich bewegte, bewegte sich auch Lincoln in ihr. Es fühlte sich an, als würde sie von beiden gleichzeitig genommen. Genau danach hatte sie sich verzehrt.

Sie bäumte sich auf, presste ihre Lippen auf Lincolns und ließ ihre Hände über Ethans Haut gleiten. Sie musste sie beide spüren.

Dann rauschte die Welle der Ekstase erneut durch sie hindurch und sie riss Lincoln mit sich.

Sie klammerte sich fest an ihn und spürte, wie er in ihr pulsierte. Im nächsten Moment hörte sie das Rascheln einer Kondompackung. Bevor sie begriff, wie ihr geschah, war Ethan in ihr.

Es war, als hätten die beiden es so geplant. Sie verlor sich in dem berauschenden Chaos aus Zungen, Haut und Verlangen. Lincoln presste seine Lippen auf ihre und wandte sich dann Ethan zu, um auch ihn leidenschaftlich zu küssen.

Im nächsten Moment wurde auch Ethan auf den Gipfel der Lust katapultiert. Holland war vollkommen entkräftet. Sein Name kam ihr über die Lippen, doch ihre Stimme war nur noch ein heiseres Flüstern. Keuchend und schweißge-badet lagen sie da und berührten einander. Sie stöhnte, als die beiden Männer sie auf die Seite drehten. Ethan blieb mit ihr verbunden, während Lincoln sich eng an ihren Rücken schmiegte. Träge ließ er seinen pulsierenden Schaft zwischen ihre Pobacken gleiten, um dort zu verweilen. Obwohl er schon wieder hart war, wusste Holland, dass sie alle erschöpft waren. In diesem Moment wurde ihr klar, dass sie es sofort noch einmal tun würde, wenn sie könnte. Immer und immer wieder.

Während die Stunden vergingen, berührten sie einan-der, streichelten und küssten sich. Dann drehten sie sie auf die Seite, damit sie sich zuerst gegenseitig und dann sie betrachten konnten. Wieder und wieder vergnügten sie sich miteinander. Irgendwann wusste Holland nicht mehr, wo der eine anfing und der andere aufhörte, doch an ihren Berührungen und ihrem Geschmack konnte sie sie unterscheiden. Sie musste ihnen nicht sagen, was sie wollte, die beiden wussten instinktiv, was sie brauchte. Und sie sorgten dafür, dass keiner ihrer Wünsche unerfüllt blieb.

Holland konnte keinen klaren Gedanken mehr fassen, doch sie ergab sich einfach den Empfindungen. Denn sie hatte Lincoln und Ethan, wenn auch nur für diesen Moment.

Wenn sie am Morgen aufwachte und die beiden noch da waren, würde sie wissen, dass dies kein Traum war. Gleichzeitig war ihr bewusst, dass es nicht die Realität war, zumindest keine von Dauer. Doch das war in Ordnung.

Nie zuvor hatte sie eine derart intensive Erfahrung gemacht, wobei sie ahnte, dass sie so etwas nie wieder erleben würde. Die Erinnerung an diese Nacht würde ihr jedoch bleiben. Alles andere war nicht wichtig. Zumindest für den Augenblick.

AM NÄCHSTEN TAG ERINNERTE EIN HEFTIGER MUSKELKATER SIE AN die vergangene Nacht. Jedes Mal wenn sie an das Erlebte dachte, stieg ihr die Hitze in die Wangen. Wahrscheinlich hielten ihre Mitarbeiter sie für verrückt.

Doch das war ihr egal. Sie fragten sie nicht, was los war, und Holland würde ihnen niemals davon erzählen. Denn diese Erinnerung gehörte allein ihr.

Bis ans Ende ihrer Tage würde sie sich daran erinnern, was zwischen ihnen geschehen war. Selbst wenn sie die Erfahrung niemals wiederholen würden.

Sie war Zeugin geworden, wie die beiden sich angesehen hatten. Für einen flüchtigen Moment hatte Holland geglaubt, dass sie sie mit derselben Hingabe betrachtet hatten, doch sie bezweifelte es. Wahrscheinlich war sie nur zufällig zwischen ihnen gewesen, als sie sich flüchtige Blicke zugeworfen hatten. Doch das Gefühl war trotzdem unglaublich gewesen.

Obwohl sie wahrscheinlich nicht mehr als eine Stunde geschlafen hatte, hatte sie es irgendwie in den Laden geschafft. Die Jungs waren schon früh am Morgen gegangen, denn auch sie mussten arbeiten. Holland war das nur recht, denn auf diese Weise hatte sie eine unangenehme Unterhaltung vermeiden können. Natürlich hatte sie die beiden nun näher kennengelernt, doch sie hatten nicht darüber gesprochen, wie es weitergehen sollte. Ehrlich gesagt war das wahrscheinlich ein Segen. Holland hatte keine Antwort darauf und sie war sich nicht sicher, ob sie überhaupt wissen wollte, wie Ethan und Lincoln dazu standen.

Die Männer waren verschwunden, und Holland war in ihren Laden gegangen. Sie war zwar nicht ganz bei der Sache, aber sie verkaufte dennoch ein paar Stücke. Tatsächlich war das Geschäft die ganze Woche über gut gelaufen, wodurch sie in diesem Monat ihr Sparkonto etwas aufstocken konnte. Bei dem Gedanken klopfte sie buchstäblich auf Holz, da sie befürchtete, dass etwas zerbrechen oder ein Wasserschaden ihr Lädchen heimsuchen könnte. Das war nun einmal das Schicksal kleinerer Unternehmen.

Ein Glück, dass sie das Geschäft heute nicht selbst abschließen musste. Vielleicht blieb nach dem unvermeidlichen Papierkram sogar Zeit für ein kurzes Nickerchen. Oder sie würde einfach versuchen, ihren freien Nachmittag zu Hause zu genießen. Allerdings gehörte das Entspannen nicht unbedingt zu ihren Stärken. Doch die Jungs hatten ihr in letzter Zeit beigebracht, die Zügel auch mal lockerer zu lassen. Dank ihnen wusste sie nun endlich, was es hieß, sich einen Tag freizunehmen und sich einfach dem Moment hinzugeben.

Bei dem Gedanken holte sie natürlich die Erinnerung an die vergangene Nacht wieder ein und sie errötete von Neuem.

Sie hatte schon daran gedacht, die beiden anzurufen oder ihnen eine Nachricht zu schicken, nur um zu sehen, was sie so trieben und ob sie an sie dachten. Doch sie verdrängte den Gedanken schnell wieder. Sie hatte schon genug von sich preisgegeben. Falls die beiden sich noch einmal mit ihr vergnügen wollten, hätte sie nichts dagegen. Aber sie würde sicher nicht den nächsten Schritt unternehmen. Sie wollte nicht schon wieder verletzt werden. Wenn sie deshalb ein Feigling war, konnte sie nichts daran ändern. Im Grunde war sie daran gewöhnt.

Nun saß sie zu Hause und versuchte, sich zu entspannen.

Jedoch ohne Erfolg.

Immer wieder schweiften ihre Gedanken zu ihrem Schlafzimmer ab, wo sie die beiden zuletzt gesehen hatte. Irgendwann während der Nacht hatte sie den Ansatz von Lincolns Schaft mit einer Hand umfasst, während er langsam in Ethan eingedrungen war. Allein die Erinnerung entlockte ihr ein Stöhnen.

Lieber Gott, sie würde zur Hölle fahren – und sie würde jeden Moment der Reise genießen.

Bevor sie sich in ihren Erinnerungen verlieren konnte, klingelte es an der Tür. Sie runzelte die Stirn.

Im nächsten Moment vibrierte ihr Handy. Sie warf einen Blick auf das Display. Ethan hatte ihr eine Nachricht geschickt.

Ethan: *Es tut mir so leid. Sie hat mich überrumpelt und es aus mir herausgequetscht.*

Holland hatte keine Ahnung, was die Worte zu bedeuten hatten, doch bevor sie weiter darüber nachdenken konnte, klingelte es erneut. Sie ging zur Tür und warf einen Blick durch den Spion. Draußen standen drei Frauen und lächelten. Jede von ihnen hielt etwas in den Händen.

Seltsam.

Holland öffnete die Tür, ließ aber die Kette eingehakt.

Mit einem höflichen Lächeln fragte sie: »Hallo, wie kann ich Ihnen helfen?«

»Hat Ethan dir eine Nachricht geschickt?«, fragte eine der Frauen, die inzwischen breit grinste.

Holland runzelte die Stirn. Sollte sie sich Sorgen machen? Warum standen drei fremde Frauen vor der Tür und fragten nach Ethan?

Holland warf einen Blick auf das Display ihres Handys und nickte. »Er hat sich entschuldigt, aber ich habe noch nicht herausgefunden warum.«

»Das tut mir leid. In dieser Hinsicht bin ich ziemlich forsch.«

»Und wer bist du?«, fragte Holland, zunehmend besorgt. Sollte sie die Polizei rufen?

Eine der Frauen im Hintergrund formte mit den Lippen die Worte »Es tut mir leid«. Nun war Holland in höchster Alarmbereitschaft.

»Ich bin Bristol, Ethans Schwester.«

Holland entspannte sich ein wenig, doch eine gewisse Skepsis blieb.

»Und das ist meine zukünftige Schwägerin Arden. Sie ist mit Liam zusammen. Und das hier ist Lincolns Cousine Madison.«

Holland blinzelte nur. Plötzlich konnte sie nur daran denken, dass sie wegen des Schlafmangels dunkle Ringe unter den Augen und einen Kaffeefleck auf ihrem Oberteil hatte. Sie schluckte schwer.

Vor ihr stand die Familie der Jungs. Zumindest ein Teil davon. Hier. Vor ihrer Haustür.

Ohne Vorwarnung.

Oh, Ethan steckte wirklich in Schwierigkeiten.

Während die Frau namens Arden sich erneut entschuldigte und Madison vor Scham errötete, wirkte Bristol, als könnte sie kein Wässerchen trüben. Es war offensichtlich, dass sie nicht glaubte, im Unrecht zu sein, doch die Situation war trotzdem skurril.

»Wir wollten uns nur vorstellen. Ethan hat erwähnt, dass du momentan nicht viele Freunde hast, weil dein Ex ein Arschloch ist, genauso wie deine Schwester«, platzte Bristol heraus.

»Um Himmels willen, Bristol«, knurrte Arden und schloss die Augen. »Bei mir hast du die gleiche Nummer abgezogen. Es ist mir immer noch ein Rätsel, wie wir Freundinnen geworden sind.«

»Und ich habe keinen Schimmer, wie ich in das hier hineingeraten konnte«, stöhnte Madison.

»Was genau soll *das hier* eigentlich sein?«, wollte Holland wissen.

»Wir wollten dich einfach nur kennenlernen und nach dir sehen«, erklärte Bristol. Trotz ihres sanften Lächelns war Holland kurz davor, die Polizei zu rufen.

»Du musst uns natürlich nicht hereinlassen«, fügte Bristol hastig hinzu.

Holland war dankbar dafür, hielt aber dennoch ihr Handy bereit. »Okay.«

Sie rührte sich nicht von der Stelle, als Bristol fortfuhr.

»Wir haben mit den Jungs über dich gesprochen. Wir sind Montgomerys, zumindest ich. Arden wird bald in die Familie einheiraten, und da Lincoln ein Ehrenmitglied ist, gehört Madison praktisch auch zum Clan. Wir kümmern uns um die Unsrigen und lassen sie wissen, dass sie stets willkommen sind, gebraucht und geliebt werden. Selbst wenn sie nur durch eine Freundschaft mit uns verbunden sind.«

»Ich habe dem nie zugestimmt«, sagte Madison mit einem belustigten Funkeln in den Augen. Ein wenig Entsetzen schwang allerdings auch darin mit. Holland mochte die Frau.

»Man stimmt nicht zu, es überrollt einen einfach. Und meistens ist Bristol dafür verantwortlich«, erklärte Arden leise, und Holland unterdrückte ein Lächeln.

»So schlimm bin ich gar nicht«, murmelte Bristol.

»Doch, das bist du. Aber wir lieben dich trotzdem.« Arden trat einen Schritt vor. In einer Hand hielt sie eine Tüte mit je einer Flasche Tequila und Triple Sec, in der anderen ein Netz Limetten. »Wie dem auch sei, die Jungs haben von dir erzählt. Als sie erwähnten, dass ihr jetzt zusammen seid, waren wir alle ganz aus dem Häuschen.«

Holland musste schlucken.

Zusammen? Oh Gott.

»Ihr wisst, dass wir drei, äh ...« Sie brachte die Worte nicht über die Lippen. Sie spürte, wie ihr die Hitze in die Wangen stieg, und wusste, dass sie gerade hochrot anlief.

»Ja, wir sind begeistert«, versicherte Madison. »Die Jungs sind wunderbar. Wenn sie dich in ihrem Leben haben wollen, musst du etwas Besonderes sein.«

Holland schenkte der Frau ein Lächeln.

»Jedenfalls sind wir hier, weil wir dich kennenlernen

wollten, bevor meine Mutter dich aufspürt«, erklärte Bristol.

Holland erstarrte.

»Deine Mutter?«

»Sie liebt ihre Kinder abgöttisch. Ihr ist es wichtig, dass jeder in deren Umfeld spürt, wie sehr er geliebt wird. Und sie möchte wissen, wann sie mit Enkelkindern rechnen kann.«

»Oh Gott«, entfuhr es Holland und Arden gleichzeitig.

»Aber keine Panik. Sie macht über solche Dinge ständig ihre Scherze«, beschwichtigte Bristol.

»Darüber sollte man keine Witze machen«, warf Madison ein.

»Schon gut, ich weiß. Sie reißt diese Sprüche nur im engsten Familienkreis, weil wir wissen, dass es nicht ernst gemeint ist – und auch nur, wenn sie weiß, dass sie niemanden damit verletzt. Wie dem auch sei, wir wollten uns eigentlich nur vorstellen. Wir gehören zu Ethan und Lincoln und wissen, dass du im Moment eine harte Zeit durchmachst. Wir würden dich gern kennenlernen. Wenn du willst, dass wir verschwinden, gehen wir wieder. Aber wir möchten dich in diesem verrückten Montgomery-Clan willkommen heißen.«

»Einen Moment bitte«, sagte Holland und tippte eine Nachricht in ihr Handy.

Holland: *Deine Schwester, Arden und Madison sind hier. Mit Tequila.*

Ethan: *Oh Gott. Die drei sind wunderbar, aber ich werde Bristol umbringen, wenn du mich darum bittest.*

Holland: *Meinetwegen musst du kein Blut vergießen ... aber soll ich sie reinlassen?*

Ethan: *Sie sind drei der gutherzigsten Menschen, die ich kenne. Wenn du sie lässt, werden sie einhundert Prozent hinter* *dir stehen. Sie sind wunderbare Frauen. Ich muss jetzt leider Schluss machen. Du musst sie nicht reinlassen. Aber wenn du echte Freundinnen in deinem Leben willst, gib ihnen eine Chance.*

Holland: *Ich vertraue dir, aber du bist mir etwas schuldig.*

Ethan: *Darauf kannst du wetten, Baby.*

Holland schüttelte nur den Kopf, verstaute ihr Handy in der Hosentasche und entschied sich, das Wagnis einzugehen. Schließlich wollte sie im Hier und Jetzt leben. »Margaritas?«, fragte sie.

Die drei Frauen schenkten ihr ein breites Grinsen. »Ich wusste doch, dass wir dich mögen würden«, sagte Bristol.

Holland öffnete die Tür. Während die Frauen eintraten, schickte sie Ethan schnell eine weitere Nachricht. *Wir reden später noch darüber.*

Sie bemerkte zu spät, dass sie die Nachricht in den Gruppenchat mit Lincoln geschickt hatte.

Lincoln: *Was zum Teufel hast du angestellt, Montgomery?*

Ethan: *Die Mädels haben sie aufgespürt. Aber es ist alles in Ordnung, nicht wahr?*

Holland betrachtete die Frauen in ihrem Wohnzimmer. Sie alle wirkten ein wenig nervös. Genau wie sie selbst.

Holland: *Alles in Ordnung. Doch das wirst du mir büßen.*

Ein Grinsen huschte über ihre Lippen, während sie tippte, und die Mädels brachen in Gelächter aus.

Erschrocken blickte Holland auf und errötete erneut. »Was ist?«

»Chattest du mit den Jungs?«, fragte Arden und stellte die Tüte auf den Couchtisch.

»Tut mir leid.«

»Du musst dich nicht entschuldigen. Du siehst glücklich aus«, stellte Arden fest.

Für einen Moment herrschte Schweigen, und Holland

musste erneut lächeln. Sie war tatsächlich glücklich, obwohl sie immer noch Angst davor hatte, dass dieses Gefühl nicht von Dauer sein würde.

»Wie dem auch sei«, durchbrach Bristol die Stille. »Tippe deine Nachricht zu Ende, dann mixen wir ein paar Margaritas. Wir haben außerdem Chips und Guacamole mitgebracht.«

Bristol raschelte mit der Tüte in ihrer Hand, woraufhin Hollands Magen unwillkürlich zu knurren begann.

»Das klingt wunderbar. Ich habe noch nichts zu Mittag gegessen und habe einen Bärenhunger. Vorausgesetzt natürlich, ihr habt nicht vor, mich zu vergiften.«

Madison stieß ein nervöses Kichern aus, und Holland riss schockiert die Augen auf.

»Nein, nein. Nicht doch. Wir wollen dich nicht vergiften. Ich habe mich nur gerade gefragt, wie ich mich immer wieder von Bristol zu solchen verrückten Aktionen überreden lasse.«

»Du warst nicht dabei, als sie das erste Mal uneingeladen vor meiner Tür stand«, warf Arden ein.

»Ist sie wirklich einfach so aufgetaucht?«, fragte Holland.

»Sie wollte sich vergewissern, dass ich eine Freundin zum Reden habe, da es offenbar eine große Sache ist, mit einem Montgomery zusammen zu sein.« Arden verdrehte die Augen, und Holland musste lächeln.

»Es ist eine noch größere Sache, sich mit einem Montgomery *und* einem McClard gleichzeitig einzulassen«, meldete Bristol sich zu Wort.

»Die McClards sind vielleicht nicht so eine große Familie wie die Montgomerys, aber wir haben unsere eigenen Probleme«, erklärte Madison und verzog die

Lippen zu einem Grinsen. »Außerdem kenne ich sämtliche Anekdoten aus Lincolns Kindheit.«

»Tatsächlich?«, fragte Holland.

»Und ich kann dir viel über Ethans Kindheit erzählen«, fügte Bristol hinzu.

»Ich kenne zwar keine Geschichten, aber ich kann dir versichern, dass die beiden wunderbare Menschen sind. Falls du sie jedoch gar nicht magst und die Beziehung lieber beenden willst, habe ich immer ein offenes Ohr für dich. Dann werden wir eine Lösung finden«, sagte Arden mit einem breiten Lächeln.

Holland lachte, während Bristol leicht erblasste und den Kopf schüttelte. »Ich hoffe doch nicht, dass es so weit kommt.« Sie hielt kurz inne. »Aber wenn du unsere Hilfe brauchst, stehen wir dir natürlich bei. Allerdings klingt es so, als sei alles in bester Ordnung. Du bist mit zwei der wunderbarsten Männer liiert, die ich kenne. Und da du dank deiner bösartigen Schwester und deines Ex-Freundes offenbar keine Freundinnen mehr hast, werden wir ab jetzt für dich da sein.«

Holland spürte ein Brennen in den Augen und schüttelte schnell den Kopf, um die Tränen zurückzuhalten.

»Ich wollte dich nicht zum Weinen bringen!«, rief Bristol.

»Das hast du nicht. Es ist nur ... danke. Die letzten Monate waren ziemlich bizarr. Ich würde euch gern besser kennenlernen. Auch wenn ich momentan das Gefühl habe, nicht zu wissen, was ich hier eigentlich tue.«

»Ich glaube, manchmal muss man sich einfach treiben lassen«, erwiderte Bristol. »Und jetzt lasst uns eine Runde Margaritas trinken, während du uns erzählst, wie du Ethan und Lincoln kennengelernt hast.«

»Kennt ihr die Geschichte denn nicht?«, fragte Holland.

»Wir kennen die Version, die die Jungs uns erzählt haben, aber wir wollen die ganze Geschichte hören, und zwar von dir.« Arden streckte ihr eine Hand entgegen. Für einen kurzen Moment starrte Holland sie nur an, dann ergriff sie sie. »Also schön. Es war so …«

Ein Lächeln huschte über die Gesichter der drei Frauen, aber Holland hatte Angst, dass sie schon wieder einen Fehler beging. In letzter Zeit schien sie allerdings ohnehin ein Händchen für Fehlentscheidungen zu haben, da kam es auf eine mehr auch nicht mehr an. Sie brauchte jemanden zum Reden. Auch wenn diese drei aufgrund ihrer Nähe zu Ethan und Lincoln wahrscheinlich die denkbar schlechtesten Verbündeten waren, hatte sie sonst niemanden, dem sie sich anvertrauen konnte. Außerdem mochte sie die Frauen jetzt schon. Holland wollte ihrem Urteilsvermögen wieder trauen, mehr als sie es in der Vergangenheit getan hatte. Also war es vielleicht an der Zeit, auf ihr Bauchgefühl zu hören. Und möglicherweise würde sogar etwas Gutes dabei herauskommen.

KAPITEL ZWÖLF

Lincoln hatte sich über seinen Skizzenblock gebeugt und füllte eine Seite nach der anderen mit seinen Zeichnungen. Die Ideen strömten nur so durch ihn hindurch, um sich dann in seinen Fingern zu entladen, als hätte sein Talent eine Eigendynamik entwickelt. Die Arbeit hatte nichts mit dem Projekt zu tun, das er eigentlich fertigstellen sollte. Aber es war immerhin etwas. Nach über zwei Wochen der Schaffenskrise war er dankbar für die Inspiration.

Er schloss die Augen und ließ den Kopf kreisen, bevor er sich wieder seiner Arbeit zuwandte. Sein Rücken schmerzte und seine Hand begann zu krampfen, aber er wollte nicht aufhören.

Er zeichnete weiter.

Ethans markante Kieferpartie. Hollands geschmeidiger Hals. Ihre weiblichen Kurven. Der Ausdruck in ihren Augen, wenn sie sich über Ethan beugte. Die Art, wie Ethan den Mund leicht öffnete, wenn er kam. Das Verzücken in Hollands Gesicht, wenn Ethan ihre Brustwarzen liebkoste.

Lincoln bekam eine Erektion und stöhnte, doch er

zeichnete unaufhörlich weiter, wohl wissend, dass niemand außer ihm diese Zeichnungen jemals zu Gesicht bekommen würde.

Die Skizzen waren nicht für die Öffentlichkeit gedacht. Ehe er sie verkaufte, würde er sie lieber verbrennen. Doch er konnte diese Bilder einfach nicht aus seinem Gedächtnis verbannen. Das lag vor allem daran, dass Ethan und Holland ihm ständig im Kopf herumspukten. Heute Abend würde er sie endlich wiedersehen.

Seit ihrem letzten Treffen waren vier Tage vergangen. Fast eine Woche, seit er die beiden zuletzt berührt hatte. Aber sie alle waren beschäftigt und er musste ein Projekt fertigstellen. An Letzterem arbeitete er zwar nicht, aber er zeichnete immerhin wieder. Wenn er diese Schaffensblockade endlich durchbrechen könnte, würde er sich vielleicht auch wieder seiner Auftragsarbeit widmen.

Zwar ärgerte es ihn, dass er seine eigentlichen Verpflichtungen gerade links liegen ließ, aber er hatte keine festen Arbeitszeiten.

Er würde sich später wieder dem Projekt zuwenden, für das er bezahlt wurde. Zuerst musste er jedoch das hier zu Ende bringen. Früher hatte er oft vierundzwanzig Stunden am Stück durchgearbeitet, doch heutzutage kam das nur noch selten vor, denn inzwischen forderte sein Körper seinen Tribut. Wenn die Inspiration ihn jedoch packte, gab es kein Halten mehr. Also zeichnete er weiter.

Er tastete blind nach einem Buntstift, bevor er den Blick über die Palette gleiten ließ und den perfekten Farbton für Hollands rotes Haar wählte.

Ein Lächeln huschte über seine Lippen, als er die rote Farbe in eine der Skizzen einfließen ließ. Darauf war Holland zu sehen, wie sie sich über Ethan beugte und er mit einem Lächeln zu ihr aufblickte.

Lincoln war sich bewusst, dass er auf keiner dieser Zeichnungen zu sehen war. Er war der Voyeur abseits des Geschehens, der sich zurückgezogen hatte, um Holland und Ethan Raum für sich zu geben.

Er wusste nicht, ob es sich im echten Leben genauso zutragen würde, aber abwegig wäre es nicht. So sehr Lincoln sich auch wünschte, dass ihre Dreierbeziehung für immer Bestand haben könnte, wusste er doch, dass ihr Glück nur ein Kartenhaus war, das jederzeit zusammenfallen könnte. Ein Windstoß oder eine falsche Entscheidung würden genügen.

Und Letztere schien er mit Vorliebe zu treffen.

Er wusste schlichtweg nicht, was die Zukunft für sie bereithielt, aber darüber wollte er sich jetzt nicht den Kopf zerbrechen. Wenn ihr Band eines Tages zerbrach, würde er nicht nur Holland und Ethan, sondern auch die Montgomerys verlieren. Er würde diesen einzigartigen Funken verlieren, den sie zu dritt entfacht hatten.

Lincoln fügte ihrem Haar ein Kastanienbraun und schließlich ein tiefes Rot hinzu. Holland hatte so viele Facetten. Ihr Haar leuchtete in unzähligen Nuancen, während sich in ihrem Gesicht viele verschiedene Ausdrücke widerspiegelten. Es gefiel ihm, dass er nie genau sagen konnte, was sie dachte. Er liebte es, dass er tiefer graben musste, um ihr wahres Wesen zu ergründen. Mit Ethan verhielt es sich ähnlich. Obwohl Lincoln ihn in- und auswendig kannte, entdeckte er immer wieder neue Seiten an seinem besten Freund. Am meisten schätzte er jene Momente, in denen er mit Ethan zusammenarbeitete, um herauszufinden, wonach Holland sich insgeheim sehnte.

Lincoln konnte es kaum erwarten, mehr zu entdecken.

Irgendwie musste er jedoch sein Herz schützen. Er wusste nicht, was er tun würde, wenn er die beiden verlieren würde. Obwohl sie noch nicht lange zusammen waren, würde das Ende ihrer Beziehung ihn in einen Abgrund stürzen.

Ethan war schon so lange ein Teil von ihm, dass sein Verlust ihn innerlich zerreißen würde. Aber jetzt auch noch Holland? Das würde Lincoln nicht überleben.

Er stieß den Atem aus, legte seinen Skizzenblock beiseite und rieb sich die Schläfen. Der Drang, Farbe auf die Leinwand zu bringen, übermannte ihn. Es war ein gutes Gefühl, wieder kreativ zu sein. Schon viel zu lange hatte er sich nicht mehr von seiner Inspiration leiten lassen.

Dann warf er einen Blick auf sein Handy und fluchte.

Er hatte eine Nachricht erhalten. Den ersten Alarm hatte er offenbar überhört, doch jetzt piepste es erneut.

Damien: *Die Kunstausstellung findet heute Abend statt. Ich habe dir eine zusätzliche Eintrittskarte besorgt. Bring jemanden mit Niveau mit. Aber ich bin mir sicher, dass du ohnehin mit deinem kleinen Freund dort erscheinst.*

Lincoln entfuhr ein Knurren. Er wurde von dem Drang übermannt, sein Handy gegen die Wand zu schleudern, doch das wäre nur Verschwendung gewesen.

Er brauchte dringend einen neuen Agenten. Zumindest sollte er noch einmal ein ernstes Gespräch mit ihm führen. Lincoln verabscheute Damiens herablassende Art. Doch der Mann war an seiner Seite gewesen, als Lincoln noch absolut nichts besaß außer einem Anflug von Talent, das damals noch nicht voll entwickelt war.

Lincoln hatte dem Klischee des hungernden Künstlers entsprochen. Er hatte Doppelschichten geschoben, um sich seinen Lebensunterhalt zu verdienen, während er nebenbei gemalt hatte, um seine Kunst bekannt zu machen. Dann war er »entdeckt« worden, wie Damien es gern ausdrückte.

Es widerstrebte Lincoln zutiefst, es in diesem Licht zu

betrachten, da er Damien damit zu viel Macht zuschrieb, wenn auch nur im übertragenen Sinne. Trotzdem vergaß er nicht, woher er gekommen war. Damien war von Beginn an sein Wegbegleiter gewesen. Aber Ethan war ebenfalls an seiner Seite gewesen, doch im Gegensatz zu seinem Agenten hatte er Lincoln das nie vorgehalten.

Lincoln: *Ich werde da sein. Ethan und Holland auch.*

Scheiße. Er hatte sie nicht erwähnen wollen. Ursprünglich hatte er nur um eine einzige zusätzliche Eintrittskarte für einen Gast gebeten und ihren Namen gar nicht angegeben, gerade weil er sich nicht Damiens Fragen stellen wollte.

Damien: *Wer ist Holland?*

Lincoln: *Eine Freundin.*

Sie machten kein Geheimnis aus ihrer Beziehung. Gerade vor einigen Tagen hatten Bristol, Madison und Arden Holland einen Besuch abgestattet. Sowohl Ethans Familie als auch die meisten von Lincolns Freunden wussten Bescheid.

Dennoch sträubte Lincoln sich, auch Damien einzuweihen. Er hatte das Gefühl, ihre Beziehung herabzusetzen und billig wirken zu lassen, wenn er seinem Agenten davon erzählte. Lincoln hatte keine Ahnung warum. Vielleicht lag es daran, dass Damien ihm häufig das Gefühl gab, billig zu sein. Aber ... dies war nicht der richtige Zeitpunkt, um derartigen Gedanken nachzuhängen.

Lincoln warf erneut einen Blick auf das Display.

Damien: *Was für eine Art Freundin? Ist dein kleiner Freund endlich Geschichte?*

Das war's.

Lincoln: *Noch ein abfälliges Wort über ihn, und unser nächstes Gespräch wird sehr viel ungemütlicher ausfallen.*

Danke für die Karten. Aber dies ist die letzte Ausstellung, die ich für dich besuche. Jetzt muss ich arbeiten.

Damien: *Du arbeitest also? Wirst du das Gemälde rechtzeitig fertigstellen? Ich sollte die Presse informieren.*

Was für ein Arschloch.

Lincoln antwortete nicht. Stattdessen schloss er einfach die Augen und legte sein Handy beiseite. Er musste sich fertig machen, um sich mit Holland und Ethan zu treffen, und er wollte nicht zu spät kommen. Allerdings hatte seine Laune einen Tiefpunkt erreicht. Dank seines Agenten hatte er jetzt Kopfschmerzen – ein weiterer Sargnagel für ihre Geschäftsbeziehung.

Er versuchte, Damien aus seinen Gedanken zu verbannen, und warf einen Blick auf seine Armbanduhr.

»Scheiße.«

Er hatte Holland versprochen, sie abzuholen. Ethan wollte direkt zur Ausstellung kommen.

Er hätte es vorgezogen, mit beiden gemeinsam dort hinzufahren, doch Ethan saß noch im Büro fest. Lincoln wusste nicht viel über seine Arbeit. Ethan hielt sich vage, was die Softwareprogramme anging, an denen er arbeitete, da diese streng vertraulich waren.

Lincoln hatte kein Problem damit, solange Ethan heute Abend rechtzeitig auftauchte. Er hoffte inständig, dass die Arbeit ihm nicht erneut einen Strich durch die Rechnung machte.

Lincoln kniff sich in die Nasenwurzel und redete sich ein, dass alles gut werden würde. Bisher hatte Ethan weder ihn noch Holland versetzt. Zu ein paar Verabredungen war er zwar mit Verspätung erschienen, aber er war jedes Mal aufgetaucht. Nur weil sein bester Freund andere Termine absagte, hieß das nicht, dass er jetzt auch Holland und ihn im Stich lassen würde.

Ethan gab sein Bestes, und zwar schon seit ... wann? Seit einer Woche? Für Ethans Verhältnisse war das beachtlich, und vielleicht sogar ein persönlicher Rekord.

Trotzdem erwartete Lincoln das Schlimmste von seinem besten Freund, nur weil er wegen seines Agenten und höchstwahrscheinlich auch wegen seiner Kunst schlechte Laune hatte.

Irgendwie musste er seine inneren Konflikte überwinden und sich einfach auf das Hier und Jetzt einlassen.

Das war leichter gesagt als getan.

Er duschte schnell und versuchte, seine Haare in Form zu bringen. Am liebsten hätte er sie einfach abgeschnitten. Doch dann musste er daran denken, wie Holland seine Mähne betrachtet hatte, als sie mit ihren Fingern durch seine Strähnen gefahren war. Allein deshalb beschloss er, sie vorerst lang zu lassen. Vielleicht würde er sie etwas kürzen lassen oder einen Weg finden, sie zu stylen.

So schlimm war es nun auch wieder nicht. Schließlich war es nicht das erste Mal, dass er eine Ausstellung besuchte, bei der nicht seine Kunst im Mittelpunkt stand und bei der er sich in Schale werfen musste. Er würde immer der Kerl bleiben, der mit Farbspritzern in den Haaren und Farbresten unter den Fingernägeln auftauchte und aussah, als sei er gerade aus dem Bett gestiegen.

Denn er akzeptierte sich selbst so, wie er war. Und er wusste, dass auch Ethan diese Version seiner selbst mochte.

Mit einem Lächeln erinnerte er sich daran, wie er Ethan zum ersten Mal zu einer Ausstellung mitgenommen hatte. Sein Freund war völlig verloren gewesen, doch er hatte sich aufrichtig bemüht. Er war weder herablassend gewesen, noch hatte er vorgegeben zu wissen, worum es bei den Werken ging. Aber er hatte sich wirklich dafür interessiert.

Kunst war einfach nicht seine Welt. Genauso wenig

teilte Lincoln alle von Ethans Vorlieben. Doch das spielte keine Rolle. Sie mussten nicht die gleichen Hobbys haben, damit ihre Freundschaft funktionierte. Es gab genügend andere Dinge in ihrem Leben, bei denen ihre Interessen sich überschnitten.

Das machte ihre Freundschaft einzigartig. Und da Holland nun mit von der Partie war, entwickelte sich diese Dynamik weiter.

Dass er nun mit ihnen beiden in seine Welt eintauchen würde, war ein überwältigender Gedanke. Sein Mund war plötzlich wie ausgetrocknet und sein Puls beschleunigte sich. Er schluckte einen Kloß in seinem Hals hinunter.

Vermutlich war es klüger, nicht darüber nachzudenken, wie bedeutsam der Abend potenziell war. Statt den Blick in die Zukunft zu richten, sollte er besser im Hier und Jetzt verankert bleiben.

Denn er war sich nicht einmal sicher, ob sie überhaupt eine gemeinsame Zukunft hatten.

Er schnappte sich Schlüssel und Brieftasche und warf einen prüfenden Blick in den Spiegel, um sich zu vergewissern, dass sein marineblauer Anzug richtig saß. Auf eine Krawatte hatte er verzichtet, da er heute keinen Eindruck schinden musste. Dennoch trug er gern Anzüge und genoss die Blicke, die Ethan ihm zuwarf, wenn er sich in Schale warf. Rückblickend wurde ihm bewusst, dass er vermutlich einige Hinweise übersehen hatte. Er hatte seine Bewunderung als Ethans Vorliebe für Männer im Allgemeinen und seine Wertschätzung für den männlichen Körper abgetan, aber vielleicht hatte damals schon mehr dahintergesteckt. Ja ... er war blind gewesen.

Bei diesem Gedanken fiel ihm ein, dass Holland ihn ebenfalls schon in Anzughose gesehen und ihn mit gleichermaßen begehrlichen Blicken bedacht hatte.

Glücklicherweise hatte er sich heute für eine Hose entschieden, die seinen Hintern besonders gut zur Geltung brachte. Es war exakt derselbe Schnitt, den Chris Evans trug, als er Betty White damals so galant auf die Bühne geleitet hatte. Genau deshalb hatte er sie gekauft. Nicht dass Lincoln für Chris Evans schwärmte. Nun gut, er hatte eine Schwäche für den Mann. Aber wer hatte die nicht? Wer konnte Amerikas Hintern schon widerstehen?

Er dachte noch an *Captain America*, als er sich auf den Weg zu Hollands Haus machte. Er bog gerade in ihre Einfahrt ein, als er eine Nachricht erhielt.

Ethan: *Der Chef hat uns zu einer weiteren Besprechung einberufen. Es tut mir so verdammt leid. Ich wäre so gern gekommen, aber ich kann mich hier nicht loseisen. Offenbar stehen wir kurz vor einem Durchbruch und hier herrscht das reinste Chaos. Es tut mir so leid.*

Lincoln starrte auf sein Handy und schüttelte den Kopf, während eine irrationale Wut in ihm aufwallte. Tief im Inneren hatte er geahnt, dass so etwas passieren würde. Er konnte verstehen, dass die Arbeit wichtig war, doch er hasste es, dass Ethan nicht an seiner Seite sein würde. Oder an Hollands. Wieder einmal ließ Ethan ihn im Stich.

Lincoln: *Kein Problem. Ich verstehe das.*

Ethan: *Es ist ein Problem. Kannst du es bitte Holland erklären? Ich muss jetzt wieder an die Arbeit.*

Lincoln schnaubte nur und schüttelte den Kopf.

Lincoln: *In Ordnung.*

Dann schaltete er sein Handy auf stumm und steckte es in seine Tasche. Es vibrierte erneut, doch er ignorierte es.

Ethan schrieb Holland keine Nachricht. Er hinterließ nicht einmal eine im Gruppenchat. Stattdessen wollte er, dass Lincoln sich darum kümmerte.

Lincoln konnte ihn sogar verstehen. Denn er wäre in der

Lage, Holland zu erklären, wie sehr Ethans Job ihn beanspruchte, und ihr begreiflich zu machen, dass sein bester Freund ein Arbeitstier war. Vielleicht ahnte sie es bereits, doch er würde die Wogen glätten können. Lincoln würde alles wieder ins Lot bringen und mit Holland trotzdem einen netten Abend verbringen.

Lincoln wollte Holland den Schmerz ersparen, den er gerade empfand. Er würde ihn verarbeiten, denn er hatte ein derartiges Szenario bereits kommen sehen. Ihn beschlich das ungute Gefühl, dass sie nicht nur diesen Abend vermasseln würden.

Nun, Holland würde keine Schuld treffen. Doch sie wäre vermutlich die Erste, die die Flucht ergriff. Er konnte sehen, dass sie immer noch eine gewisse Distanz wahrte. Sie machte nie Pläne und schien jedes Mal überrascht, wenn Ethan oder er selbst sie um ein Treffen bat. Und der heutige Abend würde die Situation sicher nicht verbessern.

Scheiß drauf. Er würde das in Ordnung bringen. Früher oder später würden sie sich mit Ethan aussprechen müssen, aber im Moment wollte Lincoln mit Holland lediglich einen schönen Abend verbringen. Nur sie beide. Als ein Paar innerhalb ihres Dreiergespanns. Er würde an ihrer Verbindung arbeiten und sie festigen, sodass Holland gar nicht auf die Idee kam wegzulaufen.

Und dann würden sie sich gemeinsam um Ethan kümmern. Denn aus eigener Kraft würde er es nicht fertigbringen.

Statt sich also auf den Schmerz zu konzentrieren, verdrängte er diese düsteren Gedanken und stieg aus dem Wagen. Er trat auf Hollands Veranda und klopfte an die Tür. Kurz darauf wurde sie geöffnet und ihm stockte der Atem. Bei dem Anblick, der sich ihm bot, war sein Mund plötzlich wie ausgetrocknet.

Holland trug ein schwarzes Wickelkleid, das sich so perfekt an ihre Taille und ihre Brüste schmiegte, dass sein Verstand augenblicklich aussetzte.

Er ließ den Blick tiefer wandern und bewunderte ihre tiefroten Stilettos. Die Farbe erinnerte an die Schattierung, mit der er vor Kurzem noch ihr Haar gezeichnet hatte. In diesem Moment wurde ihm klar, dass er sie malen musste. Selbst wenn das Gemälde am Ende nur für seine Augen bestimmt wäre, wollte er dieses Bild auf die Leinwand bannen.

Er verspürte den Drang, zu einem Pinsel zu greifen. Doch im nächsten Moment holte ihn die Realität ein und es blieb nichts als eine gähnende Leere. Er sollte nicht allein hier sein. Ethan sollte bei ihm sein, aber sein bester Freund hatte der Arbeit den Vorzug gegeben.

Tief im Inneren wusste er, dass das nur ein Vorwand war. Und die Erkenntnis, dass eine Kluft bestand zwischen dem, was Ethan tun könnte, und dem, was er letztendlich tat, war schmerzhaft.

Lincoln konzentrierte sich wieder auf Holland. »Du siehst umwerfend aus«, sagte er und räusperte sich. »Eigentlich ist ›umwerfend‹ nicht das richtige Wort. Spektakulär, atemberaubend oder wunderschön trifft es viel besser. Eigentlich habe ich gar keine Lust mehr, diese Ausstellung zu besuchen. Viel lieber würde ich dich gegen diese Tür ficken.«

Die Worte sprudelten nur so aus ihm heraus. Holland riss überrascht die Augen auf, bevor sie den Kopf in den Nacken warf und ein schallendes Lachen ausstieß. Es war ein einzigartiger Klang, der wie ein helles Glockenspiel begann, nur um dann ein tiefes, kehliges Timbre anzunehmen. Es erregte ihn nur noch mehr.

»Ich hatte keine Ahnung, welche Farbe dein Anzug hat.

Es ist gar nicht so leicht, ein Outfit zu finden, das sich nicht damit beißt.« Bei diesen Worten zupfte sie an einer Haarsträhne. Lincoln trat einen Schritt vor, schlang eine Hand um ihren Nacken und zog sie an sich.

Als sie stöhnte, verzog er die Lippen zu einem Grinsen.

»Dein Haar ist eine verdammte Offenbarung. In Kombination mit diesem Kleid raubst du mir schlichtweg den Verstand. Lass deine Mähne so wie sie ist, einverstanden? Dieser Rotschopf verfolgt mich bis in meine Träume.«

Sie schüttelte nur den Kopf und ließ ihre Hände über seinen Anzug gleiten. »Du siehst selbst absolut umwerfend aus. Das Blau steht dir gut. Es lässt deine Augen strahlen.«

»Jetzt bringst du mich zum Erröten.« Er küsste sie auf die Wange und achtete darauf, ihre Lippen nicht zu berühren. Schließlich wollte er ihr Make-up nicht ruinieren.

»Keine Sorge, du musst dich nicht zurückhalten«, sagte sie und klimperte mit den Wimpern. »Der Lippenstift ist kussecht. Er verschmiert nicht.« Sie hielt inne. »Zumindest hoffe ich das.«

Er hob eine Augenbraue und grinste. »Das klingt nach einer Herausforderung.« Mit diesen Worten beugte er sich vor, um sie zu küssen, doch im letzten Moment legte sie ihre Finger auf seine Lippen. Also küsste er ihre Fingerspitzen.

»Wir werden uns gleich in der Öffentlichkeit zeigen. Vielleicht sollten wir diese Herausforderung noch etwas aufschieben.«

»Abgemacht«, stimmte er zu.

Sie sah sich um und runzelte die Stirn, wobei sich die kleine Falte zwischen ihren Augenbrauen vertiefte.

Vor diesem Moment hatte er sich gefürchtet. »Er musste länger arbeiten«, erklärte Lincoln mit schroffer Stimme.

Holland zuckte mit den Schultern und griff nach ihrer Handtasche. »Er hat mich vorgewarnt, dass so etwas passieren könnte. Ist bei dir alles okay?«

»Ehrlich gesagt bin ich etwas verärgert. Ich wollte mir eigentlich nichts anmerken lassen, aber ich hasse es, wenn er mich versetzt.«

»Kommt das oft vor?«, wollte sie wissen, während er ihr ihre Stola um die Schultern legte und sie dann zu seinem Wagen geleitete.

»Oft genug. Mir kommt die Arbeit auch hin und wieder dazwischen, aber Ethan sagt häufiger ab als ich.«

»Nun, jetzt bist du hier, also lass uns das Beste daraus machen. Wir müssen Ethan einfach erzählen, was er verpasst hat.«

Lincoln beugte sich vor und küsste sie sanft. Obwohl er die Herausforderung bereits angenommen hatte, wollte er nicht riskieren, ihren Lippenstift zu verschmieren. Er half ihr beim Einsteigen und zwang sich zu einem Lächeln. »Heute ist es unser Abend. Nur du und ich.« Er küsste sie noch einmal, schloss die Tür und eilte um den Wagen herum, um sich ans Steuer zu setzen.

Sie würden diesen Abend meistern, auch wenn sie heute nur zu zweit waren. Aber er weigerte sich zu akzeptieren, dass sie immer nur als Paar ausgehen würden. Denn Ethan war ein Teil ihrer Beziehung. Sie waren ein Dreiergespann. Obwohl die Zweisamkeit mit Holland sich in diesem Moment richtig anfühlte, wusste er, dass auch sie diese Lücke spürte.

Keiner von ihnen würde Ethan ersetzen können. Sie waren füreinander da und würden dem anderen geben, was er brauchte, in dem Wissen, dass ein entscheidendes Puzzleteil ihres gemeinsamen Ganzen fehlte.

Die Kunstausstellung war bei ihrer Ankunft bereits in

vollem Gange. Lincoln war erleichtert. »Ich hasse es, zu solchen Veranstaltungen zu früh zu erscheinen«, sagte er, als er Holland die Tür aufhielt und ihr kurz darauf ein Glas Champagner reichte.

»Du kommst also gern zu spät?«, fragte sie.

Er zuckte mit den Schultern. »Nein, ich komme nur nicht gern zu früh, weil viele Leute mich dann belagern oder so tun, als seien wir die besten Freunde. Meist wollen sie nur einen Rabatt oder einen Gefallen.«

Eigentlich hatte er nicht vorgehabt, derart aufrichtig zu sein, doch es war niemand in der Nähe, der ihn hätte hören können.

»Das tut mir leid«, erwiderte Holland. »Dann werde ich dich besser nicht bitten, ein Gemälde für mein Lädchen zu malen.«

»Für dich würde ich es tun.«

Sie sah ihn mit großen Augen an. »Ich verkaufe wirklich schöne, einzigartige Stücke in meinem Laden. Aber sie sind nicht annähernd so beeindruckend wie deine Kunstwerke.«

»Allein wegen dieses Kompliments werde ich etwas für dich malen.«

Falls er je wieder einen Pinselstrich zustande bringen würde. In letzter Zeit war ihm seine Muse nicht unbedingt hold gewesen.

»Lincoln?«

»Hm?«

»Ich kann unmöglich verlangen, was deine Werke wert sind«, gab sie zu bedenken.

»Dann setzt du den Preis eben nicht so hoch an.« Er zwinkerte ihr zu.

Sie runzelte die Stirn. »Tu das nicht. Mach die Sache nicht kompliziert.«

»Das ist nicht kompliziert«, widersprach er.

»Doch, denn dann habe ich das Gefühl, unsere Verbindung schamlos auszunutzen, um deine Kunst günstiger zu bekommen.«

Lincoln entwich ein leiser Fluch, als jemand ihm im Vorbeigehen zuwinkte und nickte. Er hatte den Mann noch nie gesehen, doch dieser schien genau zu wissen, wer er war. Die ganze Galerie schien voller Leute zu sein, die ihm zunickten und über ihn tuschelten.

Er war ein aufstrebender Künstler.

Lincoln McClard. Der Name war in aller Munde. Die Leute konnten es kaum erwarten, eines seiner Gemälde in die Finger zu bekommen. Sie alle wollten eines seiner Werke. Er hatte keine Gelegenheit, Holland zu erklären, wie sehr ihn das alles anwiderte, denn die Gäste scharten sich um ihn, um sich mit ihm über seine Kunst zu unterhalten.

»Wen haben wir denn da?«, ertönte Damiens Stimme. Er kam auf sie zu und fixierte Holland mit einem durchringenden Blick.

Lincoln versteifte sich augenblicklich und festigte den Griff um Hollands Taille. »Damien, ich bin überrascht, dich zu sehen. Du hast gar nicht erwähnt, dass du auch hier sein würdest.«

»Ich bin dein Agent. Ich bin immer an deiner Seite.« Er beugte sich vor und reichte Holland die Hand. »Und wer sind Sie?«

Als Holland fragend zu Lincoln aufsah, räusperte er sich. »Das ist Holland.« Mehr wollte er Damien gegenüber nicht preisgeben. Der Mann verhielt sich heute Abend selbst für seine Verhältnisse seltsam. Holland schien Lincolns Abneigung instinktiv zu spüren und schwieg. Sie ergriff seine Hand und lächelte.

»Ah.« Damien ließ den Blick zwischen ihnen hin- und

herwandern und verengte die Augen zu dünnen Schlitzen.
»Wie nett. Hat Ethan dich wieder im Stich gelassen?«

Lincoln ignorierte den Seitenhieb und antwortete: »Er hatte zu tun. Wenn du uns jetzt entschuldigen würdest, da sind ein paar Leute, die sich gern mit uns unterhalten würden.«

Damien schenkte ihm ein knappes Lächeln und nickte, als Lincoln Holland sanft mit sich zog. »Tut mir leid«, flüsterte er.

»Kein Problem. Danke, dass du mich von ihm weggebracht hast.«

Lincoln beugte sich vor und drückte ihr einen Kuss auf den Scheitel in der Hoffnung, den Abend doch noch retten zu können. Allerdings war er sich nicht sicher, ob das hier bei dieser Ausstellung überhaupt möglich war. Als sie endlich nach Hause fuhren, war Lincoln vollkommen erschöpft. Er war froh, dass er auf die Krawatte verzichtet hatte. Andernfalls hätte er sich das Ding längst vom Hals gerissen.

Nachdem Lincoln den Gang gewechselt hatte, ergriff Holland seine Hand und drückte sie. »Du hattest einen schrecklichen Abend, nicht wahr?«

Lincoln fuhr vor ihrem Haus vor. »Wie kommst du darauf? Du warst doch bei mir.«

»Ja, das war ich. Und du hast gelächelt und hast dich wie der perfekte Gentleman verhalten. Ich kann mir unmöglich die Namen all der Leute merken, denen du mich vorgestellt hast. Außerdem haben wir einige fantastische Kunstwerke gesehen, die ich ohne dich nie zu Gesicht bekommen hätte.«

»Ich bin ein großer Fan der Künstlerin. Sie hat die Gabe, ihre Emotionen auf die Leinwand zu bannen, und weiß genau, was sie damit ausdrücken will. Dabei ist es für sie nebensächlich, ob der Betrachter das Gleiche sieht oder fühlt wie sie.«

»Bei dir ist es nicht anders.«

»Ich bemühe mich. Aber manchmal will ich, dass der Betrachter mein Werk durch meine Augen sieht.«

»Das ist völlig legitim. Du bist der Künstler. Der heutige Abend war schön, auch wenn ständig jemand um deine Aufmerksamkeit gebuhlt hat – einschließlich dein Agent. Aber ich habe Verständnis dafür. Ich bin einfach dankbar, dass ich die Erfahrung mit dir teilen durfte.«

Lincoln half Holland beim Aussteigen und knirschte mit den Zähnen. »Ich hatte keine Ahnung, dass Damien ebenfalls dort sein würde. Ganz sicher habe ich nicht damit gerechnet, dass er derart aufdringlich sein würde.«

»Zum Glück waren wir zu beschäftigt, um uns mit ihm zu unterhalten. Er scheint ein ziemliches Arschloch zu sein. Außerdem hat er mir ständig auf die Brüste gestarrt.«

»Wenn ich dir sage, dass deine Brüste eine Wucht sind und ich ihn in dieser Hinsicht verstehen kann, schlägst du mich dann?«

Sie versetzte ihm einen spielerischen Stoß gegen die Brust, woraufhin er die Lippen zu einem Lächeln verzog und ihre Hand ergriff.

»Ich hätte das vorhin nicht sagen sollen«, murmelte sie.

Er runzelte die Stirn. »Was hättest du nicht sagen sollen?«

»Dass ich unsere Verbindung ausnutzen würde, wenn ich deine Kunst annehme. Du wolltest mir eine Freude machen, und ich habe mich abweisend verhalten.«

»Es war nicht meine Absicht, dich unter Druck zu setzen. Aber in diesem Moment wusste ich nicht, wie ich die Situation hätte retten können. Es waren so viele Leute um uns herum und ich wollte nicht, dass jemand mithört.«

»Ich verstehe. Und zerbrich dir bitte nicht den Kopf deswegen. Das ist eine Sache, mit der ich selbst zurechtkommen muss. Ich wollte es nur erwähnt haben.«

»Was ist los, Holland?«

»Seit Dustin – was rückblickend gar nicht so lange her zu sein scheint – fällt es mir schwer, Dinge für bare Münze zu nehmen. Schon während unserer Beziehung hatte ich das Gefühl, dass niemand begriff, was ich eigentlich brauchte. Doch das habe ich erst erkannt, als es schon zu spät war. Ich tue mich schwer, wenn es darum geht, Geschenke oder Komplimente anzunehmen. Seit einiger Zeit fühle ich mich unbehaglich, wenn jemand nett zu mir ist. Ich arbeite daran, doch das ist gar nicht so einfach.«

»Das verstehe ich. Aber du hast das Recht zu fühlen, was immer du willst. Ich werde dich deshalb nicht verurteilen.«

»Ich weiß, und dafür bin ich dir dankbar. Wenn du also ein kleines Gemälde für meinen Laden malen möchtest, würde ich es gern annehmen. Aber wirklich nur etwas Kleines, nichts Extravagantes. Und nur unter der Bedingung, dass es dich nicht von deinen eigentlichen Projekten ablenkt.« Sie reckte das Kinn und grinste. »Und wenn Damien keine Provision bekommt.«

»Ich wusste, dass ich dich mag«, erwiderte er.

Kaum waren sie durch die Tür getreten, zog er sie an sich und küsste sie. Es blieb jedoch nicht bei dem einen Kuss, denn er verschlang sie unaufhörlich weiter.

Holland ließ ihre Tasche zu Boden fallen. Kurz darauf folgte ihre Stola. Lincoln vergrub eine Hand in ihrem Haar und zog an ihren Strähnen. Als sie stöhnte, leckte er ihr über den Mund und biss sanft in ihre Unterlippe. »Der Lippenstift ist tatsächlich ziemlich langlebig.«

»Ich glaube nicht, dass er dafür gedacht ist«, keuchte sie in seinen Mund.

Noch einmal küsste er sie leidenschaftlich.

»Was hältst du davon, wenn ich meine Drohung von vorhin wahrmache und dich gegen die Tür ficke?«, fragte er mit einem Knurren.

»Ich würde sagen, ich bin wirklich froh, dass sich dieses Kleid so leicht ausziehen lässt.«

Er leckte sich die Lippen, trat einen Schritt zurück und zog mit einem Ruck an der Schleife. Als sie die Schultern zurückrollte, glitt der Stoff von ihrem Körper und gab den Blick frei auf rote Spitzenunterwäsche, die kaum etwas bedeckte und farblich zu ihren Stilettos passte.

Lincoln stöhnte und presste eine Hand an seinen Schritt, um sich davon abzuhalten, auf der Stelle zu explodieren.

»Jesus, Maria und Josef.«

»Ich war mir nicht sicher, ob das Rot zu meinen Haaren passt, deshalb würde ich gern deine Meinung hören. Du bist der Künstler. Was denkst du?«, fragte sie und umfasste ihre Brüste.

»Ich glaube, du wirst mich noch umbringen. Und ich kann es kaum erwarten zu sehen, ob deine Unterwäsche zu deinem Teint passt, wenn du errötest.«

Bei diesen Worten stieg ihr tatsächlich die Röte in die Wangen.

Als er sie zärtlich streichelte und ihr ein tiefes Stöhnen entfuhr, glaubte er sogar, ihr Verlangen zu spüren. Es war dasselbe schmerzhafte Ziehen, das auch ihn durchzuckte.

Sie zerrte an seinem Jackett, also entledigte er sich des

Kleidungsstücks. Dann ließ er sein Hemd, seine Schuhe und seine Hose folgen.

Er war vollkommen nackt, während sie immer noch ihre Unterwäsche und ihre Stilettos trug. Der Drang, sie auf der Stelle zu ficken, war überwältigend. Doch zuerst wollte er sie schmecken.

»Dank dieser hohen Absätze bist du groß genug, damit ich das hier tun kann«, raunte er und sank vor ihr auf die Knie.

Keuchend hielt sie sich an der Kante des kleinen Beistelltisches fest, der direkt neben ihr stand.

Lincoln ließ seine Lippen über ihren Schenkel bis hinauf zu ihrem Venushügel gleiten und kitzelte mit seinem warmen Atem ihre Haut.

»Du siehst so hübsch aus, wenn du errötest. Vor allem wenn du Rot trägst.«

»Lincoln«, hauchte sie.

Er schob den Schritt ihres Spitzenhöschens beiseite und presste seine Lippen an ihr Geschlecht. Als er mit den Lippen ihre Klitoris umschloss und daran saugte, stieß sie mit bebenden Schenkeln ein tiefes Stöhnen aus.

»Meine Güte«, knurrte er, dann stand er auf und umfasste ihren Hintern mit beiden Händen. Er hob sie an und sie schlang ihre Beine um seine Hüfte. Während er sie leidenschaftlich küsste, presste er sich gegen sie und rieb sich an ihrer feuchten Hitze. »Ich könnte die ganze Nacht lang so weitermachen, aber ich fürchte, dass ich nicht lange durchhalten werde.«

»In meiner Handtasche ist ein Kondom«, keuchte sie.

»Ich mag Frauen, die mitdenken. Und zum Glück habe ich auch ein Kondom in meiner Brieftasche.«

Holland wurde plötzlich ernst. »Ist es denn in Ordnung, wenn wir uns ohne Ethan miteinander vergnügen?«

Er verstand ihre Sorge. »Natürlich. So wie du dich allein mit Ethan vergnügen kannst. Oder ich mit Ethan. Wir müssen nur miteinander kommunizieren und ehrlich zueinander sein. Ist das okay für dich?«

»Ich mag dich, Lincoln. Und ich mag Ethan, nur auf eine andere Weise. Ich liebe es, wenn wir zu dritt sind, aber ich genieße auch die Zweisamkeit. Doch im Moment will ich dich in mir spüren. Und später will ich Ethan erzählen, was er verpasst hat«, sagte sie und zwinkerte ihm zu.

Er stöhnte und schnappte sich ihre Handtasche, die im Gegensatz zu seiner Hose griffbereit war. Mit flinken Fingern öffnete er den Verschluss ihres BHs. »Ich will deine Brüste schmecken.«

»Nur zu.«

Er leckte über ihre Haut und genoss ihre Hingabe, als sie sich ihm bereitwillig entgegenwölbte. Im nächsten Moment wirbelte er sie herum, sodass ihre Brüste gegen die Tür gepresst waren. Er grinste. »Halt dich fest, Baby, ich hab dich.«

»Ich weiß, Lincoln«, keuchte sie. »Ich weiß.«

Die Aufrichtigkeit in ihrer Stimme traf ihn wie ein Schlag. Er schluckte, umfasste dann seinen Schaft mit einer Hand, packte ihre Hüfte mit der anderen und drang mit einem kraftvollen Stoß in sie ein.

Dank ihrer hohen Absätze hatte sie ihr Becken in einem perfekten Winkel geneigt, sodass er tief in ihre enge, feuchte Hitze stoßen konnte. Sie legte die Handflächen an die Tür und schob sich ihm entgegen.

Mit einer Hand an ihrer Hüfte und der anderen an ihrer Brust hielt er sie fest, während er immer wieder in sie eindrang.

Als sie erneut von einer Welle der Lust überrollt wurde, folgte er ihr auf den Gipfel der Ekstase. Er schrie ihren

Namen, bevor er sich vorbeugte und sanft in ihre Schulter biss. Am ganzen Leib bebend warf sie den Kopf in den Nacken und streckte die Arme nach hinten, um sich an ihm festzuhalten.

Als ihre Beine schließlich nachgaben, rutschten sie lachend auf den Boden und hielten einander fest.

Lincoln war wie berauscht. Er liebte es, mit Holland zusammen zu sein und sie zu berühren. Wenn sie lächelte, schien sie vollkommen sorgenfrei und unbeschwert, obwohl er wusste, dass sie manchmal die Last der Welt auf ihren Schultern trug.

Er wollte mehr von ihr. Auch wenn er das Gefühl hatte, sie nicht verdient zu haben.

Auch wenn er befürchtete, dass sie jeden Moment die Flucht ergreifen könnte.

Auch wenn Ethan nicht da war, weil die Arbeit wieder einmal Vorrang hatte.

Lincoln drückte Holland fest an sich und verdrängte diese Gedanken, um sich einfach nur auf den Moment zu konzentrieren.

Im Augenblick wollte er nichts weiter, als sie zu spüren. Sie beide brauchten die Nähe des anderen.

Dann liebten sie sich ein zweites Mal. Sanft nahm er sie auf dem Boden und sah ihr dabei direkt in die Augen.

Genau danach hatte er sich verzehrt.

Und er hatte Angst, dass er alles verlieren würde, wenn sie eines Tages Reißaus nahm.

In diesem Moment schwor er sich, dass er Holland nicht ziehen lassen würde.

Er musste ihr beweisen, was sie verpassen würde, wenn sie ging. Doch zuerst mussten sie dafür sorgen, dass Ethan ein fester Teil ihres Dreiergespanns blieb.

Lincoln wusste tief im Inneren, dass es nur funktionieren würde, wenn sie zu dritt waren. Er und Holland waren nur zwei Fragmente einer Einheit. Früher oder später mussten sie einen Weg finden, alles in Einklang zu bringen. In jeglicher Hinsicht.

KAPITEL DREIZEHN

»E than, hast du schon an denen hier gearbeitet?«, fragte Maximilian, als er Ethans Büro betrat.

Ethan rieb sich die pochenden Schläfen und warf einen Blick auf die Tablets, die Maximilian ihm entgegenstreckte.

Ja, sein Chef hieß Maximilian und bestand auf seinem vollen Namen. Nicht Max, nicht Ian, sondern Maximilian. Obwohl es ein wenig umständlich war, nahm Ethan die Marotte einfach hin.

Allerdings wollte er nicht hier sein. Viel lieber wäre er zu Hause oder, besser noch, bei seinem Treffen mit Holland und Lincoln.

Seit über einem Monat waren sie zusammen und versuchten zu ergründen, wie sie sich als Individuen in ihr Dreiergespann einfügten und wie ihre Beziehung Bestand haben konnte.

Und zum dritten Mal in diesem Monat hatte er nun schon eine Verabredung mit den beiden absagen müssen.

Er wusste, dass Lincoln und Holland auch ohne ihn ihre Zweisamkeit genossen. Damit hatte er kein Problem. Im

Gegenteil, er befürwortete es sogar. Für ihn war es wichtig, dass sie auch als Paare innerhalb ihrer Beziehung zusammenfanden.

Allerdings hatte er noch keine Zeit mit Holland allein verbracht. Dabei ging es ihm in erster Linie nicht einmal um den Sex. Er war seit einer gefühlten Ewigkeit nicht mehr mit ihr allein in einem Raum gewesen.

Von seinem besten Freund ganz zu schweigen. Den hatte Ethan in letzter Zeit kaum gesehen, weil Lincoln selbst ziemlich beschäftigt gewesen war. Doch zu ihren Verabredungen tauchte er immer auf.

Ganz im Gegensatz zu Ethan. Er saß hier im Büro fest.

Er mochte seinen verdammten Job und er war gut darin. Manchmal zahlte er jedoch einen hohen Preis dafür.

Offenbar war er nicht imstande, hin und wieder Nein zu sagen.

Langsam stieg jedoch Panik in ihm auf. Wenn er nicht bald eine Lösung fand, lief er Gefahr, die beiden wichtigsten Menschen in seinem Leben zu verlieren.

Er wusste nur nicht, wie er sich von hier losreißen sollte.

Julia betrat hinter Maximilian sein Büro und warf Ethan einen vielsagenden Blick zu, der ihm verriet, dass es ihr ähnlich erging.

Er vermutete, dass Julia jemanden hatte, der zu Hause auf sie wartete, doch er wusste es nicht mit Sicherheit. Sie unterhielten sich so gut wie nie über ihr Privatleben. Wer hatte schon Zeit für Small Talk?

Selbst ihre Mittagspausen verbrachten sie am Computer. Unaufhörlich brachten sie Programme zum Laufen, schrieben Codezeilen oder ergingen sich in wissenschaftlichen Recherchen.

Ethan war nicht nur ein Programmierer, sondern arbeitete sich auch in die wissenschaftlichen Hintergründe seiner Arbeit ein. Ständig wälzte er Fachliteratur und verfasste Artikel.

Hier galt die Devise: Veröffentliche oder gehe unter. Dennoch hatte er das Gefühl, dass er der Einzige war, dem das Wasser bis zum Hals stand.

»Ich habe es mir für später vorgemerkt«, erklärte Ethan, als er endlich die Seite überflog, die auf dem Bildschirm geöffnet war.

»Nun, es hätte vor drei Tagen erledigt sein sollen«, entgegnete Maximilian.

Ethan schüttelte den Kopf. Er wich absichtlich Julias Blick aus, da er wusste, dass sie gerade die Augen verdrehte. Und er wollte in diesem Moment auf keinen Fall lächeln.

»Nein, du hast es vor drei Tagen *erwähnt* und gesagt, ich solle es auf die Liste setzen. Dort stehen aber noch knapp hundert andere Punkte, die Vorrang haben. Wir haben nur begrenzt Rechenkapazität.«

»Du musst das erledigen. Diese Publikation hat Priorität. Du bist nicht der Einzige hier, der seinem Vorgesetzten Rechenschaft schuldet.«

Maximilian schnaubte verächtlich, nickte Julia zu und verschwand in seinem Büro, wobei er die Tür hinter sich zuschlug.

Es war neunzehn Uhr an einem Freitagabend, und sie saßen immer noch hier fest.

Einer ihrer Server war defekt und sie versuchten, den Rückstand aufzuholen.

Hier ging es nicht immer so zu. Ethan redete sich das immer wieder ein, dennoch hatte er Angst, dass dieser Zustand noch viel zu lange anhalten würde.

»Warum sind wir eigentlich noch hier?«, fragte Julia und setzte sich auf den freien Stuhl neben Ethan. Sie hatte ihr Tablet, ein Notizbuch und einen Stift mitgebracht. Während sie sprach, machte sie sich Notizen zu einem vollkommen anderen Thema. Er hatte keine Ahnung, wie sie das anstellte, aber es war faszinierend.

»Weil wir die Arbeit erledigen müssen ... am besten schon vorgestern?«

»Meiner Meinung nach ist das kein Argument. Wir haben diese Woche schon über vierzig Stunden gearbeitet. Wir sollten einfach gehen.«

»Und gefeuert werden?«, fragte Ethan.

Er begegnete ihrem Blick, und sie seufzte. »Ich fürchte, wir riskieren Dinge, die weitaus wertvoller sind, wenn wir so weitermachen.«

»Willst du darüber reden?«, fragte Ethan.

Julia schüttelte nur den Kopf. »Nicht wirklich. Aber ich habe das Gefühl, dass mein Freund langsam anfängt zu glauben, ich hätte eine Affäre.«

Ethan sah sie überrascht an und rollte mit seinem Bürostuhl ein paar Zentimeter zurück.

Sie registrierte die Bewegung und schnaubte. »Ich meinte mit meiner Arbeit, nicht mit dir. Aber es ist schön zu wissen, dass du dich für unwiderstehlich hältst.«

»Hey, ich kann nichts dafür. Ich mache mir eben Sorgen.«

»Lass uns einfach gehen. Wir weisen Maximilian darauf hin, wie spät es ist. Du weißt ja, dass er selbst nie auf die Uhr sieht. Ohne zusätzlichen Speicherplatz können wir im Moment ohnehin nicht viel tun.«

»Wir brauchen einen weiteren Server.«

»Aber er wird das Geld nicht lockermachen, weil er sich nie mit den Konsequenzen befassen muss«, gab Julia zu bedenken.

»Ich weiß«, murrte Ethan und machte sich dann wieder an die Arbeit. Er blieb eine weitere Stunde.

Die Tatsache, dass Julia ebenfalls blieb, verriet ihm, dass sie genauso um ihren Job bangte wie er. Es spielte keine Rolle, dass sie beide zwei Doktortitel in der Tasche hatten und sich Woche für Woche den Arsch aufrissen. Die Wirtschaftslage war derzeit ziemlich schlecht und es gab genügend Talente, die liebend gern für ihr Unternehmen arbeiten würden. Ihre Jobs waren also alles andere als sicher. Wenn sie bei den vierteljährlichen Bewertungen keine positiven Ergebnisse vorweisen konnten, waren sie erledigt. Niemand war unkündbar.

Trotzdem befürchtete Ethan, dass irgendwann nur noch eine leere Hülle von ihm übrig war, wenn er weiter so hart schuftete.

Er warf einen Blick auf sein Handy und sah, dass er keine weiteren Nachrichten erhalten hatte.

Die letzte war ein knappes »Okay« von Lincoln gewesen, nachdem er einmal mehr eine Verabredung abgesagt hatte. Seitdem hatte weder er noch Holland sich gemeldet.

Das war alles seine Schuld.

Er wünschte, er könnte alles wieder in Ordnung bringen, aber er wusste nicht, wie er das anstellen sollte. Er durfte seinen Job nicht verlieren. In ganz Boulder gab es kaum Stellen für jemanden mit seinen Fähigkeiten. Gegebenenfalls würde er seinen Forschungsbereich ändern müssen. Wenn nötig würde er es tun, aber er leistete gute Arbeit hier.

Das Problem war nur, dass die Arbeit im Moment sein ganzer Lebensinhalt zu sein schien.

Er bog in seine Einfahrt ein und bemerkte, dass Lincolns Wagen dort parkte.

»Großartig«, murmelte er leise vor sich hin. Doch dann besann er sich eines Besseren. Vielleicht war das seine Chance, die Dinge wieder ins Lot zu bringen. Jetzt hatte er die Gelegenheit, sich zu entschuldigen.

Es war jedoch beängstigend, dass er keine Ahnung hatte, was er sagen sollte.

Mit schmerzenden Gelenken stieg er aus dem Wagen. Seit über einem Monat war er nicht mehr joggen gewesen. Er spürte förmlich, wie eingerostet er war. Sein Körper lechzte nach gesunder Nahrung, mehr Bewegung und mehr Freizeit. Ethan wusste, dass er sich überforderte, er wusste jedoch nicht, wie er etwas daran ändern konnte.

Zumindest nicht, bevor sie dieses Projekt abgeschlossen hatten.

Er betrat das Haus und sah Lincoln auf der Couch sitzen. In einer Hand hielt er eine Flasche Wasser, während er auf den Fernseher starrte, der nicht eingeschaltet war.

Im Haus brannten nur ein paar Lichter, doch Ethan konnte erkennen, dass Lincoln allein war. Holland war nicht da.

»Hey«, sagte Ethan zur Begrüßung und stellte seine Sachen auf den Tisch.

»Hey«, antwortete Lincoln in schroffem Tonfall.

»Es tut mir leid. Sobald wir dieses Projekt abgeschlossen haben ...«

»Nein, hör auf«, unterbrach Lincoln ihn und schüttelte den Kopf.

Er erhob sich wortlos, ging in die Küche und stellte die Wasserflasche zurück an ihren angestammten Platz im Kühlschrank. Lincoln benutzte diese Flasche schon seit Ewigkeiten. Sie gehörte zum Inventar.

Der Anblick hätte Ethans Herz erwärmen sollen. Stattdessen überkam ihn die Angst, dass diese Flasche eines Tages nicht mehr an ihrem Platz stehen würde. Dass Lincoln sie mitnehmen, die Tür hinter sich schließen und nie wieder zurückkehren würde. Und das wäre allein Ethans Schuld.

Ethan wusste nicht, was er tun sollte. Sein Job verlangte ihm im Moment alles ab, doch das war nicht der Normalzustand. Irgendwie würde er eine Lösung finden müssen.

»Es tut mir leid«, sagte er.

»Nein, es ist jedes Mal dasselbe.« Lincoln drehte sich zu ihm um und fuhr sich mit den Händen durchs Haar.

Erst jetzt bemerkte Ethan, dass Lincoln einen Anzug trug. Das Hemd hatte er am Kragen aufgeknöpft. Er sah verdammt sexy aus. Ethan verspürte den Drang, ihn zu berühren. Er wollte die Hand nach ihm ausstrecken, ihn an sich ziehen und ihn zärtlich liebkosen, während er ihm versicherte, dass alles gut werden würde.

Er selbst sehnte sich nach einer Umarmung. Er wollte hören, dass dieser Monat nur eine kleine Hürde war, die sie jedoch überwinden würden.

Aber er rührte sich nicht von der Stelle. Zu groß war seine Angst. Was, wenn Lincoln ihn zurückwies? Was, wenn er sich abwandte und einfach ging?

Vor ihrem ersten Kuss, bevor ihre Beziehung sich gewandelt hatte, hätte Ethan sich nicht den Kopf darüber zerbrochen. Er wäre zu seinem besten Freund gegangen, hätte ihn fest umarmt und sich über seinen Job beschwert. Und die Welt wäre wieder im Lot gewesen.

Aber nun war alles anders.

Er hätte es kommen sehen müssen. Ihm war klar gewesen, dass Sex alles zwischen ihnen verändern würde, aber die Konsequenzen hatte er nicht einkalkuliert. Er hätte erkennen müssen, dass es kein Zurück mehr geben würde, wenn sie es vermasselten. Wenn er nicht bald einen Weg finden würde, um alles wieder ins Lot zu bringen, würde er Lincoln für immer verlieren. Genau wie Holland, und die hatte er gerade erst kennengelernt.

Er wusste nicht, was er sagen sollte.

Also schwieg er und steckte die Hände in die Hosentaschen, obwohl er wusste, dass er wahrscheinlich das Falsche tat.

Seine Vermutung wurde bestätigt, als Lincoln ihn vorwurfsvoll anstarrte und den Kopf schüttelte.

»Es ist jedes Mal dasselbe«, wiederholte Lincoln. »Ich weiß, dass du deine Arbeit liebst und dein Job wichtig ist. Das respektiere ich. Ich verliere mich auch manchmal bis spät in die Nacht in meiner Kunst.« Bei den letzten Worten huschte ein seltsamer Ausdruck über Lincolns Gesicht, doch er ging nicht darauf ein. Ethan wollte ihn schon fragen, wie er mit seiner Arbeit vorankam und ob er in letzter Zeit etwas gemalt hatte, doch die Worte blieben ihm im Halse stecken. Er hatte das Gefühl, dass er das Recht verspielt hatte, etwas über seine Kunst zu erfahren.

Wie hatte es dazu kommen können?

Er war so ein verdammter Idiot. Inzwischen glaubte er nicht, dass er das wieder in Ordnung bringen konnte.

Zumindest nicht mit Worten. Er musste Taten sprechen lassen. Doch was blieb ihm anderes übrig, als sein ganzes Leben auf den Kopf zu stellen? Vielleicht war genau das die Antwort. Aber ohne ausreichend Schlaf und Koffein würde er rein gar nichts bewerkstelligen.

Er musste irgendetwas sagen, doch sein Verstand verweigerte ihm den Dienst. Er hatte das Gefühl, dass er momentan nicht einmal zwei Worte aneinanderreihen konnte.

»Holland und ich sind nicht unglücklich, aber es fühlt sich an, als seist du kein Teil mehr von uns.«

Ethan blinzelte fassungslos. »Natürlich bin ich das. Wir sind ein Trio. Daran hat sich nichts geändert. Ich war immer da. Ich habe nur ein paar Verabredungen verpasst.«

»Drei, um genau zu sein. Wenn man bedenkt, wie schwer es ist, unsere Terminpläne aufeinander abzustimmen, ist das beachtlich. Außerdem bist du noch nie allein mit Holland ausgegangen. Und du und ich, wir haben auch schon lange nichts mehr miteinander unternommen. Das ist durchaus beunruhigend, schließlich haben wir früher jede freie Sekunde zusammen verbracht. Du scheinst dich von uns abzukapseln. Holland sagt nicht viel dazu, und auch das bereitet mir Sorgen. Du weißt genauso gut wie ich, dass sie sich unsicher ist. Das ist offensichtlich.«

Ethan wusste genau, wovon Lincoln sprach. Holland wirkte oft, als wollte sie jeden Moment Reißaus nehmen. Trotz ihres strahlenden Lächelns und ihrer Bereitwilligkeit, Neues auszuprobieren, schien sie stets kurz davor, die Flucht zu ergreifen. Doch wenn Ethan genau darüber nachdachte, traf das wahrscheinlich auf jeden von ihnen zu.

»Es ist, als würde sie nur darauf warten, dass wir sie verlassen, so wie es ihr Ex getan hat. Sie hat sich zwar an jenem Tag aus dem Staub gemacht, aber er hat sie betrogen. Emotional hatte er sich schon lange vor ihr von der Beziehung verabschiedet. Aber das Problem ist trotzdem nicht sie, Ethan. Und ich bin es auch nicht. Du bist derjenige, der sich vor uns zurückzieht. Du bist so verdammt brillant, aber in gewisser Weise bist du nie bei uns. Du verkriechst dich in deinen Gedanken und vergisst dabei völlig die Menschen um dich herum. Wenn du so weitermachst, wirst du es vermasseln.«

Ethan schluckte schwer und starrte seinen besten

Freund nur an. Er wusste nicht, was er darauf erwidern sollte.

»Hör mir zu. Ich will dich nicht verlieren. Aber wenn es sein muss, werde ich dich gehen lassen. Wenn wir keine Lösung finden – wenn du das hier nicht schleunigst reparierst –, dann werden Holland und ich dich verlieren. So habe ich mir das nicht vorgestellt. Du solltest für mich da sein. Für uns. Wir wollten gemeinsam einen Weg finden, um Holland zu helfen. Du solltest ein Teil von uns sein, aber du bist nie da. Ich weiß nicht mehr, was ich tun soll.« Mit diesen Worten drängte Lincoln sich an ihm vorbei. Für einen Moment streckte er die Hand aus, als wollte er Ethan berühren, doch er zog sie wieder zurück. Diese Geste war vermutlich qualvoller als jeder Vorwurf. Ethan starrte seinem besten Freund hinterher, als dieser die Küche verließ. Er stand wie versteinert da und fragte sich, was zum Teufel er jetzt tun sollte.

Statt Lincoln nachzueilen, senkte er den Blick auf seine Hände und fischte schnell sein Handy aus der Hosentasche.

Er schickte Maximilian eine E-Mail, in der er ihm mitteilte, dass er am nächsten Tag nicht ins Büro kommen würde. Schließlich habe er für diese Woche bereits genügend Überstunden gesammelt und müsse nicht auch noch am Wochenende arbeiten.

Er musste die Sache bereinigen. Zwar wusste er noch nicht wie, aber er würde sich langsam vortasten. Eine Entscheidung fällte er jedoch sofort. Ab jetzt würde er an den Wochenenden nicht mehr arbeiten. Auf keinen Fall.

Er schnappte sich seinen Schlüssel und eilte hinaus zu seinem Wagen.

Lincoln brauchte ein wenig Freiraum. Er kannte seinen besten Freund gut genug, um zu wissen, wann er ihn in Ruhe lassen musste.

In Bezug auf Holland war er sich nicht sicher, doch er musste etwas tun. Also würde er zu ihr fahren und mit ihr reden.

Er hoffte inständig, dass er die Situation nicht noch verschlimmerte. Er hatte bereits genug Schaden angerichtet.

KAPITEL VIERZEHN

Holland hatte sich das Gesicht gewaschen und gerade ihre Pyjamashorts und ein Trägerhemd angezogen, als es an der Tür klingelte. Sie warf einen Blick auf die Uhr und zog überrascht die Augenbrauen hoch.

»Entweder ist es ein Serienmörder oder einer meiner Männer.«

Sie hielt inne und verzog die Lippen zu einem verschmitzten Lächeln. *Meine Männer.* Der Gedanke gefiel ihr.

Sofort ermahnte sie sich, dass dies nur ein vorübergehendes Abenteuer war. Sie wollte nur ein wenig Spaß haben. Sobald sie sich jedoch erlaubte, Gefühle ins Spiel zu bringen, wäre das für keinen von ihnen von Vorteil.

Sie lugte durch den Spion und verspürte einen Stich im Herzen. Er hatte ihr gefehlt. Natürlich hatte sie sich auch ein wenig über ihn geärgert, aber vor allem hatte sie ihn vermisst. Sie öffnete die Tür und lehnte sich gegen den Türrahmen.

»Hey, Fremder«, sagte sie und beobachtete, wie Ethan die Hände in die Hosentaschen steckte.

»Hey«, erwiderte er. Er trug ein zerknittertes Hemd, dessen Ärmel bis zu den Ellbogen hochgekrempelt waren und den Blick auf seine Unterarme freigaben. Unwillkürlich musste sie schlucken. Sie liebte diese Arme.

Fast so sehr wie seinen Verstand.

Er war brillant. Ständig ersann er listige Methoden, um die schnöden Routinen des Alltags zu vereinfachen. Außerdem war er verdammt gut in seinem Job. Der Gedanke machte sie auch ein wenig traurig, denn aufgrund seiner Arbeit sah sie ihn wesentlich weniger, als ihr lieb war.

Vielleicht war das sogar ein Segen. Andernfalls hätte sie unter Umständen vergessen, dass ihre Verbindung nicht mehr als ein flüchtiges Spiel war, und hätte auf ihr verräterisches Herz gehört.

Ethan trug eine graue Hose, die sie sofort wiedererkannte. Sie erinnerte sich noch genau daran, wie gut sie sich an seinen Hintern geschmiegt hatte, als sie ihn das letzte Mal darin gesehen hatte. Es war dieser schmale, europäische Schnitt. Lincoln hatte ihm die Hose geschenkt. Ethan hatte jedoch behauptet, er kenne nicht einmal den Unterschied zwischen dieser Hose und seinen anderen Beinkleidern.

Aber ihr war er nicht entgangen. Sie bewunderte, wie der Stoff an der Taille schmal zusammenlief und seine muskulöse Statur betonte, während er sich perfekt an seinen Hintern und seine kräftigen Oberschenkel schmiegte. In dieser Hose sah er wirklich sündhaft sexy aus. Bei dem Anblick schmolz sie fast dahin, dabei sollte sie ihm eigentlich eine Standpauke halten.

Aber wie konnte sie wütend sein, wenn er ihr half, ihre Gefühle im Zaum zu halten?

Ihr war schon einmal das Herz gebrochen worden, und zwar von jemandem, der sie nie verstanden hatte. Inzwischen wusste sie, dass sie Dustin nie wirklich geliebt hatte.

Sie wollte sich gar nicht ausmalen, was passieren würde, wenn sie sich in einen der Jungs verlieben würde. Oder schlimmer noch, in beide. Der Gedanke war gar nicht so abwegig. Sie wusste, dass sie bereits Gefahr lief, ihr Herz an die beiden zu verlieren. Und diesmal würde es kein Zurück mehr geben. Sie würde sich so heftig verlieben, dass sie sich davon nie erholen würde.

Es war schlimm genug gewesen, ihre Schwester mit ihrem Verlobten in flagranti zu erwischen – und das ausgerechnet an ihrem Hochzeitstag. Doch wenn sie sich jetzt mit ganzem Herzen auf Ethan und Lincoln einließ und die Beziehung in die Brüche ging, würde kein Wein aus Papiertüten und keine Parkbank der Welt ausreichen, um diesen Schmerz zu betäuben.

Statt darüber nachzugrübeln, würde sie Ethan hereinbitten.

Aber nur in ihr Heim. Zu ihrem Herzen würde sie ihm keinen Zugang gewähren.

Niemals.

»Hi«, flüsterte sie.

Ethan sah auf. In seinen Augen lag ein düsterer Ausdruck. »Kann ich reinkommen?«

Sie nickte und trat einen Schritt zurück, um ihn hereinzulassen.

Enttäuschung überkam sie, als er an ihr vorbeiging, ohne sie zu berühren. Doch kaum hatte sie die Tür geschlossen, beugte er sich zu ihr vor und presste seine Lippen auf ihre.

Sie schmiegte sich an ihn und stöhnte. Im nächsten Moment löste er sich von ihr und leckte sich die Lippen. »Hi.«

»Hi«, wiederholte sie.

»Ich bin ein Arschloch. Es tut mir so leid.«

Holland starrte ihn verwirrt an.

»Im Ernst, ich bin unmöglich. Es tut mir leid, dass ich euch schon wieder versetzt habe. Ich habe mir eingeredet, dass es an diesem Projekt liegt und es nur eine Frage der Zeit ist, bis ich wieder zur Normalität zurückkehren kann. Aber so langsam erkenne ich, dass diese Schufterei vielleicht der Normalzustand ist. Ich hasse mich dafür.«

»In Ordnung. Eins nach dem anderen. Woher kommt das plötzlich?«

»Ich bin schon wieder nicht zu unserer Verabredung erschienen.«

»Ich weiß. Wegen der Arbeit. Mir ist bewusst, dass das nicht das erste Mal war. Und nach Lincolns Reaktion zu urteilen hast du ihn schon häufiger versetzt.«

»Das ist richtig.« Ethan begann, im Zimmer auf und ab zu gehen, und raufte sich die Haare.

Seine mürrische Art und sein düsterer Blick machten ihn in ihren Augen nur noch attraktiver, doch das behielt sie für sich.

Wenn sie ihm dafür ein Kompliment machte, wäre keinem von ihnen geholfen.

»Ich liebe meinen Job, aber er verlangt mir so viel ab. So vieles in meinem Leben bleibt wegen der Arbeit auf der Strecke.«

»Ich verstehe, was du meinst. Unsere Jobs nehmen uns alle sehr in Anspruch. Ich führe mein eigenes Geschäft und Lincoln verliert sich manchmal nächtelang in seiner Kunst.« *Wenn er zur Abwechslung einmal arbeitete,* doch diesen Gedanken behielt sie für sich. Ethan war sich zweifellos darüber im Klaren, dass Lincoln nicht mehr so viel malte wie früher. Sie hatten sogar schon andeutungsweise darüber gesprochen, aber sie wollten die Sache nicht aufbauschen. Lincoln stand deshalb ohnehin schon unter Stress.

»Ich bin nur ... ich ...« Ethan ging weiter vor ihr auf und ab.

Holland schüttelte nur den Kopf und ging auf ihn zu. Als sie ihre Hände auf seine Unterarme legte, hielt er inne und begegnete ihrem Blick.

»Was wolltest du sagen?«, fragte sie.

»Dass ich alles vermassle. Ich habe mir das so sehr gewünscht und jetzt mache ich es zunichte.«

Sie schluckte schwer. »Was machst du zunichte?«

»Uns.«

Ihr Puls schnellte in die Höhe, aber sie bemühte sich, ruhig zu bleiben. Sie wollte sich nicht anmerken lassen, wie sehr sie von Panik durchflutet wurde. »Ich weiß nicht, wovon du redest. Du kannst uns nicht zunichtemachen. Wir fangen doch gerade erst an, uns aufeinander einzustimmen. Wir werden schon eine Balance finden.«

Er schüttelte den Kopf und begegnete ihrem Blick. In diesem Moment hatte sie das Gefühl, dass er versuchte, bis tief in ihre Seele zu blicken.

Ihr stockte der Atem. Das durfte sie nicht zulassen. Wenn er sie erst einmal durchschaut hatte, würde er sehen, wie sehr sie sich nach ihm und Lincoln verzehrte. Sie wünschte sich nichts sehnlicher als eine beständige, innige Beziehung mit den beiden. Dennoch tat sie ihr Bestes, um dieses Verlangen unter Verschluss zu halten. Denn sie wollte am Ende nicht als gebrochenes Wrack zurückbleiben.

Wenn sie Ethan und Lincoln zusammen betrachtete, konnte sie die Blicke sehen, die sie einander zuwarfen. Die beiden passten so perfekt zusammen. Sie teilten nicht nur eine gemeinsame Vergangenheit, sondern strahlten auch eine unbändige Schönheit aus.

Dieses Bild wollte sie nicht trüben. Obwohl sie sich danach verzehrte, an dieser Schönheit teilzuhaben – wenn auch nur vorübergehend –, wollte sie Ethan das nicht zeigen. Selbst wenn allein der Gedanke daran sie innerlich zerriss.

»Ich muss es dir verständlich machen. Du darfst nicht das Gefühl haben, dass du nicht dazugehörst. Wenn sich hier jemand mehr anstrengen muss, dann bin ich das.«

Sie hielt inne und fragte sich, ob er gerade ihre Gedanken gelesen hatte, doch das war unmöglich. Sie schüttelte den Kopf. »Moment mal. Wie bitte?«

»Lincoln hat gesagt ...«

»Du hast Lincoln heute Abend gesehen?«, fiel sie ihm ins Wort.

»Er war bei mir zu Hause, als ich von der Arbeit kam. Und er hat mir ordentlich die Leviten gelesen. Das habe ich verdient.«

Sie atmete tief durch. »Ich verstehe. Aber ich war bei eurem Gespräch nicht dabei. Also weiß ich nicht, wovon genau du redest. Wir sind zu dritt in dieser Beziehung. Du musst mit uns *beiden* reden. Ich kann deine Gedanken nicht lesen.«

Sie hatte den Spieß umgedreht und so vom eigentlichen Thema abgelenkt. Seiner Meinung nach fühlte sie sich, als sei sie kein Teil dieser Beziehung, doch sie musste ihre Grenzen aufrechterhalten. Sie durfte ihn nicht wissen lassen, wie sehr sie sich danach verzehrte. Es wurde ohnehin zunehmend schwieriger herauszufinden, wo sie eigentlich stand.

»Ich stelle mich wirklich an wie ein Idiot.«

Sie ging auf ihn zu und ließ sich von ihm in seine Arme ziehen. Er presste seine Stirn an ihre. Als sie seinen vertrauten Duft einatmete, durchflutete sie ein erregender Schauer. Gleichzeitig hatte sie das Gefühl, nach Hause zu kommen.

Sofort schrillten in ihrem Hinterkopf sämtliche Alarmglocken.

Doch sie wich nicht zurück. Stattdessen schmiegte sie sich an ihn. Ihr war klar, dass sie gerade einen weiteren Fehler beging, doch das war ihr egal. In diesem Moment wollte sie sich einfach fallen lassen.

»Ich werde versuchen, mich zu bessern.«

»Das hoffe ich. Du hast eine fantastische Kunstausstellung verpasst. Und dann Dim Sum. Heute Abend waren es Sushi und Ramen.«

»Ich habe vergessen, dass heute Abend Sushi angesagt war«, brummte er.

Holland lächelte. »Lincoln hat mir während des Essens erzählt, welches Sushi du am liebsten isst.«

Ethan brummte erneut.

»Ehrlich gesagt war es schön, dich durch seine Augen kennenzulernen. Aber, Ethan?«

»Ja?«

»Ich möchte dich auch durch deine eigenen Augen kennenlernen. Und vielleicht erzählst du mir auch mehr über Lincoln. Es ist wunderbar, dass ihr beide eine gemeinsame Vergangenheit habt. Lincoln weiß vermutlich am besten, wann die Arbeit dich verschlingt. Oder wann du sie über ihn stellst.«

»Ich weiß. Das bedeutet, dass ich die Arbeit auch über dich gestellt habe.«

Sie ignorierte dieses stechende Ziehen in ihrer Brust. Wenn sie anfing, diese Verbindung als echte Beziehung zu betrachten, würde sie zerbrechen.

»Ich hätte da eine Idee, wie du es wiedergutmachen kannst«, hauchte sie. Sie würde sich einfach mit Sex trösten. Denn mehr war diese Sache zwischen ihnen ohnehin nicht, nicht wahr?

Sie bot ihm ihren Körper, während sie ihre Seele hinter einer Schutzmauer verbarg.

Tief im Inneren ahnte sie, dass sie nie wieder dieselbe sein würde. Eines Tages würde ihre Dreisamkeit ein Ende finden, und Ethan und Lincoln würden sich auf ihre Zweisamkeit besinnen. Dann würde sie gehen und den beiden das Feld räumen.

Doch die Angst saß ihr im Nacken. Was, wenn sie sich in die beiden verliebte? Oder schlimmer noch. Was, wenn sie sich bereits verliebt hatte?

Ethan beugte sich vor und strich mit seinen Lippen über die ihren. Er ließ seine Hände über ihren Rücken gleiten und umfasste ihren Hintern.

Sie schmiegte sich an ihn und schenkte ihm ein verführerisches Lächeln.

»Hör auf, es mir so leicht zu machen«, raunte Ethan.

Zärtlich knabberte sie an seinem Kinn. »Und du solltest aufhören, dich selbst zu bestrafen, nur weil du einen Fehler begangen hast.«

Sofort verdrängte sie ihre eigenen Worte. Sie wusste nur zu gut, dass sie selbst die Letzte war, die ihren eigenen Rat befolgen würde.

»Ich habe keine Ahnung, womit ich dich verdient

habe«, erwiderte Ethan. »Oder Lincoln. Aber ich werde alles tun, um eurer würdig zu sein.«

»Sei einfach nur du selbst, Ethan.« Holland hob eine Hand und zeichnete mit den Fingerspitzen die dunklen Schatten unter seinen Augen nach. »Du siehst so müde aus. Als bekämst du nicht genügend Schlaf, weil du dich ständig selbst unter Druck setzt. Damit schadest du nicht nur Lincoln.«

»Ich weiß«, presste er hervor. »Ich schade auch dir.«

Sie schüttelte den Kopf. »Nein, ich rede von dir. Du solltest dir etwas Zeit für dich selbst nehmen.«

»Ich würde sie lieber mit dir verbringen.«

»Dann bist du hier genau richtig. Ich wollte gerade eine Gesichtsmaske auftragen und ein Bad bei Kerzenschein nehmen. Was meinst du? Willst du mir Gesellschaft leisten?«

Er hob eine Augenbraue. »Was die Maske angeht, bin ich mir nicht sicher. Sie ist wohl eher hinderlich, wenn ich jeden Zentimeter deines Körpers mit den Lippen erkunden will.«

Sie spürte, wie ihr die Hitze in die Wangen stieg. Wahrscheinlich lief sie gerade von Kopf bis Fuß hochrot an, doch das war ihr egal.

»Mein Haus ist zwar nicht sonderlich groß, aber das Badezimmer wurde neu gestaltet.«

»Was ich bisher gesehen habe, gefällt mir«, erwiderte Ethan.

»Mir gefällt es auch, aber es ist noch nicht mein Traumhaus. Wie ich schon sagte, wurde das Badezimmer komplett renoviert. Das heißt, ich habe eine Badewanne, in die problemlos zwei Personen passen.«

Er zog herausfordernd die Augenbrauen in die Höhe. Bei

dem Anblick verspürte Holland wieder dieses Ziehen in ihrem Unterleib.

»Ach tatsächlich?«, fragte er.

»Oh ja. Ich werde dafür sorgen, dass du dich entspannst. Du hast eine Auszeit verdient.«

Sie trat einen Schritt zurück, ergriff seine Hand und führte ihn in Richtung Badezimmer.

Auf dem Weg ließ er den Blick über ihre Einrichtung schweifen, und Holland wurde bewusst, wie wenig er bisher davon gesehen hatte. Viel gab es jedoch nicht zu entdecken. Sie war noch dabei, diesen Ort zu ihrem Heim zu machen, nachdem sie aus dem Haus ausgezogen war, das sie mit Dustin bewohnt hatte. An den Wänden hingen ihre Bilder und die Möbel passten zu ihr, aber es fehlten noch einige entscheidende Akzente. Das Ambiente entsprach noch nicht ganz ihren Vorstellungen und spiegelte noch nicht ihre Persönlichkeit wider. Eines Tages würde sich das ändern, aber im Moment interessierte sie sich nur für ihre Badewanne.

Das Badezimmer war ihre Oase. Der Vorbesitzer des Hauses hatte hier eine riesige, versenkte Badewanne installiert, die möglicherweise sogar groß genug für drei Personen war. Zwar wäre sie für sinnliche Stunden zu dritt vermutlich etwas zu beengt, aber sie bot genügend Platz, damit sie Ethan reiten konnte.

Natürlich kamen ihr derartige Gedanken normalerweise nicht in den Sinn. Zumindest nicht häufig.

»Wow«, rief Ethan aus und pfiff leise durch die Zähne. »Ich hatte vergessen, wie riesig dieses Ding ist.«

»Du meinst wohl deinen Schwanz«, vermutete sie lachend.

Als sie sich umdrehte, versetzte er ihr einen Klaps auf den Hintern.

»Hey«, ermahnte sie ihn mit einem Grinsen.

»Was denn? Ich konnte nicht widerstehen. Und ja, ich rede auch von meinem Schwanz.«

»Also schön, zieh dich aus. Ich werde dir ein Bad einlassen.«

»Wirklich? Willst du mir denn nicht eigenhändig die Kleider vom Leib reißen?«

Während sie ungeduldig mit einem Fuß auf und ab wippte, verschränkte sie die Arme vor der Brust. »Werd nicht unverschämt. Zieh dich aus, dann überlege ich mir, ob ich vielleicht deinen Schwanz massiere.«

»Du weißt wirklich, wie man einen Mann betört.« Er zwinkerte ihr zu, knöpfte dann langsam sein Hemd auf, schob es von seinen Schultern und öffnete seinen Gürtel. Sie schluckte schwer und beobachtete seine Unterarme und Handgelenke, während er seine Hose und Schuhe auszog. Schließlich entledigte er sich seines Unterhemds und seiner Boxershorts. Er stand splitternackt vor ihr, während sie noch nicht einmal das Wasser aufgedreht hatte.

Der Mistkerl hatte sie die ganze Zeit über im Auge behalten und weidete sich daran, wie sie ihn mit lüsternem Blick anstarrte.

»Ich dachte, du wolltest mir ein Bad einlassen«, sagte Ethan mit einem Augenzwinkern.

Sie schüttelte sich und zeigte ihm den Mittelfinger, bevor sie sich bückte, um den Wasserhahn aufzudrehen. Um seine Muskeln zu entspannen, fügte sie etwas Lavendelessenz und Badesalz hinzu, wobei sie auf die Dosierung achtete, damit der Schaum nicht über den Rand stieg.

Ethan trat hinter sie, packte ihre Hüfte und rieb langsam seinen steifen Schwanz an ihrem Po.

Stöhnend schob sie ihm ihren Hintern entgegen und ließ die Hüfte kreisen, bevor sie sich aufrichtete. Sie schmiegte ihren Rücken an ihre Brust, warf ihm einen Blick über die Schulter zu und schenkte ihm ein Lächeln.

»Zuerst kommt das Bad. Für Sex ist später vielleicht noch Zeit«, flüsterte sie.

»Kommst du mit in die Wanne?«

»Nur, wenn du artig bist.«

»Du weißt genau, dass ich niemals artig bin«, raunte er.

»Ethan? Du bist einer der gutherzigsten, wunderbarsten Männer, die mir je begegnet sind. Genau wie Lincoln. Du bist sehr artig.«

Er verzog das Gesicht, als stünde er kurz davor, wie ein kleiner Junge zu schmollen. Der Anblick zauberte ihr ein Grinsen auf die Lippen. »Aber ich liebe es, wenn du unartig bist.« Sie presste ihre Lippen auf seine, nur um ihn im nächsten Moment von sich zu stoßen, als er den Kuss vertiefen wollte.

»Steig in die Wanne. Ich komme gleich nach.« Mit diesen Worten schlenderte sie davon, wohl wissend, dass er den Blick auf ihren Hintern geheftet hatte.

Oh ja, sie wusste genau, welche Wirkung sie auf ihn hatte. Aber er war keinen Deut besser und beherrschte dieses Spiel genauso meisterlich wie sie.

Als sie hörte, wie er in die Wanne stieg, stellte sie sich vor den Spiegel und begegnete seinem Blick. Dann zog sie ihr Oberteil aus und entblößte ihre Brüste. Als sie sich vorbeugte und ihre Shorts über die Hüfte schob, stieß er einen bewundernden Pfiff aus.

Sie drehte sich um und sah, dass er langsam eine Hand über seinen Schaft gleiten ließ.

Ihr entfuhr unwillkürlich ein Stöhnen. Sie umfasste ihre Brüste und beobachtete, wie er sich selbst befriedigte.

Sie trat an den Rand der Wanne und beugte sich vor, um den Wasserhahn zuzudrehen.

»Mein Gott«, presste er heiser hervor.

»Ganz meine Rede«, hauchte sie, wirbelte herum und ging auf den Badezimmerschrank zu. Sie hörte ein tiefes Brummen hinter sich, als sie ein Kondom herausfischte.

»Tut mir leid, das hatte ich vergessen.«

Er leckte sich die Lippen, nahm das Kondom entgegen und streifte es sich über. Zum Glück hielt er sich knapp über der Wasseroberfläche, da sie die Wanne klugerweise nicht bis zum Rand geflutet hatte. Als er fertig war, ergriff er ihre Hände und zog sie ins Wasser. Sie setzte sich rittlings auf ihn und hob den Oberkörper an. Er hielt ihre Hand fest, während er mit der anderen ihre Hüfte packte, um sie in Position zu bringen.

Eigentlich hätte sie nichts gegen ein Vorspiel gehabt, doch allein sein Anblick hatte ausgereicht, um sie in Brand zu setzen. Sie verzehrte sich nach ihm. Als er behutsam mit einer Hand ihre Klitoris streichelte, wusste sie, dass sie bereits feucht genug für ihn war. Langsam senkte sie sich auf ihn ab und nahm seine Eichel mühelos in sich auf. Dann glitt sie tiefer. Ihr gemeinsames Stöhnen wurde nur von dem Plätschern des Wassers untermalt, als sie begann, sich in einem wiegenden Rhythmus auf ihm zu bewegen. Sie keuchte, als er sich tief in ihr vergrub und sie schließlich bis zum Anschlag ausfüllte. In diesem Moment überkam sie ein Gefühl absoluter Vollkommenheit, als sei dies die Erfüllung ihrer Träume. Gleichzeitig wagte sie nicht, sich danach zu sehnen.

»Du bist so schön«, flüsterte er und fuhr mit seiner Hand durch ihr Haar. Er zog sie an sich und küsste sie innig, während sie sich weiter hin und her wiegte und er in einem stetigen Rhythmus sanft in sie stieß.

Unaufhaltsam trieb er sie der Ekstase entgegen. Als die Muskeln in ihrem Unterleib sich verkrampften, stöhnte er und küsste sie weiter. Mit langsamen, sinnlichen Bewegungen fanden sie einen gemeinsamen Rhythmus, während das leise Plätschern des Wassers den Raum erfüllte. Als er schließlich in ihre Brustwarzen kniff und ihr in die Unterlippe biss, explodierte sie mit einem lauten Stöhnen.

Nur einen Moment später folgte er ihr auf den Gipfel der Lust. Mit einem letzten kraftvollen Stoß vergrub er sich tief in ihr, sodass das Wasser über den Rand der Wanne schwappte. Sie bebte am ganzen Leib und rief seinen Namen, bevor er sie verstummen ließ, indem er fordernd seine Lippen auf ihre presste.

Sie hielten einander fest, während er behutsam seine feuchten, seifigen Hände ehrfürchtig über ihren Rücken gleiten ließ, als sei sie das kostbarste Gut der Welt.

Sie hatte panische Angst davor, dass er sie wirklich so sah.

Sie wollte ihn nicht loslassen. Am liebsten hätte sie sich für immer diesem Moment hingegeben. Trotzdem hatte sie Angst, dass sie sich eines Tages von ihnen verabschieden musste, sobald ihnen etwas Besseres über den Weg lief. So wie Dustin.

Sie wollte das hier. Sie wünschte es sich mehr als alles andere auf der Welt. Und während Ethan sie eng umschlungen hielt und ihr Belanglosigkeiten ins Ohr flüsterte, wusste sie, dass dies nicht ihre Realität war.

Doch für den Augenblick entschied sie sich, die Lüge zu leben und an ihrer Fantasie festzuhalten.

LINCOLN STARRTE AN DIE ZIMMERDECKE UND WOG AB, OB ER DIE Beine aus dem Bett schwingen sollte. Vielleicht würde er es heute schaffen, sich zu konzentrieren und an seinem Gemälde zu arbeiten. Doch der Zorn über den gestrigen Abend vernebelte ihm nach wie vor die Sinne. Wahrscheinlich würde er einfach liegen bleiben und darüber nachdenken, was er tun sollte.

Lincoln war nicht nur wütend auf Ethan, sondern auch auf sich selbst. Obwohl Ethan sich im Grunde verhalten hatte wie immer, hatte er ihn angegriffen. Ethan fand am Ende immer einen Weg, die Wogen zu glätten, das wusste Lincoln. Doch er hatte die Beherrschung verloren, weil er Angst hatte, Holland zu verlieren. Ihm war nicht entgangen, wie sie sich emotional zurückzog, als würde sie nur darauf warten, dass Ethan und er sie verließen. Er wusste nicht, wie er dem entgegensteuern konnte. Er brauchte Ethan an seiner Seite, doch dieser war ihm keine Hilfe. Möglicherweise lag ein Großteil der Schuld sogar bei ihm selbst. Wenn er sich nicht ständig den Kopf über seine Arbeit zerbrechen würde, wäre er vielleicht in der Lage, die Risse zwischen ihnen zu kitten.

Vielleicht sollte er aufstehen, zu Ethan fahren und sich bei ihm entschuldigen. Dann würde er mit Holland reden und sie irgendwie an sich binden.

Sowohl Ethan als auch er selbst ließen sich viel zu sehr von der Arbeit vereinnahmen. Lincoln waren die dunklen Ringe unter Ethans Augen nicht entgangen. Sein bester Freund und Geliebter wirkte völlig erschöpft.

Doch Lincoln brauchte Ethan als Verbündeten. Nur gemeinsam würden sie Holland davon abhalten können, das Weite zu suchen.

Bei ihrer ersten Begegnung mit ihr hatte sie sich ebenfalls auf der Flucht befunden. Damals hatte sie allerdings einen guten Grund davonzulaufen. Trotzdem würde Lincoln wahrscheinlich immer die Angst umtreiben, sie zu verlieren, bis sie ihnen irgendwann versicherte, dass sie ein fester Teil ihres Dreiergespanns sein wollte. Er sehnte sich nach der Gewissheit, dass Ethan und er für sie mehr als nur ein flüchtiges Abenteuer waren, mit dem sie sich die Zeit vertrieb. Solange er diese Worte nicht aus ihrem Mund gehört hatte, würde er sich Sorgen machen.

Möglicherweise war die Befürchtung unbegründet, doch er war machtlos gegen seine Gefühle und konnte sie einfach nicht abstellen.

Als sein Handy klingelte, runzelte er die Stirn. Er hoffte inständig, dass es nicht Damien war. Im Moment hatte er wahrlich keine Lust, sich mit diesem Arschloch auseinanderzusetzen.

Er brauchte einen neuen Agenten. Vielleicht sogar ein neues Atelier, einen Ort, der ihn zum Malen inspirierte. Seit er Holland und Ethan gezeichnet hatte, war seine Muse verstummt. Wie gern hätte er noch einmal Hollands Kurven und ihr Lächeln skizziert oder Ethans sinnlichen Blick auf die Leinwand gebannt, doch jedes Mal, wenn er den Stift ansetzte, erstarb seine Inspiration. Oder Damien tauchte plötzlich auf und machte Lincolns Eingebung vollkommen zunichte.

Er hatte es so satt.

Seufzend warf er einen Blick auf das Display seines Handys.

Er nahm den Anruf entgegen, und eine Sekunde später erfüllte Ethans Gesicht den Bildschirm. Aber er war nicht allein.

»Guten Morgen, ihr beiden«, sagte Lincoln und räusperte sich.

Ethan saß mit nacktem Oberkörper – und vermutlich vollkommen nackt – auf Hollands Bett und hatte den Rücken gegen die Kopfstütze gelehnt, während Holland an seiner Brust lehnte. Ihr rotes Haar ergoss sich wallend über seine Haut.

Der Anblick war verdammt sexy, und Lincoln verspürte den Drang, die beiden zu zeichnen.

Fast wäre er aufgestanden, um nach einem Bleistift zu greifen, doch dann fiel ihm ein, dass er ebenfalls nackt war. Er rührte sich nicht.

Er war sich nicht sicher, ob die anderen einem nackten Videochat zustimmen würden.

»Wir wollten nur mal sehen, was du so treibst«, sagte Ethan.

»Hallo«, sagte Holland.

Lincoln grinste. »Ich bin vor Kurzem erst aufgewacht. Seitdem liege ich hier herum.«

»Dann haben wir dich nicht geweckt?«, fragte Holland.

»Nein, Baby. Ihr habt mich nicht geweckt.«

Sie schenkte ihm ein Lächeln, und sein Schwanz schwoll augenblicklich an. Mein Gott, diese Frau brachte ihn um den Verstand. Genau wie Ethan. Wenn sie zu dritt waren, fühlte sich alles so richtig an. Aber er hatte solche Angst, dass er es irgendwie vermasseln würde. Er hoffte, dass sie einen Weg finden würden, damit dieses Glück von Dauer sein würde.

»Ich bin hergekommen, nachdem ich gestern Abend mit dir gesprochen hatte«, begann Ethan.

Lincoln nickte. »Das sehe ich.«

»Ich wollte mich entschuldigen.« Er hielt inne. »Und dann führte eins zum anderen.«

Lincoln lachte. »Ich verstehe. Wie geht es unserem Mädchen?«

»Euer Mädchen liegt genau hier, und es geht ihr gut.« Holland streckte sich und bäumte sich auf, sodass ihr die

Decke bis zur Taille hinunterrutschte und ihre prallen Brüste entblößte.

Lincoln stöhnte. Am liebsten wäre er durch das Telefon geschlüpft, um ihre rosafarbenen steifen Brustwarzen zu lecken. Ethan stöhnte ebenfalls und umfasste mit einer Hand ihre Brust, um ihre Knospen mit den Fingern zu reizen.

»Herrgott. Wollt ihr mich jetzt jeden Morgen so wecken?«, fragte Lincoln.

»Ich hätte kein Problem damit«, hauchte Holland.

»Bevor wir zum vergnüglichen Teil kommen«, sagte Ethan mit einem Augenzwinkern, »wollte ich mich noch einmal bei dir entschuldigen.«

Lincoln schüttelte den Kopf und umschloss unter der Bettdecke seinen Schwanz mit einer Hand. Ethan und Holland konnten es zwar nicht sehen, aber da er bei der Bewegung seinen Bizeps leicht anspannte, ahnten sie sicher, was er tat. »Du musst dich nicht entschuldigen. Außerdem hast du versprochen, es wiedergutzumachen. Wir werden gemeinsam eine Lösung finden.«

»Deshalb werde ich heute nicht ins Büro fahren.«

Es war Samstag, also sollte Ethan eigentlich sowieso nicht arbeiten. Aber wenn man bedachte, wie sehr sein Chef ihn in letzter Zeit vereinnahmt hatte, verbuchte Lincoln das als kleinen Sieg. Ethan gab sich wirklich Mühe, und Lincoln nahm sich vor, es ihm gleichzutun.

»Schön, dann werden wir uns alle bessern«, warf Holland ein und bäumte sich erneut auf, als Ethan ihr in die Brustwarze zwickte. »Aber es fällt mir nicht leicht, mich zu konzentrieren, solange du mit meiner Brust spielst.«

Ethan sah sie an und blickte dann wieder ins Telefon.

Das Bild wackelte ein wenig, und Lincoln musste schlucken.

»Was genau machen wir hier eigentlich?«, fragte er, woraufhin Ethan sich über die Lippen leckte. Er wollte diese Zunge an seinem Mund, seinem Schwanz und seinem ganzen Körper spüren.

Leider war das momentan aufgrund der räumlichen Entfernung nicht möglich, doch er würde das Beste aus der Situation machen.

»Ich habe eine Idee. Bist du nackt?«, wollte Ethan wissen.

»Ja«, antwortete Lincoln zaghaft. Er wollte kein Spielverderber sein, aber mit Telefonsex hatte er keinerlei Erfahrung.

»Nun, da wir gerade unter uns sind … Wie wäre es, wenn wir uns heute Morgen ein wenig miteinander vergnügen?«

»Ich bin dabei. Aber das bleibt unter uns, nicht wahr? Du wirst das doch nicht irgendwo streamen, oder?«, fragte Holland.

»Versprochen. Das bleibt unter uns.« Ethan küsste sie leidenschaftlich, und Lincoln begann, seinen Schaft zu massieren. »Ein Wort von dir, und wir hören auf«, raunte er.

»Was immer ihr wollt, ich gehöre ganz euch«, sagte Holland. Lincoln und Ethan wechselten einen Blick. Als Ethan kaum merklich nickte, wusste Lincoln, dass sein bester Freund dasselbe dachte wie er. Sie würden sie nicht verlieren. Sie würden um sie kämpfen.

Doch jetzt würden sie sich erst einmal miteinander vergnügen.

Ethan bewegte das Telefon, sodass die Kamera zunächst nur Hautpartien einfing. Lincoln hörte ein Kichern und das Rascheln der Bettdecke. Er schüttelte den Kopf. Als Ethan das Handy schließlich auf dem Nachttisch abstellte, wobei Lincoln vermutete, dass er es gegen die Lampe gelehnt hatte, hatte er einen ungehinderten Blick auf Holland. Sie lag auf dem Bett, spielte mit ihren Brüsten und blickte direkt in die Kamera. Lincoln konnte außerdem Ethans Kopf zwischen ihren Schenkeln erkennen. In seinen Augen brannte ein Feuer, während er die Lippen zu einem schiefen Lächeln verzog.

»Richte die Kamera so aus, dass wir sehen können, womit du arbeitest, großer Junge«, sagte Ethan.

Lincoln lachte auf und tat wie geheißen. Das würde ein erfreulicher Start in den Tag werden.

Langsam massierte Lincoln seinen Schaft und umfasste mit der anderen Hand seine Hoden. Holland spielte weiter mit ihren Brüsten und blickte dabei direkt in die Kamera. Als Ethan begann, sie zu verwöhnen, verdunkelten sich ihre Augen und sie öffnete leicht die Lippen. Ein Schauer der Erregung durchfuhr Lincoln, als er sich vorstellte, es sei Ethans Zunge an seinem Schwanz.

Er kämpfte darum, die Augen offen zu halten, und tat sein Bestes, um nicht auf der Stelle zu explodieren, aber er war machtlos gegen den Ansturm der Empfindungen. Während er sich weiter rieb, stellte er sich vor, wie Holland mit ihren Lippen seinen Schwanz umschloss und er Ethan mit dem Mund befriedigte.

Holland keuchte und bäumte sich auf, als Ethan ein Knurren an ihrem Unterleib ausstieß. Lincoln massierte sich immer schneller, bis seine Hoden sich zusammenzogen und ein Kribbeln seinen Rücken durchzuckte. Im nächsten Moment ergoss er sich auf seinen Bauch und stöhnte ihre Namen. Holland bäumte sich noch einmal auf, schloss die Augen und stieß einen stillen Schrei aus, als sie ebenfalls von der Welle der Ekstase mitgerissen wurde. Ethan ließ jedoch nicht von ihr ab. Stattdessen vergrub er seine

Fingerspitzen an ihrer Hüfte und leckte und saugte weiter. Ihr lustvolles Stöhnen rauschte mit Wucht durch Lincoln hindurch, sodass er fast noch einmal zum Höhepunkt kam. Sein Schwanz war fast wieder steinhart.

Er masturbierte weiter, übte sich jedoch in Selbstbeherrschung, um Ethan beobachten zu können. Als dieser endlich den Kopf hob und sich Hollands Honig von den Lippen leckte, musste Lincoln sich heftig zusammenreißen. Im nächsten Moment setzte Holland sich auf, kniete sich vor Ethan auf die Matratze und schluckte ihn bis zum Anschlag, wobei sie ihren Hintern und ihr feucht glänzendes Geschlecht direkt in die Kamera reckte.

Lincoln grinste und beobachtete, wie Ethan knurrte und an Hollands Haaren zog, während er ihren Mund mit kraftvollen Stößen fickte.

Lincoln wäre am liebsten bei ihnen gewesen.

In gewisser Weise war er dabei. Er war Teil dieses sinnlichen Weckrufs, denn sie hatten ihn in ihr Spiel einbezogen.

Sie mussten einen Weg finden, um zusammenzubleiben.

Als Ethan schließlich den Gipfel der Lust erklomm, saß Lincoln einfach da, starrte auf den Bildschirm und wartete darauf, dass seine Geliebten wieder zu Atem kamen, damit sie ihn ansehen konnten.

»Kaffee?«, fragte er, woraufhin beide nickten.

»Ich muss heute in den Laden, aber vorher kann ich einen Kaffee gut gebrauchen«, sagte Holland.

»Komm nicht zu spät.« Lincoln hielt inne. »Danke, dass ihr mich geweckt habt.«

»Gern geschehen, mein Großer«, erwiderte Holland. Ihr Lachen war das Letzte, was er hörte, bevor Ethan ihm noch einmal zuwinkte und das Gespräch beendete.

Lincoln schüttelte nur den Kopf und legte sein Handy auf den Nachttisch. Er musste sich an die Arbeit machen. Doch zuerst musste er sich auf das besinnen, was wirklich zählte. Vielleicht würde er genau dort die Inspiration finden, die ihm zum Zeichnen fehlte. Seine Finger kribbelten bereits vor Verlangen nach einem Bleistift, auch wenn er wusste, dass die Eingebung im Moment noch auf sich warten ließ.

Deshalb würde er sich auf das Naheliegende konzentrieren und auf die Menschen, die ihm wichtig waren. Der Rest würde sich irgendwann fügen. Zumindest hoffte er das.

KAPITEL FÜNFZEHN

Ethan ließ die Schultern kreisen und warf grinsend einen Blick auf die Uhr. Noch zwanzig Minuten, dann konnte er nach Hause gehen. Endlich.

Er war fest entschlossen, heute keine Überstunden zu machen. Da er alles auf seiner Liste bereits erledigt hatte, war er zufrieden.

Maximilian würde wahrscheinlich nicht begeistert sein, aber das war ihm egal. Sein Chef musste endlich begreifen, dass er während der normalen Arbeitszeit im Büro war und all seine Aufgaben abarbeitete, aber auch Pausen brauchte.

Zumindest *hoffte* er, dass sein Chef Verständnis haben würde. Wenn nicht, würde Ethan sich einen neuen Job suchen. Der Gedanke jagte ihm zwar eine Heidenangst ein, aber irgendwie würde es weitergehen. Jetzt würde er erst einmal nach Hause fahren. Zu Lincoln, denn dieser hatte versprochen, heute Abend für Holland und ihn zu kochen.

Ethan hatte angeboten, das Abendessen selbst zuzubereiten, aber Lincoln hatte nur gelacht und gesagt, dass er an der Reihe sei.

Möglicherweise entsprach das der Wahrheit. Doch Lincoln kümmerte sich ständig um ihn, und Ethan wollte sich hin und wieder gern revanchieren. Vielleicht konnte man ihn deshalb als sentimental bezeichnen, doch auch das war ihm egal.

Als ein Klopfen an seiner Bürotür ertönte, versteifte er sich. Er befürchtete, sein Chef könnte ihn mit einem weiteren Projekt beauftragen. Ethan war fast fertig für heute, auch wenn er gerade noch dabei war, für den nächsten Tag vorzuarbeiten. Da er sich hier nicht verstecken konnte, drehte er sich mit einem Seufzen um.

Überrascht zog er die Augenbrauen in die Höhe. »Liam? Was machst du denn hier?«

Sein großer Bruder trat ein, sah sich um und lächelte. »Dies ist ein tolles Büro.«

Ethan runzelte die Stirn und ließ den Blick ebenfalls schweifen. Vier Wände, ein Fenster mit Jalousien und ein riesiger Schreibtisch. An einer Seite reihten sich Aktenschränke aneinander, daneben stand ein weiterer Tisch, auf dem sich die Papiere stapelten. Zwei Whiteboards bedeckten fast eine komplette Wand. Es war nichts Besonderes.

Ethan starrte seinen Bruder ungläubig an.

»Nicht schlecht, immerhin hast du dein eigenes kleines Büro.«

»Gibt es einen bestimmten Grund für deinen Besuch?«, fragte Ethan. Plötzlich schoss ihm ein beängstigender Gedanke durch den Kopf. Er sprang so hastig auf, dass sein Stuhl beinahe umkippte. »Was ist passiert? Ist Mom etwas zugestoßen?«

Liam hob beschwichtigend die Hände und schüttelte den Kopf. »Nein, alles gut, ganz ruhig. Ich wollte nur mal nach dir sehen. Und da ich weiß, dass du heute Abend mit Lincoln und Holland verabredet bist, wollte ich dich auch gar nicht lange aufhalten.«

Ethan nickte und sein Puls normalisierte sich einigermaßen.

»Ich bin fast fertig. Willst du eine Runde spazieren gehen?«

Liam schüttelte den Kopf, lehnte sich gegen den Türrahmen und warf einen prüfenden Blick über die Schulter. »Kann ich die Tür schließen?«

Ethan nickte und war erneut beunruhigt. »Was ist los?«

»Nichts. Ich will nur sichergehen, dass du weißt, dass die Familie für dich da ist. Wir alle lieben dich.«

»Das klingt aber doch, als sei etwas Schreckliches passiert.« Die nackte Angst packte ihn und er musste schlucken. »Also, was ist der wahre Grund für deinen Besuch?«

Liam runzelte die Stirn und fuhr sich mit der Hand durchs Haar, bevor er sich in Bewegung setzte, um vor der Tür auf und ab zu gehen. »Ich habe wirklich kein Talent für so etwas. Mir ist schleierhaft, warum Aaron und Bristol ausgerechnet mich geschickt haben.«

»Die beiden haben dich gebeten hierherzukommen?«

»Wir machen uns eben Sorgen um dich.«

»Ihr macht euch Sorgen. Um mich. Warum zum Teufel macht ihr euch Sorgen um mich? Mir geht es gut.«

»Das ist wahr. Und wir wollen, dass es so bleibt. Wir lieben Lincoln. Du weißt, dass er für uns wie ein Bruder ist. Glaub mir, ich bin *wirklich* froh, dass du nie einen Bruder in ihm gesehen hast«, fügte Liam hinzu und lachte leise.

»Dieser Witz wird wohl nie alt«, entgegnete Ethan trocken.

»Ich weiß wirklich nicht, wie ich es am besten ausdrücken soll, ohne wie ein Arschloch zu klingen«, murmelte Liam.

»Warum spuckst du es nicht einfach aus? Ich werde es schon verkraften.«

Von den vier Geschwistern war Liam der überfürsorgliche, während Aaron der Fels in der Brandung war, der immer zum Spaßen aufgelegt war. Bristol war diejenige, die einem, wenn nötig, einen Schubs in die richtige Richtung gab. Und Ethan? Nun, Ethan war derjenige, der stillschweigend alles organisierte und den anderen den Rücken freihielt. Allerdings hatte er diese Rolle schon seit einer Weile nicht mehr eingenommen, weil er sich so sehr auf die Arbeit konzentriert hatte. Es war nur eine weitere Sache auf der Liste der Dinge, die er vermasselt hatte. Ihm war klar, dass er sich mehr ins Zeug legen musste, aber er gab sein Bestes.

Er warf erneut einen Blick auf die Uhr und stellte fest, dass ihm nur noch ein paar Minuten blieben, bevor er aufbrechen musste. Schließlich wollte er nicht zu spät zu seiner Verabredung mit Lincoln und Holland kommen.

»In Ordnung«, sagte Liam. »Wie schon gesagt, lieben wir Lincoln. Und Holland mögen wir sehr.«

»Wirklich?«, fragte Ethan. Er spürte, wie seine Anspannung ein wenig nachließ.

»Ja«, bekräftigte Liam. »Sie tut euch beiden gut. Sie ist schrullig, witzig und bringt euch zum Lachen.«

»Du kennst sie doch gar nicht«, entgegnete Ethan trocken.

»Nein, aber Arden, Bristol und Madison haben sie getroffen und lieben sie. Und die Tatsache, dass du sie noch nicht zu einem Montgomery-Abendessen mitgebracht hast, sagt mir, dass du versuchst, sie zu beschützen.« Er hielt kurz inne und fügte dann hinzu: »Oder es ist einfach nichts Ernstes. Aber du würdest deine Beziehung zu Lincoln nicht für etwas riskieren, das nicht ernst ist.«

»Da hast du recht«, antwortete Ethan. »Wir sind glücklich. Ich weiß nicht, was passieren wird, aber wir sind endlich glücklich.«

»Heißt das, dass du endlich aufhören wirst, so viel zu arbeiten?«

Ethan wich zurück und rieb sich unwillkürlich die Stelle über seinem Herzen. »Warum rammst du mir das Messer nicht gleich noch ein Stück tiefer in die Brust?«, fragte er sarkastisch.

»Was willst du denn hören? Du sitzt ständig im Büro. Kein Wunder, dass du überhaupt nicht mehr mitbekommst, was in der Familie eigentlich vor sich geht.«

»Ich weiß selbst, dass ich ein Arbeitstier bin. Die Tatsache, dass du zu mir ins Büro kommen musstest, um mir das zu sagen, ist wahrscheinlich Beweis genug dafür.«

»Ich will dir nur versichern, dass wir dich lieben, und dir sagen, dass du Holland zum Familienessen mitbringen musst.«

»Ich weiß. Aber zuerst müssen wir dafür sorgen, dass sie nicht das Weite sucht.«

»Das dachte ich mir schon, so wie ihr sie unter Verschluss haltet. Wir wollen schließlich nicht, dass die Montgomerys sie verschrecken«, sagte Liam lachend.

»Sie hat es immerhin überlebt, als Bristol aus heiterem Himmel vor ihrer Tür stand, nachdem unsere liebe Schwester mir ihre Adresse entlockt hat. Deshalb bin ich mir ziemlich sicher, dass Holland auch mit dem Rest des Clans fertig wird.«

»Wunderbar, das freut mich zu hören. Wir wollen nur dein Bestes. Und ich muss zugeben, dass du trotz der dunklen Schatten unter deinen Augen glücklich wirkst. Mir scheint, die beiden sind genau das, was du brauchst.«

»Danke, aber es wäre wirklich nett, wenn du meine Augenringe nicht erwähnst. Vielleicht sollte ich anfangen, diese Augenpads zu benutzen.«

»Dagegen ist nichts einzuwenden. Arden bringt mich hin und wieder dazu, sie zu benutzen. Inklusive Peeling, das angeblich zugleich den Bart pflegt.«

»Du bist jetzt eine Berühmtheit, dein Gesicht prangt überall auf Buchrücken und im Internet. Da solltest du präsentabel sein.«

»Fick dich. Wie auch immer, du kommst am Samstag zum Familienessen nach Hause. Mom hat schon alles geplant. Und falls du dich weigerst, werde ich Holland einfach selbst einladen.«

Ethan fuhr sich mit den Händen übers Gesicht. »Also schön.«

»Und bring ihr Blumen mit. Du hast sie schon eine Weile nicht mehr gesehen.«

»Holland? Ich habe sie gestern gesehen«, scherzte Ethan.

»Sehr witzig«, entgegnete Liam. »Im Ernst, du solltest Mom eine kleine Aufmerksamkeit machen.«

»Das werde ich. Obwohl sowohl Lincoln als auch Holland wahrscheinlich ohnehin daran denken werden.«

»Siehst du? Deshalb hast du nicht nur eine große Liebe gefunden, sondern gleich zwei. Die beiden werden dir helfen, einen kühlen Kopf zu bewahren. Du kümmerst dich immer um alle anderen, aber manchmal vergisst du dabei dich selbst.«

Damit hatte Liam zwar nicht unrecht, doch Ethan blieb an einem bestimmten Wort hängen. »Bei uns ist das Wort ›Liebe‹ noch nicht gefallen«, murmelte er.

»Das macht doch nichts. Ihr habt Zeit. Geht es langsam an, ihr müsst eine Menge Gefühle entwirren. Und eine Menge Gliedmaßen.« Ethan schnaubte, während Liam sich die Augen rieb. »Vergiss, was ich gesagt habe. Ich will nie wieder daran denken.«

»Nicht doch, ich bin mir sicher, Lincoln zeichnet dir liebend gern ein Diagramm, falls du den Überblick verlierst.«

»Ich hasse dich, ganz ehrlich«, erwiderte Liam. »Entschuldige nochmals, dass ich dich so kurz vor Feierabend gestört habe. Ich muss jetzt Jasper vom Tierarzt abholen, dann fahre ich nach Hause zu meiner Frau.«

»Ist mit Jasper alles in Ordnung?«, fragte Ethan. Jasper war der weiße Siberian Husky von Arden und Liam. Soweit Ethan wusste, war er kerngesund gewesen.

»Ja, er hat vor lauter Nervosität eine verdammte Socke gefressen. Aber es geht ihm gut. Scheinbar hat er sie beim Tierarzt ausgeschieden. Arden und ich waren mit ihm mehrmals in der Praxis, um sicherzugehen, dass er nicht operiert werden muss.«

»Warum hast du mich nicht angerufen?«

»Weil wir alles im Griff hatten und es nichts Schlimmes war. Hätte ich andere Neuigkeiten gehabt, hätte ich dich angerufen. Und ich wette, Holland wäre auch sofort zur Stelle gewesen. Lincoln ebenso. Weil ihr gute Menschen seid. Und ich weiß, dass du diese beiden Menschen liebst.«

»Liam«, murmelte Ethan mit einem warnenden Unterton.

»Schon gut, ich halte ja schon den Mund. Kein Wort mehr von Liebe«, erwiderte Liam. »Wir sehen uns am Samstag. Enttäusche Mom nicht.«

»Ich gebe mein Bestes, um niemanden mehr zu enttäuschen.«

Liam lächelte und umarmte seinen Bruder zum Abschied, bevor er das Büro verließ.

Ein Blick auf die Uhr verriet Ethan, dass es fünf Minuten nach Feierabend war. Er packte seine Sachen zusammen und vergewisserte sich, dass er alle Punkte auf seiner Aufgabenliste erledigt hatte. Einige seiner Programme würden über Nacht durchlaufen, doch bei Bedarf konnte er von seinem Heimrechner aus darauf zugreifen. Niemand würde es ihm übel nehmen, wenn er die Daten zwischendurch überprüfte. Allerdings musste er dafür nicht in seinem Büro sitzen.

Sein Chef sagte kein Wort, als er ihm auf dem Weg nach draußen zuwinkte. Julia folgte ihm aus dem Gebäude.

»Hey, verlässt du etwa das Nest?«

»Ich schlage mich auf deine Seite«, antwortete sie. »Maximilian wird zwar nie laut, aber er straft einen mit diesem vorwurfsvollen Blick. Und ich hasse diesen Blick. Aber wenn wir anfangen, uns strikt an unsere Arbeitszeiten zu halten, begreift er es vielleicht irgendwann auch.«

»Ich wusste doch, dass ich dich mag, Julia.«

Sie grinste. »Ich mag dich auch, Ethan. Grüße Lincoln und Holland von mir.«

»Mach ich.« Er winkte ihr zu, als sie in ihren Wagen stieg, und steuerte den hinteren Teil des Parkplatzes an.

Er stellte seinen Wagen bevorzugt im Schatten eines bestimmten Baumes ab, obwohl er häufiger Vogelkot vom Lack entfernen musste, als ihm lieb war.

Er war etwa vier Schritte von seinem Wagen entfernt, als ihn plötzlich ein Schlag am Hinterkopf traf. Er stieß einen schrillen Schrei aus und griff sich an den Kopf, um herauszufinden, was zum Teufel gerade passiert war. Doch noch bevor er sich umdrehen konnte, rammte ihm jemand die Faust mit voller Wucht gegen den Kiefer. Er sackte zu Boden, spuckte Blut und blinzelte benommen.

Ein Mann baute sich über ihm auf, doch die Sonne stand direkt hinter ihm, sodass Ethan sein Gesicht nicht erkennen konnte. In seinen Ohren schrillte ein Klingeln und Übelkeit stieg in ihm auf. Wie gelähmt lag er am Boden und versuchte verzweifelt, sich einen Reim darauf zu machen, was gerade geschah.

War dies ein Überfall? Wollte ihn jemand ausrauben?

Er hatte nicht einmal seinen Laptop bei sich. Den hatte er zu Hause in seinem Arbeitszimmer gelassen. Er hatte nur seine Brieftasche, doch er war nicht imstande, den Mund zu öffnen, um seinem Angreifer das mitzuteilen. Im nächsten Moment warf der Mann sich auf ihn und prügelte auf ihn ein. Ethan hob eine Hand, um sein Gesicht zu schützen, und schlug mit der anderen Faust blindlings nach dem Kerl. Als dieser einen Fluch ausstieß, wusste Ethan genau, mit wem er es zu tun hatte. »Damien?«, spuckte er, während sein Mund sich erneut mit Blut füllte.

»Seine Umarmungen fühlen sich so gut an, nicht wahr? Er gehörte mir. Bevor ... du aufgetaucht bist«, fauchte Damien und holte zum nächsten Schlag aus.

Ethan versuchte, sich zu bewegen, doch er war kurz davor, das Bewusstsein zu verlieren. Galle stieg ihm in die Kehle und die Sicht verschwamm ihm vor Augen. Er war sich ziemlich sicher, dass er eine Gehirnerschütterung hatte, doch er konnte kaum einen klaren Gedanken fassen. Stattdessen versuchte er erneut, Damien von sich zu stoßen, doch ihm fehlte die Kraft.

Damien griff nach etwas, und Ethan hörte ein metallisches Knirschen auf dem Kies. War das ein Eisenrohr? Oder eine Brechstange? Mein Gott. Wollte Damien ihn töten?

»Er gehörte mir. Ganz allein mir. Und du hast alles

ruiniert.« Damien hieb auf ihn ein, doch Ethan rollte sich zur Seite. Das Metall rammte ihn an der Schulter, während die Kante seine Augenbraue traf.

Er schrie und stieß Damien von sich. Er versuchte wegzukriechen, doch Damien sprang auf und trat ihm in den Bauch.

Ethan tastete nach seinem Handy, um die Polizei zu rufen. Ihm war klar, dass er mit der Kopfverletzung nicht mehr in der Lage war, sich zur Wehr zu setzen. Er musste hier weg. Warum hörte ihn niemand? War denn niemand sonst hier draußen?

Er schaffte es nicht, den Notruf zu wählen, also tippte er auf den letzten Kontakt, den er angerufen hatte. Er wollte nur ihre Stimme hören. Doch als Damien erneut zuschlug, wurde ihm schwarz vor Augen.

***

HOLLAND STRECKTE IHREN VERSPANNTEN RÜCKEN, ALS SIE IHR Haus betrat. Sie war dankbar, dass Steven nach Feierabend den Laden schließen würde. Es war ein guter Tag gewesen, auch wenn ihre Mutter und ihre Schwester versucht hatten, sie zu erreichen. Holland hatte die Anrufe ignoriert, wohl wissend, dass sie vielleicht irgendwann im Laden auftauchen würden. Oder auch nicht. Es war ihr vollkommen egal. Ehrlich gesagt wusste sie nicht, was sie davon halten sollte, aber es ließ sie kalt, dass ihre Eltern sie abgeschrieben hatten und ihr Vater seit der Hochzeit kein einziges Wort mehr mit ihr gewechselt hatte. Es hatte schlichtweg nichts mehr mit ihr zu tun.

Als ihr Handy klingelte, warf sie einen Blick auf das Display und lächelte. Ethan. Sie wollten sich später bei ihm zu Hause treffen, und sie hoffte inständig, dass er nicht wieder absagen würde. Doch sie war zuversichtlich, denn er gab sich wirklich Mühe. Außerdem wollte sie nicht gleich das Schlimmste annehmen.

»Hallo?«

»Er gehörte mir. Ganz allein mir.«

Holland blinzelte fassungslos und starrte einen Moment lang auf ihr Handy. Als sie einen Mann schreien hörte, führte sie das Telefon zurück an ihr Ohr. Ein wütendes Brüllen ertönte, dann ein schmerzhaftes Stöhnen und Ächzen. Im nächsten Moment vernahm sie das dumpfe Klatschen von Fleisch auf Fleisch, gefolgt von dem Geräusch von Metall, das auf etwas Weiches traf.

Dann brach die Verbindung ab. Holland blinzelte, während ihr Tränen in die Augen traten. Mit zitternden Händen hielt sie das Telefon und rief: »Ethan? Ethan!« Doch sie erhielt keine Antwort.

Die Leitung war tot.

Mit rasendem Herzen starrte sie auf das dunkle Display und hoffte inständig, dass es ihm gut ging. Das musste er gewesen sein. Es war seine Nummer. Die andere Stimme hatte sie nicht erkannt. Wer zum Teufel war das? War Ethan verletzt?

Sie versuchte zurückzurufen. Es klingelte und klingelte, aber niemand nahm ab. Mit jedem Klingelton beschleunigte sich ihr Puls etwas mehr und ihre Handflächen begannen zu schwitzen.

Sie hatte keine Ahnung, was sie tun sollte. Sollte sie den Notruf wählen? Sie wusste nicht einmal, wo Ethan war. War er noch im Büro oder bereits auf dem Heimweg? Um diese Uhrzeit müsste er eigentlich fast zu Hause sein, aber bei Ethan konnte man das nie so genau wissen. Was sollte sie jetzt tun? An wen sollte sie sich wenden? Eine Person fiel ihr ein, die vielleicht helfen könnte. Sie rief Liam an und hoffte inständig, dass Ethans Bruder wusste, was zu tun war.

»Holland?«, meldete Liam sich. »Was ist los?«

»Ich habe gerade einen Anruf von Ethan erhalten. Es klang, als sei er verletzt. Aber ich bin mir nicht sicher. Ich habe versucht zurückzurufen, aber er geht nicht ran. Doch es klingelt noch, sein Handy ist also noch eingeschaltet. Er hat mal erwähnt, dass ihr denselben Familienvertrag nutzt. Kannst du ihn vielleicht mit einer Suchfunktion orten? Ich weiß auch nicht. So etwas hat er noch nie getan. Ich kann nicht ... ich kann ...« Sie begann zu hyperventilieren.

Am anderen Ende der Leitung stieß Liam einen Fluch aus. »Ganz ruhig. Erzähl mir noch einmal genau, was passiert ist.«

»Ethan hat angerufen, aber statt seiner Stimme habe ich das Brüllen eines anderen Mannes gehört. Dann klang es, als sei jemand in einen heftigen Kampf verwickelt. Es war schrecklich, Liam. Plötzlich war die Leitung tot, und als ich zurückgerufen habe, ging niemand ran. Ich weiß nicht, was ich tun soll.«

»Verdammt, okay. Leg jetzt auf und ruf sofort Lincoln an. Sag ihm, er soll zu dir kommen. Ich versuche unterdessen, Ethans Handy zu orten. Alles wird gut, hörst du? Bestimmt ist er wohlauf und hat das Telefon nur fallen lassen.«

»So hat es sich nicht angehört.«

»Ruf Lincoln an. Und geh sofort ran, wenn ich mich zurückmelde, verstanden?«

»Okay«, keuchte Holland.

Kaum hatte sie aufgelegt, wählte sie Lincolns Nummer. Keine Antwort. Oh Gott, was, wenn er bei Ethan war? Was zum Teufel ging hier vor sich?

Noch bevor sie eine Nachricht auf der Mailbox hinterlassen konnte, meldete Liam sich zurück. Also legte sie auf und nahm Liams Anruf entgegen. »Was gibt es Neues?«

»Er geht nicht ran, wie du gesagt hast. Aber ich habe sein Handy geortet. Offenbar ist er noch bei der Arbeit. Ich habe ihn vor ein paar Minuten besucht und sitze noch im Wagen. Also fahre ich zurück und rufe die Polizei. Herrgott, ich war gerade noch dort.«

»Oh mein Gott. Okay, was kann ich tun?«, keuchte Holland.

»Ich weiß nicht. Hast du Lincoln erreicht?«

»Nein. Ich weiß nicht mehr weiter.«

»Es wird alles gut, okay? Du bist nicht allein. Bleib ganz ruhig.«

Liam beendete das Gespräch. Kurz darauf rief Lincoln zurück. Holland musste sich fast übergeben, als sie den Anruf entgegennahm. »Oh mein Gott, Lincoln! Geht es dir gut? Sag mir, dass es dir gut geht!«

»Ja, warum sollte es mir nicht gut gehen?«, fragte er. »Was zum Teufel ist los, Holland?«

»Ich weiß es nicht. Kannst du mich abholen? Ich glaube, wir müssen ins Krankenhaus fahren.«

Für einen Moment herrschte Schweigen am anderen Ende der Leitung, dann ertönte ein hastiges Rascheln. »Ich bin auf dem Weg zu meinem Wagen. Was zum Teufel ist passiert? Geht es dir gut? Was ist los?«

»Ich weiß es nicht.« Während ihr Tränen über die Wangen strömten, erzählte sie ihm von dem Anruf von Ethan und dem Telefonat mit Liam. Ihr war bewusst, dass sie im Moment nicht in der Verfassung war, sich ans Steuer zu setzen.

Plötzlich wurde ihr schlagartig klar, wie sehr sie Ethan liebte. Sie hatte es erst begriffen, als sie diesen Schrei gehört hatte, als sie verzweifelt versucht hatte, ihn zu erreichen.

Und nun saß Lincoln bereits in seinem Wagen und war auf dem Weg zu ihr. Mein Gott, die Erkenntnis traf sie wie ein Schlag. Dies war ihre Erfüllung. Sie alle drei gemeinsam. Und jetzt drohte ihr das alles entrissen zu werden.

Oh Gott, sie liebte diese Männer so sehr. Sie durfte sie nicht verlieren.

Doch im Moment schien es, als sei ihr das Schicksal nicht gewogen.

»Ich bin unterwegs, okay? Sei stark, Baby. Ich bin gleich bei dir«, keuchte Lincoln.

»Fahr vorsichtig. Pass auf dich auf.«

»Warte auf mich.«

»Immer«, schluchzte sie.

In diesem Moment leuchtete eine Nachricht von Liam auf ihrem Handy auf. Offenbar hatte er sie in einen Gruppenchat mit dem Rest der Montgomerys geschickt.

Liam: *Ethan im Krankenwagen. Auf dem Weg in die Notaufnahme. Kommt alle ins Mercy.*

Mein Gott. Holland begann zu zittern, doch sie klammerte sich an den Gedanken, dass Lincoln bald bei ihr sein würde. Sie war nicht allein. Sobald er da war, würde sie wieder klar denken können.

Oh Gott, was war mit Ethan geschehen?

Seine Familie würde ins Krankenhaus kommen. Ihr erstes Zusammentreffen mit dem Montgomery-Clan hatte Holland sich wahrlich anders vorgestellt, doch das war jetzt nicht wichtig. Sie musste zu Ethan.

Als sie das Quietschen von Reifen hörte, schnappte sie sich ihre Handtasche und stürzte zur Tür hinaus. Glücklicherweise war sie noch geistesgegenwärtig genug, sie hinter sich abzuschließen.

Lincoln war bleich wie ein Laken, als er aus dem Wagen stieg. Mit vor Entsetzen weit aufgerissenen Augen eilte er zu ihr und drückte sie an sich. Er presste seine Lippen mit Wucht an ihre, zog den Kopf zurück und packte sie an den Schultern.

»Ich habe Liams Nachricht gelesen. Wir müssen los«, presste er hervor.

»Bist du überhaupt in der Verfassung zu fahren?«, fragte sie, denn er zitterte genauso stark wie sie.

»Ja, ich muss nur ein paarmal tief durchatmen, dann bringe ich uns sicher ins Krankenhaus. Er wird wieder gesund, Baby. Das wissen wir.«

»Wissen sie denn schon, was passiert ist?«

»Ich habe dieselbe Nachricht erhalten wie du, Baby. Aber Ethan hat dich angerufen, er hat dich erreicht. Es wird alles gut werden, in Ordnung? Du hast alles richtig gemacht, Baby.«

Als er erneut seine Lippen auf ihre presste, ließ sie sich in seine Arme sinken. Sie hoffte inständig, dass er recht hatte, doch sie konnte es nicht wissen.

Wortlos lösten sie sich voneinander und hasteten zum Wagen. Lincoln raste zum Krankenhaus, wobei er sich zwar an die Verkehrsregeln hielt, die Geschwindigkeitsbegrenzung jedoch bis zum Äußersten ausreizte.

Als sie auf den Parkplatz fuhren, stiegen die Montgomerys gerade aus ihren Wagen. Ihre Gesichter waren genauso aschfahl wie das von Lincoln – und vermutlich auch ihr eigenes.

Bristol erblickte sie über das Dach eines anderen Wagens hinweg und winkte ihr kurz zu, während sie Marcus' Hand ergriff. Doch Holland brachte keinen Ton heraus. Ihre Kehle war wie zugeschnürt. Stattdessen klammerte sie sich an Lincolns Hand, als sie die Notaufnahme betraten.

Liam war bereits dort. Sein Haar war zerzaust, als sei er

sich mehrfach mit den Fingern durch die Strähnen gefahren. Holland erkannte ihn sofort. Obwohl sie den Mann noch nie persönlich getroffen hatte, hatte sie Fotos von ihm gesehen.

Arden war auch da und eilte zu ihr. Sie umarmte zuerst Holland und dann Lincoln. »Wir haben keine Ahnung, was passiert ist.«

»Verstanden. Das wäre meine erste Frage gewesen«, sagte Lincoln.

Holland brachte immer noch kein Wort heraus.

Stattdessen stand sie schweigend da, während die restlichen Familienmitglieder durch die Tür traten.

Francine und Timothy Montgomery bedachten sie mit einem traurigen Lächeln, zogen sie in die Arme und drückten auch Lincoln an sich. Holland war von ihren Gefühlen überwältigt. Sie hatte Ethans Eltern noch nie getroffen, doch obwohl die beiden sichtlich litten, empfingen sie Holland mit einer Herzlichkeit, als gehörte sie längst zur Familie. Francine und Timothy blickten sich an, ließen dann den Blick über ihre Kinder schweifen und setzten sich schließlich Hand in Hand in den Warteraum.

Aaron ging vor Liam und Arden auf und ab, während Bristol und Marcus in einer Ecke standen und miteinander tuschelten. Die beiden sahen aus, als hätten sie eine heftige Auseinandersetzung.

Holland wusste nicht, worum es bei dem Streit ging, doch sie war nicht imstande, sich darauf zu konzentrieren.

»Liam Montgomery?«, fragte ein Polizeibeamter, der gerade die Notaufnahme betrat. »Wir sind hier, um Ihre Aussage aufzunehmen.«

Alle erhoben sich, doch Liam nickte nur.

»In Ordnung, kein Problem.«

»Ist eine von Ihnen Holland?«, wollte der Beamte wissen.

Sie trat vor. »Ja, das bin ich. Er hat mich angerufen.«

»Verstanden, wir müssen auch Ihre Aussage zu Protokoll nehmen.«

»Aber ich kann nicht von hier weg«, protestierte sie. »Was, wenn die Ärzte Neuigkeiten über Ethans Zustand haben?«

»Dann finden wir dich, Baby«, versicherte Lincoln ihr. »Soll ich mitkommen?«

»Wir würden es vorziehen, wenn wir sie allein befragen könnten«, meldete ein weiterer Polizist sich zu Wort.

Lincoln ergriff ihre Hand und schüttelte den Kopf. »Ich werde bei ihr bleiben, um sie stillschweigend zu unterstützen. Eines von Ethans Geschwistern kann uns jederzeit holen, sobald es Neuigkeiten gibt. Sind Sie damit einverstanden?«

Die Polizisten tauschten einen Blick aus und nickten schließlich. Holland schluckte schwer, während sich in ihrem Kopf alles drehte. Was war bloß geschehen?

»Einen Teil Ihrer Aussage haben wir bereits am Tatort aufgenommen, Mr. Montgomery. Aber wir brauchen noch einige Informationen«, sagte einer der Polizisten.

»Ich weiß nur, dass ich zeitgleich mit dem Streifenwagen dort eintraf. Ethan lag am Boden, hustete Blut und brachte immer wieder dieselben Worte hervor: ›Es war Damien. Es war Damien. Finde Lincoln und sorg dafür, dass er in Sicherheit ist.‹ Mehr sagte er nicht.«

Lincoln erstarrte. Holland blinzelte Liam fassungslos an, während sie seine Worte verarbeitete.

Lincolns Agent?

Oh mein Gott.

»Er wurde zusammengeschlagen?«, fragte Holland mit bebender Stimme.

Lincoln stand nur reglos da und gab keinen Ton von sich.

»Ich nehme an, Sie sind Lincoln?«, wandte einer der Beamten sich an ihn, ohne auf ihre Frage einzugehen.

»Ja, das bin ich«, antwortete Lincoln. »Damien ist mein Agent. Ich bin Künstler. Was möchten Sie wissen?«

»Haben Sie eine Vermutung, warum Ihr Agent Mr. Montgomery etwas antun wollte?«

Lincoln schüttelte den Kopf, doch im nächsten Moment erstarrte er. Holland wollte ihn fest an sich drücken und ihm versichern, dass alles gut werden würde. Doch sie konnte nicht wissen, ob das überhaupt stimmte.

Sie beantworteten die Fragen der Polizisten und versuchten, Licht ins Dunkel zu bringen.

Die Polizisten waren zwar freundlich, doch Holland wäre am liebsten aufgestanden und gegangen. Sie wollte bei Ethan sein und sich vergewissern, dass es ihm gut ging. Sie war kaum in der Lage, einen klaren Gedanken zu fassen, und konnte nicht das Geringste tun. Ihr entgingen weder die vielsagenden Blicke, die die Polizisten einander zuwarfen, als sie herausfanden, dass Holland, Lincoln und Ethan eine Dreierbeziehung führten, noch die Art, wie die Krankenschwester sie ansah, als sie hereinkam, um Liam mitzuteilen, dass es noch nichts Neues gab.

Nach einer gefühlten Ewigkeit durfte sie endlich gehen, um sich zu den anderen in den Warteraum zu setzen.

Die Polizei hatte die Fahndung nach Damien bereits eingeleitet. Um herauszufinden, welches Motiv ihn zu der Tat getrieben hatte, würden sie auch noch den Rest der Familie vernehmen, doch zuerst mussten sie ihn aufspüren.

Außerdem mussten sie sich Klarheit darüber verschaffen, was genau sie ihm zur Last legen konnten.

Welche Verletzungen hatte Ethan erlitten?

Als endlich ein Arzt den Warteraum betrat, sprangen die Montgomerys alle gleichzeitig auf. Holland blieb wie versteinert auf ihrem Stuhl sitzen, während sie ihre Finger fest mit Lincolns verschränkt hatte.

Sie begegnete Marcus' Blick, der ebenfalls sitzen geblieben war und Bristol allein mit ihrer Familie vortreten ließ. Er schüttelte kaum merklich den Kopf, und Holland verstand sofort, was er ihr mit der Geste sagen wollte.

Dieser Moment war allein der Familie vorbehalten. Sie würden alles erfahren, wenn die Zeit reif war, doch für den Augenblick hielten sie sich im Hintergrund. Nichtsdestotrotz konnten sie den Arzt hören.

»Er wird wieder gesund«, flüsterte Francine Montgomery und brach in Tränen aus, während ihr Mann sie festhielt. Auch Holland schluchzte ungehemmt.

Ethan hatte eine schwere Gehirnerschütterung davongetragen, mehrere Rippen waren geprellt und er hatte eine tiefe Platzwunde über seinem Auge, die genäht werden musste. Er hatte außerdem mehrere Quetschungen und noch weitere, kleinere Schnittwunden.

Alles in allem war er glimpflich davongekommen. Trotz der Gehirnerschütterung war er bei Bewusstsein und würde wieder vollkommen gesund werden.

Während Holland in Lincolns Armen schluchzte, wurde ihr bewusst, dass er keinen Ton gesagt hatte. Er hatte sich weder gerührt, noch hatte er eine Träne vergossen.

Sie nahm an, dass er sich wahrscheinlich selbst die Schuld gab. Irgendwie würde sie ihn davon überzeugen müssen, dass nicht er, sondern einzig und allein Damien für das Geschehene verantwortlich war.

Sie hatte keine Ahnung, was sie tun sollte. Sie liebte diese beiden Männer abgöttisch. Ihre Gefühle waren so stark, dass sie sie innerlich zu zerreißen drohten.

Es tat weh. Es tat so verdammt weh.

Beinahe hätte sie Ethan verloren und sie wusste nicht, wie sie damit umgehen sollte. Also saß sie stillschweigend da und wartete, bis sie Ethan endlich besuchen durfte.

Darüber hinaus hatte sie jedoch keine Ahnung, was sie tun sollte.

KAPITEL SECHZEHN

Ethan lag reglos im Krankenhausbett. Lincoln stand daneben und fragte sich, was zum Teufel er tun sollte. Was sollte er nur sagen?

Das hier war seine Schuld. Er war dafür verantwortlich, was Ethan zugestoßen war.

Hätte er Damien schon früher aus seinem Leben verbannt, hätte dieser Ethan vielleicht nie angegriffen. Möglicherweise hätte Lincoln seinem besten Freund auch nicht zu nahe kommen dürfen. Vielleicht hätte Damien dann nie den Drang verspürt, Lincoln für sich zu beanspruchen, und wäre nicht von krankhafter Eifersucht übermannt worden.

Lincoln wusste nicht, was genau in Damiens Kopf vorgegangen war, doch er war überzeugt davon, dass er an allem schuld war.

Und von Damien fehlte noch immer jede Spur.

Er war weder zu Hause noch in seinem Büro. Die Polizei fahndete weiterhin nach ihm.

Die Beamten ließen nicht locker und löcherten Lincoln

unaufhörlich mit Fragen, auf die er jedoch kaum Antworten hatte.

Ja, er hatte mit Damien geschlafen, doch das war schon Jahre her.

Nein, er hatte dem Mann nie Gefühle vorgeheuchelt oder ihm falsche Hoffnungen gemacht.

Nein, er hatte seither nicht mehr mit Damien geschlafen.

Nein, er wusste nicht, wo Damien war.

Nein, er hatte Damien nicht dazu angestiftet, Ethan anzugreifen.

Ja, er war sowohl mit Ethan als auch mit Holland liiert.

Nein, er befand sich nicht in einer sadomasochistischen Beziehung, in der er Holland und Ethan dominierte.

Nein, er hatte keine heimliche Affäre mit Damien hinter ihrem Rücken.

Nein, sie führten keine Viererbeziehung.

Ja, er war in einer Beziehung mit zwei Menschen gleichzeitig.

Nein, das ging niemanden etwas an.

Die Fragen hatten kein Ende genommen, und er hatte jede einzelne nach bestem Wissen beantwortet. Er hatte keinen Anwalt hinzugezogen, denn er brauchte keinen. Obwohl ein befreundeter Anwalt ihm als Erstes geraten hätte, nicht ohne Rechtsbeistand mit der Polizei zu reden.

Aber Lincoln wollte es einfach nur hinter sich bringen.

Er wollte, dass Ethan wieder gesund wurde.

Ethan schlief tief und fest, nachdem er zuvor kurz bei Bewusstsein gewesen war. Er hatte zwar kein Wort gesagt, aber er hatte eine Hand ausgestreckt, und Lincoln hatte sie ergriffen. Dann hatte Ethan sich Holland zugewandt, die seine andere Hand genommen hatte. Erst als die Kranken- schwestern ihn trotz der Gehirnerschütterung schlafen ließen, weil die Medikamente ihre Wirkung entfalteten, hatte Lincoln seine Hand losgelassen und war im Zimmer auf und ab gegangen.

Holland hatte keinen Ton gesagt, und Lincoln spürte förmlich, wie sie sich innerlich vor ihm zurückzog. Vielleicht war es besser so. Es schien, als würde er alles ruinieren, was er in letzter Zeit anrührte. Erst seine Kunst, dann Damien und nun Ethan. Er konnte es Holland nicht verübeln, wenn sie sich von ihm fernhielt.

Diese ganze Situation war unerträglich, und er hasste sich selbst dafür. Aber er wusste nicht, was er tun sollte, um etwas zu ändern.

Er fühlte sich machtlos.

»Ich muss gehen«, flüsterte er, als Holland zu ihm aufsah.

»Ich weiß, dass einige der Montgomerys nach Hause gegangen sind. Liam hat sie dazu genötigt. Aber Aaron sitzt immer noch im Wartezimmer. Willst du mit ihm tauschen?«

Sie machte Anstalten aufzustehen, doch Lincoln schüttelte den Kopf. »Nein, ich gehe nach Hause. Ich brauche eine Pause.«

»Oh«, erwiderte Holland. »Soll ich dich begleiten?«

Er starrte sie an und wusste, dass er die Beherrschung verlieren würde, wenn er noch länger hierblieb. Aus Angst, etwas zu sagen, was er später bereuen würde, schwieg er. Er ging, ohne sich von ihr zu verabschieden oder sie zu küssen.

Er schüttelte lediglich den Kopf und verließ den Raum.

Auf dem Weg nach draußen sah er Aaron, der im Warteraum saß und auf seinem Handy tippte. Aaron blickte auf. »Die anderen kommen später zurück. Wir wechseln uns ab, aber wir dachten, dass ihr beide bei ihm sein solltet. Könnt ihr über Nacht bleiben?«

»Du kannst dich zu ihm setzen. Ich gehe nach Hause.«

»Wirklich?«, fragte Aaron überrascht. »Du willst einfach so gehen?«

»Ja, ich muss nachdenken«, erklärte Lincoln.

»Mach keine Dummheiten, Lincoln«, mahnte Aaron.

Lincoln schüttelte nur den Kopf und verließ die Notaufnahme. Er hatte bereits eine Dummheit begangen, indem er sich an die Hoffnung geklammert hatte, eine Dreierbeziehung mit Ethan und Holland könnte tatsächlich funktionieren. Er hatte geglaubt, dass sich im einundzwanzigsten Jahrhundert niemand mehr darum scherte, wenn drei Menschen zusammen waren. Aber er hatte die abschätzigen Blicke der Krankenschwestern gespürt. Ebenso wenig war ihm entgangen, dass die Polizisten ihn wie einen Verdächtigen behandelt hatten. Und das nur, weil er mit zwei Menschen gleichzeitig Sex hatte? Obwohl sie eine liebevolle Beziehung führten und sich einander verpflichtet fühlten, mussten sie in den Augen der anderen pervers sein.

Er sah es jedes Mal, wenn sie zusammen ausgingen und die Gäste im Restaurant sie neugierig musterten. In der Öffentlichkeit verzichteten sie auf Zuneigungsbekundungen, um die verurteilenden Blicke der Passanten nicht auf sich zu ziehen.

Ja, all das war ihm bewusst. Von Anfang an war ihm klar gewesen, worauf sie sich einließen, und doch hatte er gehofft, dass es vielleicht funktionieren könnte.

Aber es hatte nicht funktioniert. Alles war ruiniert.

Und nun lag Ethan seinetwegen schwer verletzt im Krankenhaus. Lincoln hatte in der Vergangenheit einen Fehler begangen, der sich nun gerächt hatte. Weil er das Gefühl hatte, Damien etwas schuldig zu sein, hatte er es nicht über sich gebracht, ihn aus seinem Leben zu verbannen.

Lincoln wollte nur noch nach Hause, um sich zu überlegen, wie es jetzt weitergehen sollte. Dies war noch nicht das Ende, aber er wollte nicht, dass irgendjemand seinetwegen leiden musste.

Ethan hatte Fortschritte gemacht und sich sichtlich um ihre Beziehung bemüht. Und Holland hatte bisher nicht das Weite gesucht. Das war doch ein Lichtblick, nicht wahr?

Doch im Moment fühlte Lincoln sich, als würde alles, was er anfasste, zerfallen. Er konnte weder malen noch zeichnen.

Und nun hatte Damien Ethan zusammengeschlagen.

Wie in Trance fuhr er nach Hause. Er wünschte sich, er hätte einen Wagen mit Autopilotfunktion, die das Steuer für ihn übernehmen könnte.

Als er vor seiner Tür stand, wusste er nicht einmal, wie der dorthin gelangt war. In seinem Kopf herrschte ein einziges Durcheinander, während sein Schädel schmerzhaft pochte.

Er betrat seine Wohnung, schloss die Tür hinter sich ab und ging in die Küche. Er goss sich zwei Finger breit Whiskey ein und stürzte ihn in einem Zug hinunter, ungeachtet der Tatsache, dass der Bourbon ein edler Tropfen war, den man genießen sollte.

Er schenkte sich nach und nahm sich vor, ihn diesmal langsam zu trinken.

Herrgott. Er wusste nicht, was er getan hätte, wenn Ethan gestorben wäre. Der bloße Gedanke raubte ihm den Atem. Was würde geschehen, wenn Ethan genesen war und erkannte, dass Lincoln an allem die Schuld trug? Er würde ihn zweifellos verlieren.

Ethan war sein bester Freund, und er liebte ihn aus

tiefstem Herzen. Beinahe hätte Lincoln ihn verloren. Wegen Damien.

Dieser verdammte eifersüchtige Mistkerl.

Und Lincoln konnte nichts tun. Er war nicht zur Stelle gewesen, als sein bester Freund ihn am dringendsten gebraucht hätte. Hätte er Ethan zuvor nicht die Leviten gelesen und ihn gebeten, weniger zu arbeiten, hätte dieser gar nicht so früh das Büro verlassen. Ethan war nur zu dem Zeitpunkt auf dem Parkplatz gewesen, weil er Lincoln einen Gefallen tun wollte.

Bei dem Gedanken wurde Lincoln übel. Er stellte das Glas auf der Anrichte ab und hielt sich an der Kante fest. Er atmete ein paarmal tief durch und versuchte, sich zu beruhigen.

Doch er konnte keinen klaren Gedanken fassen. Stattdessen verspürte er den unbändigen Drang, auf etwas einzuschlagen.

Er warf einen Blick in sein Atelier, in dem seine Leinwände auf ihn warteten. Dort stand das Gemälde mit dem blauen und grauen Hintergrund, an dem er eigentlich hätte arbeiten müssen. Doch die Inspiration blieb aus.

Stattdessen durchströmte ihn nur brennende Wut.

Und die Erkenntnis, dass er absolut machtlos war.

Taumelnd steuerte er auf das Gemälde zu und starrte es an, in der Hoffnung auf eine Eingebung. Er ließ die Fingerspitzen über die leeren Stellen auf der Leinwand gleiten und fragte sich, ob er einfach Fingerfarben verwenden sollte. Vielleicht würde das helfen. Er öffnete eine Tube, gab etwas Farbe auf seine Palette und fuhr mit den Fingern hindurch. Es fühlte sich seltsam an, er konnte die Farbe kaum spüren. Wahrscheinlich war er selbst mittlerweile vollkommen taub.

Er fuhr mit der Hand über die Leinwand und hoffte,

dass etwas passieren würde. Aber es geschah rein gar nichts. Das war keine Kunst, sondern lediglich ein Versuch, wieder zu sich selbst zu finden. Doch von seinem alten Ich schien nichts mehr übrig zu sein.

Das Geräusch eines Schlüssels, der ins Schloss gesteckt wurde, ließ ihn innehalten.

Mittlerweile hatte nur noch eine Person einen Zweitschlüssel zu seiner Wohnung, und die lag in einem Krankenhausbett.

Vielleicht hatte Holland den Schlüssel an sich genommen. Oder Aaron.

Oder einer der anderen Montgomerys. Er drehte sich um und erstarrte.

Damien stand mit einem Grinsen im Gesicht vor ihm. In einer Hand hielt er den Schlüssel. Sein schweißnasses Haar klebte ihm an der Stirn und sein Anzug war zerknittert, als sei er stundenlang gelaufen oder hätte sich irgendwo verkrochen – was vermutlich der Fall war. Selbst aus der Entfernung konnte Lincoln die Alkoholfahne riechen, die Damien umgab. Lincoln wischte sich die Hände an seiner Hose ab. In diesem Moment verschwendete er keinen Gedanken daran, die Polizei zu rufen.

»Damien.« Er bemühte sich um einen ruhigen Tonfall, während ihm das Blut jedoch in den Ohren rauschte. Sein Handy steckte in seiner Hosentasche. Wahrscheinlich hätte er es mit einer flinken Bewegung herausfischen können, doch er konnte nicht wissen, ob Damien eine Waffe hatte.

Mein Gott, das durfte alles nicht wahr sein.

»Lincoln.«

Seine Stimme war vollkommen emotionslos. Er klang weder manisch noch depressiv. Da war nichts. Und das machte Lincoln panische Angst.

»Ich wusste gar nicht, dass du noch einen Schlüssel besitzt«, sagte Lincoln so gefasst wie möglich.

»Glaubst du etwa, ich hätte mir keine Kopie anfertigen lassen? Du hättest wirklich deine Schlösser austauschen sollen. Aber du warst schon immer ziemlich selbstgefällig. Doch das ist schon in Ordnung. Deshalb war ich ja stets für dich da. Und ich werde auch in Zukunft für dich da sein.«

Lincoln schluckte schwer und hoffte inständig, dass er die richtigen Worte finden würde. Er hatte das Gefühl, dass ein falscher Satz genügte, um die Situation eskalieren zu lassen.

»Wie geht es dir, Damien?«

»Wie es mir geht?« Damien stieß ein schrilles, seltsames Lachen aus, bei dessen Klang Lincoln beinahe zusammengezuckt wäre.

»Wie es mir geht? Nun, ich habe versucht, dir zu helfen. Ich habe mich für dich eingesetzt, doch jetzt steht die Polizei vor meiner Tür. Wie konntest du mir das antun? Wie konntest du sie auf mich hetzen, wo ich doch nur helfen wollte?«

»Du hast Ethan zusammengeschlagen.«

»Na und? Der Kerl war nie gut für dich. Er versteht dich nicht so wie ich. Er macht sich über deine Kunst lustig und versetzt dich ständig. Aber weißt du, wer immer für dich da war? Ich. Ich habe immer zu dir gehalten.«

»Das ist wahr«, pflichtete Lincoln ihm bei, um Damien nicht noch mehr zu verärgern.

»Richtig, ich war immer für dich da.« Damien kam auf ihn zu und blieb dicht vor ihm stehen. Lincoln schlug die beißende Alkoholfahne seines Agenten entgegen, und ihm wurde übel.

»Du gehörst mir, du hast immer mir gehört. Es hat nur eine Weile gedauert, bis ich das erkannt habe. Aber jetzt, da Ethan aus dem Weg geräumt ist, kann ich voll und ganz für dich da sein. Und diese Schlampe? Holland? Vergiss sie. Du brauchst sie nicht. Ich habe keine Ahnung, was du an ihr findest, aber du brauchst sie nicht. Du brauchst nur mich. Ich werde dir helfen, auch sie zu beseitigen.«

Nackte Angst packte Lincoln, und er schüttelte den Kopf. »Tu ihr nicht weh.«

Ein feuriger Ausdruck blitzte in Damiens Augen auf. »Bedeutet sie dir etwa auch etwas? Steht sie uns im Weg? Das kann nicht sein. Sie bedeutet nichts. Sie ist einfach nur ein neues Spielzeug. Du hast dich von ihren Titten und ihrem Arsch blenden lassen, aber nur, weil du mich vermisst. Du hast mich von dir gestoßen, obwohl du dich nach mir verzehrst. Aber ich werde mich nicht länger zurückhalten. Denn ich gehöre dir. Und du gehörst mir.«

Unbändige Wut durchflutete Lincoln, und er schüttelte den Kopf. »Ich habe dir nie gehört, Damien.«

»Doch, das hast du. Ich erinnere mich noch genau an jene Nacht.«

»Das war vor einer Ewigkeit. Wir waren beide betrunken und haben seitdem nicht mehr miteinander geschlafen.«

»Du lügst. Ich bedeute dir etwas. Du denkst immerzu an mich. Genau wie ich an dich. Wir waren ein Team. Ich habe dich bekannt gemacht. Ohne mich wärst du ein Niemand. Und jetzt versuchst du, mich von dir zu stoßen? Nein.«

Damien stürzte sich mit geballten Fäusten auf Lincoln. Den ersten Schlag steckte Lincoln ein, dann duckte er sich und stieß Damien den Ellbogen in den Bauch. Damien trat um sich, kratzte und hieb weiter auf Lincoln ein, doch dieser war größer und schneller. Obwohl Lincoln etwas getrunken hatte, hatte er eindeutig nicht so viel Promille wie sein Gegenüber.

Lincoln stieß Damien von sich und rammte ihm die Faust ins Gesicht. Damien spuckte Blut, doch dann grinste er, als hätte er den Schlag gar nicht gespürt. Lincoln schlug und trat weiter, aber Damien ließ sich nicht aufhalten. Er schlug blindwütig um sich, traf Lincoln mit der Faust und hätte ihn fast zu Boden geworfen. Diesmal war es Lincoln, der Blut spuckte. Die rote Flüssigkeit rann zudem aus einer Schnittwunde an seiner Stirn und lief ihm übers Gesicht, doch er achtete gar nicht darauf.

Er musste Damien aufhalten.

Um Ethans willen. Und um Hollands willen. Niemand durfte die Menschen verletzen, die er liebte. Zumindest nicht noch mehr, als er selbst es bereits getan hatte.

Schließlich schaffte er es, Damien zu überwältigen. Der Mann lag bewusstlos auf dem Boden. Lincoln stand hefig keuchend über ihm und versuchte, wieder zu Atem zu kommen und sich zu beruhigen.

Er ging zu seiner Kommode, in der er seine Materialien verstaute, die er zuweilen in seine Kunstwerke einbaute. Aus einer der Schubladen fischte er ein Stück Seil und fesselte Damien damit.

Er war kein Experte im Knotenbinden, aber er hoffte, es würde für eine Weile halten. Dann rief er die Polizei.

Es gab niemanden sonst, den er hätte anrufen können. Seine Gedanken überschlugen sich, doch er wusste nicht, was er tun sollte. Er begriff nicht, wie der Mann, der sein Freund gewesen war und ihn während seiner gesamten künstlerischen Laufbahn begleitet hatte, zu diesem Wahnsinnigen werden konnte.

Der Damien, der jetzt in seiner Wohnung lag, war nicht

mehr der Mann, mit dem Lincoln so lange befreundet gewesen war.

Sein Blick fiel auf die Auftragsarbeit. Er betrachtete die Schlieren und Flecke, die er mit seinen Fingern auf der Leinwand hinterlassen hatte, und lachte leise.

Offenbar konnte er nichts richtig machen. Egal wie sehr er sich bemühte, am Ende schien alles, was er berührte, zu Asche zu zerfallen. Menschen wurden seinetwegen verletzt. Er war sich nicht einmal mehr sicher, wer er eigentlich war, doch er kam zu dem Schluss, dass er anderen erstaunlich wenig zu bieten hatte.

Womöglich war dies ein Weckruf. Vielleicht waren Ethan und Holland ohne ihn besser dran. Er wusste es nicht.

Er ließ sich auf den Hocker sinken, auf dem er schon so viele Stunden verbracht und auf eine Inspiration gewartet hatte. Und er wartete weiter.

Er wartete ... in völliger Leere.

KAPITEL SIEBZEHN

Wenn die Montgomerys kamen, um dir einen Krankenbesuch abzustatten und dich aufzumuntern, fielen sie in Scharen ein. Ethan lehnte sich gegen die Armlehne des Sofas und hätte am liebsten laut aufgeschrien. Nicht weil er undankbar war. Nein, er war unendlich dankbar für ihre Hilfe.

Er musste in diesem Haus keinen Finger rühren, denn seine Familie kümmerte sich um ihn. Alle waren zur Stelle, um dafür zu sorgen, dass es ihm an nichts fehlte. Was er nicht hatte, war Zeit zum Nachdenken. Vor allem fehlte ihm die Zeit mit den beiden Menschen, die er am meisten liebte. Denn Holland und Lincoln gingen ihm aus dem Weg.

Oh, sie glaubten vermutlich, er hätte es nicht bemerkt, aber Ethan spürte genau, wenn jemand ihn mied. Es war eine Woche her, seit er aus dem Krankenhaus entlassen wurde, doch Lincoln hatte ihn nur zweimal besucht. Jedes Mal hatte er die Arbeit oder irgendwelche Dinge im Zusammenhang mit Damien vorgeschoben, um sein Wegbleiben zu erklären. Ethan wollte ihm glauben, doch tief im Inneren wusste er, dass es nur Ausreden waren.

Bisher hatte er noch keine Gelegenheit gehabt, sich unter vier Augen mit Lincoln zu unterhalten. Ethan wollte ihm sagen, dass er ihm keine Vorwürfe machte.

Es war einzig und allein Damiens Schuld.

Allein die Vorstellung, dass der Kerl Lincoln in seinem Atelier hätte verletzen können, brachte Ethan fast zum Verzweifeln. Es war die reinste Qual. Am liebsten hätte er die Decken weggerissen, die gerade über seinem Schoß ausgebreitet waren, doch die anderen ließen ihn nicht aufstehen.

Also hielt er sich zurück. Alle starrten ihn an und schienen jeden Moment damit zu rechnen, dass seine Wunden aufplatzten.

Die Prellungen an seinen Rippen waren so schmerzhaft, dass sein Arzt bemerkt hatte, es sei vielleicht besser gewesen, wenn sie gebrochen gewesen wären.

Das hatte er wahrlich nicht hören wollen.

Sein Körper war mit Pflastern und Verbänden übersät. Jedes Mal wenn er hustete oder lachte, stöhnte er vor Schmerzen.

Laut seines Arztes durfte er sich zwar bewegen, doch seine Mutter erlaubte ihm nicht, von der Couch aufzustehen.

Seit einer Woche war er nicht mehr im Büro gewesen. Überraschenderweise hatte Maximilian nicht dagegen aufbegehrt.

Ethans Chef war so erschüttert von der Vorstellung, dass einer seiner Mitarbeiter auf dem Parkplatz überfallen worden war, dass er weitere Überwachungskameras auf dem Gelände hatte installieren lassen. Außerdem durfte niemand mehr ohne Begleitung zu seinem Wagen gehen.

Am zweiten Tag stattete Julia Ethan einen Besuch ab, um ihn auf den neuesten Stand zu bringen. Offenbar war

Maximilian vollkommen durcheinander und dachte ernsthaft darüber nach, Wachleute direkt im Büro zu stationieren.

Ethan war sich nicht sicher, ob das wirklich helfen würde, da der Überfall ein Einzelfall war, aber wenn Maximilian das Gefühl hatte, sich und seine Mitarbeiter dadurch schützen zu können, würde Ethan mitspielen. Vorausgesetzt er durfte irgendwann wieder einen Fuß ins Büro setzen.

Sein Arzt hatte ihm bereits für die kommende Woche grünes Licht gegeben, aber seine Mutter würde ihn wahrscheinlich eher ans Bett fesseln, bevor sie ihm erlaubte, wieder zu arbeiten.

Im Moment hatte die gesamte Montgomery-Sippe sich in Ethans Wohnzimmer und Küche versammelt. Sie unterhielten sich angeregt und ignorierten ihn weitgehend. Holland saß mit übereinandergeschlagenen Beinen neben ihm und betrachtete auf ihrem Tablet das Inventar ihres Ladens.

Obwohl sie ihn weder eines Blickes würdigte noch ein Wort mit ihm wechselte, rührte es ihn, dass sie überhaupt bei ihm war.

Jetzt musste nur noch Lincoln aufhören, ihn aus der Ecke anzustarren, und sich zu ihnen gesellen.

Sie alle waren gekommen, um sich zu vergewissern, dass er am letzten Tag seiner häuslichen Zurückgezogenheit tatsächlich auf dem Weg der Genesung war. Zumindest nannte er seine zwangsweise Verbannung in die eigenen vier Wände mittlerweile so.

Aaron hatte den Begriff geprägt, den er vermutlich in einem der vielen historischen Liebesromane aufgeschnappt hatte, die er so gern las. Inzwischen war der Ausdruck bei seiner Familie in aller Munde.

»Bist du sicher, dass wir nichts mehr für dich tun können, bevor wir gehen?«, fragte seine Mutter und schüttelte die Kissen in seinem Rücken auf.

Ethan warf einen Blick auf Holland, und sie schenkte ihm ein Lächeln. Er hatte sie schon lange nicht mehr lächeln sehen. Der Anblick schnürte ihm die Kehle zu und er musste schlucken.

Mein Gott, wie sehr er dieses Lächeln vermisst hatte. Lincoln fehlte ihm gleichermaßen. Körperlich waren sie zwar beide anwesend, aber mental schienen sie kilometerweit weg zu sein. Ethan wollte sie wieder ganz bei sich haben.

»Mir geht es gut. Das Abendessen war fantastisch. Du weißt, wie sehr ich Hühnchen mit Klößen liebe.«

»Hat sie auch erwähnt, dass sie das Brot selbst gebacken hat?«, fragte Arden und küsste ihre zukünftige Schwiegermutter auf die Wange.

Francine tätschelte Ardens Schulter und sah ihren Sohn an.

»Das habe ich, aber nur, weil ich eine Beschäftigung brauchte. Ich bin jedes Mal ganz durcheinander, wenn eines meiner Kinder verletzt ist.«

»Mir geht es wirklich gut«, beteuerte Ethan, doch seine Mutter starrte ihn nur an. »Na schön, ich bin auf dem Weg der Besserung. Aber nächste Woche fange ich wieder an zu arbeiten, also sollte ich mich wohl wieder daran gewöhnen herumzulaufen.«

»Ich weiß, ich weiß«, lenkte sie ein.

»Lass ihn in Frieden, Francine«, meldete sein Vater sich zu Wort. »Hör zu, mein Sohn, dein Gefrierschrank und dein Kühlschrank sind voller Gerichte, die du nur aufwärmen musst. Ich bin mir sicher, dass Holland und Lincoln dir dabei helfen können. Jetzt werde ich deine

Geschwister und ihre Lebensgefährten von hier wegzerren und euch drei endlich allein lassen. Ihr hattet seit dem Krankenhaus sicher keine ruhige Minute mehr für euch.«

»Danke, Dad.«

»Hey, du musst uns nicht wegzerren«, wandte Bristol ein, wobei sie Marcus buchstäblich in den Raum zerrte. Marcus verdrehte nur die Augen. Offenbar hatte er kein Problem damit, als Lebensgefährte bezeichnet zu werden.

Doch darauf würde Ethan auf keinen Fall eingehen. Er war viel zu sehr mit seinen eigenen Problemen beschäftigt, um sich auch noch um die Beziehung seiner Schwester zu ihrem besten Freund zu kümmern.

»Danke, dass ihr für mich da seid.«

Bristol hatte Tränen in den Augen, als sie ihm einen Kuss auf die Wange drückte.

»Ich liebe dich, Bruder. Tu so etwas nie wieder.«

»Ich werde mein Bestes tun, mich künftig von keinem Verrückten mit einer Brechstange niederschlagen zu lassen«, erwiderte er. Er bemühte sich um einen scherzhaften Tonfall, doch dann bemerkte er, wie Lincoln die Kiefermuskeln anspannte.

Verdammt, das hatte er nicht beabsichtigt.

Er musste dringend mit seinem besten Freund ein klärendes Gespräch führen. Und er musste herausfinden, was zum Teufel mit Holland los war.

»Mach so etwas einfach nie wieder«, flüsterte Bristol, küsste ihn noch einmal auf die Wange und ließ sich dann von Marcus in Richtung Tür ziehen.

Marcus nickte zum Abschied und Ethan grinste. »Danke fürs Kommen.«

»Stets zu Diensten. Das weißt du«, versicherte Marcus ihm.

Kaum waren die beiden« gegangen, verabschiedeten sich auch Arden und Liam mit einer Umarmung.

Sie drückten ihn so fest wie möglich an sich, wobei sie darauf achteten, ihm nicht wehzutun.

Seine Eltern waren als Nächste an der Reihe. Sie küssten Lincoln, Holland und Ethan zum Abschied und tätschelten ihrem Sohn zusätzlich die Wange. Sein Vater musste seine Mutter schließlich buchstäblich aus dem Zimmer bugsieren.

Nachdem sie gegangen waren, blieb nur noch Aaron mit den dreien zurück. Er räusperte sich und blickte zwischen ihnen hin und her. »Eigentlich wollte ich nicht der Letzte sein«, sagte er. »Aber gebt Bescheid, falls ihr etwas braucht. Und macht keine Dummheiten, in Ordnung?«

Ethan war sich nicht sicher, wem die letzten Worte galten, doch sein Bruder war verschwunden, bevor er ihn fragen konnte. Lincoln verharrte nach wie vor in der Ecke. Er hatte sich in den letzten zehn Minuten nicht von der Stelle gerührt. Holland legte endlich ihr Tablet beiseite und verlagerte das Gewicht, um ihn anzusehen. Dabei achtete sie darauf, keine ruckartigen Bewegungen zu machen, um ihm nicht wehzutun.

Er legte eine Hand auf ihr Knie und drückte es leicht.

»Hey«, sagte sie lächelnd, doch ihre Augen füllten sich mit Tränen.

»Weine nicht«, sagte Ethan.

»Tut mir leid. Das sind die Hormone.«

»Vielleicht solltest du diejenige sein, die mit einer Wärmflasche in der Ecke sitzt, und nicht ich.«

»Nein, mir geht es gut«, erwiderte sie. »Aber ich muss dir gestehen, dass ich vorhin etwas von deiner Schokolade geklaut habe.«

»Was mir gehört, gehört auch dir. Das weißt du doch.«

»Ja, das weiß ich. Ich glaube, ich sollte jetzt nach Hause gehen. Ich muss ohnehin noch ein paar Dinge im Laden erledigen. Und du brauchst jetzt sicher etwas Zeit für dich.«

Ethan hätte am liebsten laut geflucht. Er begriff einfach nicht, was plötzlich mit allen los war. »Nein, ich will, dass du hierbleibst. Du *und* Lincoln.« Er wandte sich seinem besten Freund zu. »Warum stehst du eigentlich da drüben, Mann? Komm her. Lass uns reden.«

»Also gut, ich wollte mich ohnehin mit dir unterhalten«, erwiderte Lincoln.

Lincoln blickte zwischen den beiden hin und her. Als Ethan versuchte, Hollands Hand zu ergreifen, zog sie sie zurück, noch bevor er sie berühren konnte. In diesem Moment fühlte er sich vollkommen verloren. Als stünde er an einem Abgrund, umgeben von einem riesigen Ozean, ohne einen einzigen Anker, der ihm Halt gab.

Was zum Teufel war hier los?

»Das mit uns funktioniert einfach nicht«, sagte Lincoln.

Ethan hörte die Worte kaum, so laut rauschte ihm das Blut in den Ohren. »Wie bitte?«

Sein bester Freund und Geliebter schüttelte resigniert den Kopf und vergrub die Hände tief in den Hosentaschen. »Ich hätte es niemals so weit kommen lassen dürfen. Aber das hier funktioniert einfach nicht. Ich würde ja sagen, es liegt nicht an dir, sondern an mir, aber das ist nur Klischee, und ich weiß selbst nicht, was es eigentlich bedeutet. Das ändert nichts daran, dass diese Beziehung so nicht funktioniert. Ich denke, es ist für alle das Beste, wenn ich einfach verschwinde.«

Ethan wollte aufspringen, doch er zuckte zusammen, als ein stechender Schmerz seine Flanke durchfuhr. Holland legte eine Hand auf sein Knie, um ihn an Ort und Stelle zu halten.

»Bleib sitzen«, befahl sie. »Du tust dir sonst nur weh.«

»Vielleicht muss ich mir erst wehtun, damit mir jemand sagt, was zum Teufel hier eigentlich vor sich geht«, blaffte Ethan. »Was zur Hölle soll das, Lincoln?«

»Ich bin ... es wird nicht funktionieren, okay? Ich kann das nicht. Ich muss gehen.«

Holland brachte kein einziges Wort heraus. Ethan war sich nicht einmal sicher, ob er selbst überhaupt noch in der Lage war zu sprechen, als Lincoln sich zum Gehen wandte und ihn wie einen Idioten hier sitzen ließ.

»Du kannst nicht einfach gehen«, rief Ethan. »Wir müssen darüber reden. Ich wurde zwar verletzt, aber es geht mir gut. Du kannst dich nicht einfach so von mir abwenden.«

»Es geht nicht nur um den Überfall«, erklärte Lincoln. »Ich habe eine Weile darüber nachgedacht. Ihr beide seid ohne mich besser dran. Irgendwann wirst du es verstehen.«

»Von wegen«, entgegnete Ethan. »Ich will es sofort verstehen. Also erkläre es mir gefälligst.«

Lincoln stand wie erstarrt da, während Holland weiterhin schwieg.

Lincoln war im Begriff, sich von ihnen beiden zu trennen, doch sie hatte dazu nichts zu sagen. Was war hier los? Ethan hatte das Gefühl, als würde ihm jemand erneut mit einer verdammten Brechstange den Schädel einschlagen. »Rede mit mir.«

Doch Lincoln schüttelte nur den Kopf. »Ich kann nicht.«

Mit diesen Worten verließ Lincoln das Haus und schlug die Tür hinter sich zu.

Ethan bekam kaum Luft, doch das lag nicht nur an seinen geprellten Rippen, sondern an der Tatsache, dass gerade alles zerbrach. Sicher, er war verletzt worden, aber er hatte Glück gehabt. Vor allem war es nicht Lincolns Schuld. Warum zum Teufel kehrte Lincoln ihnen beiden den Rücken? Das konnte er doch nicht einfach tun.

Ethan wandte sich Holland zu und sah die Tränen, die ihr über die Wangen rannen. Doch sie sagte immer noch kein Wort.

»Was zum Teufel?«

HOLLAND WUSSTE, DASS SIE ENDLICH DEN MUND AUFMACHEN sollte, doch ihre Kehle war wie zugeschnürt. Innerlich zerbrach sie gerade in tausend Stücke. Sie hätte wissen müssen, dass so etwas passieren würde. Im Grunde hätte sie sich schon viel früher aus dieser Beziehung verabschieden sollen.

Dann würde sie es eben jetzt tun. Lincoln hatte sie beide im Stich gelassen, ohne ihnen eine schlüssige Erklärung zu liefern.

»Holland? Rede mit mir«, verlangte Ethan.

»Ich ... ich muss gehen.«

Ethan riss die Augen auf und beugte sich mit schmerzverzerrtem Gesicht vor. Sie wusste, dass er sich mit seinen geprellten Rippen entschieden zu viel bewegte.

Sie betrachtete die Nähte über seiner Augenbraue und hätte sie am liebsten weggeküsst. Doch das würde nichts an der Situation ändern. Womöglich würde er für den Rest seines Lebens mit den Nachwirkungen der Gehirnerschütterung zu kämpfen haben. Er hatte verdammtes Glück gehabt, dass Damien ihm nicht den Schädel zertrümmert hatte.

Sein Körper war mit Prellungen übersät, die mittlerweile in allen möglichen Grün- und Gelbtönen schimmerten. Hier und da war auch ein Hauch von Violett zu sehen. Holland wagte es nicht einmal, ihn zu berühren, aus Angst, ihm dabei wehzutun. Sollte sie ihm noch mehr Schmerzen zufügen, würde sie sich das niemals verzeihen. Sie war nicht einmal imstande, sich selbst für das zu vergeben, was gerade geschehen war.

»Ich wollte mich nie zwischen euch drängen«, hauchte sie schließlich.

»Wie bitte? Willst du mich verarschen?« Ethan packte sie an den Schultern. Sie wusste, dass er sie am liebsten geschüttelt hätte, doch er hielt sich zurück. Er würde ihr niemals wehtun, und sie hatte sich nichts zu Schulden kommen lassen. Dennoch musste sie von hier verschwinden.

Ethan litt, weil Lincoln gegangen war. Wenn sie nicht hier gewesen wäre, hätten die beiden das vielleicht klären können. Für Damien war sie ein rotes Tuch gewesen. Erst als sie ein Teil dieser Beziehung wurde, war er explodiert. Und nun schien auch Lincoln vor ihr zurückzuschrecken.

Wenn sie sich nicht in Ethans und Lincolns Leben gedrängt hätte, wäre alles für sie viel leichter gewesen.

»Ich sollte jetzt gehen«, krächzte sie. »Du musst das mit Lincoln klären. Er ist dein bester Freund. Selbst wenn eure Beziehung zueinander sich geändert hat, weiß ich, dass ihr euch liebt. Ich werde mich zurückziehen. Du darfst ihn nicht verlieren.«

»Dich will ich genauso wenig verlieren«, erwiderte Ethan.

Tränen kullerten ihr über die Wangen. Sie wischte sie weg, denn sie weigerte sich, ihren Emotionen freien Lauf zu lassen. Schließlich war das alles ihre Schuld. Sie hätte dieses Wagnis überhaupt nicht eingehen und dieser Beziehung schon viel früher den Rücken kehren sollen.

»Ich sollte doch nur eine Ablenkung sein«, murmelte sie und sprang vom Sofa auf. Ethan wollte sie aufhalten, doch aufgrund seiner Verletzungen war er nicht in der Lage, schnell genug aufzustehen.

Nur weil ein Wahnsinniger ihn aus Lincolns Leben verbannen wollte.

»Rede mit ihm, bitte. Ihr zwei seid füreinander geschaffen.«

»Nicht ohne dich«, knurrte Ethan.

»Ich bin nicht für euch bestimmt. Ich will euch nicht länger im Weg stehen. Rede mit Lincoln. Ich weiß, dass ihr diese Turbulenzen überwinden könnt. Aber ich muss gehen.«

Und genau wie bei ihrer letzten Beziehung suchte sie auch jetzt das Weite. Sie stürzte zur Tür hinaus und eilte zu ihrem Wagen. Währenddessen gab sie sich alle Mühe, nicht zu weinen. Bis auf den emotionalen Ausbruch vor ein paar Minuten blieben ihre Augen trocken. Sie fuhr zu ihrem Haus und hoffte inständig, dass sie rechtzeitig dort ankommen würde, bevor der Damm brach. Ihr war klar, dass es nicht mehr lange dauern würde, bis sie zusammen-brach, doch dann wollte sie in der Abgeschiedenheit ihrer eigenen vier Wände sein. Wenn sie jetzt an Ethan dachte, würde sie umkehren und sich vergewissern, dass es ihm gut ging. Stattdessen hatte sie ihn in seinem Schmerz allein zurückgelassen, und daran war einzig sie schuld.

Doch sie hatte so große Angst gehabt, ihn zu verlieren, dass sie Reißaus genommen hatte, bevor er sie von sich stoßen konnte. Sie hatte gedacht, dass es dann nicht so wehtun würde, doch daran glaubte sie nicht wirklich. Eines wusste sie jedoch mit Sicherheit: Lincoln und Ethan waren füreinander geschaffen. Und sie würde ihnen nur im Weg stehen, wenn sie bliebe.

Also hatte sie die beiden verlassen.

Sie hatte Ethan den Rücken gekehrt, während er litt, doch Lincoln war nicht besser gewesen. Während Ethans Genesung hatte sie sich den Kopf darüber zerbrochen, was sie tun würde, wenn er wieder auf den Beinen war, doch sie hatte sich nie wirklich einen Plan zurechtgelegt. Und nun hatte sie sich zwischen die beiden gedrängt. Sie war absolut überzeugt davon, dass die beiden eine Lösung gefunden hätten, wenn sie nicht da gewesen wäre. Und wenn sie nicht so egoistisch gewesen wäre, wäre Lincoln vielleicht gar nicht gegangen.

Holland hasste diesen Schmerz, der ihr das Herz zerriss. Und sie verabscheute sich selbst dafür, dass sie wütend auf Lincoln war, weil er sie ebenfalls verlassen hatte. Doch damit konnte sie sich im Moment nicht befassen. Sie konzentrierte sich einzig und allein auf Ethan, schließlich war er derjenige, der die körperlichen Verletzungen davongetragen hatte. Sie wusste, dass er in der Lage war, seine Beziehung zu Lincoln zu kitten. Die beiden Männer hatten eine gemeinsame Vergangenheit und hatten so viel zusammen durchgemacht. Holland war nur das Anhängsel gewesen.

Sie bog in ihre Einfahrt ein und brauchte einen Moment, um zu realisieren, dass dort bereits ein anderer Wagen stand. Als sie erkannte, wem er gehörte, setzte ihr Herz einen Schlag aus.

Doch eigentlich brauchte sie sich nicht zu wundern, dass es ausgerechnet jetzt dazu kommen musste.

Sie stieg aus dem Wagen und schloss behutsam die Fahrertür. Zu gern hätte sie sie mit aller Wucht zugeknallt, doch sie übte sich in Beherrschung.

Am liebsten hätte sie das Universum angeschrien und

Antworten verlangt. Sie wollte wissen, womit sie das alles verdient hatte.

»Holland«, sagte ihre Schwester, als sie aus ihrem Wagen stieg.

Holland hatte Dakota nicht mehr gesehen, seit diese ihrem Verlobten am Hochzeitsmorgen einen geblasen hatte. Das schien eine halbe Ewigkeit her zu sein. Heute fühlte Holland sich, als sei sie ein anderer Mensch.

Damals hatte sie geglaubt, sie würde mit Dustin bis ans Ende ihrer Tage glücklich verheiratet sein. Aber die Wahrheit war, dass sie sich lediglich in einer Stagnation befunden hatte. Sie hatte nur das getan, was sie für richtig gehalten hatte. Aber Dustin war nicht der Richtige für sie. Inzwischen dachte sie kaum noch an ihn.

Natürlich schmerzte der Verrat noch immer. Schließlich hatte er sie ausgerechnet mit ihrer Schwester betrogen. Doch er war nie ihr Ein und Alles gewesen.

Und während Holland Dakota musterte, die sie mit großen Augen und unschuldigem Blick anstarrte, erkannte sie, dass sie ihre Schwester auch nicht hassen konnte.

Denn wenn all das nicht passiert wäre, hätte sie Ethan und Lincoln nie kennengelernt.

Sie hätte nicht auf dieser Parkbank gesessen und sich selbst bemitleidet, nachdem ihre Welt zerbrochen war. Damals hatte sie nicht geahnt, was wahrhaftiger Schmerz bedeutete. Es hatte zwar wehgetan zu sehen, wie ihre Schwester Dustin befriedigte, doch das war nur die Spitze des Eisbergs gewesen. Der Gedanke, dass Ethan hätte sterben können, war viel qualvoller. Und das Wissen darum, dass Lincoln sie ohne schlüssige Erklärung einfach verlassen hatte, zerriss sie innerlich.

Am meisten schmerzte jedoch die Erkenntnis, dass sie Ethan aus Feigheit genau dasselbe angetan hatte.

Sie wich weder zurück noch wandte sie sich von Dakota ab.

Denn heute wusste sie, wie echter Schmerz sich anfühlte. Im Vergleich dazu wirkte das, was Dakota und Dustin ihr angetan hatten, wie eine Lappalie.

»Hallo«, sagte sie zur Begrüßung.

»Du hast meine Anrufe ignoriert«, erwiderte ihre Schwester und starrte auf ihre Hände.

Holland versuchte, sich zu erinnern, wann sie das letzte Mal ein tiefgründiges Gespräch mit Dakota geführt hatte. War das während der Highschool gewesen? Oder sogar noch früher? Sie war sich nicht sicher. Vielleicht war es ihre eigene Schuld, weil sie sich nie die Mühe gemacht hatte. Andererseits hatte ihre Familie nie wirklich Verständnis für sie gezeigt oder ihr ein Gefühl von Geborgenheit gegeben. Ihr ganzes Leben hatte sich nur um Dakotas Glück gedreht. In dem Moment, in dem Holland nach ihrem eigenen Glück gegriffen hatte, hatte Dakota versucht, es ihr zu entreißen.

Hollands Familie wusste nichts von ihrer Beziehung zu Ethan und Lincoln. Sie hatten keine Ahnung, wie viel ihr ihr Laden bedeutete. Doch das war in Ordnung, denn Holland kam problemlos allein zurecht. Doch dann hatte sie erneut versucht, ihr Glück zu finden, und hatte zu spät bemerkt, dass es nicht für sie bestimmt war.

»Ich dachte nicht, dass wir uns etwas zu sagen hätten«, antwortete Holland aufrichtig.

»Ich wollte mich entschuldigen.«

Die bissige Erwiderung, die Holland zuvor auf der Zunge gelegen hatte, verpuffte. Denn im Grunde spürte sie rein gar nichts.

»In Ordnung. Ich glaube dir. War das alles?«

»Oh«, hauchte Dakota und riss überrascht die Augen

auf. Sie sah aus wie ein Reh im Scheinwerferlicht, aber Holland ließ das vollkommen kalt.

Allein war sie besser dran, das hatte sie schon vor langer Zeit gelernt.

Sie hätte nicht versuchen sollen, daran etwas zu ändern.

»Vermutlich passt ihr ohnehin besser zusammen, Dakota.« Ihre Schwester riss erneut die Augen auf angesichts dieser Offenheit, doch Holland zuckte nur mit den Schultern. »Ich wünschte nur, du hättest mit mir gesprochen. Ich wünschte wirklich, er hätte mit mir Schluss gemacht, damit ihr beide einen anderen Weg zueinander hättet finden können. Es ist widerlich, dass ich es auf diese Weise erfahren musste. Aber das ist jetzt Geschichte. Ehrlich gesagt ist es mir inzwischen vollkommen egal.«

»Es tut mir so leid. Ich wusste, dass ich mir etwas anderes hätte einfallen lassen sollen, aber ich wusste einfach nicht, wie ich es dir beibringen sollte.«

Holland war nicht einmal überrascht, dass Dakota die Situation absichtlich herbeigeführt hatte. Oh ja, sie hatte es darauf angelegt, dass ihre große Schwester sie in flagranti erwischte. Warum hätte sie auch eine ehrliche Aussprache suchen sollen, wenn sie stattdessen einen gewaltigen, dramatischen Auftritt inszenieren konnte?

Wenn man bedachte, dass sie damals Hals über Kopf vor ihrer eigenen Hochzeit geflohen war und nun auf ähnliche Weise vor Ethan Reißaus genommen hatte, lag der Hang zur Dramatik wohl in der Familie.

»Ich werde dir nie wieder vertrauen können«, sagte Holland ehrlich. Ihre Schwester nickte knapp. »Und ich werde nicht zu eurer Hochzeit kommen. Ich weiß nicht einmal, ob ich noch Teil dieser Familie sein will – zumindest nicht so wie bisher. Aber das liegt hauptsächlich an Mom.«

»Nun, Dad ist auch nicht viel besser«, erwiderte Dakota.

Holland nickte. »Nein, das ist er nicht. Sei einfach glücklich. Wenn man das Glück erst einmal gefunden hat, ist es verdammt schwer, daran festzuhalten.«

»Du sprichst von Dustin, oder?«

Holland zuckte nur mit den Schultern, denn ihre Beziehung zu Ethan und Lincoln ging ihre Schwester nichts an. Sie wollte mit niemandem über die beiden reden.

Und während Holland schweigend dastand, nickte Dakota ihr noch einmal zu, stieg in ihren Wagen, startete den Motor und fuhr los.

Ihre Schwester hatte die Absolution erhalten, nach der sie gesucht hatte. Auf eine Art und Weise, die für beide Seiten notwendig gewesen war. Dakota würde ihr Leben weiterleben, während Holland allein zurückblieb.

Mit ihrer Familie wollte sie nichts mehr zu tun haben und von ihren Freundinnen würde sie sich verabschieden müssen. Denn ihre Freundschaft mit Bristol, Arden und Madison würde diesen Sturm nicht überdauern. Die drei Frauen würden auf der Seite der Männer stehen. Und genau so sollte es auch sein.

Holland würde wieder einmal allein sein. Doch das hatte sie nicht anders verdient. Sie schien sich nicht im Klaren darüber zu sein, was sie wollte. Und offenbar hatte sie nicht das Gefühl, dass sie es wert war, geliebt zu werden. Also musste sie allein zurechtkommen.

Sie würde es schon schaffen. Immerhin hatte sie ihren Job, und Steven konnte sie als einen Freund bezeichnen. Auch Stevens Ehemann war ein netter Mensch. Irgendwann würde sie neue Freundinnen finden, die nichts mit den Männern zu tun hatten, mit denen sie ausging.

Es würde ihr gut gehen.

Sie betrat ihr Haus, schloss die Tür hinter sich und setzte sich auf die Bank neben der Eingangstür. Dann vergrub sie das Gesicht in den Händen und ließ den Tränen endlich freien Lauf.

Ihr war schmerzlich bewusst, dass sie vor den beiden Männern davongelaufen war, bevor sie sie verlassen konnten. Zumindest in Ethans Fall. Lincoln hatte sie zuerst verlassen. Er war gegangen, bevor sie es tun konnte, und das tat weh. Weitere Tränen brannten in ihren Augen. Ihr war übel, ihr Herz raste und sie zitterte am ganzen Leib.

Warum war sie nicht gut genug? Warum war sie für niemanden jemals gut genug?

Während sie schluchzte und sich verzweifelt wünschte, die Zeit zurückdrehen zu können, um zu Ethan zu eilen und ihm zu versichern, dass sie alles reparieren und Lincoln zurückgewinnen würden, erkannte sie, dass sie zuerst an sich selbst arbeiten musste.

Denn sie ging die Sache völlig falsch an. Das war schon immer so gewesen.

Sie war tatsächlich nur eine Ablenkung gewesen, aber nicht für die beiden Männer, sondern für sich selbst.

Und diesen Fehler durfte sie nicht noch einmal begehen.

Auf keinen Fall.

KAPITEL ACHTZEHN

Lincoln stürzte sich in die Arbeit, weil er es leid war, auf eine leere Leinwand zu starren. Und er ertrug den Anblick des Kunstwerks nicht, das er fast zerstört hätte.

Er nahm einen weiteren Schluck aus der Flasche Jack Daniel's und malte einfach drauflos.

Er war zwar noch nicht betrunken, doch der Alkohol vernebelte ihm bereits die Sinne. Wenn er weiter so trank, wäre er bald im Rausch. Er wollte nicht zu den Künstlern gehören, die den Alkohol als Inspiration brauchten, doch heute würde er eine Ausnahme machen.

Es war bereits vier Tage her, seit er die beiden zuletzt gesehen hatte. Seit er sie verlassen hatte.

Er tat so, als sei alles in bester Ordnung, doch in Wahrheit war er ein Wrack. Hätte Damien in Lincolns Leben keine Rolle gespielt, dann wäre Ethan nicht verletzt worden. Und Holland wäre nicht bedroht worden. Auch wenn Damien sie nicht angegriffen hatte, hatte er gedroht, ihr etwas anzutun. Und Ethan war im Krankenhaus gelandet.

Lincoln gab sich selbst die Schuld. Damien saß hinter Gittern und sah sich wegen seiner krankhaften Besessenheit mit einer Reihe von Anklagen konfrontiert. Und Lincoln hatte das Gefühl, für alles verantwortlich zu sein. Er stand im Zentrum. Wenn er sich aus dieser Situation befreien könnte, würde sicher alles besser werden. Doch er musste arbeiten. Er musste sich auf seine Kunst konzentrieren.

Bisher hatte er seine Schaffenskrise auf seine Liebe zu Ethan schieben können, gegen die er machtlos gewesen war. Und jetzt? Er hatte gehandelt und sich der Liebe hingegeben, doch es hatte nicht gereicht. Er hatte es wirklich versucht und hatte sich so sehr bemüht, doch es war trotzdem nicht genug gewesen.

Denn Damien hatte alles ruiniert.

Und nach Damiens wahnsinniger Tat hatte Lincoln nicht gezögert und alles in Flammen aufgehen lassen.

Jetzt musste er arbeiten. Er musste sich auf seine Kunst konzentrieren, denn offenbar hatte es nicht gereicht, eine Beziehung mit Ethan einzugehen, die er sich immer erträumt hatte, um seine Blockade zu überwinden. Und selbst Holland, die ihn auf eine Weise vervollständigte, die er nie für möglich gehalten hätte, hatte daran nichts ändern können.

Nein, es lag an ihm. Er stand sich selbst im Weg. Und nur er konnte das Problem lösen. Er musste sich darauf besinnen, warum er überhaupt zum Pinsel griff. Es hatte nichts mit Damien zu tun oder damit, dass er seine Kunst zu Geld machen wollte. Es ging auch nicht darum, dass er, wie versprochen, ein Werk für Hollands Laden schaffen wollte. Das würde er nun ohnehin nicht mehr tun.

Genauso wenig würde er an dem Gemälde für Francine arbeiten, das er ihr zum Geburtstag hatte schenken wollen.

Er würde nichts von alledem tun. Stattdessen würde er tief in sich gehen müssen, um seine Leidenschaft wiederzufinden. Denn am Ende wäre die Kunst das Einzige, was ihm noch bleiben würde.

Wenn er sein Leben schon nicht mit den Menschen teilen konnte, die er liebte, würde er zumindest etwas haben.

Auch wenn er es vielleicht nicht verdient hatte.

Er gab mehr Farbe auf die Leinwand und füllte Kurven und Linien aus, bis sich schließlich eine Form abzeichnete. Es waren ihre Augen.

Es war Holland, die seitlich auf einem Bett lag. Allerdings war es kein realistisches Porträt, sondern eine abstrakte Darstellung. Die Silhouette einer Frau war zu erkennen, doch nur er wusste, dass es sich dabei um Holland handelte. Sein Kunde würde davon nichts ahnen.

Niemand würde wissen, dass dieser Blick für ihn und Ethan bestimmt war. Und dass er für Lincoln die Welt bedeutete.

Niemand würde verstehen, dass er sich von diesem Blick abgewendet hatte, weil er sich nach allem, was vorgefallen war, von seiner Feigheit hatte leiten lassen.

Doch es gab kein Zurück mehr, dessen war er sich bewusst.

Plötzlich ertönte ein Klopfen an der Tür und er erstarrte.

Einen Tag nachdem Damien in seiner Wohnung aufgetaucht war, hatte er das Schloss austauschen lassen. Obwohl es widersinnig war, hatte er das Gefühl, es erneut wechseln zu müssen.

Dann hörte er ein Klicken, gefolgt von dem Drehen eines Schlüssels. Er wusste sofort, wer es war. Es war die einzige Person, die noch Zugang zu seiner Wohnung hatte.

Und es war nicht Ethan. Nicht mehr. Denn diesen Teil seines Lebens hatte Lincoln ruiniert, genau wie alles andere.

Nein, er wusste, wer sich gerade Zutritt verschaffte, nämlich der einzige Mensch, der ihm noch geblieben war.

Von allen anderen hatte er sich abgewendet.

»Ich wollte den Schlüssel eigentlich nicht benutzen, aber ich hatte Angst, dass du mich nicht reinlassen würdest«, sagte Madison, schloss die Tür hinter sich und verriegelte sie. »Ich wollte nur nach dir sehen.«

Lincoln drehte sich zu seiner Cousine um. »Mir geht es gut«, erwiderte er schroff. Ihm war bewusst, dass er sich wie ein Arschloch verhielt, doch das war ihm egal. Er musste arbeiten.

»Und ich hasse es, dich bei der Arbeit zu stören, aber ich mache mir solche Sorgen um dich, Lincoln. Du bist wie ein Bruder für mich, und es tut mir in der Seele weh, dich leiden zu sehen. Was kann ich tun, um dir zu helfen?«

»Du kannst wieder gehen.«

»Und du kannst aufhören, dich wie ein Arsch aufzuführen, und mit jemandem reden.«

»Ich male endlich, Madison.« Er warf seinen Pinsel in das Glas mit der Reinigungsflüssigkeit. Er musste ihn ohnehin erst einweichen, bevor er den nächsten Schritt in Angriff nehmen konnte. Dies war der perfekte Moment für eine Pause.

Er starrte seine Cousine finster an. »Was ist? Was zum Teufel willst du von mir?«

Sie reckte das Kinn in die Höhe und trat einen Schritt auf ihn zu. »Ich will, dass du mit mir redest. Oder mit jemand anderem. Damien ist in deine Wohnung eingedrungen und hat dich angegriffen. Und er hat Ethan zusammengeschlagen. Aber du verlierst kein Wort darüber.

Keiner von uns bringt es zur Sprache. Niemand redet über die blauen Flecke und die aufgeplatzte Lippe, die der Kerl dir zugefügt hat. Er hat dir in mehr als einer Hinsicht wehgetan. Du hast dich so weit in dein Schneckenhaus zurückgezogen, dass wir dich nicht mehr erreichen können. Nicht einmal deine Eltern lässt du an dich heran. Ich weiß, dass sie angeboten haben zu kommen. Aber du hast sie angeschrien und ihnen gesagt, dass du sie nicht brauchst.«

»Das stimmt, ich brauche sie nicht.«

»Du lügst. Du belügst nicht nur alle anderen, sondern auch dich selbst. Sprich mit Ethan. Er ist schon wieder auf den Beinen.«

»Hast du ihn gesehen?«

»Sein Bruder Aaron hat mich angerufen. Scheinbar sorgt Ethan dafür, dass jeder in seinem Umfeld die Telefonnummern der anderen für den Notfall parat hat.«

»Du kennst Aaron. Du hast ihn ein paarmal getroffen.«

»Ja, aber wir waren nicht miteinander befreundet. Jetzt werden wir jedoch Freunde. Weil zwei Mitglieder unserer Familien leiden und wir machtlos dabei zusehen müssen. Hilf uns, es wieder geradezubiegen. Sprich mit Ethan. Das alles war weder deine noch seine Schuld. Allein Damien ist dafür verantwortlich. Ihr beide und Holland, ihr wart perfekt füreinander. Ich begreife einfach nicht, warum ihr euch getrennt habt. Es ergibt einfach keinen Sinn.«

»Für dich muss es auch keinen Sinn ergeben«, konterte er. »Du hast damit nichts zu tun.«

»Das weiß ich. Aber du bist meine Familie. Aus diesem Grund bin ich hier – um dir zu sagen, dass du dich aufraffen musst, um dich mit dem Mann auszusprechen, den du liebst. Und rede mit der Frau, die du liebst. Du hast auch Holland verlassen. Du hast diese Frau in eine Beziehung gestürzt, die völlig neu für sie war, und dann hast du sie einfach fallen gelassen. Du hast zugesehen, wie Polizisten und Krankenschwestern sie mit Verachtung gestraft und über sie geurteilt haben, doch du hast nichts unternommen, um ihr zu helfen. Du warst nicht für sie da.«

»Glaubst du, ich weiß das nicht? Genau deshalb bin ich gegangen. Die beiden sind ohne mich besser dran. Sie können ihre Beziehung zu zweit weiterführen. Eines Tages werden sie mir vielleicht vergeben, und wir können wieder Freunde sein. Aber ich will nie wieder diesen Ausdruck in Ethans Gesicht sehen, diese Mischung aus Angst und Wut. Und ich will nie wieder sehen, wie Holland leidet, weil Außenstehende sie für die Wahl ihrer Partner verurteilen.«

»Erstens wusstest du genau, worauf du dich einlässt. Aber eure Beziehung geht niemanden etwas an. Scheiß auf die anderen und ihre Meinung.«

»Das ist leicht gesagt, wenn man nicht selbst davon betroffen ist«, gab Lincoln zu bedenken.

»Nun, das ist wohl wahr. Aber du warst nie allein. Wir standen alle hinter dir. Jede unkonventionelle Beziehung ist schwierig, aber man kann alle Hürden überwinden, wenn man miteinander kommuniziert. Doch das tust du nicht. Und zweitens, wie kommst du darauf, dass Holland und Ethan noch zusammen sind?«

»Wie meinst du das?«

»Holland ist direkt nach dir verschwunden. Ethan konnte ihr nicht einmal hinterherlaufen, weil er immer noch auf der verdammten Couch festsaß. Zumindest hat Aaron mir das erzählt.«

Lincoln musste schlucken. »Sie ist weg?«

»Ja, sie hat sich selbst die Schuld gegeben. Offenbar dachte sie, sie stünde zwischen euch und würde alles ruinieren. Du musst das in Ordnung bringen, Lincoln. Holland ist ein wunderbarer Mensch, doch jetzt ist sie auf sich allein gestellt. Und du stößt alle von dir, um dich in deiner Einsamkeit zu suhlen.«

»Ich muss mich einfach konzentrieren.«

»Ich verstehe ja, dass du dich auf deine Kunst konzentrieren musst. Das ist dein Handwerk, deine Leidenschaft, dein Job. Aber verliere deswegen nicht alles andere aus den Augen. Verliere nicht dich selbst. Verliere nicht dein Glück. Das, was du mit diesen beiden hattest, findet man nur einmal im Leben. Manche finden es nie. Du darfst das nicht verlieren.«

»Ich weiß nicht, ob ich es jemals wirklich hatte.«

»Dann bist du viel dümmer, als ich dir zugetraut hätte«, entgegnete Madison.

»Nett«, knurrte er.

»Ich liebe dich, Lincoln. Du bist mein liebstes Mitglied dieser Familie. Das weißt du verdammt gut. Aber im Moment kann ich dich nicht besonders gut leiden.«

»Ich mag mich selbst gerade auch nicht.«

»Dann bring es wieder in Ordnung. Du kannst es ändern.«

»Das kann ich nicht«, widersprach er.

»Warum nicht?«

»Weil ich jedes Mal, wenn ich die Augen schließe, vor mir sehe, wie Ethan stirbt. Ich stelle mir vor, wie Damien seine Drohung wahr macht und Holland jagt, um sie aus dem Weg zu räumen. Um meinetwillen. Und was bin ich? Ich bin es verdammt noch mal nicht wert.«

»Lincoln.«

»Nein. Ich will nicht mehr darüber reden. Ich will nur noch, dass es aufhört. Die beiden werden eine Lösung finden. Holland wollte schon immer weglaufen. Jetzt muss sie wenigstens nur noch vor einem von uns Reißaus nehmen.«

»Lincoln, du weißt, dass das nicht stimmt.«

»Geh einfach. Ich kann nicht mehr. Ich bin am Ende. Ich habe ihnen nichts mehr zu geben. Sie wurden nur meinetwegen verletzt. Gemeinsam werden sie einen Weg finden. Denn ich habe dieses Glück nicht verdient.«

Madison starrte ihn nur an. Lincoln war sich nicht sicher, ob es überhaupt noch etwas zu sagen gab. Seine Cousine schluckte schwer, griff wortlos nach ihrer Tasche und ging.

Lincoln wusste ehrlich gesagt nicht, ob sie jemals zurückkommen würde. Scheinbar hatte er ein Händchen dafür, alle Menschen in seinem Leben von sich zu stoßen.

Doch er wusste nicht, was er dagegen tun konnte. Oder ob er überhaupt etwas daran ändern sollte.

Er machte sich wieder an die Arbeit. Die Stunden verrannen, und er entschied sich, auf Wasser umzusteigen. Es hätte nichts gebracht, wenn er sich bis zur Besinnungslosigkeit betrunken hätte. Denn es schien, als hätte er zumindest seine Muse wiedergefunden.

Er arbeitete immer noch an dem Auftragswerk, doch es bedeutete ihm nichts.

Er besaß nicht einmal die Kontaktdaten des Kunden.

Damien hatte alles organisiert, und jetzt musste er sich irgendwie selbst darum kümmern.

Schon bald stand eine Ausstellung seiner Werke an, doch die würde er vermutlich auch vergessen können. Alles nur, weil er Damien die Kontrolle überlassen hatte. Er war erledigt.

Doch das hatte er verdient. Und wahrscheinlich noch Schlimmeres.

Sein Handy vibrierte auf dem Tisch. Beinahe hätte er es ignoriert, doch er kannte die Nummer des Anrufers nicht.

Er tippte mit dem Pinsel rhythmisch gegen seinen

Oberschenkel, während er den Blick starr auf das unfertige Werk vor ihm richtete. Dann nahm er den Anruf entgegen.

»Ist dort Lincoln McClard?«, fragte eine männliche Stimme am anderen Ende der Leitung.

Lincoln runzelte die Stirn. »Ja. Darf ich fragen, mit wem ich spreche?«

»Oh, gut, ich bin froh, dass ich Sie erreiche. Hier ist Frank Statham von Statham Projects.«

Oh Gott, der Kunde.

Lincoln ließ sich auf dem wackeligen Hocker nieder und leckte sich die trockenen Lippen. »Oh, ich erinnere mich. Scheiße. Äh, entschuldigen Sie die Wortwahl. Es war ein langer Tag.«

»Das kann ich mir vorstellen«, sagte der Mann und hielt kurz inne. »Ich habe gehört, was Damien getan hat. Es tut mir wirklich leid, dass Sie und Ihre Partner dabei verletzt wurden. Nun, mir wurde gesagt, dass Ethan verletzt wurde und Holland beinahe auch zu Schaden gekommen wäre.«

Partner. Das war eine interessante Umschreibung. Der Mann schien sich jedoch nicht im Geringsten an ihrer Verbindung zu stören. Das war gut.

»Mir auch. Verdammt. Wir alle waren schockiert. Leider hatte ich Ihre Kontaktdaten nicht. Und die Polizei hat Damiens Habseligkeiten beschlagnahmt, einschließlich seines Computers. Deshalb hatte ich keine Möglichkeit, Sie zu erreichen.«

»Nun, ich hatte Ihre Kontaktdaten auch nicht. Ein Agent schützt seine Künstler für gewöhnlich.«

Für einen Moment herrschte eine betretene Stille.

»Entschuldigung, das war unpassend«, murmelte Frank.

»Nein, *ich* muss mich entschuldigen«, erwiderte Lincoln. »Ich bin mit dem Projekt im Verzug.«

»Keine Sorge. Bei kommerziellen Projekten achte ich penibel darauf, dass die Fristen eingehalten werden, aber hier geht es um das Werk eines Künstlers, den ich zutiefst bewundere. Da kann ich noch eine Weile warten. Selbst wenn Sie es mir erst in zehn Jahren liefern, ist das für mich kein Problem. Hauptsache ich bekomme es irgendwann.«

Lincoln hielt inne und betrachtete das Werk, das nach so vielen Monaten endlich Gestalt annahm. »Ich arbeite gerade daran. Allerdings habe ich momentan keinen Agenten.«

»Das ist kein Problem. Ich bin überzeugt, dass Sie jemanden finden werden. Die Welt lechzt nach Ihrer Kunst, Lincoln. In meinen Kreisen sind Sie in aller Munde. Viele hatten Angst, Sie würden nach dem ganzen Chaos gar nicht mehr malen wollen. Sie werden doch nicht etwa aufhören, oder?«

Lincoln schwieg so lange, dass Frank am anderen Ende der Leitung einen Fluch ausstieß. »Bitte hören Sie nicht auf.«

»Das werde ich nicht. Ich versuche nur herauszufinden, was genau ich will.«

»Hören Sie, wenn Sie dieses Werk vollenden wollen, finden wir eine Lösung«, sagte Frank. »Ich mache Ihnen dasselbe Angebot wie zuvor – nur diesmal ohne Ihren Agenten. Den alten Vertrag erkläre ich für null und nichtig.«

»Ich weiß nicht, ich muss erst darüber nachdenken.«

»Dann denken Sie darüber nach. Wenn Sie bereit sind, rufen Sie mich an. Meine Nummer haben Sie ja jetzt. Und Lincoln? Bitte geben Sie nicht auf. Ich habe früher selbst einmal wegen irgendeinem Mist, den Sie sich nicht anhören müssen, etwas aufgegeben, was ich geliebt habe. Dabei hätte ich beinahe einige Dinge verloren, die mir sehr wichtig waren. Lassen Sie es nicht so weit kommen.«

Lincoln murmelte noch etwas, das ihm allerdings nur vage bewusst war, dann legte er auf und erinnerte sich daran, die Kontaktdaten des Mannes zu speichern.

Er begriff noch immer nicht recht, was passiert war, aber es schien, als hätte er gerade einen Auftrag erhalten. Er warf einen Blick auf sein Handy und dann auf die Leinwand, während er sich fragte, was er nun tun sollte. In gewisser Weise fühlte er sich, als sei er zwei Schritte zurückgefallen und müsse nun schleunigst aufholen. Doch vielleicht war das genau das, was er jetzt brauchte. Zum ersten Mal seit langer Zeit hatte er eine Idee. Er hatte seine Kunst und er hatte ein Ziel vor Augen. Er wusste nur nicht, wie er alles andere, was er in seinem Leben vermasselt hatte, wieder geradebiegen sollte.

Er legte sein Handy beiseite, als erneut ein Klopfen ertönte. Er warf einen Blick auf die Tür. Niemand steckte einen Schlüssel ins Schloss, also war es nicht Madison. Angst packte ihn, doch er beruhigte sich gleich wieder. Damien konnte es unmöglich sein.

Dann durchflutete ihn eine andere Emotion. Er befürchtete, es könnte jemand sein, den er nicht sehen wollte. Jemand, den er von sich gestoßen und verletzt hatte.

Trotzdem ging er zur Tür. Er warf einen Blick durch den Spion, schluckte den Kloß in seinem Hals hinunter und öffnete. Vor ihm stand der Mensch, den er schon seit einer Ewigkeit liebte. Der Mensch, der ein Drittel seines Lebens ausmachte.

Und er erstarrte.

Ethan hatte die Hände in die Hüfte gestemmt und versuchte, sich nicht anmerken zu lassen, dass er am ganzen Leib zitterte. Er hatte tagelang warten müssen, bis er körperlich in der Lage war, vor Lincolns Tür zu treten und ihm die Leviten zu lesen. Lincoln hatte kein Recht gehabt, ihn einfach zu verlassen.

Doch jetzt, da er ihm gegenüberstand, verschlug es ihm die Sprache. Lincoln sah verdammt gut aus. Erschöpft, aber gut. Mit Farbspritzern in den Haaren, auf der Wange und auf der Kleidung wirkte er zum Anbeißen. Aber auch müde.

Also schön. Er hatte es verdient, so schlecht auszusehen, wie Ethan sich fühlte.

»Ethan«, hauchte Lincoln. Allein dieses eine Wort, der Klang seines Namens aus Lincolns Mund, hätte ihn fast schwach werden lassen. Beinahe wäre er auf die Knie gesunken und hätte angefangen zu betteln.

Doch das würde er nicht tun. Lincoln schuldete ihm eine Entschuldigung. Das war das Mindeste, was er verdient hatte.

»Lincoln. Darf ich reinkommen?«

Für einen Moment sah Lincoln so aus, als wollte er ihn wieder wegschicken. Ethan ignorierte den stechenden Schmerz, den der Gedanke in ihm auslöste. Denn er würde sich nicht abweisen lassen.

Er würde diese Wohnung betreten und sich den Ort ansehen, an dem Lincoln verletzt worden war. Und die Stelle, an der Damien gefesselt auf dem Boden gelegen hatte.

Er musste es sehen.

»Also ...«, begann Lincoln, verstummte aber, als er die Tür hinter ihnen schloss.

Ethan sah sich um. Trotz der laufenden Ventilatoren hing der Geruch von Farbe in der Luft.

Dann wandte er sich Lincoln zu. Er liebte diesen Mann. Er hatte ihn immer geliebt.

Und er fehlte ihm. Mindestens genauso sehr wie Holland. Er vermisste ihr Lächeln und die Art, wie sie gemeinsam lachten.

Ohne sie fühlte er sich nicht vollständig, und ohne Lincoln erst recht nicht. Er brauchte sie beide. Vielleicht war das egoistisch, aber was spielte das für eine Rolle? Die Liebe kam in allen möglichen Facetten und Formen. Nicht vielen wurde das Glück zuteil, dieses zarte Band zu finden, das man so sehr begehrt und für den Rest seines Lebens festhalten will.

Er hatte sein ganzes verdammtes Leben lang danach gesucht, dabei war es direkt vor seiner Nase gewesen. Erst als er Holland begegnet war, hatte alles einen Sinn ergeben. Plötzlich hatte er verstanden, warum er so lange auf Lincoln gewartet hatte. Weil er auch auf sie gewartet hatte.

Ohne sie waren er und Lincoln nicht bereit füreinander gewesen. Sie war das fehlende Puzzleteil, das sie erst zu einer Einheit machte. Aber bevor sie mit Holland reden konnten, musste Ethan seine Beziehung zu Lincoln retten. Doch dafür musste er herausfinden, was in seinem besten Freund vorging.

»Ich sehe, du malst wieder«, sagte Ethan.

»Ja.«

»Gut. Ich bin froh, dass Damien dir deine Leidenschaft nicht genommen hat.«

Als Lincoln sichtlich zusammenzuckte, reckte Ethan das Kinn. »Damien. Damien, Damien, Damien, Damien. Ja, genau wie der Junge aus diesem Antichrist-Film.«

»Ich dachte, das sei der Film *Das Omen* gewesen.«

»Ich dachte, *Das Omen* handelt vom Antichristen«, entgegnete Ethan.

»Ich glaube, wir haben nicht denselben Film gesehen«, konterte Lincoln.

»Wen interessiert das schon? Der Kerl ist für immer aus unserem Leben verschwunden. Ja, er hat mich zusammengeschlagen. Ich verstehe, dass dich die Tat zutiefst erschüttert hat. Aber du darfst mich nicht dafür bestrafen.«

Ethan schrie mittlerweile. Er baute sich so dicht vor Lincoln auf, dass sein Duft ihm in die Nase stieg und er die Wärme seines Körpers spüren konnte. Lincoln wich zwar nicht zurück, aber er zuckte zusammen.

Ethan war die Reaktion zuwider.

»Ich hasse dich nicht«, brachte Lincoln hervor.

Seine Stimme war kaum mehr als ein Flüstern.

Und doch hallten die Worte in Ethans Ohren wider, als hätte er geschrien.

»Ich hasse dich auch nicht. Das könnte ich gar nicht. Aber ich war wütend auf dich, als du gegangen bist. Du hast uns einfach fallen lassen, ohne uns eine Chance zu geben.«

»Ich habe uns eine Chance gegeben«, entgegnete Lincoln. »Doch dann habe ich alles ruiniert. Damien hat dich nur meinetwegen angegriffen.«

»Er hat mich angegriffen, weil er den Verstand verloren hat. Er ist durchgedreht. Der Kerl ist vollkommen verrückt. Nenn ihn, wie du willst, er hat jede abfällige Bezeichnung verdient. Aber ... er hat nichts mit uns zu tun.«

»Er hat *alles* mit uns zu tun«, konterte Lincoln.

»Nein. Das hat er nicht.«

»Er hat gedroht, Holland etwas anzutun. Wenn ich ihn nicht aufgehalten hätte, hätte er sie verletzt. Oder Schlimmeres.«

Ethan gefror das Blut in den Adern.

»Wirklich?«, keuchte er.

»Ja. Deshalb bin ich gegangen. Ich habe euch beide

verlassen, damit ihr eine gemeinsame Zukunft habt. Ohne mich. Sie wurde bedroht und du wurdest zusammengeschlagen. Und daran bin ich schuld.«

Ethan warf entnervt die Hände in die Luft und stieß ein Knurren aus.

»Nein, du bist nicht schuld, sondern Damien. Das musst du endlich in deinen Dickschädel bekommen.«

»Aber wenn ich keine Verbindung zu Damien gehabt hätte, wäre das nie passiert«, argumentierte Lincoln.

»Du meinst, wenn Damien nicht so besessen gewesen wäre«, erwiderte Ethan. »Es gibt eine Menge Dinge, die uns jederzeit schaden könnten, Lincoln. Und für die bist du genauso wenig verantwortlich. Wirklich wehgetan hat uns nur, dass du gegangen bist. Das hat uns viel tiefer verletzt, als Damien es je hätte tun können.«

Lincoln schüttelte den Kopf. »Und das kann ich niemals wiedergutmachen.«

»Blödsinn. Weißt du was? Ich arbeite zu viel, das wissen wir beide. Ich habe euch jedes Mal wehgetan, wenn ich euch versetzt habe, doch ich habe daraus gelernt und versucht, es wiedergutzumachen. Und wenn ich zurück zur Arbeit gehe – denn das werde ich auf jeden Fall tun –, dann werde ich mich weiter bemühen und meine Stunden kürzen. Sowohl mein Chef als auch meine Kollegen wissen bereits Bescheid. Wir alle versuchen, mehr Zeit mit den Menschen zu verbringen, die wir lieben. Denn ich liebe dich verdammt noch mal, Lincoln.« Lincoln riss die Augen auf. »Sieh mich nicht so überrascht an. Ich habe dich schon geliebt, bevor ich dich geküsst habe. Aber erst als Holland plötzlich in unser Leben geschneit kam, wurde mir klar, dass ich meine Gefühle für dich in Worte fassen muss. Dass ich mit dir zusammen sein muss. Doch ich brauche sie ebenso sehr wie dich. Für Außenstehende mag das keinen

Sinn ergeben, doch das ist mir egal. Wir sind nun einmal, wer wir sind.«

»Ich liebe dich auch«, flüsterte Lincoln.

»Und du bist ein verdammtes Arschloch. Du hast kein Recht, mich wegzustoßen. Genauso wenig wie Holland. Sie hat mich verlassen, weil sie dachte, sie sei für uns nicht mehr als ein Zeitvertreib gewesen. Sie glaubte, sie stünde uns im Weg. Ich werde weder dir noch mir selbst je verzeihen, dass wir sie das glauben ließen. Aber wir können diese Hürde überwinden. Doch um das zu tun, müssen wir wieder zusammenfinden. Du wirst mich nicht verlassen, denn du bist mein bester Freund. Für immer. Als Kinder haben wir unsere Namen in diesen Baum geritzt und einander ewige Freundschaft geschworen. Das können wir nicht einfach rückgängig machen.«

Ethan war bewusst, dass er sich in einer Schimpftirade erging, doch er konnte nicht mehr an sich halten.

Lincolns Lippen umspielte ein Lächeln, woraufhin Ethan ihm den Mittelfinger zeigte.

»Du bringst jetzt allen Ernstes den Baum zur Sprache?«

»Ganz recht, das tue ich. Und wenn nötig werde ich ihn immer wieder erwähnen. Weil ich dich verdammt noch mal liebe. Ich will den Rest meines Lebens mit dir verbringen, nicht nur als dein bester Freund, sondern als dein Geliebter, dein Ehemann, was auch immer die Zukunft für uns bereithält. Um die Details können wir uns später kümmern, nachdem wir Holland zurückgewonnen haben, denn wir brauchen sie.«

Lincoln trat einen Schritt auf ihn zu. Ethan wollte ihn an sich ziehen, ihn küssen und nie wieder loslassen. Doch stattdessen hielt er sich zurück und übte sich in Selbstbeherrschung.

»Ich bin ein Idiot.«

»Ja, das bist du«, pflichtete Ethan seinem besten Freund bei.

»Ich hatte solche Angst«, gestand Lincoln. »Du warst verletzt. Der Kerl hatte dich grün und blau geschlagen, und ich konnte nichts für dich tun.«

»Entschuldige mal, aber ich habe dich mit einer aufgeplatzten Lippe gesehen.«

»Du warst viel schwerer verletzt als ich.«

»Nun ja, der Mistkerl hat mich von hinten angegriffen. Ich hatte nicht einmal eine Chance, mich zu wehren.«

Lincoln erschauderte sichtlich. »Damit wollte ich nur sagen, dass du viel schlimmer verwundet warst als ich. Ich wollte Damien dafür umbringen, was er dir angetan hat. Ich war außer mir vor Wut.«

»Glaub mir, ich habe auch eine Stinkwut auf den Kerl. Doch das alles liegt hinter uns. Wir müssen nie wieder über ihn reden. Ich will nicht einmal mehr an ihn denken. Aber ich will, dass du mir versprichst, dass du so etwas nie wieder tun wirst. Lauf nicht weg, nur weil du es mit der Angst zu tun bekommst. Du bist der Fels in der Brandung. Normalerweise bin ich derjenige, der die Nerven verliert, nicht du.«

»Das stimmt nicht. Du bist der Starke in der Familie.«

»Weil ich mich auf dich stützen kann. Ich konnte für alle anderen stark sein, weil du für mich da warst. Jetzt brauche ich dich wieder. Weil wir Holland zurückgewinnen müssen.«

»Ich kann nicht fassen, dass sie gegangen ist.« Lincoln hielt inne. »Nein, das stimmt nicht. Eigentlich wundert es mich nicht. Sie schien immer mit einem Fuß aus der Tür zu sein. Und dafür gebe ich mir selbst die Schuld.«

»Hey, nimm nicht alles auf deine Kappe«, protestierte Ethan. »Ich trage auch einen Teil der Schuld. Wir waren so sehr damit beschäftigt herauszufinden, was wir einander bedeuten, und alles zu genießen, dass ich mich kaum mit meinen Gefühlen für sie auseinandergesetzt habe. Sie weiß nicht, was ich für sie empfinde, weil ich es ihr nie gesagt habe.«

»Ich liebe sie«, flüsterte Lincoln.

»Ich liebe sie auch«, gestand Ethan. »Doch bevor wir unsere Frau zurückholen – denn dafür braucht es uns beide –, muss ich wissen, ob du uns erneut den Rücken kehren wirst, wenn es Schwierigkeiten gibt.«

Lincoln schüttelte den Kopf. »Ich hatte mir eingeredet, dass ihr beide ohne mich besser dran seid. Dass ich wertlos sei. Dass ich alles nur ruinieren würde.«

»Und das ist absoluter Blödsinn. Wenn du das nächste Mal auf solche Gedanken kommst, dann rede mit mir. Ich werde dich schon vom Gegenteil überzeugen. Oder geh zu Holland. Denn wir werden sie zurückholen.«

»Und du bist zuerst zu mir gekommen, weil du glaubst, dass ich als Mann weniger kompliziert bin?«, wollte Lincoln wissen.

Ethan versetzte ihm einen sanften Stoß gegen die Schulter. »Verdammt, nein. Ich kenne dich einfach schon viel länger.« Er schluckte einen Kloß im Hals hinunter und bemühte sich um ein unbeschwertes Lächeln, doch das fiel ihm nicht leicht. Er hatte solche Angst gehabt, die beiden zu verlieren. »Außerdem glaube ich, dass ich dich, wenn nötig, hätte fesseln und zu ihr schleppen können.«

Lincoln schüttelte nur den Kopf. Ethan beugte sich vor und küsste ihn sanft. Für einen Moment erstarrte Lincoln, und Ethan befürchtete schon, er würde sich ihm entziehen. Doch dann stöhnte er und gab sich der Liebkosung hin.

Er schmeckte nach Alkohol und Kaffee, doch Ethan war

das egal. Er hatte dieses Gefühl vermisst. Hatte diesen Mann vermisst.

Die Tage ohne Lincoln waren die schlimmsten seines Lebens gewesen. So etwas wollte er nie wieder erleben.

Doch der schwierige Teil lag noch vor ihnen.

»Wir müssen einen Weg finden, Holland begreiflich zu machen, wie viel sie uns bedeutet«, sagte Ethan.

Lincoln nickte. »Ich hoffe, dass uns unterwegs etwas einfällt.«

»Das hoffe ich auch«, stimmte Ethan zu. »Denn ich will unter keinen Umständen, dass sie sich wie das fünfte Rad am Wagen fühlt.«

»Das ist sie nicht. Sie schweißt uns erst zusammen. Dank ihr bin ich weniger in mich gekehrt und du etwas besonnener.«

»Das ist wahr«, pflichtete Ethan ihm bei. »Sie bringt uns dazu, über uns hinauswachsen zu wollen. Wir müssen dafür sorgen, dass sie versteht, wie wichtig sie uns ist.«

»Ich liebe dich, Ethan.«

»Das solltest du definitiv häufiger sagen. Ich erwarte nämlich, dass du irgendwann vor mir zu Kreuze kriechst. Vorhin war ich kurz davor, dich auf die Knie zu zwingen.«

Lincoln schüttelte grinsend den Kopf. »Lass uns zuerst Holland um Verzeihung bitten. Danach knie ich liebend gern vor dir. Wann immer du willst.«

Ethan küsste ihn erneut, dann fiel sein Blick auf die Leinwand. »Du bist so verdammt talentiert.«

»Erinnere mich bitte daran, wenn ich es vergesse.«

»Jederzeit«, erwiderte Ethan. »Ich werde immer für dich da sein. Das war schon immer so, und daran wird sich nichts ändern. Jetzt lass uns unsere Frau zurückholen.«

»Und hoffen, dass sie bleibt«, fügte Lincoln hinzu.

»Abgemacht.«

KAPITEL NEUNZEHN

Wenn Holland das nächste Mal in den Spiegel starrte und sich einredete, dass es ihr gut ging, würde sie sich diesen verdammten Satz auf die Stirn tätowieren lassen.

In Blockbuchstaben würde dort »MIR GEHT ES GUT« prangen. Denn das tat es. Sie suhlte sich weder in Selbstmitleid, noch vergoss sie Tränen. Stattdessen putzte sie das Haus. Heute war ihr freier Tag. Sie hätte ihn zwar lieber in ihrem Laden verbracht, aber Steven und Fiona hatten sie hinauskomplimentiert.

Die beiden waren der Meinung, dass Holland in letzter Zeit ziemlich überreizt war. Aber es war immerhin ihr Laden, nicht wahr? Hatte sie etwa kein Recht, sich in ihrem eigenen Geschäft so zu verhalten, wie sie es wollte?

Gut, vielleicht hätte sie nicht gleich ihren Schlaf opfern müssen, um alles über Nacht im Alleingang umzuräumen. Womöglich hätte sie nicht mehrfach Inventur machen müssen, um sich zu vergewissern, dass jedes Detail stimmte. Und vielleicht hätte sie nicht jedes einzelne Kunstwerk auf den Millimeter genau ausleuchten müssen.

Nun, Letzteres war sicher hilfreich, wenn sie wollte, dass die Kunden die Stücke kauften. Und doch hatte sie alles noch einmal umgestellt.

Sie stürzte sich in ihre Arbeit, um nicht darüber nachdenken zu müssen, was in ihrem Privatleben alles schiefgelaufen war. Und dabei ging es ihr gut.

Absolut.

Die Tatsache, dass sie tatsächlich mehr Kunstwerke verkauft hatte, bewies ihr, dass sie richtig gehandelt hatte. Den Plan, den Laden neu zu organisieren, hatte sie bereits vor etwa einem Jahr gefasst. Ursprünglich wollte sie Steven oder Fiona bitten, ihr bei der Inventur zu helfen. Und wenn sie ehrlich war, hatte sie sogar Dustin einspannen wollen. Allerdings hätte dieser kein Interesse gehabt, ihr unter die Arme zu greifen. Er hatte ihren Laden nie wirklich gemocht. Ihm war immer nur seine eigene Karriere wichtig gewesen. Für ihre »kleinen Träume« hatte er nie Zeit gehabt.

»Gütiger Gott«, murmelte sie. Es gab einen Grund, warum sie Dustin nicht geheiratet hatte. Und das lag nicht nur daran, dass ihre Schwester diesem Mann nun das Jawort geben würde. Nein, sie hatten nicht zueinander gepasst, doch Holland hatte ihr Schicksal einfach hingenommen.

Inzwischen war sie über ihn hinweg und im Begriff, zu sich selbst zu finden.

Als sie auf ihr altes T-Shirt und ihre ausgefransten Jeansshorts hinunterblickte, deren Taschenbeutel unter dem Saum hervorlugten, seufzte sie resigniert. Das hier war jetzt ihr Leben. Sie schrubbte ihr Haus von oben bis unten, während der Geruch von Zitrone, Bleichmittel und Kiefernreiniger die Luft erfüllte. Ihre Hände steckten in leuchtend gelben Gummihandschuhen, die ihr fast bis zu den Ellbogen reichten, und das Haar hatte sie zu einem unordentlichen Dutt hochgesteckt. Am Morgen hatte sie nicht einmal ihre Kontaktlinsen eingesetzt. Stattdessen trug sie eine alte, übermäßig große Brille, da sie die neue nicht hatte finden können. Wahrscheinlich hatte sie sie im Laufe des vergangenen Abends irgendwo im Laden verlegt.

Das war ja typisch. Da sie keine Ahnung hatte, wo sie ihre gute Brille hingelegt hatte, trug sie jetzt dieses riesige Gestell, das zu groß für ihr Gesicht war und ihr das Aussehen eines Käfers verlieh.

Aber das war okay, nicht wahr? Es ging ihr gut.

Sie legte das Putztuch beiseite und seufzte. Sie sah furchtbar aus. Der einzige Schmuck, den sie trug, waren ihre beiden Zehenringe, und das auch nur, weil sie sie nie abnahm.

Sie sollte ausgehen, neue Freunde finden und ihr Leben in die Hand nehmen.

Doch dann fiel ihr Blick auf das Hemd, das sie gewaschen und sorgfältig gefaltet hatte. Augenblicklich traten ihr Tränen in die Augen.

Lincoln hatte es hier liegen lassen, wahrscheinlich weil er wusste, dass er es am nächsten Tag brauchen würde. Er war nie zurückgekehrt, um es abzuholen.

Shorts von Ethan lagen auch noch hier. Sie hatte sogar zwei zusätzliche Zahnbürsten besorgt, damit die beiden ihre Sachen nicht immer hin- und herschleppen mussten. Sie wollte gar nicht darüber nachdenken, was sie bei ihnen vergessen hatte. Hatte sie irgendetwas zurückgelassen?

Da war es wieder, sie nahm ihr Schicksal einfach hin.

Dies war alles ihre Schuld.

Sie hätte nicht weglaufen sollen. Doch es war einfacher zu gehen, als verlassen zu werden. Denn das hatte sie bereits zweimal durchmachen müssen – einmal physisch und einmal emotional. Ein drittes Mal würde sie es nicht überstehen.

Vorsichtig wischte sie sich die Tränen weg, wobei sie darauf achtete, sich kein Reinigungsmittel in die Augen zu reiben. Dann machte sie sich wieder daran, die Fußleisten zu schrubben. Ein Schmerz in ihren Knien erinnerte sie daran, dass sie wahrscheinlich Knieschoner hätte anziehen sollen, doch das hätte den Gammellook wirklich auf die Spitze getrieben.

Als es an der Tür klingelte, blies sie sich die Haare aus den Augen und blickte durch ihre beschlagene Brille auf. Wer sollte sie jetzt besuchen wollen?

Die Antwort lautete: Niemand.

Denn sie war der Ehrengast bei ihrer eigenen Mitleidsparty.

Sie warf den Lappen in den Eimer, stand auf und umging die Pfütze, die sie fabriziert hatte. Sie schnappte sich ein trockenes Tuch, wischte das Wasser auf und ging zur Haustür, als es erneut klingelte. Ohne einen Blick durch den Spion zu werfen, öffnete sie die Tür und erstarrte.

Da standen sie. Die Männer ihrer kühnsten Träume und dunkelsten Albträume. Gestalten aus ihrer jüngsten Vergangenheit. Und genau dort würde Holland sie verankern – in der Vergangenheit.

Ein Zurück gab es nicht.

Das war unmöglich.

Dennoch standen sie vor ihr. Lincoln wirkte erschöpft, und auch Ethan sah etwas mitgenommen aus. Sie waren hier. Am liebsten hätte sie ihnen die Tür vor der Nase zugeschlagen, um sie nie wiedersehen zu müssen.

Was sollte sie tun? Was sollte sie sagen?

»Oh«, war alles, was sie hervorbrachte.

Großartig. Ein toller Anfang. Warum konnte sie nicht

etwas sagen wie: »*Hallo, wie geht es euch? Ihr seid wieder zusammen? Wie schön. Das freut mich für euch. Macht's gut.*«

Aber nein ... diese Worte brachte sie nicht über die Lippen.

»Haben wir dich in einem ungünstigen Moment erwischt?«, fragte Ethan und wippte auf den Fersen zurück.

Sie schüttelte den Kopf. Dann erinnerte sie sich an ihr Outfit und dachte nur: *Was soll's.* »Ich habe gerade das Haus geputzt und mir ist klar, dass ich lächerlich aussehe. Wie dem auch sei, was kann ich für euch tun?« Selbst in ihren eigenen Ohren klang sie, als hätte sie den Verstand verloren. Aber das war in Ordnung. Denn ... Ihr ging es gut.

»Können wir reinkommen?«, fragte Lincoln.

Holland rührte sich nicht und krallte sich mit ihren Gummihandschuhen an der Tür fest. »Warum?«

»Wir müssen reden, Baby«, antwortete Ethan.

Sie sah ihn mit gerunzelter Stirn an. »Nein, müssen wir nicht. Ihr beide seid offensichtlich wieder zusammen. Das freut mich für euch. Ich sollte mich jetzt wieder an die Arbeit machen.« Sie versuchte, die Tür zu schließen, doch Lincoln hielt sie davon ab, indem er eine Hand dagegenstemmte. Er war so groß und stark, dass sie keine Chance gegen ihn hatte. Zugleich wusste sie, dass er sofort gehen würde, wenn sie ihn noch einmal darum bat. Er gehörte nicht zu den Männern, die sich aufdrängten, um ihren Willen durchzusetzen.

Genauso wenig wie Ethan.

Wenn sie es verlangte, würden die beiden verschwinden, und Holland würde sie nie wiedersehen. Sie hatte keine Ahnung, warum die bloße Vorstellung noch quälender war als der Gedanke, dass sie vor ihnen Reißaus genommen hatte. Doch sie weinte nicht. Ihre Tränen waren versiegt. Trotzdem zitterten ihre Knie.

»Bitte«, flüsterte Lincoln. »Wenn auch nur, um mich bei dir für mein Verhalten zu entschuldigen. Ich war ein Arschloch. Bitte lass uns rein und rede mit uns.«

Holland musterte Lincoln. Er wirkte aufrichtig reumütig. Schließlich trat sie zurück und winkte sie mit ihrer behandschuhten Hand ins Haus.

Die Jungs schoben sich mit hängenden Schultern an ihr vorbei. Holland hatte keine Ahnung, worüber sie mit ihr reden wollten. Womöglich wollten sie sich für den Sex bedanken und sich dann endgültig von ihr verabschieden.

Oh Gott, sie wollte es einfach hinter sich bringen. Danach könnte sie erneut zusammenbrechen, obwohl sie sich geschworen hatte, keine Tränen mehr zu vergießen.

Sie verabscheute sich selbst für ihre Schwäche. Das sah ihr gar nicht ähnlich. Eigentlich war sie viel stärker. Im Moment fühlte sie sich jedoch alles andere als stark.

»Ich muss mich entschuldigen«, begann Lincoln, der die Hände in die Hosentaschen gesteckt hatte.

»Okay«, erwiderte sie nur. Na also. Es ging ihr gut. Doch sie wusste, wie sehr sie Ethan mit ihren Worten verletzt hatte. Irgendwie musste sie das wieder geradebiegen, aber sie war sich nicht sicher, was sie sagen sollte.

Lincoln atmete tief durch. »Ich hätte nicht einfach verschwinden sollen, aber ich habe einfach reagiert und bin blindlings geflohen. Das werde ich mir nie verzeihen. Ich habe mir die Schuld für das gegeben, was Damien getan hat. Außerdem hatte ich Angst, dass dir etwas zustoßen könnte, wenn ich nicht gehe.«

»Wie kommst du darauf? Nichts davon war deine Schuld. Allein Damien trägt die Verantwortung dafür.«

»Du hast recht. Es war seine Schuld«, erklärte Lincoln. »Ich versuche immer noch, das zu begreifen. Wahrscheinlich wird es eine Weile dauern, bis ich es verinnerlicht habe, doch ich hoffe, dass ihr beide mir dabei helfen könnt.«

Ihr beide. Nein, das konnte nicht stimmen. Denn es war vorbei. Das musste es sein.

»Im Moment fühlt es sich immer noch so an, als sei ich an allem schuld, schließlich habe ich euch einander vorgestellt. Wusstest du, dass er dich bedroht hat?«

Sie erstarrte und schüttelte den Kopf. Sie wusste nicht, was genau in Lincolns Wohnung passiert war. Es schien, als hätten er und Ethan ihr nicht alles erzählt, um sie zu schützen.

»Er hat gedroht, dir weit Schlimmeres anzutun als Ethan. Er war entschlossen, dich zu töten. Ich habe ihm angesehen, dass er es ernst meinte. Das konnte ich nicht zulassen.«

Angst packte sie, doch sie verdrängte das Gefühl. Damien saß hinter Gittern. Sie war in Sicherheit.

»Es ist trotzdem nicht deine Schuld«, erwiderte sie.

»Ich habe ihn dir bei dieser Kunstausstellung vorgestellt. Ich bin dafür verantwortlich, dass er überhaupt in unser Leben getreten ist.«

»Scheiß drauf«, warf Ethan ein.

Holland sah ihn an und nickte ihm zu. »Genau. Scheiß drauf.«

Lincoln schüttelte nur den Kopf. »Ich werde darüber hinwegkommen, versprochen. Und Ethan wird mir dabei helfen.«

»Verdammt richtig«, pflichtete Ethan ihm bei.

Sie begegnete seinem Blick und lächelte ihn an. Als er ihr Lächeln erwiderte und ein Funkeln in seine Augen trat, wandte sie das Gesicht ab. Sie hatte Angst, sich nach mehr zu sehnen, doch das durfte sie nicht zulassen.

Holland war überzeugt, dass diese Männer füreinander

bestimmt waren. Sie selbst hatte immer nur eine Nebenrolle gespielt und musste sich damit begnügen, die beiden
aus der Distanz zu lieben.

Mehr konnte sie nicht verlangen.

»Ich werde mir nie verzeihen, wie tief ich euch verletzt
habe«, fügte Lincoln hinzu. »Ich habe euch im Stich
gelassen.«

»Lincoln«, warf Ethan warnend ein.

»Nein, lass mich ausreden. Ich bin gegangen, weil ich
überzeugt war, das Richtige zu tun. Aber ich habe mich
geirrt. Ich habe mich so verdammt geirrt. Und ich werde
mein Bestes tun, um es wiedergutzumachen.« Er atmete
tief durch. »Weil ich diesen Mann hier liebe.«

Holland riss die Augen auf, dann nickte sie. Innerlich
zerbrach sie jedoch in tausend Stücke. Natürlich liebte er
Ethan. Das hatte sie von Anfang an gewusst. Am Ende
würde es immer nur die beiden geben. Und damit hatte sie
sich abgefunden. Also redete sie sich auch weiterhin ein,
dass es ihr gut ging.

»Er ist seit Ewigkeiten mein bester Freund«, fuhr
Lincoln fort. »Und ich glaube, ich liebe ihn schon genauso
lange.«

Lincoln kam auf sie zu. Langsam zog er ihr den Gummi-
handschuh aus und ergriff ihre Hand. Holland war viel zu
benommen, um sich auch nur zu rühren, also ließ sie ihn
gewähren.

»Hör zu, Holland. Ich weiß, wer ich bin. Ich weiß, dass
ich die Kraft habe, mehr als nur einen Menschen zu lieben.
Und verdammt, Baby, ich liebe dich auch. Mein Herz gehört
nicht nur Ethan, sondern auch dir. Du bist ein untrennbarer
Teil von uns, vielleicht sogar der wichtigste. Das musst du
endlich verstehen.«

Sie schüttelte heftig den Kopf. Tief im Inneren wollte sie

den Worten Glauben schenken, doch sie wagte es nicht, sich der Hoffnung hinzugeben.

»Erst durch dich sind wir eine Einheit geworden. Du bist das Bindeglied, das uns zusammenhält. Du hast uns dazu gebracht, uns zu öffnen und in unser Innerstes zu blicken. Ohne dich hätte ich nie den Mut gehabt, Ethan meine Gefühle zu gestehen. Nur dir verdanke ich es, dass ich so ehrlich sein konnte. Du machst mich zu einem besseren Menschen, Holland. Und ich werde alles in meiner Macht Stehende tun, damit du das endlich verstehst.«

»Aber ihr beide gehört zusammen. Das war schon immer so«, entgegnete sie mit ruhiger Stimme, obwohl sie innerlich laut aufschrie.

Ethan streifte ihr auch den anderen Handschuh ab. Dann umfasste er ihr Gesicht mit beiden Händen und zwang sie, seinem Blick zu begegnen.

»Das mag vielleicht zu Beginn so gewesen sein. Aber die Wahrheit ist, dass wir ohne dich nie zueinandergefunden hätten.«

»Dann denkt nicht an mich, zumindest nicht, wenn es um eure Zukunft geht. Vielleicht habe ich euch zusammengebracht, aber ich werde immer nur eine Nebenrolle in eurem Leben spielen.« Inzwischen strömten ihr die Tränen ungehindert über die Wangen, und sie verabscheute sich dafür.

Ethan strich ihr mit den Daumen über die Wangen und wischte die Tränen weg. »Das ist meine Schuld. Ich bin ein Arschloch, weil ich dir dieses Gefühl gegeben habe. Aber du hast nie nur eine Nebenrolle gespielt. Du bringst uns zum Lächeln. Du zwingst uns, ungeahnte Facetten unserer selbst zu erkunden. Dank dir haben wir innegehalten und überhaupt erst herausgefunden, wer wir zusammen sein können. Du bist unsere Zukunft. Wenn es sein muss, werde ich den Rest meines Lebens damit verbringen, dir das zu beweisen.«

»Und ich werde dasselbe tun«, fügte Lincoln hinzu und strich ihr über den Rücken. Als sie seinen Blick erwiderte, fuhr er fort: »Du bist unsere Zukunft, Holland. Und wenn du uns lässt, werden wir den Rest unseres Lebens damit verbringen, dir das verständlich zu machen. Du sollst wissen, dass du geliebt, umsorgt und wertgeschätzt wirst.«

Sie schluckte schwer. »Aber ich bin weggelaufen«, flüsterte sie. »Ich habe euch im Stich gelassen.«

»Das wissen wir. Aber komm zurück zu uns«, flehte Ethan. »Denn ich liebe dich verdammt noch mal, Holland.«

»Und ich liebe dich ebenso sehr«, sagte Lincoln. »Ich hoffe inständig, dass du unsere Gefühle erwiderst. Ethan und ich kommen zwar auch zu zweit zurecht, aber ohne dich wären wir unvollständig. Ich will für den Rest meines Lebens jeden Morgen in euren Armen aufwachen und erkennen, dass ich dank euch ein besserer Mensch bin. Ohne dich wird es nicht funktionieren. Niemals.«

Ihre Hände zitterten so heftig, dass sie sie vor ihrem Körper verschränkte. Dann trat sie einen Schritt zurück. Ein Anflug von Enttäuschung huschte über die Gesichter der Männer, doch sie brauchte einen Moment für sich, um nachzudenken.

»Damit habe ich nicht gerechnet«, hauchte sie. »Ich wollte doch einfach nur das Haus putzen.«

»Fürs Erste würden wir gern wissen, was du für uns empfindest«, sagte Lincoln mit sanfter Stimme. »Du musst nichts sagen. Gib uns einfach ein Zeichen, dass du dir eine Zukunft mit uns vorstellen könntest. In vielerlei Hinsicht sind wir viel zu schnell vorgegangen – und in manch anderer viel zu langsam.«

Lincoln hielt kurz inne, bevor er fortfuhr. »Aber eines

sollst du wissen. Ich werde um dich kämpfen. Ich werde nie wieder weglaufen. Und ich hoffe, dass du uns genug vertraust, um mir das zu glauben.«

Holland bebte noch immer am ganzen Körper. Sie wandte sich ab und versuchte, sich zu beruhigen. Sie sog die Luft ein, wobei der Zitronenduft sie fast zum Husten brachte. Ihr Haus war blitzsauber, und auch ihr Laden war aufgeräumt. Alles in ihrem Leben war organisiert, bis auf ihr Privatleben.

Das war ein einziges Chaos.

»Holland?«, fragte Ethan mit einem Anflug von Furcht in der Stimme.

Das war ihr Werk. Dafür war sie verantwortlich. Immer wieder verletzte sie die beiden. Sie wusste nicht, was sie tun sollte. Schließlich wandte sie sich ihnen zu.

»Ich schleppe so viel Ballast mit mir herum«, sagte sie mit einem schrillen Lachen.

Lincoln zog die Augenbrauen in die Höhe. »Wir etwa nicht?«

»Wir haben alle unsere Probleme«, warf Ethan ein. »So sind wir eben. Aber scheiß drauf. Du gehörst zu uns.«

»Wir sind ein Dreiergespann, kein Duo. So läuft das bei uns. Wir werden uns streiten und uns gegenseitig in den Wahnsinn treiben, doch wir werden darüber reden. Erinnerst du dich, was wir uns zu Anfang versprochen haben?«, fragte Ethan, und sie nickte. »Wir haben uns geschworen, miteinander zu kommunizieren. Doch das haben wir nicht getan. Wir müssen uns bessern. Obwohl ich es liebe, dich zu küssen, und der Sex der beste ist, den ich je im Leben hatte, ist er nicht das Wichtigste.«

Sie runzelte die Stirn.

»Willst du damit sagen, dass der Sex nicht toll ist?«, warf Lincoln scherzhaft ein.

Ethan zeigte ihm den Mittelfinger. »Halt die Klappe. Du weißt, dass ich nicht gut mit Worten umgehen kann.«

»Ich finde, du machst das ziemlich gut«, flüsterte sie.

Ethan atmete tief durch. »Damit will ich sagen, dass für mich vor allem die Gefühle im Vordergrund stehen. Ich will mit euch beiden zusammen sein, euch jeden Tag sehen und unsere Beziehung gemeinsam mit euch festigen. Ich wünsche mir, dass wir auch in Zukunft eine Einheit sein können. Ich will euch bis ans Ende meiner Tage lieben. Ein Tag nach dem anderen. Kein Weglaufen mehr. Nie wieder.«

»Ihr seid mir begegnet, als ich gerade auf der Flucht war«, erinnerte sie die beiden.

»Und du hast uns gefunden«, sagte Lincoln. »Oder vielleicht haben wir dich gefunden. Das spielt keine Rolle. Was zählt ist, dass wir einander haben. Sag uns, dass du es auch willst. Sag uns, dass du dir eine Zukunft mit uns vorstellen kannst. Du musst uns jetzt noch nicht lieben, Holland. Aber ich werde jeden verdammten Tag um dein Herz kämpfen, bis du es tust.«

Inzwischen rannen ihr die Tränen in Strömen über die Wangen. Sie trat einen Schritt vor. Dann noch einen. Schließlich legte sie eine Hand an Lincolns Brust und die andere an Ethans, um das Schlagen ihrer Herzen zu spüren.

»Ich habe Angst«, flüsterte sie und ballte die Hände zu Fäusten.

»Und wir werden da sein, um sie zu lindern«, versicherte Lincoln ihr, umschloss ihr Handgelenk mit seinen Fingern und drückte sanft zu.

Ethan streckte eine Hand nach ihr aus und ließ sie zärtlich über ihre Wange gleiten. Sie schmiegte sich in die Berührung.

»Vertrau uns. Bitte«, sagte er leise. »Gib uns die

Chance, dir zu zeigen, dass wir dich verdient haben. Eines Tages wirst du unsere Liebe vielleicht erwidern.«

Holland schüttelte den Kopf. Sofort verfinsterten sich die Mienen der beiden Männer.

»Ihr müsst nicht warten«, sagte sie. »Ich habe mir lange eingeredet, dass ich das Weite suchen muss. Dass ich einen Ausweg brauche, weil ihr beide so perfekt füreinander seid. Trotzdem habe ich mich in euch verliebt. Ich liebe euch beide, obwohl ich versucht habe, gegen meine Gefühle anzukämpfen. Doch es war zwecklos. Ich habe zwar keine Ahnung, was ich als Nächstes tun soll, aber ich weiß, dass ich es mit euch gemeinsam tun will. Mit euch beiden.«

Augenblicklich hellten die Mienen der Männer sich auf. Sie verzogen die Lippen zu einem strahlenden Lächeln, bevor sie sich zu ihr vorbeugten. Lincoln küsste sie zuerst, dann presste Ethan seine Lippen auf ihre. Dies war ihr Zuhause. Dies war der Beginn des Lebens, das für sie bestimmt war.

Sie wusste nicht, was die Zukunft für sie bereithielt und ob sie all die Scherben in ihrem Leben wieder zusammenfügen konnte. Doch sie hatte die Gewissheit, dass sie es nicht allein tun würde.

Denn die beiden waren die ganze Zeit über für sie da gewesen. Sie war diejenige gewesen, die immer zwei Schritte zurückgewichen war.

Damit war jetzt Schluss. Als sie sich in Lincolns Arme sinken ließ und Ethan sie von hinten umschlang, atmete sie den vertrauten Duft der beiden ein und hatte das Gefühl, endlich angekommen zu sein. Sie würde es schaffen. Es ging ihr nicht mehr nur gut. Es ging ihr hervorragend.

Sie hatte sich in einen Montgomery und seinen besten

Freund verliebt und wollte die beiden nie wieder loslassen. Und als sie sie fest in ihre Arme schlossen, wusste Holland, dass sie das auch nie wieder tun musste.

Endlich.

EPILOG

Lincoln strich sich mit den Händen das Hemd glatt, während Holland nervös an ihrem Kleid zupfte. Ethan, der einen Stapel Geschenke und eine maßgefertigte Stofftasche mit drei Flaschen Wein balancierte, verdrehte nur die Augen.

»Ihr habt diese Leute doch schon mal getroffen, nicht wahr? Ich meine, es handelt sich um meine Familie, aber wir stehen vor ihrem Haus wie bestellt und nicht abgeholt. Lincoln hat praktisch hier gewohnt. Und Holland, du hast sie alle kennengelernt.«

Holland sah Lincoln an, der schnaubend den Kopf schüttelte.

»Wir sind eben nervös«, gab Lincoln zu.

Holland nickte und ergriff seine Hand. Sie warf einen Blick auf das Haus und lehnte sich an Lincolns Schulter. »Es fühlte sich so an, als würdest du uns deinen Eltern vorstellen.«

»Du kennst meine Eltern«, entgegnete Ethan. »Sowie den Rest der Familie.«

»Ja, aber das ist unsere erste Familienfeier als Dreiecksbeziehung«, gab Lincoln zu bedenken.

»Gott, ich hasse diesen Begriff«, sagte Holland.

Lincoln nickte. »Ich auch. Keine Ahnung, warum er mir rausgerutscht ist. Und das Wort ›Dreier‹ ist noch schlimmer. Es erinnert mich jedes Mal an Sex. Dann bekomme ich vor anderen Leuten eine Erektion, und das ist extrem unangenehm.«

Lincoln warf einen Blick auf seinen Schritt und zuckte zusammen.

»Denk einfach an Baseball«, riet Holland ihm.

»Wenn ich an Baseball denke, sehe ich sofort die Spieler in ihren hautengen Hosen vor mir, die ihre knackigen Hintern zur Geltung bringen«, erwiderte Lincoln und warf einen Blick auf Holland.

Sie stieß ein Schnauben aus. »Also gut, dann überlege dir, welchen Spieler du am meisten hasst. Oder denk an verfaulten Fisch. Oder an Süßigkeiten, die in deinen Zähnen kleben bleiben. Dann gehst du zum Zahnarzt, weil du eine neue Füllung brauchst, aber es stellt sich heraus, dass du eine Wurzelbehandlung nötig hast und ...«

»Okay, okay, okay.« Lincoln schauderte sichtlich. »Ich hasse alles, was mit Zähnen zu tun hat. Das weißt du genau.«

»Und? Hat es geholfen?«, fragte Holland grinsend.

»Ja, und dafür hasse ich dich gerade ein ganz kleines bisschen. Aber danke. Ich liebe dich.« Er beugte sich vor und presste seine Lippen auf ihre.

Sie schenkte ihm ein Lächeln. »Du bist so süß.«

»Seid ihr beide jetzt fertig?«, warf Ethan ein. »Diese Sachen hier werden nämlich nicht leichter.«

Lincoln zuckte zusammen und nahm Ethan das sperrigste Geschenk ab, während Holland sich die Tasche mit dem Wein schnappte. Die restlichen drei Pakete behielt Ethan.

»Ich weiß nicht, warum wir so viele Geschenke für meine Mutter besorgt haben«, murmelte Ethan. Dann erstarrte er und warf einen Blick über die Schulter. »Verratet ihr bloß nicht, dass ich das gesagt habe.«

»Keine Sorge. Niemand kann dich hören«, beruhigte Holland ihn. »Und wir haben das alles mitgebracht, weil sie ein wunderbarer Mensch ist. Als sie neulich im Laden war, hat sie sich einige dieser Stücke angesehen und dabei gelächelt. Aber sie hat sie nicht für sich selbst gekauft. Wie du schon sagtest, gönnt sie sich nie etwas.«

Ethan nickte. »Das stimmt. Meine Mutter ist wunderbar.«

»Ja, das ist sie«, bestätigte Holland mit einem Lächeln.

Lincoln beobachtete die beiden und unterdrückte ein Seufzen. Die Montgomerys hatten ihn schon vor so langer Zeit in ihrer Mitte willkommen geheißen, dass es für ihn ganz natürlich war, sie als seine Familie zu sehen. Holland hingegen musste sich erst daran gewöhnen. Bisher hatte er weder ihre Eltern noch ihre Schwester kennengelernt, und er bezweifelte, dass er das jemals tun würde. Um ehrlich zu sein, wollte er sie gar nicht treffen. Hollands Hass auf sie hatte sich zwar gelegt, doch sie sprach nie über sie und wollte nichts mehr mit ihnen zu tun haben. Dafür hatte er vollstes Verständnis. Er wusste aus eigener Erfahrung, dass es besser war, toxische Menschen aus seinem Leben zu verbannen. Hätte er sich schon vor Jahren von Damien verabschiedet, säße der Mann jetzt vielleicht nicht in einer Zelle und würde einer langjährigen Haftstrafe wegen versuchten Mordes entgegensehen.

In den kommenden Wochen wollten Lincolns Eltern ihnen einen Besuch abstatten. Die Nachricht hatte Lincoln überrascht. Er hatte kein Problem damit, zu ihnen nach Seattle zu fahren, doch sein Vater spielte mit dem Gedanken, in den Ruhestand zu gehen, und wollte seinen Sohn und die beiden wichtigsten Menschen in dessen Leben besuchen. Seine Eltern verurteilten ihre Beziehung nicht, im Gegenteil. Lincoln hatte die Freude in der Stimme seiner Mutter gehört, als sie erfuhr, dass er endlich sesshaft geworden war. Nicht nur mit Ethan, den sie beide liebten, sondern auch mit Holland, die – mit den Worten seiner Mutter – ein Lächeln auf sein Gesicht und ein Funkeln in seine Augen zauberte.

Scheinbar standen seine Eltern voll und ganz hinter ihnen.

Heute ging es aber weder um seine Familie noch um Hollands. Heute drehte sich alles um die Montgomerys.

Denn es war Francines Geburtstag.

»Warum steht ihr hier draußen herum?«, fragte Bristol, als sie aus dem Haus trat. Sie nahm Ethan ein Paket aus den Händen. »Außerdem werdet ihr uns mit all den Geschenken ziemlich schlecht aussehen lassen«, mahnte sie lachend.

»Wir können nicht anders«, konterte Holland. »Wir versuchen einfach, alle anderen zu übertrumpfen.«

»Das ist auch nicht schwer, wenn man schon mit einer Person mehr aufkreuzt als jedes andere Paar«, erwiderte Bristol. »Ich begreife immer noch nicht, wie du dir gleich zwei Männer geangelt hast, während ich keinen einzigen habe.«

Holland ging mit Bristol voraus. Die beiden Frauen diskutierten darüber, mit wem Bristol ausgehen sollte und wie langweilig ihr Liebesleben war.

»Hat Holland etwa vor, Bristol zu verkuppeln?«, fragte Lincoln, als er und Ethan das Haus betraten.

»Keine Ahnung, Mann. Ich dachte eigentlich immer, sie würde es wie ich machen und sich einfach in ihren besten Freund verlieben«, antwortete Ethan.

Lincoln beugte sich vor und drückte Ethan einen Kuss auf die Lippen. Als er aufblickte, entging ihm nicht, dass Marcus Bristol finster anstarrte. Bristol durchbohrte ihn mit einem ebenso düsteren Blick und trat ihm im Vorbeigehen mit voller Absicht auf den Fuß. Lincoln zog erstaunt die Augenbrauen in die Höhe.

Das war interessant.

»Alles Gute zum Geburtstag, Mom«, sagte Ethan und beugte sich vor, um seine Mutter auf die Wange zu küssen.

»Alles Gute zum Geburtstag, Francine«, gratulierte auch Lincoln.

»Es wird Zeit, dass du mich *Mom* nennst. Und das gilt auch für Holland. Ich mag es, Mom genannt zu werden.«

»Aber ich wette, noch lieber würdest du Großmutter genannt werden«, meldete Aaron sich zu Wort und trat hinter seine Mutter. Er hob sie hoch und wirbelte sie durch den Raum.

»Aaron Montgomery, setz mich auf der Stelle ab«, rief sie lachend.

Aaron drückte seiner Mutter einen schmatzenden Kuss auf die Lippen und suchte schleunigst das Weite, bevor sein Vater ihn mit der Zeitung erwischen konnte.

»Alles in Ordnung, mir geht es gut«, keuchte Francine und zupfte ihr Kleid zurecht. »Dieser Junge.«

»Er liebt dich, genau wie wir alle. Früher warst du für mich immer Mrs. Montgomery. Wie lange hat es gedauert? Ich glaube, es waren zwei Jahre, bis ich es gewagt habe, dich Francine zu nennen, ohne mich dabei unwohl zu fühlen.«

»Du wirst dich schon an ›Mom‹ gewöhnen«, beharrte

sie und hielt dann inne. »Und wenn du bereit bist, auch an ›Großmutter‹. Ich würde mich freuen, wenn ich bald ›Großmutter‹ genannt werde.« Ihre Augen funkelten, und alle lachten. »Es ist nun mal mein sehnlichster Wunsch. Natürlich sehe ich mich als Großmutter von Jasper, dem süßesten Hund aller Zeiten.« Sie beugte sich vor und drückte dem weißen Siberian Husky einen Kuss auf den Kopf. »Wer ist mein Lieblings-Enkelhund? Wer ist mein Lieblings-Enkelhund?«, trällerte sie.

Lincoln schnaubte amüsiert und wandte sich Ethan zu. »Vielleicht sollten wir uns eine Katze zulegen.«

»Demnächst findet wieder ein Adoptionstag statt«, sagte Ethan. »Sämtliche Pflegestellen bringen ihre Schützlinge mit und versuchen, sie zu vermitteln. Wir könnten uns das mal ansehen.«

»Was werden wir tun?«, fragte Holland, als sie sich zu ihnen gesellte und Ethan das letzte Paket abnahm.

Aaron lief auf sie zu, schnappte sich das Geschenk und huschte davon. Die anderen verdrehten nur die Augen.

Der Junge war verrückt, aber sie liebten ihn.

»Wir haben daran gedacht, uns eine Katze anzuschaffen«, erklärte Ethan.

»Na schön, aber bei wem würde das Tier wohnen?«, fragte Holland und zog die Augenbrauen in die Höhe. »Und es hinterlässt eine Menge Katzenhaare. Ich hätte wirklich gern eine Katze, aber es wäre dem Tier gegenüber ungerecht, wenn wir es ständig von Haus zu Haus schleifen.«

Plötzlich herrschte Stille im Raum, und Lincoln räusperte sich. »Okay, wir reden darüber, wenn wir zu Hause sind.« Er hielt inne. »Zuerst muss ich jedoch herausfinden, wo dieses Zuhause ist.«

Francine klatschte in die Hände, Holland errötete und Ethan hustete in seine Faust. Um die angespannte Stimmung etwas zu lockern – wohl wissend, dass es nur noch eine Frage der Zeit war, bis sie zusammenziehen würden –, wandte Lincoln sich Francine zu und reichte ihr das große, rechteckige Paket.

»Das ist für dich.«

Mit großen Augen betrachtete sie das Geschenk. »Was um alles in der Welt ist das?«

»Ich weiß, dass du die Geschenke eigentlich erst später öffnest, aber wir würden uns freuen, wenn du dieses jetzt gleich auspackst«, drängte Ethan.

Holland nickte eifrig. »Bitte, Mrs. Montgomery.«

»Ich bin Francine, Franny oder Mom. Entscheide selbst«, erwiderte sie, während sie kopfschüttelnd das Paket musterte. »Wenn es das ist, was ich vermute, werde ich dir gehörig die Leviten lesen, junger Mann.«

»Tu mir nicht weh, sondern pack es einfach aus«, entgegnete Lincoln.

Timothy nahm ihr das Paket ab, damit sie es gemeinsam öffnen konnten. Lincoln schnappte nach Luft, als Francine zu schluchzen begann.

Es war ein Gemälde ihres Hauses. Lincoln hatte den Ort voller Liebe und Herzlichkeit eingefangen, der die Montgomerys beherbergte. Er hatte es nach und nach gemalt und zuletzt die Schatten der Bäume hinzugefügt, unter denen sie früher alle gespielt hatten. Jedes Mitglied des Montgomery Clans war mit einer individuellen langen Silhouette verewigt.

Auf dem Rasen lagen detailgetreue Abbildungen ihrer alten Spielsachen.

Es war alles darauf festgehalten, was Ethan und später auch Lincoln als ihr Zuhause bezeichnet hatten.

Das Zuhause der Montgomerys.

»Es ist wunderschön«, flüsterte sie. »Hast du das für

mich gemalt?«, fragte sie und warf Lincoln einen Blick über die Schulter zu.

»Natürlich. Ich wollte dir ein kleines Stück Zuhause schenken«, antwortete er.

»Und noch dazu ein Original Lincoln McClard«, meldete Aaron sich zu Wort.

»Wertvoll«, warf Bristol ein. »Damit hast du uns alle in den Schatten gestellt.«

Francine winkte ab und wandte sich Lincoln zu, um seine Wange zu tätscheln. »Ich liebe dich, mein Sohn.«

»Und ich liebe dich auch, Mom.« Francine konnte nicht mehr an sich halten und ließ ihren Tränen freien Lauf, während Lincoln sie an sich drückte. Als Francine sich schließlich von ihm löste und Timothy seine Frau an sich zog, ging Lincoln zu Ethan und Holland. Er ergriff ihre Hand, während sie sich an Ethans Schulter lehnte.

Lincoln ließ den Blick über die Menschen schweifen, die er seine Familie nannte, und lächelte. Schon bald würde er Madison hierherbringen. Sie brauchte die Herzlichkeit der Montgomerys genauso sehr wie er. Heute hatte sie leider arbeiten müssen, doch beim nächsten Mal würde er keinen Widerspruch dulden.

Dank der Montgomerys hatte Lincoln nicht nur ein Zuhause gefunden, sondern die Liebe seines Lebens.

Die Lieben seines Lebens.

Ethan war stets sein Fels in der Brandung gewesen, sein unerschütterlicher Kompass, doch Holland ... Sie war ihr Leuchtturm, der ihnen den Weg wies. Was auch immer die Zukunft für sie bereithielt, er würde sicher zwischen diesen beiden Menschen stehen und jeden einzelnen Moment davon genießen.

BONUS-EPILOG

Sonne, Strand und Gleitgel. So lautete das Motto für ihren Urlaub, und Ethan musste jedes Mal grinsen, wenn er es auf ein Blatt Papier schrieb.

Natürlich würden die beiden Lieben seines Lebens diese Zettel niemals einem Außenstehenden zeigen, aber er hatte Spaß daran. Immerhin waren sie im Urlaub. Sie machten tatsächlich Urlaub.

Und noch dazu in Tahiti. Ein Kollege von Ethan hatte erwähnt, dass er mit seiner Familie dort die Sonne, den Sandstrand und das Tauchen genießen wollte.

Er würde sich dort zwar definitiv etwas in den Mund schieben, aber ein Schnorchel würde es wahrscheinlich nicht sein.

Ihm entfuhr ein amüsiertes Schnauben, woraufhin Holland eine Augenbraue in die Höhe zog.

Nach etlichen Stunden im Flugzeug warteten sie nun auf ihr Gepäck, bevor ihr persönlicher Chauffeur namens Will sie zum Resort bringen würde. Sie hatten ihre eigene private Cabana gemietet. Oder war es eine Suite? Ethan war sich nicht ganz sicher, wie man die Hütten hier nannte, doch er wollte den richtigen Ausdruck verwenden.

Kaum zu glauben. Für eine Weile hatte er der Arbeit den Rücken gekehrt. Das wurde auch verdammt noch mal Zeit.

Er warf einen Blick auf Lincoln, der gerade mit dem Fahrer plauderte. Sein Haar war lässig nach hinten gekämmt, und ein echtes, ungezwungenes Lächeln lag auf seinem Gesicht. Er wirkte jetzt schon viel entspannter, und das wollte etwas heißen.

Seit ihrer Trennung war mehr als ein Jahr vergangen. Ein Jahr, in dem sie ihr Leben zu dritt meisterten und endlich gelernt hatten, im Hier und Jetzt zu verweilen.

Lincoln hatte sie alle mit dieser Reise überrascht.

Ein Urlaub im Ausland, wo sie sich gegenseitig mit korallenfreundlicher Sonnencreme einreiben und ihre Zehen ins Wasser tauchen konnten.

Ethan freute sich einfach nur darauf, mit Holland und Lincoln ungestört zu sein.

Das vergangene Jahr war hart gewesen. Sie hatten sich der Tatsache stellen müssen, dass sie die Erwartungen der Gesellschaft nicht erfüllten, und darum gekämpft, ihr Leben zu dritt nach ihren eigenen Vorstellungen gestalten zu können.

Statt in eines ihrer Häuser oder in Lincolns Wohnung zu ziehen, hatten sie sich schließlich gemeinsam ein Haus gekauft. Für Außenstehende mochte es überstürzt wirken, doch für sie ergab es absolut Sinn. Es funktionierte einfach. Denn die Montgomerys liebten intensiv, sie liebten schnell und sie ließen niemals los.

Sie hatten sowohl sein Haus als auch das von Holland verkauft, aber Lincolns Wohnung hatten sie behalten.

Lincoln hatte sie verkaufen wollen, vor allem wegen all der Erinnerungen an Damien, der durch die Räume spaziert war. Doch Ethan und Holland hatten ihn davon überzeugt, sie als sein Atelier zu behalten.

Dort konnte er in Ruhe arbeiten. Gemeinsam hatten sie die Wohnung neu eingerichtet, die Wände gestrichen und ihr eine wärmere Atmosphäre verliehen. Lincoln schuf dort weiterhin seine Kunst, doch schlafen durfte er dort nicht, es sei denn, Ethan und Holland hatten eine Verabredung.

Die drei hatten viel Spaß mit Lincolns altem Bett gehabt, bis es während einer besonders stürmischen Nacht mit viel Gleitgel unter ihrem Gewicht zusammengebrochen war.

Inzwischen besaßen sie in ihrem neuen Haus ein riesiges Bett, in dem sie alle drei ausreichend Platz hatten.

Ihre Beziehung zu dritt funktionierte. Als Ehemänner und Ehefrau. Vor drei Tagen hatten sie geheiratet, wobei Ethan und Holland offiziell die Ringe getauscht hatten. Doch die eigentliche Zeremonie hatte zwischen ihnen dreien stattgefunden, wobei Timothy sie getraut hatte. Da Lincoln in Ethans Herz ohnehin schon immer ein Montgomery gewesen war, hatten sie beschlossen, dass Holland diejenige sein sollte, die legal in die Familie einheiratete. Lincoln hatten sie durch Vollmachten und andere juristische Dokumente rechtlich abgesichert, doch am Ende erachteten sie sich alle drei schlichtweg als miteinander verheiratet.

Wenn sie einmal Kinder bekamen – und dabei ging es nicht um das *ob*, sondern um das *wann* –, würden diese mit zwei Vätern und einer Mutter aufwachsen, die sie über alles liebten. Für Außenstehende mochte das unbegreiflich sein, aber für die Montgomerys ergab es zweifelsfrei Sinn. Und für sie drei war es absolut einleuchtend.

»Erde an Ethan. Wir haben unsere Koffer«, sagte Holland und packte mit einer Hand seinen Hintern.

Er beugte sich vor und küsste sie leidenschaftlich, wobei ihr fast der Hut vom Kopf fiel.

»Du siehst zum Anbeißen aus«, raunte er.

»Du kannst mich gern später verschlingen«, flüsterte sie, wobei ihre Wangen den Rotton ihrer Haare annahmen, »aber jetzt müssen wir wirklich los.«

»Schönen Dank auch, jetzt bekomme ich das Bild nicht mehr aus dem Kopf.«

Lincoln hob seine Sonnenbrille an und warf Ethan einen vielsagenden Blick über die Schulter zu. Doch dieser grinste nur.

»Wir sind schon unterwegs«, trällerte Ethan, woraufhin die drei dem Chauffeur zum Wagen folgten.

Sie reisten tatsächlich im Luxus. Ethan war diesen Lebensstil nicht gewohnt, und er wusste, dass Holland sich damit immer noch nicht ganz wohlfühlte. Aber Lincoln war inzwischen eine Berühmtheit. Nachdem er dieses eine Auftragswerk gewinnbringend verkauft und der ganze Trubel um Damien seine Bekanntheit gesteigert hatte, waren seine Werke plötzlich Millionen wert.

Es war beinahe lächerlich, und Lincoln war sein Reichtum geradezu peinlich. Doch dadurch hatten sie die Möglichkeit, zu dritt ein hübsches Sümmchen zur Seite zu legen und in eine private Altersvorsorge zu investieren. Hin und wieder ließen sie sich jedoch von Lincoln verwöhnen.

Und diese Reise war ein Beispiel für seine Großzügigkeit.

Der Fahrer brachte sie an ihr Ziel. Nachdem sie eingecheckt hatten, fanden sie sich in einer wunderschönen Suite wieder. Ethan seufzte, steckte seine Hände in die Taschen seiner Khaki-Shorts und lehnte sich mit dem Rücken an Lincolns Brust.

»Der Ausblick ist atemberaubend.«

»Ich weiß.« Lincoln biss Ethan zärtlich ins Ohrläppchen und grinste. »Ich kann es kaum erwarten, dich nackt im Meer zu sehen.«

»Ist das denn erlaubt?«, fragte Ethan.

»Wir befinden uns in einem privaten Bereich. Wenn wir wollen, können wir während des gesamten Urlaubs nackt herumlaufen.«

»Hat ihr dieses riesige Badezimmer gesehen?«, fragte Holland, als sie zu den beiden Männern ins Wohnzimmer kam. Die gesamte Front des Raumes war weit geöffnet und gab den Blick auf das Meer frei. Das Wasser plätscherte sanft an den Strand und war so klar, dass man bis auf den Grund sehen konnte. Ethan fehlten die Worte. Es war schlichtweg atemberaubend.

»Später werden wir dich in dieser Wanne zum Schreien bringen«, raunte Lincoln verheißungsvoll.

Ethan stieß ein glückliches Seufzen aus.

»Darin ist er wirklich gut«, sagte Holland und schmiegte sich an Ethan. Für eine Weile verharrten sie in dieser Position und beobachteten, wie die Wellen sanft an den Strand rollten.

Irgendwann stieß Holland ein Seufzen aus. »Wir sollten schwimmen gehen. Oder etwas unternehmen. Einfach nur hier zu stehen und aufs Meer hinaus zu starren scheint eine Verschwendung zu sein.«

»Nichts an dieser Reise ist Verschwendung«, entgegnete Lincoln, woraufhin Ethan nickte.

»Wir sind zusammen hier. Unsere Handys benutzen wir nur im Notfall. Oder um die besten Bilder von unserer Hochzeitsreise zu schießen und auf Instagram damit zu prahlen«, fügte Lincoln hinzu.

»Ich freue mich darauf, einfach nur die Zeit mit euch zu

genießen. Ich kann es kaum erwarten. Aber jetzt werde ich meinen Badeanzug anziehen.«

Ethan umfasste eine ihrer Brüste, und sie schmiegte sich an ihn.

»Lincoln sagte gerade, wir brauchen keine Badekleidung.«

Lincoln griff um Ethan herum und schob den Saum von Hollands Kleid hoch. Er konnte spüren, wie sie zitterte.

»Hier sind wir sicher«, sagte er. »Niemand interessiert sich dafür, was wir hier tun. Niemand wird uns verurteilen. Wir können die ganze Nacht lang alles miteinander anstellen, wonach uns der Sinn steht. Wenn wir Hunger haben, lassen wir uns etwas zu essen liefern. Und wenn wir tanzen gehen wollen, gehen wir tanzen. Wir sind ganz allein hier.«

Ein wohliger Schauer durchströmte Ethan. Er drehte sich um, bis sie sich in einem engen Kreis gegenüberstanden. Jeder berührte jeden, und sie starrten einander an.

»Wie kann das alles nur so perfekt sein?«, flüsterte Holland.

»Ich weiß es nicht«, antwortete Ethan. »Aber ich bin verdammt froh, dass wir hier sind.«

»Soll ich zur Feier des Tages eine Flasche Champagner köpfen?«, fragte Lincoln.

Holland biss sich auf die Unterlippe und schüttelte den Kopf.

»Keine Lust auf Alkohol?«, fragte Ethan. »Ist dein Magen nach dem Flug noch aufgewühlt?«

Sie errötete, ergriff Ethans und Lincolns Hände und presste ihre Handflächen an ihren Bauch.

Ethan starrte sie mit offenem Mund an und blinzelte mehrmals. Dann warf er einen Blick auf Lincoln, der wie versteinert dastand.

»Was?«, keuchte Lincoln. »Bist du etwa ...«

Sie nickte und grinste breit. »Wir waren uns gerade erst einig, mit der Familienplanung zu beginnen, aber scheinbar war einer eurer Jungs – von wem auch immer – ziemlich flink.«

Ethan starrte abwechselnd Lincoln und Holland an, und schluckte schwer.

»Also, was sagt ihr, meine Ehemänner? Seid ihr bereit, Väter zu werden?«

»Großer Gott«, krächzte Ethan und sank vor Holland auf die Knie, um sein Gesicht an ihren Bauch zu schmiegen. »Da drin ist wirklich ein Baby?«

»Ich glaube, so funktioniert das«, warf Lincoln scherzhaft ein. Er sah Holland an und umfasste ihr Gesicht mit beiden Händen. Ethan sprang auf und lehnte sich an seinen Mann.

»Und dir geht es gut dabei?«, wollte er wissen.

»Natürlich. Wir wissen längst, dass ihr beide Väter sein werdet. Ihr könnt euch aussuchen, ob ihr lieber Dad oder Daddy genannt werden wollt. Ich weiß, dass ich die glücklichste Frau auf Erden bin. Ich werde Mutter. Zwar habe ich keine Ahnung, was auf mich zukommt, aber ich werde es lernen. Weil ich euch beide an meiner Seite habe.«

Ethan grinste und küsste seine Frau innig, bevor er sich Lincoln zuwandte und auch ihn küsste.

»Oh mein Gott, meine Mutter wird völlig aus dem Häuschen sein«, sagte Ethan.

Holland warf den Kopf in den Nacken und lachte. »Oh Gott, ja. Ich kann es kaum erwarten. Und da Francine schon alles Mögliche für Percy gestrickt hat, wird sie kaum zu halten sein.« Sie hatten Percy, einen siebenjährigen Kater aus dem Tierheim, adoptiert, kurz nachdem sie in ihr Haus gezogen waren. Francine liebte das Tier.

Ethan küsste seine Frau erneut und dann seinen Mann.

»Ich liebe euch so sehr.« Er hielt kurz inne und lächelte verschmitzt. »Und ich bin froh, dass ich das Gleitgel eingepackt habe.«

Holland sah ihn an und schnaubte lachend, während Lincoln nur den Kopf schüttelte.

»Ich schwöre bei Gott, Ethan. Du hast Glück, dass ich dich liebe.«

»Für immer«, erwiderte Ethan.

In diesem Moment, in dem er die beiden Menschen hielt, die er über alles auf der Welt liebte, wusste er mit absoluter Sicherheit, dass er seine Erfüllung gefunden hatte.

Und er würde sie nie wieder als selbstverständlich erachten.

Weiter in der Montgomery Ink-Reihe:
Embraced in Ink – Tattoos und Verbundenheit

BÜCHER VON
CARRIE ANN RYAN

Die Brüder Wilder:
Der Weg zurück zu mir (Buch 1)
Immer der Richtige für mich (Buch 2)
Der Pfad zu dir (Buch 3)

Montgomery Ink Reihe:
Ink Inspired – Tattoos und Inspiration (Buch 0,5)
Ink Reunited – Wieder vereint (Buch 0,6)
Delicate Ink – Tattoos und Überraschungen (Buch 1)
Forever Ink – Tattoos und für immer (Buch 1,5)
Tempting Boundaries – Tattoos und Grenzen (Buch 2)
Harder than Words – Tattoos und harte Worte (Buch 3)
Written in Ink – Tattoos und Erzählungen (Buch 4)
Hidden Ink – Tattoos und Geheimnisse (Buch 4,5)
Ink Enduring – Tattoos und Leid (Buch 5)
Ink Exposed – Tattoos und Genesung (Buch 6)
Inked Expressions – Tattoos und Zusammenhalt (Buch 7)
Inked Memories – Tattoos und Erinnerungen (Buch 8)

Montgomery Ink Reihe: Colorado Springs:
Fallen Ink – Tattoos und Leidenschaft (Buch 1)
Restless Ink – Tattoos und Intrigen (Buch 2)
Jagged Ink – Tattoos und Turbulenzen (Buch 3)

Montgomery Ink Reihe: Boulder:
Wrapped in Ink – Tattoos und Herausforderungen (Buch 1)
Sated in Ink – Tattoos und drei Herzen (Buch 2)
Embraced in Ink – Tattoos und Verbundenheit (Buch 3)

Die Gallagher-Brüder:
Love Restored – Geheilte Liebe (Buch 1)
Passion Restored – Geheilte Leidenschaft (Buch 2)
Hope Restored – Geheilte Hoffnung (Buch 3)

Whiskey und Lügen:
Whiskey und Geheimnisse (Buch 1)
Whiskey und Enthüllungen (Buch 2)
Whiskey und die Geister der Vergangenheit (Buch 3)

Das Aspen Rudel:
Durch Ehre Geschliffen (Buch 1)
In der Dunkelheit Gejagt (Buch 2)
Im Chaos Gebunden (Buch 3)
Unterschlupf in der Stille (Buch 4)

Von Flammen Gezeichnet (Buch 5)

Und auch die folgenden Bücher von Carrie Ann Ryan werden in Kürze auf Deutsch erhältlich sein:

Aus der »Montgomery Ink Reihe«:
Seduced in Ink (Buch 15)
Inked Persuasion (Buch 16)
Inked Obsession (Buch 17)
Inked Devotion (Buch 18)
Inked Craving (Buch 19)
Inked Temptation (Buch 20)

BIOGRAFIE

Carrie Ann Ryan ist eine *New York Times* und USA Today Bestsellerautorin moderner und übersinnlicher Liebesromane. Außerdem schreibt sie Literatur für junge Erwachsene. Ihre Arbeit umfasst die »Montgomery Ink Reihe«, »Redwood Pack«, »Fractured Connections« und die »Elements of Five«-Reihe. Weltweit hat sie über vier Millionen Bücher verkauft.

Sie hat bereits während ihres Chemiestudiums mit dem Schreiben begonnen und hat seitdem nicht mehr aufgehört. Inzwischen hat Carrie Ann mehr als fünfundsiebzig Romane und Novellen fertiggestellt – und ein Ende ist nicht in Sicht. Carrie Ann wurde in Deutschland geboren und hat schon überall auf der Welt gelebt. Wenn sie sich nicht gerade in ihrer emotionalen und aktionsgeladenen Welt verliert, liest sie gern, während sie sich um ihr Katzenrudel kümmert, das mehr Anhänger hat als sie selbst.

Besuchen Sie Carrie Ann im Netz!

carrieannryan.com/country/germany/
www.facebook.com/CarrieAnnRyandeutsch/
twitter.com/CarrieAnnRyan
www.instagram.com/carrieannryanauthor/